EL HOGAR DE MISS PEREGRINE PARA NIÑOS PECULIARES

Ransom Riggs

EL HOGAR DE MISS PEREGRINE PARA NIÑOS PECULIARES

Traducción de Gemma Gallart

noguer

Título original: *Miss Peregrine's Home for Peculiar Children*

Avda. Diagonal, 662-664, 08034 Barcelona
infoinfantilyjuvenil@planeta.es
www.planetadelibrosinfantilyjuvenil.com
www.planetadelibros.com

Primera edición: junio de 2016
Segunda impresión: diciembre de 2016
ISBN: 978-84-279-0165-0
Depósito legal: B. 10.719-2016
Impreso por Huertas Industrias Gráficas, S. A.
Impreso en España – Printed in Spain

El papel utilizado para la impresión de este libro es cien por cien libre de cloro y está calificado como papel ecológico.

Sueño no es, muerte no es;
quien parece morir vive.
La casa donde naciste,
los amigos de tu primavera,
anciano y doncella,
el trabajo diario y su recompensa,
todo ello se desvanece,
refugiándose en fábulas,
no se les puede amarrar.

Ralph Waldo Emerson

Prólogo

Acababa de aceptar que mi vida sería de lo más normal cuando empezaron a suceder cosas extraordinarias. La primera me llegó en forma de una conmoción terrible y, como cualquier cosa que te cambia para siempre, me partió la vida en dos: Antes y Después. Como muchas de las cosas extraordinarias que iban a suceder, involucró a mi abuelo, Abraham Portman.

Durante mi infancia, el abuelo Portman era la persona más fascinante que conocía. Había vivido en un orfanato, combatido en guerras, surcado océanos en barcos de vapor, cruzado desiertos a caballo, actuado en circos, lo sabía todo sobre armas y autodefensa, y de cómo sobrevivir en la jungla, y hablaba al menos tres idiomas además del inglés. Todo resultaba inconmensurablemente exótico para un niño que jamás había abandonado Florida, y le suplicaba que me obsequiara con nuevas historias cada vez que le veía. Él siempre me complacía, contándolas como si fueran secretos que sólo yo podía escuchar.

Cuando tenía seis años decidí que mi única posibilidad de tener una vida la mitad de emocionante que la del abuelo Portman era convirtiéndome en explorador. Él me animaba pasando las tardes a mi lado, encorvado sobre mapas del mundo, urdiendo expediciones imaginarias y marcando las rutas con chinchetas rojas, a la vez que me hablaba de los fabulosos lugares que descubriría algún día. En casa daba a conocer mis ambiciones desfilando con un tubo de cartulina ante el ojo y gritando: «¡Tierra a la vista!» y «¡Preparad un grupo de desembarco!» hasta que mis padres me echaban afuera. Creo que les preocupaba que mi abuelo fuera a infectarme con alguna ensoñación incurable de la que jamás me recuperaría —que aquellas fantasías me estuvieran vacunando de algún modo contra ambiciones más realistas—, así que un buen día mi madre me hizo sentar y me explicó que no podía convertirme en explorador porque ya no quedaba nada por descubrir en el mundo. Yo había nacido en el siglo equivocado, y me sentí estafado.

Me sentí aún más estafado cuando comprendí que la mayoría de las mejores historias del abuelo Portman no podían de ningún modo ser ciertas. Los relatos más fantásticos giraban siempre en torno a su infancia, como que había nacido en Polonia pero a los doce años lo habían enviado en barco a un hogar para niños en Gales. Cuando le preguntaba por qué había tenido que dejar a sus padres, su respuesta era siempre la misma: los monstruos iban tras él. Polonia estaba sencillamente repleta de monstruos, según él.

—¿Qué clase de monstruos? —preguntaba yo, con ojos como platos, y aquello se convirtió en una especie de rutina.

—Unos terriblemente jorobados, con la carne putrefacta y los ojos negros —contestaba—. ¡Y caminaban así!

Y me perseguía arrastrando los pies como un monstruo sacado de una película antigua y yo huía riendo.

Cada vez que los describía, incluía algún nuevo y escabroso detalle: apestaban igual que basura podrida; eran invisibles salvo por sus sombras; un montón de tentáculos que se retorcían acechaban dentro de sus bocas y podían salir disparados de repente y arrastrarte al interior de sus poderosas fauces. No tardé mucho en tener problemas para dormir. Mi imaginación hiperactiva transformaba el silbido de neumáticos sobre el asfalto húmedo en una respiración fatigosa justo fuera de mi ventana y las sombras bajo la puerta en retorcidos tentáculos de un gris negruzco. Temía a los monstruos, pero me emocionaba imaginar a mi abuelo peleando contra ellos y saliendo victorioso.

Más fantásticas aún eran sus historias sobre la vida en el hogar para niños de Gales. Era un lugar encantado, decía, diseñado para mantener a los chicos a salvo de los monstruos, en una isla donde el sol brillaba cada día y nadie enfermaba ni moría jamás. Todos vivían juntos en una gran casa protegida por un viejo pájaro sabio... o eso contaba la historia. A medida que fui creciendo, empecé a tener dudas.

—¿Qué clase de pájaro? —le pregunté una tarde, a los siete años, observándole con escepticismo desde el otro lado de la mesa plegable donde me estaba dejando ganar al Monopoly.

—Un halcón enorme que fumaba en pipa —respondió.

—Debes de pensar que soy muy tonto, abuelo.

Él echó un vistazo a su cada vez más reducido montón de billetes naranja y azules.

—Yo jamás pensaría eso de ti, Yakob.

Supe que le había ofendido porque el acento polaco del que jamás pudo desprenderse por completo salió con más fuerza de su escondite, de modo que jamás se convertía en jamaz y pensaría en penzaría. Sintiéndome culpable, decidí otorgarle el beneficio de la duda.

—Pero ¿por qué querían haceros daño los monstruos? —insistí.

—Pues porque no éramos como el resto de la gente. Éramos peculiares.

—¿Peculiares?

—Sí, peculiares —continuó—. Había una chica que podía volar, un muchacho que tenía abejas viviendo en su interior, unos hermanos, chico y chica, que podían levantar cantos rodados por encima de sus cabezas.

Era difícil saber si hablaba en serio. Por otra parte, mi abuelo no tenía fama de bromista. Frunció el entrecejo, leyendo la duda en mi rostro.

—Muy bien, si no crees en mi palabra, ahora verás —dijo—. ¡Tengo fotografías!

Echó hacia atrás su sillón y entró en la casa, dejándome solo en el porche. Al cabo de un minuto, regresó sosteniendo una vieja caja de cigarros. Me incliné para mirar mientras él extraía cuatro instantáneas amarillentas y arrugadas.

La primera era una foto borrosa de lo que parecía un traje completo sin nadie dentro. O eso o la persona no tenía cabeza.

—¡Pues claro que tiene cabeza! —exclamó mi abuelo con una gran sonrisa—. Lo que sucede es que no puedes verla.

—¿Por qué no? ¿Es invisible?

—¡Vaya, este chico piensa! —Enarcó las cejas como si le hubiera sorprendido con mis poderes de deducción—. Millard, se llamaba. Un chaval divertido. A veces decía: «Eh, Abe, sé lo que hiciste hoy», y te contaba dónde habías estado, qué habías comido, si te habías hurgado la nariz cuando pensabas que nadie miraba. A veces te seguía, sin decir ni pío, y sin ropa no podías verle... ¡él lo observaba todo! —Sacudió la cabeza—. Qué cosas, ¿eh?

Me pasó otra foto. Después de que yo dedicara un momento a contemplarla, preguntó:

—¿Y bien? ¿Qué ves?

—¿Una niña?

—¿Y?

—Lleva puesta una corona.

Dio un golpecito a la parte inferior de la fotografía.

—¿Qué hay de sus pies?

Examiné la foto más de cerca. Los pies de la niña no tocaban el suelo; pero no saltaba... parecía suspendida en el aire. Me quedé boquiabierto.

—¡Está volando!

—Algo parecido —repuso mi abuelo—. Está levitando. Sólo que no podía controlarse demasiado bien, ¡así que a veces teníamos que atarle una cuerda alrededor de la cintura para impedir que se fuera flotando!

Yo tenía los ojos pegados a su cautivador rostro de muñeca.

—¿Es real?

—Desde luego que es real —respondió él con aspereza, cogiendo la fotografía y sustituyéndola por otra, la de un muchacho delgaducho que alzaba una roca.

—¡Victor y su hermana no eran demasiado listos —explicó—, pero oye, eran la mar de fuertes!

—Pues no parece fuerte precisamente —repliqué, estudiando los brazos flacuchos del muchacho.

—Fíate de mí, lo era. ¡Intenté echarle un pulso una vez y estuvo a punto de arrancarme la mano!

Pero la foto más extraña era la última. Mostraba la parte posterior de la cabeza de alguien, con una cara pintada en ella.

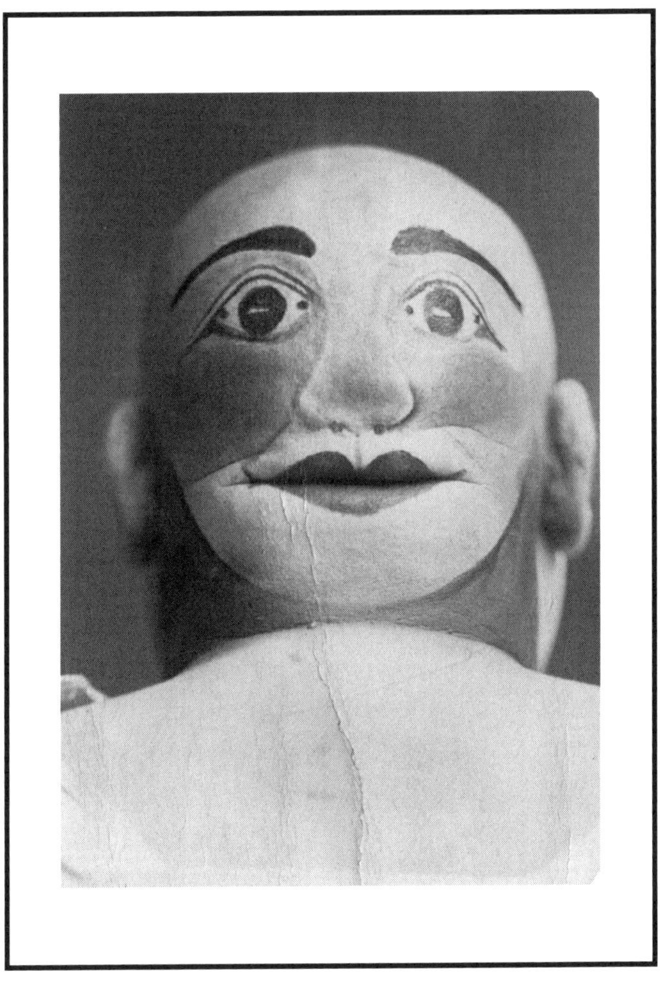

Me quedé mirando atónito esa última foto mientras el abuelo Portman explicaba:

—Tenía dos bocas, ¿lo ves? Una delante y otra detrás. ¡Por eso se volvió tan grande y gordo!

—Pero es falsa —dije—. La cara sólo está pintada.

—Pues claro que es una pintura. Se la hizo para un espectáculo de circo. Pero te lo digo en serio, tenía dos bocas. ¿No me crees?

Pensé en ello, contemplé las fotografías y luego a mi abuelo, que tenía una expresión seria y franca. ¿Qué motivo tendría para mentirme?

—Te creo —respondí finalmente.

Y de verdad que le creí —durante unos cuantos años, al menos—, aunque principalmente porque quería hacerlo, igual que otros críos de mi edad querían creer en Papá Noel. Nos aferramos a nuestros cuentos de hadas hasta que el precio se vuelve demasiado alto, lo que para mí fue aquel día en segundo año cuando Robbie Jensen me bajó los pantalones a la hora del almuerzo frente a una mesa llena de niñas y anunció que yo creía en las hadas. Me lo tenía bien merecido, supongo, por repetir los cuentos de mi abuelo en la escuela, pero desde aquellos humillantes segundos me vi perseguido por el apodo «Niño de las hadas» durante años y, con razón o sin ella, le guardé rencor por ello.

El abuelo Portman me recogió en la escuela aquella tarde, como hacía a menudo cuando mis padres estaban trabajando. Subí al asiento del copiloto de su viejo Pontiac y le comuniqué que ya no creía en sus cuentos de hadas.

—¿Qué cuentos de hadas? —preguntó, mirándome con atención por encima de las gafas.

—Ya sabes. Las historias. Sobre los niños y los monstruos.

Pareció confundido.

—¿Quién dijo nada sobre hadas?

Le dije que una historia inventada y un cuento de hadas eran lo mismo, y que los cuentos de hadas eran para niños que aún llevaban pañales, y que sabía que sus fotografías e historias eran falsas. Esperé que se enfureciera o que protestara, pero en lugar de eso se limitó a decir: «De acuerdo», y puso el Pontiac en marcha. Pisó a fondo el acelerador y nos apartamos del bordillo de un bandazo. Y ahí acabó todo.

Imagino que lo había visto venir —con el paso del tiempo yo tenía que acabar por no creérmelas—, pero abandonó el tema con tal rapidez que me dejó con la sensación de que me había mentido. No podía comprender por qué había inventado todas aquellas historias, por qué me había engañado haciéndome creer que esas cosas asombrosas eran posibles cuando no lo eran. No fue hasta algunos años más tarde que mi padre me lo explicó todo: el abuelo también le había contado algunas de esas mismas historias cuando él era niño, y no eran mentiras, al menos no exactamente, sino versiones exageradas de la realidad... porque la infancia del abuelo no había sido en absoluto un cuento de hadas, sino más bien un cuento de terror.

Mi abuelo fue el único de su familia que logró escapar de Polonia antes de que estallara la segunda guerra mundial. Tenía doce años cuando sus padres lo dejaron a cargo de desconocidos, subieron a su hijo menor a un tren con dirección a Gran Bretaña con tan sólo una maleta y las ropas que llevaba puestas. El billete era sólo de ida. Jamás volvió a ver a sus padres ni a sus hermanos ni a sus primos ni a sus tíos. Todos y cada uno de ellos habrían muerto antes de que él cumpliera los dieciséis años, asesinados por los monstruos de los que él había escapado por tan poco. Pero éstos no pertenecían a la clase de monstruos con tentáculos y carne putrefacta, la clase de monstruos que un niño de siete años podía llegar a comprender; eran monstruos con rostros humanos, con uniformes bien planchados, que desfilaban hombro contra hombro, algo tan normal que uno no los reconocía hasta que era demasiado tarde.

Al igual que los monstruos, el relato de la isla encantada era también una verdad disfrazada. Comparado con los horrores de la Europa continental, el centro de acogida que había alojado a mi abuelo debía de haber parecido un paraíso, y por tanto en eso se había convertido en sus historias: un refugio seguro de veranos interminables, ángeles guardianes y niños mágicos, quienes en realidad no podían ni volar ni volverse invisibles ni levantar cantos rodados, por supuesto. La peculiaridad por la que habían sido perseguidos era simplemente la de ser judíos. Eran huérfanos de guerra, arrojados a aquella pequeña isla por una marea de sangre. Lo que los convertía en seres asombrosos no era que poseyeran poderes especiales, sino que haber escapado a los guetos y las cámaras de gas ya era milagro suficiente.

Dejé de pedir a mi abuelo que me contara historias, y creo que secretamente se sintió aliviado. Una atmósfera de misterio rodeó los detalles de sus primeros años. No curioseé. Él había pasado por un calvario y tenía derecho a sus secretos. Me sentí avergonzado por haber tenido celos de su vida, considerando el precio que había pagado por ella, e intenté sentirme afortunado por la vida segura y nada extraordinaria de que disfrutaba y que no había hecho nada para merecer.

Entonces, unos pocos años más tarde, cuando yo tenía quince, sucedió una cosa extraordinaria y terrible, y a partir de ese momento sólo hubo un Antes y un Después.

UNO

Pasé la última tarde del Antes construyendo una reproducción a escala 1/10.000 del Empire State Building con cajas de pañales para adultos. Era una auténtica belleza; la base medía metro y medio y se alzaba imponente por encima del pasillo de los cosméticos, el tamaño gigante para los cimientos, los normales para la terraza panorámica y las cajas de prueba apiladas con meticulosidad para conseguir la icónica aguja. Era casi perfecto, salvo por un detalle crucial.

—Usaste «Siempre Seco» —dijo Shelley, observando mi obra con una expresión escéptica—. Las cajas en liquidación son las de «Siempre Fijo». —Shelley era la encargada de la tienda, y sus hombros hundidos y su expresión adusta formaban parte de su uniforme, tanto como los polos azules que todos teníamos que llevar.

—Pero tú dijiste «Siempre Seco» —me quejé, porque eso había dicho.

—«Siempre Fijo» —insistió ella, sacudiendo la cabeza con pesar, como si mi torre fuera un caballo de carreras lisiado y ella la portadora de la pistola con las cachas de nácar.

Hubo un breve pero incómodo silencio durante el cual ella siguió sacudiendo la cabeza y pasando los ojos de mí a la torre y de vuelta a mí. La contemplé con mirada inexpresiva, como si no consiguiera captar lo que quería decir con su actitud pasivoagresiva.

—¡Ahhhhhh! —dije por fin—. ¿Te refieres a que quieres que vuelva a hacerlo?

—Lo que sucede es que usaste «Siempre Seco» —repitió.

—No pasa nada. Ahora lo arreglo.

Con la punta de mi zapatilla de deporte de color negro di un golpecito a una de las cajas de los cimientos. En un instante la espléndida construcción se derrumbó en cascada a nuestro alrededor, cubriendo el suelo como un enorme maremoto de pañales; las cajas hicieron carambola contra las piernas de unos sobresaltados clientes y rodaron hasta la puerta automática, que se abrió, dejando entrar el sofocante calor de agosto.

El rostro de Shelley adquirió el tono de una granada madura. Debería haberme despedido en aquel mismo instante, pero yo sabía que jamás tendría esa suerte. Había estado intentando que me despidieran de Smart Aid todo el verano, y había resultado poco menos que imposible. Llegaba tarde, repetidamente y con las excusas más rocambolescas; me equivocaba al devolver el cambio; incluso colocaba mal las cosas en las estanterías a propósito, mezclando lociones con laxantes y anticonceptivos con champús para bebés. Pocas veces me había esforzado tanto en algo, y sin embargo no importaba lo incompetente que fingiera ser, Shelley me mantenía tozudamente en la plantilla.

Deja que matice mi anterior declaración: Era poco menos que imposible que me despidieran de Smart Aid. Cualquier otro empleado habría salido por la puerta a la primera de cambio por cualquier infracción menor. Fue mi primera lección sobre política. Hay tres Smart Aid en Englewood, la pequeña y aburrida ciudad costera donde vivo, veintisiete en el condado de Sarasota y ciento quince en toda Florida, extendiéndose por todo el estado como un sarpullido sin cura. La razón por la que no me podían despedir era que mis tíos eran los propietarios de todos ellos. Y la razón por la que yo no podía marcharme era que trabajar en Smart Aid, antes de incorporarte a tu vida laboral, había sido desde hacía mucho tiempo una sacrosanta tradición familiar. Todo lo que había conseguido con mi campaña de autosabotaje era una contienda perpetua con Shelley y el resentimiento profundo y perdurable de mis compañeros de trabajo; quienes, reconozcámoslo, iban a sentirse molestos conmigo de todos modos, porque por muchos expositores que tirara o por muy mal que devolviera el cambio, un día yo iba a heredar una buena tajada de la compañía, y ellos no.

Vadeando entre pañales, Shelley presionó el dedo contra mi pecho y estaba a punto de decir algo desagradable cuando el sistema de megafonía la interrumpió:

—Jacob, tienes una llamada en la línea dos. Jacob, línea dos.

Me fulminó con la mirada mientras yo retrocedía, dejando su rostro colorado como una granada entre las ruinas de mi torre.

La sala de descanso para los empleados era una habitación sin ventanas que olía a humedad donde encontré a la dependienta de la farmacia, Linda, mordisqueando un emparedado sin corteza bajo el vívido resplandor de la máquina de refrescos. Indicó con la cabeza un teléfono atornillado a la pared.

—La línea dos es para ti. Quienquiera que sea está fuera de sí.

Levanté el oscilante auricular.

—¿Yakob? ¿Eres tú?

—Hola, abuelo Portman.

—Yakob, gracias a Dios. Necesito mi llave. ¿Dónde está mi llave? —Sonaba alterado, sin aliento.

—¿Qué llave?

—No juegues conmigo —espetó—. Ya sabes a qué llave me refiero.

—Probablemente la habrás extraviado.

—Tu padre te obligó a hacerlo —dijo—. Sólo dímelo. No tiene que saberlo.

—Nadie me obligó a hacer nada. —Intenté cambiar de tema—. ¿Te tomaste las pastillas esta mañana?

—Vienen a por mí, ¿entiendes? No sé cómo me encontraron después de tantos años, pero lo hicieron. ¿Con qué se supone que debo enfrentarme a ellos, con el maldito cuchillo de la mantequilla?

No era la primera vez que le oía hablar así. Mi abuelo se hacía viejo y, francamente, empezaba a perder el juicio; las señales de su deterioro mental habían sido imperceptibles al principio, como olvidar comprar los comestibles o llamar a mi madre con el nombre de mi tía. Pero a lo largo del verano su progresiva demencia había adquirido un giro cruel. Las historias fantásticas que había inventado sobre su vida durante la guerra —los monstruos, la isla encantada— se habían vuelto total y opresivamente reales para él. Había estado particularmente nervioso las últimas semanas, y mis padres, que temían que se convirtiera en un peligro para sí mismo, estaban considerando muy en serio la idea de ingresarlo en una residencia. Por alguna razón, yo era el único que recibía estas apocalípticas llamadas telefónicas suyas.

Como de costumbre, hice todo lo posible por tranquilizarle.

—Estás a salvo. Todo va bien. Traeré una cinta de vídeo para que la veamos más tarde, ¿qué te parece?

—¡No! ¡Quédate donde estás! ¡Este lugar no es seguro!

—Abuelo, los monstruos no vienen a buscarte. Los mataste a todos en la guerra, ¿recuerdas?

Me volví de cara a la pared, intentando ocultar parte de mi estrambótica conversación a Linda, quien me lanzaba curiosas ojeadas a la vez que fingía leer una revista de moda.

—No a todos —respondió él—. No, no, no. Maté a muchos, sin duda, pero siempre aparecen más. —Pude oírle andando por su casa haciendo ruido, abriendo cajones, cerrando cosas con violencia; estaba hecho una furia—. Tú mantente alejado, ¿me oyes? Estaré perfectamente... ¡se les corta la lengua y se les acuchillan los ojos, eso es todo lo que hay que hacer! ¡Si pudiera encontrar esa maldita LLAVE!

La llave en cuestión abría una taquilla enorme del garaje del abuelo. Dentro había un arsenal de armas y cuchillos en cantidad suficiente para armar a una pequeña milicia. Mi abuelo había pasado la mitad de su vida coleccionándolos, había asistido a ferias de armas fuera del estado, participado en largas cacerías y también había arrastrado a su renuente familia a polígonos de tiro durante soleados domingos para que todos aprendieran a disparar. Amaba tanto sus armas que a veces incluso dormía con ellas. Mi padre tenía una vieja instantánea que lo demostraba: el abuelo Portman echando un sueñecito pistola en mano.

Cuando le pregunté a mi padre por qué el abuelo estaba tan obsesionado por las armas, me contestó que eso les sucedía a menudo a personas que habían sido soldados o que habían pasado por experiencias traumáticas. Imagino que con todo lo que había pasado mi abuelo, ya no se sentía a salvo en ninguna parte, ni siquiera en su casa. Lo cómico de la situación era que, ahora que los delirios y la paranoia empezaban a adueñarse de él, eso se había vuelto cierto: no estaba a salvo en casa, no con todas aquellas armas por allí; por eso mi padre le había birlado la llave.

Repetí la mentira de que no sabía dónde estaba. Hubo más imprecaciones y golpes mientras iba de un lado a otro, enfurecido, buscándola.

—¡Uf! —dijo por fin—. Que tu padre se quede con la llave si es tan importante para él. ¡Que se quede con mi cadáver, también!

Puse fin a la conversación telefónica con toda la educación de que fui capaz y luego llamé a mi padre.

—El abuelo está perdiendo la chaveta —le dije.

—¿Se ha tomado sus pastillas hoy?

—No quiere decírmelo, pero me da la impresión de que no.

Oí suspirar a mi padre.

—¿Puedes pasarte por allí y asegurarte de que está bien? No puedo abandonar el trabajo justo ahora.

Mi padre trabajaba como voluntario a media jornada en el refugio para aves, donde ayudaba a rehabilitar garcetas blancas atropelladas y pelícanos que se habían tragado anzuelos. Era ornitólogo amateur y aspirante a escritor sobre temas de la naturaleza —con un montón de manuscritos inéditos como prueba—, empleos que sólo podían ser considerados como tales si por casualidad estabas casado con una mujer cuya familia era propietaria de ciento quince drugstores.

Desde luego, mi empleo tampoco acababa de ser serio, así que era fácil abandonarlo siempre que me venía en gana. Me comprometí a ir a ver al abuelo.

—Gracias, Jake. Te prometo que solucionaré todo este asunto del abuelo pronto, ¿de acuerdo?

«Todo este asunto del abuelo.»

—¿Te refieres a meterlo en un asilo? —pregunté—. ¿Hacer que se convierta en el problema de otros?

—Mamá y yo no lo hemos decidido aún.

—Claro que lo habéis decidido.

—Jacob...

—Puedo manejarle, papá. De verdad.

—Tal vez ahora todavía puedas, pero no hará más que empeorar.

—Muy bien. Lo que tú digas.

Colgué y llamé a mi amigo Ricky para que me llevara en coche. A los diez minutos oí el inconfundible bocinazo gutural de su vetusto Crown Victoria en el aparcamiento. De camino a la calle le di la mala noticia a Shelley: su torre de «Siempre Fijo» tendría que esperar hasta el día siguiente.

—Emergencia familiar —expliqué.

—De acuerdo —respondió ella.

Salí a la húmeda y calurosa tarde y me encontré con Ricky fumando sobre el capó de su destartalado coche. Sus botas, con una costra de barro, el modo en que dejaba que el humo saliera en volutas de sus labios y cómo los últimos rayos del sol iluminaban sus cabellos verdes le daban un aspecto de James Dean paleto y punk. Era todas esas cosas, una polinización cruzada estrafalaria de subculturas, posible únicamente en el sur de Florida.

Me vio y saltó del capó.

—¡¿No te han despedido todavía?! —gritó desde el otro extremo del aparcamiento.

—¡Chissst! —siseé, corriendo hacia él—. ¡No conocen mi plan!

Ricky me asestó un puñetazo en el hombro como para dar ánimos, pero que casi me parte el manguito rotador.

—No te preocupes, Edu Especial. Siempre hay un mañana.

Me llamaba Edu Especial porque yo asistía a unas cuantas clases para superdotados, clases que conformaban, estrictamente hablando, parte del currículo de educación especial de nuestra escuela, una sutil nomenclatura que Ricky encontraba infinitamente graciosa. En eso consistía nuestra amistad: partes iguales de irritación y cooperación. La parte de cooperación era un oficioso acuerdo de intercambio de inteligencia por músculos, mediante el cual yo le ayudaba a no suspender inglés y él evitaba que me mataran los sociópatas hinchados de esteroides que rondaban por los pasillos de nuestra escuela. El hecho de que mis padres se sintieran profundamente incómodos con él también le daba puntos extra. Era, supongo, mi mejor amigo, lo que es un modo menos patético de decir que era mi único amigo.

Ricky dio una patada a la portezuela del copiloto del Crown Vic, que era la única manera de abrirla, y subí al coche. El Vic era alucinante, una pieza digna de un museo de arte folk involuntario. Ricky lo compró en el vertedero municipal a cambio de un bote lleno de monedas de veinticinco centavos —o eso afirmaba él—, un pedigrí cuyo perfume ni siquiera el bosque de árboles ambientadores que había colgado del retrovisor podía disimular. Los asientos estaban reforzados con cinta adhesiva industrial para que los muelles rebeldes de la tapicería no se te metieran por el trasero. Lo mejor era el exterior, un oxidado paisaje lunar de agujeros y abolladuras, resultado de un plan para obtener dinero extra para gasolina permitiendo que fiesteros borrachos aporrearan el coche con un palo de golf a un dólar el golpe. La única regla, que no se había hecho valer con demasiada rigurosidad, era que uno no podía apuntar a nada hecho de cristal.

El motor se puso en marcha con un traqueteo y una nube de humo azul. Mientras abandonábamos el aparcamiento y pasábamos ante hileras de pequeños centros comerciales en dirección a casa del abuelo Portman, empecé a inquietarme por lo que nos podíamos encontrar al llegar. Los peores casos incluían a mi abuelo corriendo desnudo por la calle, empuñando un rifle de caza, sacando espumarajos por la boca en el césped del jardín o acechando con un objeto puntiagudo en la mano. Cualquier escenario era posible, y que ésa fuera la primera vez que Ricky iba a ver a un hombre del que yo había hablado con veneración me ponía especialmente nervioso.

El cielo empezaba a adquirir el color de un moretón recién estrenado cuando entramos en la urbanización donde vivía el abuelo, un laberinto desconcertante de calles sin salida entrelazadas, conocido colectivamente como Circle Village. Paramos ante la caseta del guarda para darnos a conocer, pero el anciano de la cabina estaba roncando y la verja estaba abierta, como acostumbraba a ocurrir, así que nos limitamos a seguir nuestro camino. Mi teléfono lanzó un pitido con un mensaje de texto de mi padre preguntando cómo iban las cosas y, en el poco tiempo que necesité para responder, Ricky se las apañó para perdernos completamente del modo más pasmoso. Cuando dije que no tenía ni idea de dónde estábamos, lanzó una imprecación y efectuó una sucesión de chirriantes cambios de sentido, escupiendo arcos de jugo de tabaco por la ventanilla mientras yo escrutaba el vecindario en busca de un punto de referencia. No era fácil, ni siquiera para mí, que había ido a visitar a mi abuelo innumerables veces desde niño, porque todas las casas eran idénticas: bajas y cuadradas con variaciones de poca importancia, adornadas con revestimientos exteriores de aluminio o madera oscura al estilo de los setenta, o bien revestidas con columnatas de yeso que resultaban delirantemente pretenciosas. Los rótulos de las calles, la mitad de los cuales habían quedado blancos y desconchados y con el texto ilegible por la exposición al sol, tampoco eran de gran ayuda. Los únicos puntos de referencia reales eran los estrafalarios y vistosos adornos de los jardines, en eso Circle Village era un auténtico museo al aire libre.

Finalmente, reconocí un buzón que sostenía en alto un mayordomo de metal que, a pesar de tener la espalda recta y una expresión altanera, parecía llorar lágrimas de óxido. Grité a Ricky que girara a la izquierda; los neumáticos del Vic chirriaron y me vi lanzado contra la puerta del copiloto. El impacto debió de desatascar algo en mi cerebro, porque de improviso las instrucciones regresaron en tropel a mi cabeza.

—¡A la derecha en la orgía de flamencos! ¡A la izquierda en el tejado de Papás Noel multiétnicos! ¡Recto por delante de los querubines meones!

Cuando dejamos atrás los querubines, Ricky aminoró a paso de tortuga y escrutó dubitativo la casa de mi abuelo. No estaba encendida la luz en ninguno de los porches, no brillaba ningún televisor tras las ventanas, no había ninguna limusina en un garaje abierto. Todos los vecinos habían huido al norte para escapar del extenuante calor del verano, dejando que los enanos de los patios se ahogaran en céspedes descuidados y asegurándose de que las persianas contra huracanes estaban bien cerradas, de modo que cada casa tenía el aspecto de un pequeño refugio antiaéreo de color pastel.

—La última a la izquierda —añadí.

Ricky dio un golpecito al acelerador y petardeamos calle abajo. Al llegar a la cuarta o quinta casa pasamos ante un anciano que regaba el césped. Era calvo como una bola de billar y llevaba un albornoz y zapatillas; la hierba le llegaba hasta los tobillos. La casa estaba oscura y los postigos cerrados. Volví la cabeza para observarlo y él pareció devolverme la mirada, aunque eso era imposible, comprendí con un leve sobresalto, porque sus ojos eran de un perfecto blanco lechoso. «Eso es extraño —pensé—, el abuelo Portman jamás mencionó que uno de sus vecinos fuera ciego.»

La calle terminaba ante una barrera de abetos falsos y Ricky efectuó un violento giro a la izquierda para coger el camino que llevaba hasta la casa de mi abuelo. Apagó el motor, salió y abrió mi puerta dándole una patada. Nuestros zapatos susurraron a través de la hierba seca hasta llegar al porche.

Llamé al timbre y esperé. Un perro ladró en alguna parte, un sonido solitario en la bochornosa tarde. Al no obtener respuesta, aporreé la puerta, pensando que a lo mejor el timbre había dejado de funcionar. Ricky asestó manotazos a los mosquitos que habían empezado a envolvernos.

—A lo mejor ha salido —aventuró Ricky, con una sonrisa burlona—. Una cita con alguna nena.

—Ya puedes reírte —repliqué—. Tiene más posibilidades que nosotros cualquier noche de la semana. Este lugar está plagado de viudas deseables —bromeé, sólo para calmar los nervios, pues el silencio me inquietaba.

Recogí la llave escondida en los arbustos.

—Espera aquí.

—Y un cuerno. ¿Por qué?

—Porque mides un metro noventa y ocho, tienes el pelo verde y mi abuelo no te conoce, y tiene un arsenal en casa.

Ricky encogió los hombros y se introdujo otro taco de tabaco en la mejilla; luego fue a tumbarse en un sillón mientras yo hacía girar la llave en la puerta principal y entraba.

Incluso bajo la luz cada vez más tenue pude darme cuenta de que la casa estaba hecha un desastre; parecía como si la hubiesen saqueado unos ladrones. Habían vaciado estanterías y vitrinas, y las chucherías y los Reader's Digest con letra grande estaban desperdigados por el suelo. Los cojines del sofá y las sillas tirados en cualquier sitio. Las puertas de la nevera y del congelador estaban abiertas y su contenido se derretía en charcos pegajosos sobre el linóleo.

Se me cayó el alma a los pies. Finalmente, el abuelo Portman se había vuelto loco. Grité su nombre... pero no oí nada.

Fui de habitación en habitación, encendiendo luces y mirando en cualquier rincón donde un anciano paranoico pudiera ocultarse de los monstruos: detrás de los muebles, en el angosto espacio del altillo, bajo la mesa de trabajo del garaje. Incluso comprobé si estaba dentro de su armario de las armas, aunque por supuesto estaba cerrado con llave, con la manija llena de arañazos allí donde había intentado forzarla. Fuera, en el porche, en un armazón colgante, unos helechos muertos de sed oscilaban bajo la brisa. Me puse de rodillas sobre el suelo de hierba artificial y atisbé bajo los bancos de ratán, temiendo lo que pudiera encontrar.

Vi un destello de luz procedente del patio trasero.

Crucé a todo correr la puerta mosquitera y encontré una linterna abandonada en la hierba; el haz de luz señalaba el bosque que bordeaba el patio de mi abuelo: una jungla enmarañada de palmitos y palmeras que discurría durante casi dos kilómetros entre Circle Village y la siguiente urbanización, Century Woods. Según las leyendas locales, el bosque estaba plagado de serpientes, mapaches y jabalíes. Cuando me imaginé a mi abuelo allí fuera, perdido y desvariando sin llevar otra cosa encima que su albornoz, un siniestro sentimiento me invadió. Casi cada semana aparecía una noticia sobre algún ciudadano de edad avanzada que había tropezado y caído en algún embalse pequeño y acababa devorado por caimanes. El peor de los casos posibles no era difícil de imaginar.

Llamé a gritos a Ricky y al cabo de un momento doblaba a toda velocidad la esquina de la casa. Al instante reparó en algo que yo no había visto: un largo desgarro de aspecto desagradable en la puerta mosquitera. Soltó un silbido quedo.

—Eso es un buen arañazo. Un jabalí podría haberlo hecho. O un lince tal vez. Deberías ver las zarpas que tienen esos bichos.

Unos salvajes ladridos se dejaron oír a poca distancia. Ambos dimos un respingo y luego intercambiamos una mirada nerviosa.

—O un perro —dije.

El sonido ocasionó una reacción en cadena por todo el vecindario y pronto llegaron ladridos de todas direcciones.

—Podría ser —repuso Ricky, asintiendo—. Tengo una pistola del 22 en el maletero. Tú espera aquí. —Y se alejó.

Los ladridos se fueron apagando y un coro de insectos nocturnos ocupó su lugar, monótonos y extraños. El sudor me corría por el rostro. Estaba oscuro, pero la brisa había cesado y de algún modo el aire parecía más caliente de lo que había sido en todo el día.

Recogí la linterna y caminé en dirección a los árboles. Mi abuelo estaba allí fuera en alguna parte, estaba seguro. Pero ¿dónde? Yo no era ningún rastreador, y tampoco lo era Ricky. Y sin embargo, algo pareció guiarme de todos modos —una aceleración en el pecho; un susurro en el aire viscoso— y de repente ya no pude esperar ni un segundo más. Me metí entre los matorrales bajos como un sabueso olfateando un rastro invisible.

Es difícil correr en un bosque de Florida, donde cada metro cuadrado no ocupado por árboles está erizado de brotes de palmitos que te llegan hasta el muslo y redes de envolventes paederias foetidas, pero me las arreglé lo mejor que pude, gritando el nombre de mi abuelo y pasando la luz de la linterna por todas partes. Capté un destello blanco con el rabillo del ojo y fui derecho hacia él, pero al inspeccionar más de cerca resultó ser una pelota de fútbol deshinchada que había perdido hacía años.

Estaba a punto de darme por vencido y regresar en busca de Ricky, cuando avisté un pasillo estrecho de palmitos recién pisoteados no muy lejos. Me introduje en él y paseé la luz de la linterna a un lado y a otro; las hojas estaban salpicadas de algo oscuro. Se me secó la garganta. Armándome de valor, empecé a seguir el rastro. Cuanto más avanzaba, mayor era el nudo que sentía en el estómago, como si mi mente supiera lo que había más adelante e intentara advertirme. Y entonces el sendero de maleza aplastada se ensanchó, y le vi.

Mi abuelo yacía boca abajo en un lecho de plantas trepadoras, con las piernas despatarradas y un brazo torcido bajo él como si hubiera caído de una gran altura. Pensé que sin duda estaba muerto. Tenía la camiseta empapada de sangre, los pantalones desgarrados y le faltaba un zapato. Durante un largo rato me limité a mirarle fijamente, con el haz de luz de la linterna temblando sobre su cuerpo. Cuando pude volver a respirar pronuncié su nombre, pero no se movió.

Caí de rodillas y presioné la palma de la mano sobre su espalda.

La sangre que la empapaba estaba aún caliente. Pude percibir que respiraba de un modo muy superficial.

Le pasé los brazos por debajo y le hice girar sobre la espalda. Estaba vivo, pero muy débil; tenía los ojos vidriosos y el rostro hundido y blanco. Entonces vi los cortes a lo largo de su cintura y estuve a punto de desmayarme. Eran amplios y profundos y estaban sucios de tierra, y el suelo embarrado por la sangre. Intenté cubrir las heridas con los jirones de su camisa sin mirarlas.

Oí a Ricky que gritaba desde el patio trasero.

—¡ESTOY AQUÍ! —chillé, y tal vez debería haber añadido «peligro» o «sangre», pero era incapaz de articular ninguna palabra más.

Lo único en lo que podía pensar era que los abuelos tenían que morir en camas, en lugares silenciosos donde zumbaban máquinas, no desplomados sobre el suelo empapado y apestoso, con hormigas pasándoles por encima y un abrecartas de latón aferrado en una mano temblorosa.

Un abrecartas. Eso era todo lo que había tenido para defenderse. Se lo quité y él abrió y cerró los dedos en vano en el aire, así que le cogí la mano y la sostuve. Mis dedos de uñas mordidas se entrelazaban con los suyos, pálidos y cubiertos de arañas de venas moradas.

—Tengo que moverte —le dije, deslizando un brazo bajo su espalda y el otro bajo sus piernas.

Empecé a levantarme, pero gimió y se quedó rígido, así que me detuve. No podía soportar la idea de hacerle daño. Tampoco podía dejarle allí, así que no se podía hacer otra cosa que esperar. Le sacudí con delicadeza la tierra suelta de los brazos, el rostro y los cabellos blancos, cada vez más ralos. Fue entonces cuando advertí que movía los labios.

Su voz era apenas audible, algo menos que un susurro. Me incliné sobre él y acerqué la oreja a sus labios. Farfullaba, perdiendo y recuperando la lucidez, pasando del inglés al polaco.

—No comprendo —musité.

Repetí su nombre hasta que sus ojos parecieron fijarse en mí y entonces inhaló con fuerza y dijo, en voz baja pero clara:

—Ve a la isla, Yakob. Esto no es seguro.

La vieja paranoia volvía. Le oprimí la mano y le aseguré que estábamos perfectamente, que él iba a estar perfectamente. Era la segunda vez que le mentía en un mismo día.

Le pregunté qué había sucedido, qué animal le había atacado, pero él no me escuchaba.

—Ve a la isla —repitió—. Estarás a salvo allí. Prométemelo.

—Lo haré. Te lo prometo.

¿Qué otra cosa podía decir?

—Pensaba que podría protegerte —añadió—. Debería habértelo contado hace mucho tiempo...

Me di cuenta de que se le escapaba la vida.

—¿Contarme qué? —pregunté, conteniendo las lágrimas.

—No hay tiempo —susurró.

Entonces alzó la cabeza del suelo, temblando por el esfuerzo, y me musitó al oído:

—Encuentra al pájaro. En el bucle. En el otro lado de la tumba del viejo. Tres de septiembre de 1940.

Asentí, pero él pudo darse cuenta de que no le comprendía. Con el último ápice de energía que le quedaba, añadió:

—Emerson... la carta. Cuéntales lo que sucedió, Yakob.

Dicho esto se dejó caer, agotado y apagándose. Le dije que le quería. Y entonces pareció desaparecer en sí mismo, con la mirada alejándose despacio para posarse en el firmamento, repleto ahora de estrellas.

Al cabo de un momento Ricky salió como una exhalación de la maleza. Vio al anciano inerte en mis brazos y retrocedió un paso.

—¡Oh, tío! ¡Oh, Dios! ¡Oh, Dios mío! —balbuceó, frotándose la cara con las manos, mientras decía cosas inconexas sobre encontrarle el pulso, llamar a la policía y si había visto algo en el bosque. Entonces me embargó la más extraña de las sensaciones.

Solté el cuerpo de mi abuelo y me puse en pie; cada terminación nerviosa hormigueaba con un instinto que no sabía que tuviera. Había algo en el bosque, ya lo creo... podía percibirlo.

No había luna y ningún movimiento en la maleza aparte de los nuestros, y a pesar de eso, de algún modo, yo supe justo cuándo alzar mi linterna y justo adónde apuntarla, y durante un instante en aquella estrecha franja de luz vi un rostro que parecía haber salido directamente de las pesadillas de mi infancia. Me devolvió la mirada con ojos que nadaban en líquida oscuridad, con profundas zanjas negras como el carbón de carne floja sobre su cuerpo encorvado, la boca abierta grotescamente de par en par de modo que una masa de lenguas largas parecidas a anguilas podían agitarse al exterior. Grité algo y entonces aquello se retorció y desapareció, sacudiendo los matorrales y atrayendo la atención de Ricky. Éste alzó su 22 y disparó, pampampampam, diciendo:

—¿Qué era eso? ¿Qué diablos era eso?

Pero no lo había visto y yo no podía hablar para contárselo; me había quedado petrificado, con la linterna que agonizaba parpadeando sobre el bosque vacío. Y entonces debí de perder el conocimiento, porque oí que él decía: «Jacob, Jake, eh Ed, ¿estásbienoqué?», y eso es lo último que recuerdo.

DOS

Pasé los meses que siguieron a la muerte de mi abuelo recorriendo un purgatorio de salas de espera beige y oficinas anónimas, analizado y entrevistado, convertido en tema de conversación cuando no podía oírles, asintiendo cuando me hablaban, repitiéndome, siendo objeto de un millar de miradas compasivas y entrecejos fruncidos. Mis padres me trataban como si fuera una reliquia frágil, temerosos de discutir o mostrarse inquietos en mi presencia, no fuera a hacerme añicos.

Me acosaban de tal manera las pesadillas que me despertaba pidiendo a gritos un protector bucal para impedir que rechinara los dientes hasta dejarlos convertidos en pequeñas protuberancias mientras dormía. No podía cerrar los ojos sin verla..., aquella cosa horrible con tentáculos en la boca. Estaba convencido de que había matado a mi abuelo y que pronto regresaría a por mí. En ocasiones, aquella nauseabunda sensación de pánico me inundaba como había hecho aquella noche y yo tenía la seguridad de que me acechaba a poca distancia, entre un grupito de árboles oscuros, más allá del coche siguiente en un aparcamiento o detrás del garaje donde guardaba la bicicleta.

La única solución que encontré fue dejar de salir de casa. Durante semanas rehusé aventurarme incluso al camino de acceso para recoger el periódico de la mañana. Dormía entre una maraña de mantas en el suelo del lavadero, la única parte de la casa que no tenía ventanas y cuya puerta se cerraba desde dentro. Allí fue donde pasé el día del funeral de mi abuelo, sentado sobre la secadora con mi portátil, intentando ensimismarme en juegos online.

Me culpaba por lo sucedido. «Si al menos le hubiese creído», era mi continua cantinela. Pero no le había creído, ni yo ni nadie, y ahora yo sabía cómo debía de haberse sentido, porque tampoco nadie me creía a mí. Mi versión de los acontecimientos sonaba perfectamente racional hasta que me veía forzado a pronunciar las palabras en voz alta y entonces sonaba demencial, en especial el día que tuve que pronunciarlas ante el agente de policía que vino a casa. Le conté todo lo que había sucedido, incluso lo de la extraña criatura, mientras él permanecía sentado asintiendo en el otro lado de la mesa de la cocina, sin escribir nada en su cuaderno de espiral. Cuando terminé, todo lo que dijo fue: «Estupendo, gracias», y luego volvió la cabeza hacia mis padres y preguntó si me habían llevado «a ver a alguien». Como si yo no fuera a saber lo que eso significaba. Le dije que tenía otra declaración que hacer y entonces alcé el dedo medio y me fui.

Mis padres me gritaron por primera vez en semanas. En realidad fue una especie de alivio... aquel viejo y dulce sonido. Yo también les grité algunas cosas desagradables. Que si se alegraban de que el abuelo Portman hubiera muerto. Que si yo era el único que de verdad le había querido.

El poli y mis padres conversaron en la entrada durante un rato y luego el poli se fue en su coche para regresar al cabo de una hora con un hombre que se presentó a sí mismo como dibujante de retratos robot. Había traído un enorme cuaderno de dibujo y me pidió que le describiera la criatura otra vez, y mientras yo lo hacía él improvisó un boceto, deteniéndose de vez en cuando para pedir aclaraciones.

—¿Cuántos ojos tenía?

—Dos.

—Ajá —repuso, como si los monstruos fueran algo que un dibujante de la policía dibujara todos los días.

Como intento de apaciguarme, fue de lo más patético. Lo que acabó de delatarlo fue cuando intentó darme el boceto finalizado.

—¿No lo necesitan para sus archivos o algo así? —le pregunté.

Intercambió una mirada estupefacta con el policía.

—Desde luego. ¿En qué estaría yo pensando?

Fue insultante a más no poder.

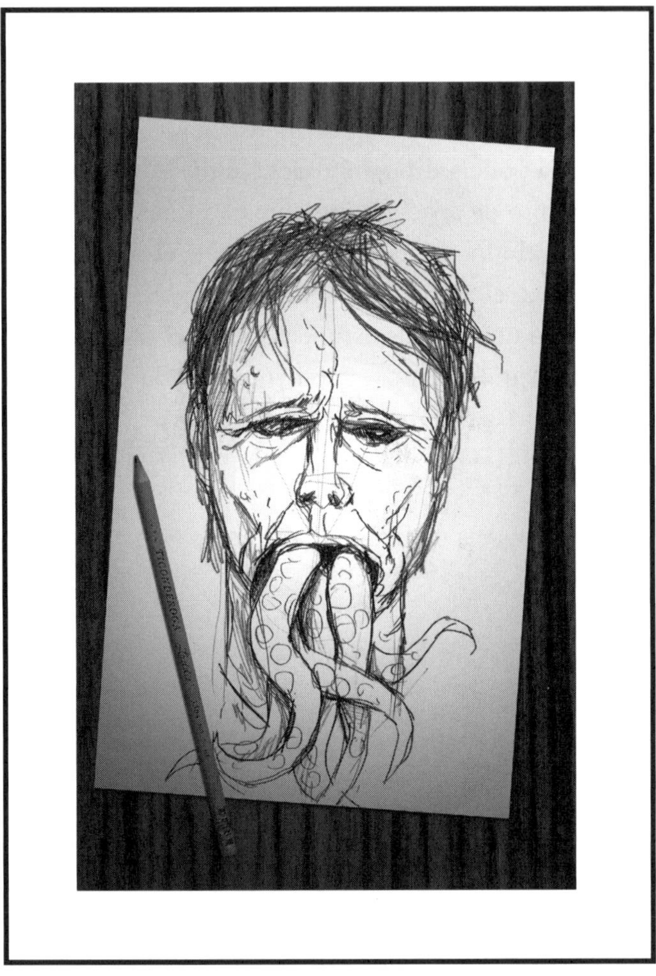

Ni siquiera mi mejor y único amigo, Ricky, me creía, y eso que él había estado allí conmigo. Juró y perjuró que no había visto ninguna criatura en el bosque aquella noche —aun cuando yo había dirigido la luz de la linterna directamente hacia ella—, eso fue todo lo que contó a los polis. Había oído ladridos, no obstante. Los dos los habíamos oído. De modo que no fue ninguna sorpresa cuando la policía concluyó que una jauría de perros asilvestrados había atacado y matado a mi abuelo. Al parecer, los habían avistado en otras partes y habían mordido a una mujer que paseaba por Century Woods la semana anterior. Todo ello de noche, claro.

—¡Justo cuando es más difícil ver a las criaturas! —exclamé.

Pero Ricky se limitó a sacudir la cabeza y farfulló algo sobre que yo necesitaba a alguien que me «mirara el cerebro».

—¿Te refieres a un loquero? —repliqué—. Te lo agradezco muchísimo. Es fantástico poder contar con amigos como tú.

Estábamos sentados en la azotea de mi casa, contemplando la puesta de sol sobre el golfo. Ricky se había enroscado como un muelle en una silla Adirondack injustificablemente cara que mis padres habían traído de un viaje al país de los amish. Tenía las piernas dobladas bajo él y los brazos cruzados con fuerza, fumando un cigarrillo tras otro con una especie de lúgubre determinación. Siempre parecía ligeramente incómodo en mi casa, pero me di cuenta por el modo en que sus ojos resbalaban sobre mí cada vez que me miraba que ahora no era el dinero de mis padres lo que le hacía sentirse violento, sino yo.

—Como quieras, tan sólo intento ser sincero contigo —dijo—. Sigue hablando de monstruos y van a encerrarte. Entonces sí que serás de verdad Edu Especial.

—No me llames así.

Lanzó lejos el cigarrillo con un veloz movimiento y escupió un enorme y reluciente taco de tabaco por encima de la barandilla.

—¿Estabas fumando y mascando tabaco al mismo tiempo?

—¿Quién eres tú, mi mamá?

—¿Tengo aspecto de chupársela a los camioneros a cambio de vales de comida?

Ricky era un entendido en chistes sobre «tu mamá», pero al parecer éste era más de lo que podía soportar. Saltó de la silla y me empujó con tal fuerza que casi me caí del tejado. Le chillé que se fuera, pero no era necesario, ya se había marchado.

Pasaron meses antes de que volviera a verle. Vaya con los amigos.

Al final, mis padres me llevaron a un loquero; un hombre tranquilo de piel aceitunada llamado doctor Golan. No me resistí. Sabía que necesitaba ayuda.

Pensé que yo sería un caso difícil, pero el doctor Golan fue sorprendentemente rápido conmigo. El modo sosegado y carente de emoción con el que explicaba las cosas era casi hipnótico y sólo necesitó dos sesiones para convencerme de que la criatura no había sido nada más que el producto de mi exacerbada imaginación; que el trauma de la muerte de mi abuelo me había hecho ver algo que no estaba allí en realidad. Eran los relatos del abuelo Portman los que habían colocado a la criatura en mi mente, explicó el doctor Golan, por eso era del todo lógico que, arrodillado y con su cuerpo entre mis brazos, sin haberme repuesto todavía del peor shock de mi joven vida, hubiera hecho aparecer al hombre del saco de mi abuelo.

Incluso había un nombre para aquello: reacción a un estrés agudo.

—Pues no le veo la agudeza por ningún sitio —declaró mi madre cuando oyó mi flamante nuevo diagnóstico.

Su chiste no me molestó. Casi cualquier cosa sonaba mejor que «loco».

Sin embargo, el simple hecho de que ya no creyera en monstruos no significaba que estuviera mejor. Seguía teniendo pesadillas, estaba nervioso y paranoico, incapaz de interactuar con otras personas, así que mis padres decidieron contratar a un profesor particular para que sólo tuviera que ir a la escuela los días que me sentía con ánimo para ello. También —¡por fin!— me permitieron dejar el Smart Aid. «Sentirme mejor» pasó a ser mi nueva ocupación.

Muy pronto, tomé la decisión de ser despedido también de éste. Una vez que quedó aclarada la pequeña cuestión de mi locura temporal, la función del doctor Golan pareció consistir principalmente en escribir recetas. «¿Todavía tienes pesadillas? Tengo algo para eso.» «¿Un ataque de pánico en el autobús escolar? Esto te irá bien.» «¿No puedes dormir? Subamos la dosis.» Todas aquellas pastillas me estaban engordando y atontando, y seguía sintiéndome deprimido, sin poder dormir más de tres o cuatro horas por noche. Fue por ese motivo que empecé a mentirle al doctor Golan. Fingí estar perfectamente, cuando cualquiera que me mirara podía ver las bolsas debajo de mis ojos y el modo en que saltaba como un gato nervioso ante ruidos repentinos. Una semana falsifiqué todo un diario de sueños, haciendo que parecieran insulsos y simples, tal y como debían de ser los de una persona normal. En un sueño iba a visitar al dentista. En otro, yo volaba. Dos noches seguidas, le conté, había soñado que estaba desnudo en la escuela.

Entonces me interrumpió.

—¿Qué hay de las criaturas?

Encogí los hombros.

—Ni rastro de ellas. Imagino que eso significa que estoy mejorando, ¿no?

El doctor Golan dio golpecitos con su bolígrafo durante un momento y luego escribió algo.

—Espero que no me estés contando simplemente lo que crees que quiero oír.

—Desde luego que no —mentí, mientras mi mirada pasaba entre los títulos enmarcados, que daban fe, todos ellos, de su pericia en varias subdisciplinas de la psicología, incluida, estoy seguro, cómo saber cuando un adolescente sumamente estresado te está engañando.

—Seamos realistas por un minuto. —Dejó el bolígrafo sobre la mesa—. ¿Me estás diciendo que no has tenido el sueño ni siquiera una noche esta semana?

Siempre he mentido fatal, así que en lugar de humillarme, confesé.

—Bueno, tal vez una.

La verdad era que había tenido el sueño todas las noches de aquella semana. Con pequeñas variaciones, siempre sucedía lo mismo: Estoy agazapado en el rincón del dormitorio de mi abuelo, con la luz ambarina del crepúsculo retrocediendo en las ventanas, y apunto con una carabina de aire comprimido de plástico rosa a la puerta. Una enorme y refulgente máquina expendedora se alza donde debería estar la cama, pero no está llena de caramelos, sino de hileras de afiladísimos cuchillos tácticos y pistolas de balas perforadoras. Mi abuelo está allí, ataviado con un viejo uniforme del ejercito británico, introduciendo dólares en la máquina, pero hacen falta muchísimos para comprar una arma y se nos acaba el tiempo. Por fin, un reluciente 45 gira sobre sí mismo en dirección al cristal, pero antes de caer queda atascado. Mi abuelo lanza una imprecación en yidish, da una patada a la máquina, luego se arrodilla e introduce la mano para intentar agarrarlo, pero el brazo queda atorado. Es entonces cuando aparecen, con sus largas lenguas negras deslizándose hacia arriba por el exterior de los cristales, buscando un modo de entrar. Les apunto con el arma de aire comprimido y aprieto el gatillo, pero no sucede nada. Entretanto el abuelo Portman chilla como un loco —«Encuentra al pájaro, encuentra el bucle, Yakob, ¿por qué no me comprendes, maldito yutzi estúpido?»— y entonces las ventanas se hacen pedazos, cae una lluvia de cristales y las lenguas negras descienden sobre nosotros. Entonces, por lo general es cuando me despierto, empapado en sudor, con el corazón desbocado y un gran nudo en el estómago.

Aun cuando el sueño era siempre el mismo y lo habíamos repasado un centenar de veces, el doctor Golan siempre quería que se lo describiera en cada sesión. Era como si interrogara a mi subconsciente, en busca de alguna pista que podría habérsele escapado las noventa y nueve veces anteriores.

—Y en el sueño, ¿qué es lo que dice tu abuelo?

—Lo mismo de siempre —respondí—. Aquello sobre el pájaro, el bucle y la sepultura.

—Sus últimas palabras.

Asentí.

El doctor Golan juntó las yemas de los dedos de ambas manos y los presionó contra la barbilla: la viva imagen de un loquero meditabundo.

—¿Alguna idea nueva sobre lo que podrían significar?

—Claro. Una mierda, eso es lo que significan.

—Vamos. No hablas en serio.

Yo quería actuar como si no me importaran las últimas palabras de mi abuelo, pero claro que me importaban. Me habían estado corroyendo casi tanto como las pesadillas. Sentía que se lo debía, que no podía desestimar la última cosa que había dicho en este mundo, no podía tratarlas de delirio estúpido. Además, el doctor Golan estaba convencido de que comprenderlas podría ayudarme a desterrar mis espantosos sueños. Así que lo intenté.

Parte de lo que el abuelo había dicho tenía sentido, como lo de que quería que fuese a la isla. Le preocupaba que los monstruos fueran tras de mí y pensaba que la isla era el único refugio donde podría escapar de ellos, como había hecho él de niño. Después de eso, había añadido: «debería habértelo contado», pero puesto que no había tiempo para contarme lo que debería haberme contado, me pregunté si no habría optado por la mejor alternativa posible y dejado un rastro de miguitas de pan que conducía a alguien que sí podía contármelo; alguien que conocía su secreto. Deduje que a eso se refería con todo aquello tan enigmático sobre el bucle, la sepultura y la carta.

Durante algún tiempo pensé que «el bucle» podría ser una calle de Circle Village —un barrio residencial que no era otra cosa que calles serpenteantes sin salida— y que «Emerson» podría ser alguien con quien mi abuelo se había carteado. Un viejo camarada de la guerra con quien se había mantenido en contacto o algo parecido. Quizá el tal Emerson vivía en Circle Village, en uno de los bucles, por así decirlo, que formaban sus calles, junto a un cementerio, y una de las cartas tenía fecha del tres de septiembre de 1940, y era ésa la que yo debía leer. Sabía que sonaba a cosa de locos, pero cosas más demenciales han resultado ser ciertas. Así pues, al no encontrar online más que callejones sin salida, me dirigí al centro cívico de Circle Village, donde los ancianos del lugar se reúnen para jugar al tejo y hablar de la última operación sufrida. Allí pregunté dónde estaba el cementerio y si alguien conocía a un tal señor Emerson. Me miraron como si me estuviera creciendo otra cabeza del cuello, desconcertados por el hecho de que un adolescente les dirigiera la palabra. No había cementerio en Circle Village ni nadie en el barrio que se llamara Emerson ni ninguna calle con un nombre tan ridículo como Camino del Bucle o Avenida del Bucle o Bucle lo que fuera. Fue un completo fracaso.

Con todo, el doctor Golan no me permitió abandonar. Sugirió que dirigiera mi atención a Ralph Waldo Emerson, un antiguo poeta supuestamente famoso.

—Emerson escribió una buena cantidad de cartas —dijo—. A lo mejor es a eso a lo que se refería tu abuelo.

Parecía como si estuviera dando palos de ciego, pero sólo por quitarme a Golan de encima, una tarde pedí a mi padre que me dejara en la biblioteca. Averigüé rápidamente que Ralph Waldo Emerson en efecto había escrito gran cantidad de cartas que habían sido publicadas. Durante unos tres minutos me sentí emocionado de verdad, como si estuviera cerca de un gran descubrimiento, y entonces dos cosas resultaron evidentes: primero, que Ralph Waldo Emerson había vivido y fallecido en el siglo XIX y por lo tanto no podía haber escrito ninguna carta fechada el tres de septiembre de 1940, y segundo, que sus escritos eran tan densos y arcanos que era imposible que hubieran tenido el menor interés para mi abuelo, que no era precisamente un lector ávido. Descubrí las cualidades soporíficas de Emerson por las malas, es decir, quedándome dormido sobre el libro, babeando sobre un ensayo titulado «Confía en ti mismo» y reviviendo el sueño de la máquina expendedora por sexta vez esa semana. Desperté chillando y fui expulsado sin miramientos de la biblioteca, maldiciendo todo el tiempo al doctor Golan y sus estúpidas teorías.

La gota que colmó el vaso llegó al cabo de unos pocos días, cuando mi familia decidió que era hora de vender la casa del abuelo Portman. Sin embargo, antes de que se permitiera la entrada a posibles compradores, había que vaciar y limpiar el lugar. Siguiendo el consejo del doctor Golan, que pensó que sería bueno para mí «enfrentarme al escenario del trauma», fui reclutado para ayudar a mi padre y a la tía Susie a clasificar las pertenencias de mi abuelo. Al principio de nuestra llegada a la casa mi padre no dejó de preguntarme si estaba bien. Sorprendentemente, yo parecía estarlo, a pesar de los restos de cinta policial pegados a los matorrales y a la mosquitera rota del porche, que ondeaba bajo la brisa. Todas esas cosas —como el contenedor de escombros alquilado que habían colocado en la acera para engullir lo que quedaba de la vida de mi abuelo— me entristecían, pero no me asustaban.

En cuanto quedó claro que no estaba a punto de sufrir un ataque de nervios de esos que hacen salir espumarajos por la boca, nos pusimos manos a la obra. Armados con bolsas de basura, recorrimos tristemente la casa, vaciando estantes, vitrinas y altillos, descubriendo figuras geométricas de polvo bajo objetos que no se habían movido en años. Construimos pirámides de cosas que podían salvarse o recuperarse y pirámides de cosas destinadas al contenedor. Mi tía y mi padre no eran muy sentimentales, así que el montón del contenedor era siempre el mayor. Yo insistí tozudamente para conservar ciertas cosas, como el montón de casi dos metros y medio de altura de revistas del National Geographic estropeadas por el agua que se tambaleaba en una esquina del garaje —¿cuántas tardes había pasado estudiándolas minuciosamente, mientras me imaginaba entre los hombres de barro de Nueva Guinea o descubriendo un castillo en la cima de un precipicio en Bután?—, pero ellos siempre decidían en mi contra. Tampoco me permitieron conservar la colección de camisetas antiguas de jugar a bolos del abuelo («Son penosas», afirmó mi padre), sus discos de 78 revoluciones de las grandes orquestas del jazz y del swing («Alguien pagará una buena cantidad de dinero por esto») o el contenido de su enorme, y todavía cerrado con llave, arsenal («Es una broma, ¿verdad? Espero que sea una broma»).

Dije a mi padre que no tenía corazón. Mi tía abandonó el lugar, dejándonos solos en el estudio, donde habíamos estado ordenando una montaña de antiguos documentos financieros.

—Simplemente soy práctico. Esto es lo que sucede cuando la gente muere, Jacob.

—¿Ah, sí? ¿Y qué hay del día en que tú mueras? ¿Debería quemar todos tus viejos manuscritos?

Se puso colorado. Yo no debería haber dicho eso; mencionar sus proyectos de libros a medio terminar era definitivamente un golpe bajo. En lugar de chillarme, sin embargo, se mostró calmado.

—Te dejé que vinieras conmigo porque pensaba que ya eras lo bastante maduro para hacerlo. Supongo que me equivoqué.

—Sí, te equivocas. Piensas que deshacerte de todas las cosas del abuelo hará que le olvide. Pero no lo hará.

Él alzó las manos.

—¿Sabes qué? Estoy harto de discutir sobre esto. Quédate lo que quieras. —Arrojó un fajo de documentos amarillentos a mis pies—. Aquí tienes una lista desglosada de deducciones del año en que asesinaron a Kennedy. ¡Haz que te lo enmarquen!

Aparté los papeles de una patada y abandoné la habitación, cerrando la puerta de un portazo, y luego esperé en la salita a que saliera y se disculpara. Cuando oí ponerse en marcha la trituradora supe que no iba a hacerlo, así que crucé la casa dando fuertes pisotones y me encerré en el dormitorio. Olía a rancio, a cuero de zapatos y a la colonia levemente ácida de mi abuelo. Me recosté en la pared y seguí con la mirada un caminito desgastado de la alfombra, entre la puerta y la cama, donde un rectángulo de apagada luz solar caía sobre el borde de una caja que asomaba por debajo de la colcha. Me acerqué, me arrodille y la saqué. Era la vieja caja de cigarros, recubierta de polvo... como si la hubiera dejado allí justo para que yo la encontrara.

Dentro estaban las fotos que tan bien conocía: el chico invisible, la niña que levitaba, el levantador de cantos rodados, el hombre con la cara pintada en la parte posterior de la cabeza. Eran frágiles y se empezaban a pelar —también eran más pequeñas de lo que recordaba—, y al mirarlas ahora, ya casi adulto, me llamó la atención lo descarada que era la falsificación. Una leve quemadura y un raspado eran probablemente todo lo que hizo falta para que desapareciera la cabeza del chico «invisible». La gran roca que alzaba aquel muchacho tan sospechosamente escuálido podría haber sido creada fácilmente con yeso o espuma. Pero tales observaciones eran demasiado sutiles para un niño de seis años, en especial uno que quiere creer.

Debajo de aquellas fotos había cinco más que el abuelo Portman jamás me había mostrado. Me pregunté por qué, hasta que las miré con más detenimiento. Tres estaban manipuladas de un modo tan evidente que incluso un niño lo habría advertido: una era una doble exposición ridícula de una niña «atrapada» en una botella; otra mostraba a una criatura que «levitaba», suspendida por algo oculto en la oscuridad; la tercera era un perro con el rostro de un niño pegado encima. Como si éstas no fueran lo bastante estrafalarias, las últimas dos eran como sacadas de una pesadilla de David Lynch: una era una infeliz joven contorsionista efectuando un espantoso puente; en la otra, una pareja de extrañas gemelas aparecían vestidas con los disfraces más estrambóticos que había visto jamás. Incluso mi abuelo, que me había llenado la cabeza con historias de monstruos con tentáculos por lenguas, había comprendido que esas imágenes provocarían pesadillas a cualquier niño.

Arrodillado allí, en el suelo polvoriento de la habitación del abuelo, con aquellas fotos en las manos, recordé lo traicionado que me había sentido el día que comprendí que sus historias no eran ciertas. Ahora la verdad parecía evidente: sus últimas palabras no habían sido más que otro cambalache y lo último que había hecho había sido infectarme con pesadillas y delirios paranoicos que necesitarían de años de terapia y medicamentos para acabar desapareciendo.

Cerré la caja y la llevé a la salita, donde mi padre y tía Susie vaciaban en aquellos momentos un cajón lleno de vales de descuento, recortados pero jamás utilizados, en una bolsa de basura.

Les ofrecí la caja. No preguntaron qué había dentro.

—¿De modo que eso es todo? —preguntó el doctor Golan—. ¿Su muerte careció de sentido?

Yo había estado tumbado en el diván observando una pecera situada en el rincón, donde su único prisionero dorado nadaba en perezosos círculos.

—A menos que a usted se le ocurra algo mejor, sí —repuse—. Alguna gran teoría sobre su significado que no me haya contado. De lo contrario...

—¿Qué?

—De lo contrario, no es más que una pérdida de tiempo.

Suspiró y se pellizcó el caballete de la nariz como si intentara disipar un dolor de cabeza.

—Lo que significaban las últimas palabras de tu abuelo no es algo sobre lo que yo tenga que sacar una conclusión —continuó—. Es lo que tú pienses lo que importa.

—Eso es una porquería de psicología barata —escupí—. No es lo que yo piense lo que importa, ¡sino la verdad! Pero imagino que jamás lo sabremos, así que ¿a quién le importa? Limítese a doparme y a cobrar las facturas.

Quería que se enfureciera, que discutiera, que insistiera en que yo estaba equivocado, pero en su lugar permaneció sentado con cara inexpresiva, tamborileando sobre el brazo de su sillón con el bolígrafo.

—Me parece que te estás rindiendo —dijo tras un momento—. Me siento desilusionado. No das la impresión de ser de los que tiran la toalla.

—Entonces es que no me conoce muy bien —repliqué.

No podría haber estado de menos humor para una fiesta. Supe que se me venía una encima en cuanto mis padres empezaron a soltar indirectas nada sutiles sobre lo aburrido y poco interesante que iba a ser el próximo fin de semana, cuando todos sabíamos perfectamente que yo iba a cumplir los dieciséis. Les había suplicado que se saltaran la fiesta de ese año porque, entre otras razones, no se me ocurría ni una sola persona a la que quisiera invitar, pero a ellos les preocupaba que pasara demasiado tiempo solo, estaban convencidos de que hacer vida social era terapéutico. Lo mismo sucedió con el electroshock, les recordé. Pero a mi madre le costaba dejar pasar incluso la excusa más tonta para una celebración —en una ocasión invitó a unos amigos para celebrar el cumpleaños de nuestra cacatúa enana—, en parte porque le encantaba presumir de casa. Con una copa de vino en la mano, conducía a los invitados de una habitación excesivamente amueblada a otra, ensalzando el genio del arquitecto y contando batallitas sobre la construcción («Estos apliques tardaron meses en llegar de Italia»).

Acabábamos de llegar a casa tras mi desastrosa sesión con el doctor Golan y seguí a mi padre al interior de la salita, sospechosamente oscura, mientras él mascullaba cosas como: «Qué lástima que no hayamos planeado nada para tu cumpleaños» y «Ah, bueno, siempre nos queda el año próximo». De pronto, todas las luces se encendieron de golpe y dejaron al descubierto banderines, globos y una variopinta colección de tías, tíos, primos con los que rara vez hablaba —todo aquel a quien mi madre pudo engatusar para que asistiera— y a Ricky, que daba vueltas cerca de la ponchera y parecía cómicamente fuera de lugar con su cazadora de cuero y tachuelas. Una vez que todo el mundo acabó de lanzar aclamaciones entusiastas y yo dejé de fingir sorpresa, mi madre me rodeó con el brazo y susurró:

—¿Estás contento?

Yo estaba cansado y sólo quería jugar a Warspire III: The Summoning antes de acostarme con el televisor encendido. Pero ¿qué íbamos a hacer, enviar a todo el mundo a casa? Dije que era estupendo, y ella sonrió como para darme las gracias.

—¿Quién quiere ver mi última adquisición? —canturreó mi madre, sirviéndose un poco de chardonnay antes de conducir a un grupo de parientes escaleras arriba.

Ricky y yo nos saludamos con un movimiento de cabeza desde los extremos opuestos de la habitación, accediendo tácitamente a tolerar cada uno la presencia del otro durante una hora o dos. No habíamos hablado desde el día en que casi me hace caer del tejado, pero ambos comprendíamos la importancia de mantener la ilusión de tener amigos. Estaba a punto de ir a hablar con él cuando mi tío Bobby me agarró del codo y me condujo a un rincón. Bobby era un tipo fornido, que conducía un coche grande, vivía en una casa grande y acabaría por sucumbir a un gran ataque al corazón provocado por todo el foie gras y Monster Thickburgers que había introducido en su colon a lo largo de los años, dejándoselo todo a los porretas de mis primos y a su diminuta y callada esposa. Él y mi tío Les eran copresidentes de Smart Aid y tenían la costumbre de hacer esto... arrastrar a la gente a los rincones para mantener charlas misteriosas, como si planearan un golpe de la mafia en lugar de felicitar a la anfitriona por su guacamole.

—Así pues, tu madre me cuenta que realmente estás superando... esto... todo este asunto del abuelo.

Mi asunto. Nadie sabía cómo llamarlo.

—Reacción a un estrés agudo —sentencié.

—¿Cómo?

—Eso es lo que me pasó. Me pasa. Sea lo que sea.

—Eso está bien. Me alegro de oírlo. —Agitó una mano como si quisiera dejar toda aquella situación desagradable a nuestra espalda—. Así que tu madre y yo estábamos pensando... ¿Qué te parecería acercarte a Tampa este verano, para ver cómo funciona allí el negocio familiar? ¿Trabajar conmigo en el cuartel general durante un tiempo? ¡A menos que te encante llenar estantes! —Rió tan fuerte que di un involuntario paso atrás—. Incluso podrías alojarte en casa, pescar sábalos conmigo y tus primos los fines de semana.

A continuación, pasó cinco largos minutos describiendo su yate nuevo, y lo hizo con tal minuciosidad que resultó casi pornográfico, como si eso, por sí solo, fuera razón suficiente para cerrar el trato. Cuando finalizó, sonrió ampliamente y alargó la mano para que se la estrechara.

—¿Qué te parece, pues, Jdogg?

Supongo que estaba destinada a ser una oferta que yo no podía rechazar, pero habría preferido pasar el verano en un campo de trabajos forzados en Siberia antes que vivir con mi tío y sus hijos malcriados. En cuanto a trabajar en el cuartel general de Smart Aid, sabía que probablemente era una parte inevitable de mi futuro, pero había contado con disponer de al menos unos cuantos veranos más de libertad y cuatro años de universidad antes de verme forzado a encerrarme en una jaula corporativa. Vacilé, intentando pensar en una salida elegante, pero en su lugar lo que dije fue:

—No estoy seguro de que mi psiquiatra lo considere tan buena idea justo ahora.

Sus cejas pobladas se juntaron. Asintiendo vagamente, repuso:

—Oh, bueno, claro, desde luego. Nos limitaremos a improvisar sobre la marcha entonces, chico, ¿qué te parece eso?

Y a continuación se alejó sin esperar una respuesta, fingiendo ver a alguien en el otro extremo de la habitación cuyo codo debía agarrar.

Mi madre anunció que era hora de abrir los regalos. Siempre insistía en que lo hiciera delante de todo el mundo, lo que era un problema porque, como puede que ya haya mencionado antes, no soy bueno mintiendo. Eso significa también que no sirvo para fingir que me gustan los regalos reciclados, los CD de música country navideña o las suscripciones a revistas de caza y pesca —durante años el tío Les había mantenido la desconcertante falsa ilusión de que a mí me gusta «el aire libre»—, pero por una cuestión de decoro forcé una sonrisa y sostuve en alto cada tontería que desenvolvía para que todos la admiraran, hasta que el montón que quedaba sobre la mesa de centro quedó reducido a sólo tres.

Alargué la mano para coger el más pequeño. Dentro estaba la llave del lujoso turismo de cuatro años de antigüedad de mis padres. Iban a comprarse uno nuevo, explicó mi madre, así que yo heredaba el viejo. ¡Mi primer coche! Todo el mundo profirió exclamaciones de asombro y alegría, pero yo sentí que mi rostro enrojecía. Era demasiado parecido a chulear el hecho de aceptar un regalo tan espléndido delante de Ricky, cuyo coche costó menos que mi asignación mensual a los doce años. Daba la impresión de que mis padres estaban empeñados en conseguir que me importara el dinero, pero la verdad es que no me importaba. Por otra parte, es fácil decir que no te importa el dinero cuando lo tienes en gran cantidad.

El regalo siguiente era la cámara digital que les había pedido a mis padres durante todo el verano anterior.

—Vaya —dije, sopesándola con la mano—. Es imponente.

—Estoy planteando un libro nuevo sobre pájaros —comentó mi padre—. Estaba pensando que a lo mejor podrías hacer tú las fotos.

—¡Un libro nuevo! —exclamó mi madre—. ¡Es una idea fenomenal, Frank! A propósito, ¿qué fue del último en el que trabajabas? —Estaba claro que había tomado unas cuantas copas de vino.

—Todavía estoy puliendo algunos detalles —respondió mi padre, en voz baja.

—Ah, claro.

Pude oír como mi tío Bobby emitía una risita burlona.

—¡Muy bien! —exclamé, cogiendo el último regalo—. Éste es de tía Susie.

—A decir verdad —intervino mi tía, mientras yo empezaba a rasgar el papel que lo envolvía—, es de tu abuelo.

Me detuve en seco. Se hizo un silencio sepulcral en la habitación y todo el mundo miró a tía Susie como si hubiera invocado el nombre de un espíritu maligno. La mandíbula de mi padre se tensó y mi madre engulló de golpe el vino que le quedaba.

—Ábrelo y lo verás —indicó tía Susie.

Acabé de desenvolver el regalo y me encontré con un viejo libro de tapa dura, con las puntas dobladas y sin sobrecubierta. Era una antología de la obra de Ralph Waldo Emerson. Clavé la mirada en él como si intentara leer a través de la cubierta, incapaz de entender cómo había ido a parar a mis ahora temblorosas manos. Nadie salvo el doctor Golan estaba enterado de las últimas palabras del abuelo, y él había prometido en varias ocasiones que, a menos que yo amenazara con engullir desatascador o saltar de espaldas del puente Sunshine Skyway, todo lo que hablásemos en su despacho sería confidencial.

Miré a mi tía, con una pregunta dibujada en mi rostro que no sabía muy bien cómo articular. Ella se las arregló para esbozar una débil sonrisa y añadió:

—Lo encontré en el escritorio de tu abuelo cuando estábamos vaciando la casa. Escribió tu nombre en la primera página. Creo que su intención era que lo tuvieras tú.

Dios bendiga a la tía Susie. Tenía un corazón después de todo.

—Estupendo. No sabía que tu abuelo leyese —interrumpió mi madre, intentando relajar la atmósfera—. Qué detalle.

—Sí —repuso mi padre, con los dientes apretados—. Gracias, Susan.

Abrí el libro. En efecto, en la portada lucía una dedicatoria con la letra temblorosa de mi abuelo.

LOS TRABAJOS SELECCIONADOS DE RALPH WALDO

Editado y con introducción de

CLIFTON DURRELL, PH. D.

Para Jacob Magellan Portman
y los mundos que todavía
tiene que descubrir...

ANTHEM BOOKS · NEW YORK

Me levanté con la intención de irme, temía ponerme a llorar delante de todo el mundo, y en ese momento algo resbaló de entre las páginas y cayó al suelo.

Me incliné para recogerlo. Era una carta.

Emerson. La carta.

Me sentí palidecer. Mi madre se inclinó hacia mí y en un susurro tenso preguntó si necesitaba un vaso de agua, lo que era su forma de decir: «Mantén la calma, la gente te mira». Respondí:

—Me siento un poco, esto... —No pude continuar; con una mano en el estómago, salí disparado a mi habitación.

La carta estaba escrita a mano, en un excelente papel sin pautar y con una letra tan sinuosa que era casi caligrafía. El tono de la tinta negra iba variando, como el de una vieja pluma estilográfica. Decía:

Queridísimo Abe:

Espero que esta nota te encuentre a salvo y con una salud excelente. ¡Hace tanto tiempo desde la última vez que recibimos noticias tuyas! Pero escribo no para reprenderte, sino sólo para hacerte saber que todavía pensamos a menudo en ti y rezamos por tu bienestar. ¡Nuestro valiente y apuesto Abe!

En cuanto a la vida en la isla, poco ha cambiado. ¡Aunque nosotros preferimos que las cosas se mantengan tranquilas y metódicas! Me pregunto si te reconoceríamos después de tantos años, aunque estoy segura de que tú sí nos reconocerías a nosotros; a los pocos que quedamos, claro. Significaría mucho tener una fotografía reciente tuya, si tienes alguna. He incluido una instantánea mía un poco antigua.

E te echa muchísimo de menos. ¿Le escribirás?

Con respeto y admiración.
Directora Alma LeFay Peregrine

Tal como prometía, la autora había incluido una vieja instantánea.

La sostuve bajo el resplandor de mi lámpara de escritorio, intentando ver algún detalle en el rostro perfilado de la mujer, pero no había nada especial. La imagen era tan extraña, y sin embargo no se parecía en nada a las fotografías de mi abuelo. Aquí no había trucos. Era simplemente una mujer... una mujer que fumaba una pipa. Se parecía a la pipa de Sherlock Holmes, curva y colgando de los labios. Mis ojos no dejaban de regresar a ella.

¿Era esto lo que había querido el abuelo que encontrara? «Sí —pensé—, tiene que serlo»; no las cartas de Emerson, sino una carta, metida dentro del libro de Emerson. Pero ¿quién era esta directora, esta mujer llamada Peregrine? Estudié el sobre en busca de una dirección, pero sólo encontré un matasellos descolorido en el que se leía Cairnholm Is., Cymru, UK.

UK... eso era Gran Bretaña, y sabía por haber estudiado distintos atlas de niño que Cymru significaba Gales. Cairnholm Is tenía que ser la isla que Miss Peregrine había mencionado en su carta. ¿Podría tratarse de la misma isla en la que mi abuelo había vivido de niño?

Nueve meses atrás me había dicho que «encontrara al pájaro». Nueve años atrás había jurado que el centro de acogida en el que había vivido estaba protegido por un... por «un pájaro que fumaba en pipa». A los siete años yo había tomado tal declaración de un modo literal, pero la directora de la foto fumaba en pipa, y su nombre era Peregrine, una clase de halcón. ¿Y si el pájaro que mi abuelo quería que encontrase fuera en realidad la mujer que lo había rescatado..., la directora del orfanato? A lo mejor seguía en la isla, tras todos estos años, más vieja que Matusalén pero cuidada por algunos de sus pupilos, niños que habían crecido y jamás se habían ido.

Por primera vez, las últimas palabras de mi abuelo empezaron a adquirir una especie de extraño sentido. Él quería que fuese a la isla y encontrara a esta mujer, a su vieja directora. Si alguien conocía los secretos de su infancia, era ella. Pero el matasellos del sobre era de hacía quince años. ¿Seguiría todavía viva? Mentalmente, efectué unos cuantos cálculos rápidos: Si había estado dirigiendo un hogar para niños en 1939 y tenía, pongamos, veinticinco años en aquella época, entonces ahora tendría más de noventa años. De modo que era posible —había personas más viejas en Englewood que todavía vivían solas y conducían—, e incluso si Miss Peregrine hubiera fallecido en el período de tiempo transcurrido desde que enviara la carta, seguramente quedara alguien en Cairnholm que pudiera ayudarme, alguien que había conocido al abuelo Portman de niño. Alguien que conocía sus secretos.

Nosotros, había escrito ella. «Aquellos pocos que quedamos.»

Como puedes imaginar, convencer a mis padres para que me permitieran pasar parte del verano en una isla diminuta frente a la costa de Gales no fue tarea fácil. Ellos —en particular mi madre— tenían muchas razones de peso para considerarlo una idea espantosa, empezando por el coste, ya que se suponía que tenía que pasar el verano con el tío Bobby aprendiendo a dirigir un imperio de drugstores, y terminando por no tener a nadie que me acompañase, ya que ninguno de mis padres tenía el menor interés en hacerlo, y yo, desde luego, no podía ir solo. A mí me faltaban argumentos en defensa de mi idea, y el motivo «creo que tendría que ir», no era algo que podía explicar sin sonar aún más demente de lo que ellos ya temían que estuviera. Por supuesto que no podía contar a mis padres las últimas palabras del abuelo ni lo de la carta ni la foto; me habrían metido en un manicomio. Los únicos argumentos un poco sensatos que se me ocurrían eran cosas como: «Quiero saber más cosas sobre la historia de nuestra familia» y el nunca convincente «Chad Kramer y Josh Bell van a ir a Europa este verano. ¿Por qué no puedo ir yo también?». Los sacaba a colación tan a menudo como podía sin parecer desesperado (incluso en una ocasión recurrí al «Por problemas de dinero no será», una táctica que lamenté al instante), pero daba la impresión de que nada iba a hacerlos cambiar de idea.

Entonces sucedieron varias cosas que contribuyeron enormemente a mi causa. En primer lugar, tío Bobby se echó atrás sobre lo de pasar el verano con él; porque ¿quién quiere a un chiflado en su casa? Así que, de repente, mi agenda quedó totalmente en blanco. A continuación, mi padre averiguó que Cairnholm Island era una especie de paraíso para aves y, por decirlo de alguna manera, que la mitad de la población mundial de alguna especie que le pone a cien desde un punto de vista ornitológico vivía allí. Empezó a hablar con frecuencia sobre su hipotético libro nuevo y siempre que salía el tema yo hacía todo lo que podía por animarle y parecer interesado. Pero el factor clave fue el doctor Golan. Tras un mínimo intento de persuadirlo, nos dejó anonadados a todos al no tan sólo refrendar la idea, sino a animar a mis padres para que me permitieran ir.

—Podría ser bueno para él —dijo a mi madre, tras una sesión una tarde—. Su abuelo convirtió ese lugar en algo mitológico y visitarlo quizá lo ayudaría a desmitificarlo. Verá que es tan normal y carente de magia como cualquier otro sitio y, en consecuencia, las fantasías de su abuelo perderán poder. Podría ser un modo muy efectivo de combatir fantasía con realidad.

—Pero yo pensaba que él ya no creía en esas cosas —repuso mi madre, volviéndose hacia mí—. ¿Crees en esas cosa, Jake?

—No —le aseguré.

—No de un modo consciente —añadió el doctor Golan—. Pero es su subconsciente lo que le causa problemas en estos momentos. Los sueños, la ansiedad.

—¿Y realmente cree que ir allí podría ayudarle? —preguntó mi madre, mirándole con los ojos entornados, como si se preparara para escuchar la cruda realidad.

Cuando se trataba de cosas que yo debía o no debía hacer, la palabra del doctor Golan era ley.

—Sí, lo creo —respondió.

Y eso fue todo lo que hizo falta.

Tras eso, las piezas fueron encajando con sorprendente rapidez. Compramos los billetes de avión, planificamos horarios e hicimos planes. Mi padre y yo iríamos a pasar tres semanas en junio. Me pregunté si eso no sería demasiado tiempo, pero él afirmó que era lo mínimo para llevar a cabo un estudio exhaustivo sobre las colonias de pájaros de la isla. Imaginé que mi madre pondría objeciones —¡tres semanas enteras!—, pero cuanto más se acercaba nuestro viaje, más entusiasmada parecía estar.

—¡Mis dos hombres —decía con una sonrisa radiante—, que marchan a una gran aventura!

La verdad es que encontré su entusiasmo un tanto conmovedor... hasta la tarde en que la oí por casualidad hablando por teléfono con una amiga, desahogándose sobre lo satisfecha que estaba de «recuperar su vida» durante tres semanas y no tener «que estar pendiente de dos niños que no saben arreglárselas solos».

«Yo también te quiero», quise decir con todo el sarcasmo hiriente del que era capaz, pero ella no me había visto y me quedé callado. Sí que la quería, desde luego, pero sólo porque querer a tu madre es obligatorio, no porque fuera alguien con quien me gustaría cruzarme en la calle. Algo que ella no haría, de todos modos; caminar es cosa de pobres.

Durante las tres semanas entre el final de la escuela y el inicio de nuestro viaje, hice todo lo posible por verificar que la señorita Alma LeFay Peregrine seguía residiendo entre los vivos, pero las búsquedas por Internet no dieron ningún resultado. Suponiendo que siguiera viva, había tenido la esperanza de ponerme en contacto con ella por teléfono para advertirle al menos de que iba a ir, pero no tardé en descubrir que casi nadie tenía teléfono en Cairnholm. Sólo había uno que daba servicio a toda la isla, así que ése fue el que marqué.

Hizo falta casi un minuto para establecer la comunicación. La línea siseaba y daba chasquidos, luego se quedaba en silencio y volvía a sisear otra vez, de modo que pude percibir cada kilómetro de la inmensa distancia que nos separaba. Por fin oí aquel extraño timbre europeo —raaapraaap... raaapraaap— y un hombre que parecía totalmente ebrio descolgó el teléfono.

—¡Hoyo del cerdote! —vociferó.

Había un ruido de mil demonios de fondo, la clase de clamor sordo que uno esperaría en el punto álgido de una fiesta enloquecida en una residencia universitaria. Intenté identificarme, pero no creo que él pudiera oírme.

—¡Hoyo del cerdote! —volvió a vociferar—. ¿Quién es? —Pero antes de que yo pudiera decir nada apartó el auricular de su oído para gritarle a alguien—: ¡Dije que cerraseis el pico, bastardos atontados, estoy al...!

Y entonces la línea se cortó. Permanecí sentado con el auricular contra la oreja durante un prolongado y perplejo momento; luego colgué. No me molesté en volver a llamar. Si el único teléfono de Cairnholm conectaba con algún antro de perdición llamado el Hoyo del cerdote, ¿qué auguraba eso para el resto de la isla? ¿Pasaría mi primer viaje a Europa esquivando a maníacos borrachos y observando aves defecando en playas rocosas? Tal vez sí. Pero si eso significaba que por fin sería capaz de enterrar el misterio de mi abuelo y proseguir con mi poco interesante vida, valía la pena soportar lo que fuera.

TRES

La niebla se cerró a nuestro alrededor igual que una pared. Cuando el capitán anunció que casi habíamos llegado, en un principio pensé que bromeaba; todo lo que yo podía ver desde la bamboleante cubierta del transbordador era una inescrutable cortina gris. Me aferré a la barandilla y clavé los ojos en las olas verdes, pensando en los peces que muy pronto podrían estar disfrutando de mi desayuno, mientras mi padre tiritaba en mangas de camisa a mi lado. Jamás se me habría ocurrido que un mes de junio pudiera ser tan frío y lluvioso. Tenía la esperanza, por su bien y por el mío, de que las extenuantes treinta y seis horas que habíamos afrontado para llegar hasta allí —tres aviones, dos escalas, cabezaditas por turnos en estaciones de ferrocarril mugrientas, y ahora esta interminable travesía en transbordador que te revolvía las tripas— fueran a valer la pena. Entonces mi padre gritó: «¡Mira!» y al alzar la vista descubrí una altísima masa de roca que emergía del lienzo en blanco que teníamos delante.

Era la isla de mi abuelo. Elevándose imponente y desolada, envuelta en neblina, custodiada por un millón de aves chillonas, parecía una antigua fortaleza construida por gigantes. Mientras alzaba la vista para contemplar sus acantilados verticales, cuyas cimas desaparecían en un banco de nubes espectrales, la idea de que era un lugar mágico no parecía tan ridícula.

Mis náuseas se esfumaron. Mi padre daba vueltas corriendo igual que un niño en Navidad, con los ojos pegados a las aves que describían círculos sobre nosotros.

—¡Jacob, mira eso! —chilló, señalando un grupo de manchitas transportadas por el aire—. ¡Pardelas pichonetas de Manx!

A medida que nos acercábamos a los acantilados, empecé a reparar en unas formas curiosas acechando bajo las aguas. Un miembro de la tripulación que pasaba en aquel momento por allí me pescó inclinado sobre la barandilla y dijo:

—Nunca antes habías visto los restos de un naufragio, ¿eh?

Me volví hacia él.

—¿Un naufragio?

—Toda esta zona es un cementerio marítimo. Como decían los viejos capitanes... «¡Entre Hartland Point y Cairnholm Bay, la tumba el marino, tanto de día como de noche hallará!».

Justo entonces pasamos cerca de unos restos que estaban tan próximos a la superficie, el contorno de su verdeante carcasa era tan nítido, que parecía como si estuviesen a punto de alzarse fuera del agua, igual que un zombi saliendo de una sepultura poco profunda.

—¿Ves esa nave? —dijo él, señalándola—. La hundió un submarino alemán.

—¿Hubo submarinos alemanes por aquí?

—Un montón. Todo el mar de Irlanda estaba podrido de submarinos alemanes. Apostaría a que podrías tener media armada a tu disposición si pudieras reflotar todas las naves que torpedearon. —Enarcó una ceja con gesto teatral, y luego se alejó riendo.

Troté a lo largo de la cubierta hasta la popa, siguiéndole la pista al barco naufragado mientras éste desaparecía bajo nuestra estela. Entonces, justo cuando empezaba a preguntarme si necesitaríamos equipo de escalada para subir a la isla, sus empinados acantilados descendieron a nuestro encuentro. Rodeamos un cabo y penetramos en una bahía rocosa en forma de media luna. A lo lejos vi un pequeño puerto en el que cabeceaban embarcaciones de pesca de vivos colores y más allá un pueblo, en una hondonada verde. Un mosaico de campos salpicados de ovejas se extendía a través de colinas que se iban alzando al encuentro de un elevado cerro, donde una barrera de nubes se erguía igual que un parapeto de algodón. Era espectacular y hermoso, como ningún otro sitio que hubiera visto. Sentí el cosquilleo de la aventura mientras entrábamos resoplando en la bahía, como si avistara tierra allí donde los mapas señalaran tan sólo una extensión de azul indiscriminado.

El transbordador atracó y acarreamos nuestras bolsas hasta la pequeña población. Tras un examen minucioso decidí que no era, como sucedía con gran cantidad de cosas, tan bonita de cerca como parecía de lejos. Unas casitas enjalbegadas, primorosas a excepción de las antenas parabólicas que brotaban de sus tejados, bordeaban una pequeña cuadrícula de fangosas calles de grava. Debido a que Cairnholm estaba demasiado lejos y era demasiado insignificante para justificar el coste, no se había hecho el tendido eléctrico desde la isla grande y apestosos generadores de gasóleo zumbaban en cada esquina igual que avispas enfurecidas, en armonía con el rugido de los tractores, el único tráfico rodado de la isla. En los extremos del pueblo, había viejas casitas abandonadas y sin tejado, prueba de una población menguante Los más jóvenes habían dejado de lado las tradiciones pesqueras y el cultivo de la tierra, actividades con siglos de antigüedad, seducidos por oportunidades mucho más atractivas en otra parte.

Arrastramos nuestras cosas por todo el pueblo, buscando algo llamado el Hogar del Sacerdote, donde mi padre había reservado una habitación. Imaginé que sería una vieja iglesia transformada en pensión; nada extravagante, sólo un lugar donde dormir cuando no estuviéramos observando pájaros o yendo tras pistas. Preguntamos el camino a algunas personas que nos encontramos, pero sólo obtuvimos miradas de perplejidad en respuesta.

—Hablan inglés, ¿no? —se preguntó mi padre en voz alta.

Justo cuando la mano empezaba a dolerme por el peso irracional de mi maleta, dimos con una iglesia. Pensamos que habíamos encontrado nuestro alojamiento, hasta que entramos y vimos que sí que la habían reformado, pero en un pequeño y lúgubre museo, no en una pensión.

Hallamos al conservador a tiempo parcial en una sala en la que había colgadas viejas redes de pesca y tijeras de esquilar. Se le iluminó el rostro al vernos, pero luego volvió a ensombrecérsele cuando vio que simplemente nos habíamos perdido.

—Me parece que lo que ustedes buscan es el Hoyo del Sacerdote —dijo—. Es el único lugar donde se alquilan habitaciones en toda la isla.

Procedió a darnos indicaciones con un acento cantarín, que encontré enormemente divertido. Me encantaba oír hablar galés, aun cuando la mitad de lo que decían fuera incomprensible para mis oídos. Mi padre dio las gracias al hombre y se dio la vuelta para marcharse, pero había sido tan servicial, que me quedé atrás para hacerle otra pregunta.

—¿Dónde podemos encontrar el antiguo hogar para niños?

—¿El antiguo qué? —inquirió él, mirándome con ojos entornados.

Por un terrible instante temí que hubiésemos ido a la isla equivocada o, peor aún, que el hogar fuera tan sólo otra de las cosas que mi abuelo había inventado.

—Era un hogar para niños refugiados —insistí—. Durante la guerra. Una casa grande.

El hombre se mordisqueó el labio y me contempló dubitativo, como decidiendo si ayudarme o pasar del asunto. Finalmente, se apiadó de mí.

—No sé nada sobre refugiados —confesó—, pero creo que conozco el lugar al que te refieres. Está al otro lado de la isla, pasada la ciénaga y después del bosque. Aunque yo de ti no andaría tonteando por allí arriba solo. Aléjate demasiado del camino y eso será lo último que se sepa de ti; allí no hay nada que te impida caer por un acantilado salvo pastos húmedos y cacas de oveja.

—Es bueno saber eso —repuso mi padre, mirándome con fijeza—. Prométeme que no irás por tu cuenta.

—De acuerdo, de acuerdo.

—¿Qué interés tienen en ese lugar, de todos modos? —quiso saber el hombre—. No puede decirse que salga en los mapas turísticos.

—Es tan sólo un pequeño trabajo genealógico —respondió mi padre, quedándose cerca de la puerta—. Mi padre pasó unos cuantos años allí de niño.

Pude darme cuenta de que estaba ansioso por evitar cualquier mención a psiquiatras o abuelos difuntos. Volvió a dar las gracias al hombre y me hizo salir rápidamente.

Siguiendo las instrucciones del conservador, volvimos sobre

nuestros pasos hasta que llegamos a una estatua de aspecto sombrío esculpida en piedra negra, un monumento llamado *La mujer que espera* dedicado a los isleños desaparecidos en el mar. Lucía un semblante lastimero y estaba de pie con los brazos extendidos en dirección al puerto, a muchas calles de distancia, pero también en dirección al Hoyo del Sacerdote, justo al otro lado de la calle. A pesar de no ser un entendido en hoteles, sólo una ojeada al ajado letrero me indicó que no era muy probable que nuestra estancia fuera a ser una experiencia de cuatro estrellas con chocolatinas en la almohada. Escrito en letras gigantes en la parte superior aparecía: «VINOS, CERVEZAS, LICORES». Debajo de eso, en caracteres más modestos, «Comida de calidad». Y escrito a mano a lo largo de la parte inferior, a todas luces una ocurrencia tardía, «Alquiler de habitaciones», aunque la «e» y la «s» habían sido tachadas, dejando sólo «habitación» en singular. Mientras arrastrábamos nuestras bolsas en dirección a la puerta, con mi padre refunfuñando sobre estafadores y publicidad engañosa, eché una ojeada a *La mujer que espera* y me pregunté si no esperaría simplemente que alguien le llevara una copa.

Introducimos a duras penas las bolsas en la pensión y nos quedamos parados, pestañeando bajo la repentina penumbra de un pub de techo bajo. Cuando mis ojos se hubieron adaptado a la falta de luz, comprendí que «hoyo» era una descripción bastante precisa del lugar: diminutas ventanas emplomadas dejaban entrar justo la claridad suficiente para encontrar la espita del barril de cerveza sin tropezar con el mobiliario por el camino. Las mesas, destartaladas y tambaleantes, podrían haber sido de más utilidad como leña. La barra estaba medio llena, fuera cual fuese la hora de la mañana en aquel momento, de hombres en diversos estados de silenciosa embriaguez, con las cabezas inclinadas como en oración sobre jarras de líquido de color ámbar.

—Debéis de venir por la habitación —dijo el hombre situado tras la barra, saliendo para estrecharnos la mano—. Soy Kev y éstos son los muchachos. Saludad, muchachos.

—Hola —farfullaron, asintiendo en dirección a sus bebidas.

Seguimos a Kev por una escalera angosta que ascendía a un conjunto de habitaciones (¡en plural!) que podrían describirse caritativamente como sencillas. Había dos dormitorios, de los cuales mi padre reclamó para sí el más grande, y una habitación que hacía triplete como cocina, comedor y salita, lo que significa que contenía una mesa, un sofá apolillado y un hornillo. El baño funcionaba «la mayor parte del tiempo», según Kev, «pero si alguna vez se pone chungo, siempre está El Viejo Cumplidor». Dirigió nuestra atención a un retrete portátil en el callejón de la parte de atrás, convenientemente visible desde la ventana de mi dormitorio.

—Oh, y necesitarán esto —añadió, sacando un par de quinqués de un armarito—. Los generadores dejan de funcionar a las diez, ya que es condenadamente caro traer el combustible en barco, así que o bien se acuestan temprano o aprenden a amar las velas y el queroseno. —Sonrió ampliamente—. ¡Espero que no sea demasiado medieval para ustedes!

Aseguramos a Kev que excusados exteriores y queroseno serían perfectos, que sonaba divertido, de hecho —una pequeña aventura, sí señor—, y a continuación nos condujo abajo para la última etapa de nuestra visita turística.

—Pueden comer aquí —dijo—, y espero que lo hagan, teniendo en cuenta que no hay ningún otro sitio donde hacerlo. Si necesitan telefonear, tenemos una cabina en aquel rincón. A veces hay un poco de cola para utilizarla, debido a que lo tenemos mal para la recepción de móviles aquí y ésta es la única línea de teléfono fijo de la isla. Así es, lo tenemos todo: ¡la única comida, la única cama, el único teléfono! —Y se inclinó hacia atrás y rió, largo y tendido.

«El único teléfono de la isla.» Le eché una mirada a la cabina —era de la clase que tiene una puerta para tener privacidad, como las que se ven en las películas antiguas— y comprendí con creciente horror que ésa era la orgía griega, la fiesta enloquecida de una residencia universitaria a la que había estado conectado cuando telefoneé hacía unas semanas. Entendí que me encontraba en el Hoyo del cerdote.

Kev entregó a mi padre las llaves de nuestras habitaciones.

—Si tienen alguna pregunta —concluyó—, ya saben dónde encontrarme.

—Yo tengo una pregunta —repuse—. ¿Qué es un cerdote... quiero decir, un hoyo del sacerdote?

Los hombres de la barra prorrumpieron en carcajadas.

—¡Pues qué va a ser, un hoyo para sacerdotes, claro! —respondió uno, lo que hizo que el resto riera con más ganas aún.

Kev se dirigió hacia unas tablas irregulares en el suelo, junto a la chimenea, donde dormía un perro sarnoso.

—Justo aquí —indicó, dando golpecitos con el zapato a lo que parecía una trampilla en el suelo—. Hace siglos, cuando el solo hecho de ser católico podía hacer que te colgaran de un árbol. Gentes de la Iglesia venían aquí en busca de refugio. Si los matones de la reina Isabel los perseguían, nosotros los escondíamos en pequeños lugares cómodos y acogedores como éste: hoyos para sacerdotes.

Me llamó la atención el modo en que dijo «nosotros», como

si hubiera conocido personalmente a aquellos isleños que llevaban muertos tanto tiempo.

—¡Cómodos y acogedores, ya lo creo! —exclamó uno de los bebedores—. ¡Apuesto a que estaban la mar de calentitos y cómodos ahí abajo!

—Yo preferiría eso a ser colgado por asesinos de sacerdotes, lo mires por donde lo mires.

—¡Bien dicho! —exclamó el primer hombre—. ¡Por Cairnholm... que sea siempre nuestro refugio!

—¡Por Cairnholm! —corearon todos, y alzaron sus vasos a la vez.

Con desfase horario y agotados, nos fuimos a dormir temprano... o más bien nos acostamos temprano y permanecimos tumbados en nuestras camas tapándonos la cabeza con las almohadas para no oír la algarabía retumbante que atravesaba las tablas del suelo, que alcanzó tal volumen que llegó un momento en que pensé que sin duda los juerguistas habían invadido mi habitación. Entonces el reloj debió de dar las diez, porque de repente los zumbantes generadores del exterior petardearon y se apagaron, igual que sucedió con la música procedente de la planta baja y la luz de la calle. De improviso me hallé arropado por una oscuridad callada y dichosa, con tan sólo el susurro de las olas lejanas para recordarme dónde estaba.

Por primera vez en meses, me sumí en un sueño profundo, libre de pesadillas. Soñé en su lugar con mi abuelo de niño, en su primera noche allí, un extranjero en tierra extraña, bajo un techo ajeno, debiéndoles la vida a personas que hablaban un idioma desconocido. Cuando desperté, con el sol penetrando a raudales por mi ventana, comprendí que no era tan sólo la vida de mi abuelo la que había salvado Miss Peregrine, sino la mía también y la de mi padre, y ese día, con un poco de suerte, podría agradecérselo.

Bajé y me encontré a mi padre bien arrimado a una mesa, sorbiendo café y sacando brillo a sus caros prismáticos. Acababa de sentarme cuando Kev apareció cargado con dos bandejas llenas de una carne de no sé qué y tostadas fritas.

—No sabía que se podía freír una tostada —comenté, a lo que Kev respondió que no había ninguna comida que él conociera que no pudiera mejorarse friéndola.

Durante el desayuno, papá y yo discutimos el plan para ese día. Iba a ser una especie de reconocimiento del terreno, para familiarizarnos con la isla. Exploraríamos primero los puntos de observación de aves de mi padre y luego iríamos en busca del hogar para niños. Me zampé la comida, ansioso por empezar.

Bien fortalecidos con grasas, abandonamos el pub y atravesamos el pueblo, esquivando tractores y gritándonos el uno al otro por encima del barullo de los generadores hasta que las calles dejaron paso a campos y el ruido se desvaneció a nuestra espalda. Era un día borrascoso, frío y vigorizante —con el sol ocultándose tras bancos de nubes gigantes para aparecer apenas instantes después y vetear las colinas con espectaculares rayos de luz—, y yo me sentía lleno de energía y esperanza. Nos encaminamos a una playa rocosa donde mi padre había divisado una bandada de pájaros desde el transbordador. Yo no estaba seguro de cómo llegaríamos hasta ella —la isla tenía una leve forma de cuenco, con colinas que se alzaban en dirección a sus extremos para luego descender abruptamente al llegar a precarios acantilados—, pero en ese lugar concreto el borde había quedado redondeado y un sendero descendía hasta una pequeña lengua de arena a lo largo del agua.

Descendimos con cuidado hasta la playa, donde lo que parecía ser una civilización entera de aves aleteaban, chillaban y pescaban en charcos formados por la marea. Contemplé cómo los ojos de mi padre se abrían de par en par.

—Fascinante —murmuró, arañando un poco de guano petrificado con el extremo grueso del bolígrafo—. Voy a necesitar pasar algún tiempo aquí. ¿Te parece bien?

Había visto esa expresión de su rostro antes y sabía con exactitud lo que «algún tiempo» significaba: horas y horas.

—Entonces iré en busca de la casa por mi cuenta —dije.

—No, no irás solo. Me lo prometiste.

—Entonces encontraré a alguien que pueda llevarme.

—¿Quién?

—Kev conocerá a alguien.

Mi padre dirigió la mirada a alta mar, donde un gran faro oxidado sobresalía de un montón de rocas.

—Ya sabes lo que diría tu madre si estuviera aquí —dijo.

Mis padres mantenían teorías distintas sobre cuánto cuidado requería yo. Mi madre era la encargada de imponer la disciplina, siempre con la guardia alta, en tanto que mi padre se mantenía más distante, pues pensaba que era importante que yo cometiera mis propios errores de vez en cuando. Además, si me dejaba ir podría jugar con el guano todo el día.

—De acuerdo —dijo—, pero asegúrate de dejarme el número de quienquiera que sea con quien vayas.

—Papá, nadie tiene teléfono.

Suspiró.

—Claro. Bueno, siempre y cuando sea de confianza.

Kev estaba fuera haciendo recados y puesto que pedir a uno de sus parroquianos borrachos que me hiciera de acompañante parecía una mala idea, entré en la tienda más cercana para preguntar a alguien que al menos llevaba a cabo un trabajo remunerado. En la puerta ponía «PESCADERÍA». La empujé y me quedé inmediatamente acoquinado ante un gigante barbudo que llevaba un delantal empapado de sangre. Abandonó la tarea de decapitar peces para dirigirme una mirada hostil, con un chorreante cuchillo de carnicero en la mano. Me juré no volver a discriminar a los ebrios.

—¿Para qué diablos quieres ir allí? —gruñó al saber mis intenciones—. No hay nada en aquel lugar aparte de cenagales y un clima chiflado.

Le hablé sobre mi abuelo y el hogar para niños. Me miró con cara de pocos amigos, y luego se inclinó sobre el mostrador para echar una mirada dubitativa a mis zapatos.

—Supongo que Dylan no estará demasiado atareado para llevarte —dijo, indicando con su cuchillo de carnicero a un muchacho aproximadamente de mi edad que estaba ordenando pescado en un cajón congelador—. Pero vas a necesitar calzado adecuado. No estaría nada bien dejarte ir allí con esas zapatillas de deporte... ¡el barro te las succionaría directamente!

—¿De verdad? —pregunté—. ¿Está seguro?

—¡Dylan! ¡Tráele a nuestro amigo un par de botas de agua!

El muchacho gimió y con gran alarde cerró lentamente el cajón congelador y se limpió las manos antes de arrastrar los pies hasta una pared llena de estantes atestados de artículos de confección.

—Da la casualidad de que tenemos unas botas muy resistentes de oferta —indicó el pescadero—. ¡Compras una y te llevas la otra gratis!

Prorrumpió en carcajadas y dejó caer con fuerza el cuchillo sobre un salmón, cuya cabeza salió disparada por el mostrador cubierto de sangre para aterrizar perfectamente en un pequeño cubo para despojos.

Extraje del bolsillo el dinero para emergencias que me había dado mi padre, calculando que una pequeña extorsión era un precio insignificante a cambio de encontrar a la mujer por la que había atravesado el océano. Abandoné la tienda llevando un par de botas de goma tan grandes que mis zapatillas de deporte habrían cabido dentro y tan pesadas que era difícil seguir a mi renuente guía.

—Así pues, ¿vas a la escuela en la isla? —pregunté a Dylan, correteando para alcanzarle.

Sentía auténtica curiosidad; ¿cómo sería la vida en aquel lugar para alguien de mi edad?

Él masculló el nombre de una ciudad en la isla grande.

—¿Qué hay, una hora de trayecto en transbordador?

—Ajá.

Y eso fue todo. Respondió a nuevos intentos de entablar conversación con menos sílabas si cabe —lo que significa ninguna—, así que finalmente me di por vencido y le seguí. Una vez fuera del pueblo tropezamos con uno de sus amigos, un muchacho de más edad que llevaba puesto un chándal de un amarillo cegador y falsas cadenas de oro. No podría haber parecido más fuera de lugar en Cairnholm si hubiera ido vestido de astronauta. Saludó a Dylan chocando los nudillos con los de él y se presentó a sí mismo como Gusano.

—¿Gusano?

—Es su nombre artístico —aclaró Dylan.

—Somos el dúo rapero más guay de Gales —explicó Gusano—. Yo soy Maestro de Ceremonias Gusano y éste es Cirujano

Esturión, también conocido como Maestro de Ceremonias Dylan el Sucio, también conocido como Maestro de Ceremonias Asuntos Sucios, el percusionista vocal número uno de Cairnholm. ¿Quieres enseñarle a este yanqui qué tal lo hacemos, D el Sucio?

Dylan pareció irritado.

—¿Ahora?

—¡Suelta unos cuantos compases de primera, tío!

Dylan puso los ojos en blanco, pero hizo lo que le pedían. Al principio pensé que se estaba asfixiando con su propia lengua, salvo que el petardeo de sus toses tenía cierto ritmo —paa, pa, cha, pa, paaa, pa, cha—, sobre el cual Gusano empezó a rapear.

—Al pub voy a cogerla bien gorda/Tu padre, el parado, la coge aún más gorda/Mis rimas son lo más y me salen sin más/¡Cosa fina, como pollo a la mostaza, los ritmos de Dylan no son ninguna guasa!

Dylan paró.

—Eso ni siquiera tiene sentido —dijo—. Y es tu padre quien está en el paro.

—¡Oh, mierda, D el Sucio mandó al carajo el compás! —Gusano empezó a efectuar ruiditos con la boca mientras realizaba unos movimientos pasables de robot, abriendo agujeros irregulares en la gravilla con las zapatillas de deporte—. ¡Coge el micro, D!

Dylan parecía violento, pero soltó sus propias rimas de todos modos.

—Con una gatita borracha llamada Sharon tropecé/mucho le molaban mi chándal y zapatillas /De viaje la llevé, igual que el Doctor Who en su cabina/¡Esta rima pensé mientras estaba en el W.C.!

Gusano sacudió la cabeza.

—¿W.C.?

—¡No estaba preparado!

Se volvieron hacia mí y me preguntaron qué pensaba. Considerando que a ninguno le gustaba siquiera el rap del otro, no estuve seguro de qué decir.

—Imagino que me va más la música con, digamos, canciones y guitarras y cosas así.

Gusano me desestimó con un ademán.

—Éste no reconocería una rima fabulosa ni aunque le mordiera en las pelotas —rezongó.

Dylan rió y ambos intercambiaron una serie de complejos apretones de manos en varias fases de golpes con los nudillos y de entrechocar las manos con los cinco dedos extendidos.

—¿Podemos irnos ahora? —pregunté.

Refunfuñaron y se entretuvieron un poco más, sin embargo no tardamos en ponernos en camino, esta vez con la compañía de Gusano.

Ocupé la retaguardia, intentando dilucidar qué le diría a Miss Peregrine cuando la conociera. Esperaba encontrarme con toda una dama galesa, tomar el té en el salón y mantener una conversación educada sobre temas triviales hasta que se presentara el momento oportuno de darle a conocer la mala noticia. «Soy el nieto de Abraham Portman —diría yo—. Lamento ser yo quien le diga esto, pero él ya no está entre nosotros.» Luego, una vez que ella hubiera acabado de secarse las lágrimas en silencio, la acosaría a preguntas.

Seguí a Dylan y a Gusano por un sendero que serpenteaba entre pastos repletos de ovejas que rumiaban antes de llegar a una ascensión por una cresta que quitaba el resuello. En lo alto flotaba un muro de niebla ondulante y sinuosa tan espesa que era como penetrar en otro mundo. Resultaba realmente bíblica; una niebla en la que podías imaginar a Dios en uno de sus ataques de cólera menores, maldiciendo a los egipcios. A medida que descendíamos por el otro lado la niebla no parecía hacer otra cosa que tornarse más espesa. El sol se apagó hasta quedar convertido en una pálida flor blanca. La humedad se tornaba pegajosa, cubriendo de gotas mi piel y mojándome la ropa. La temperatura descendió. Perdí a Gusano y a Dylan por un instante y entonces el sendero se allanó y tropecé con ellos allí parados, esperándome.

—¡Chico yanqui! —llamó Dylan—. ¡Por aquí!

Les seguí obedientemente. Abandonamos el sendero para avanzar con dificultad por un campo de pastos fangosos. Unas ovejas nos miraron fijamente con enormes ojos llorosos, la lana empapada y las colas gachas. Una casita surgió de la bruma. Estaba toda tapiada con tablas.

—¿Estáis seguros de que es esto? —dije—. Parece vacía.

—¿Vacía? Ni hablar, hay una barbaridad de mierda ahí dentro —respondió Gusano.

—Vamos —prosiguió Dylan—. Echa una mirada.

Tuve la sensación de que era una broma, pero me acerqué a la puerta y llamé de todos modos. No estaba echado el pestillo y se abrió sola cuando la toqué. Estaba demasiado oscuro para ver nada, así que di un paso adelante y, ante mi sorpresa, hacia abajo, hacia el interior de lo que parecía un suelo de tierra pero que en realidad era un océano de excrementos que me llegaban hasta la espinilla. Aquella casucha deshabitada, con un aspecto exterior tan inocente, era en realidad un improvisado establo para ovejas. Un agujero lleno de mierda, dicho del modo más literal.

—¡Oh, cielos! —chillé con repugnancia.

Sonaron estruendosas carcajadas en el exterior. Retrocedí a

trompicones antes de que el olor pudiera dejarme inconsciente y encontré a los dos muchachos desternillándose de risa.

—Sois unos imbéciles —dije, dando patadas en el suelo para quitarme el estiércol de la botas.

—¿Por qué? —dijo Gusano—. ¡Ya te dijimos que estaba llena de mierda!

Me planté frente a la cara de Dylan.

—¿Vas a enseñarme la casa o no?

—Habla en serio —dijo Gusano, secándose las lágrimas de los ojos.

—¡Desde luego que hablo en serio!

La sonrisa de Dylan desapareció.

—Pensaba que estabas de guasa, tío.

—¿Que estaba de qué?

—De broma.

—Bueno, pues no.

Los muchachos intercambiaron una mirada inquieta. Dylan susurró algo a Gusano. Gusano susurró algo en respuesta. Finalmente, Dylan giró y señaló sendero adelante.

—Si de verdad quieres verla —dijo—, sigue caminando más allá de la ciénaga y a través del bosque. Es un sitio enorme y viejo. Seguro que lo encuentras.

—Qué diablos. ¡Se suponía que veníais conmigo!

Gusano desvió la mirada y respondió:

—Hasta aquí es lo más lejos que llegamos.

—¿Por qué?

—Simplemente es así.

Y dieron media vuelta y empezaron a alejarse pesadamente por donde habíamos llegado, perdiéndose en la niebla.

Sopesé mis opciones. Podía meter el rabo entre las piernas y seguir a mis atormentadores de vuelta al pueblo o podía seguir adelante solo y mentirle a mi padre.

Tras cuatro segundos de intensa deliberación, continué mi camino.

Una enorme ciénaga lunar se extendía a lo lejos, hacia el interior de la neblina desde ambos lados del sendero; sólo hierba seca y agua del color del té hasta donde yo podía ver, sin ninguna característica especial a excepción de algún que otro montículo de piedras apiladas. Finalizaba bruscamente ante un bosque de árboles esqueléticos, cuyas ramas ascendían larguiruchas igual que las puntas de pinceles mojados, y durante un rato el sendero quedó tan perdido bajo troncos caídos y alfombras de hiedra que orientarse era cuestión de fe. Me pregunté cómo una persona anciana como Miss Peregrine podría ser capaz de sortear tal carrera de obstáculos. «Deben de traerle las cosas», pensé, aunque el sendero daba la impresión de no haber sido pisado en meses, por no decir años.

Trepé por encima de un tronco gigante resbaladizo por el musgo, y el sendero describió una curva cerrada. Los árboles se separaron como una cortina y de improviso allí estaba, envuelta en niebla, alzándose en lo alto de una colina invadida de maleza. La casa. Comprendí al momento por qué los muchachos se habían negado a ir allí.

Mi abuelo la había descrito un centenar de veces, pero en sus relatos la casa era siempre un lugar radiante y feliz; grande y laberíntico, sí, pero lleno de luz y risas. El caserón que se alzaba ante mí ahora no era un refugio contra los monstruos, sino un monstruo en sí mismo, mirando fijamente desde su posición privilegiada en la colina con ociosa hambre. Brotaban árboles de las ventanas rotas y capas de enredaderas rugosas corroían los muros igual que anticuerpos atacando un virus —como si la naturaleza misma hubiera librado batalla y hubiera vencido—, pero parecía como si fuera imposible hacer desaparecer la casa, que permanecía firmemente en pie a pesar de lo incorrecto de sus ángulos y los dentados pedazos de cielo visibles a través su tejado medio desplomado.

Intenté convencerme de que era posible que alguien pudiera vivir aún allí, ruinoso como estaba. Cosas así no eran insólitas en el lugar de donde yo procedía; una casa que se caía a trozos en el extremo de la ciudad, con las cortinas siempre corridas, podía ser perfectamente el hogar de algún anciano ermitaño que había sobrevivido a base de fideos chinos y recortes de uñas de los pies desde tiempo inmemorial, aunque nadie se daba cuenta hasta que un tasador de propiedades o un oficial del censo demasiado ambicioso entraban sin llamar y descubrían al pobre tipo fiambre en un sillón reclinable. La gente se vuelve demasiado mayor para cuidar de sí misma y su familia los da por perdidos por un motivo u otro; es triste pero sucede. Lo que significaba que, me gustase o no, iba a tener que llamar a la puerta.

Hice acopio del escuálido valor del que disponía y vadeé entre la maleza, que me llegaba a la cintura, hasta llegar al porche, todo baldosas rotas y madera podrida, para atisbar por un ventana resquebrajada. Todo lo que pude distinguir a través del cristal cubierto de mugre fueron los contornos de los muebles, así que llamé a la puerta y di un paso atrás para aguardar en el sobrecogedor silencio, resiguiendo con el dedo el contorno de la carta de Miss Peregrine guardada en mi bolsillo. La había llevado conmigo por si necesitaba demostrar quién era, pero a medida que transcurría un minuto, luego dos, pareció cada vez menos probable que fuera a necesitarla.

Descendiendo al patio, di la vuelta a la casa en busca de otro modo de entrar, a la vez que evaluaba aquel lugar, aunque parecía imposible de evaluar, como si con cada esquina que doblaba surgieran nuevos balcones, torrecillas y chimeneas. Entonces llegué por fin a la parte de atrás y vi mi oportunidad: un acceso sin puerta, con una barba de enredaderas colgando, un agujero enorme y oscuro, como una boca abierta que aguardaba para engullirme. Sólo mirarla me puso la carne de gallina, pero no había atravesado medio mundo para salir corriendo despavorido ante la visión de una casa que daba miedo. Pensé en todos los horrores a los que el abuelo Portman se había enfrentado en su vida y sentí que mi determinación se reforzaba. Si había alguien dentro, le encontraría. Ascendí los peldaños que se desmoronaban y crucé el umbral.

De pie en un corredor oscuro como una tumba, justo al otro lado de la puerta, me quedé contemplando paralizado lo que tenía todo el aspecto de ser pieles colgando de ganchos. Tras un momento de intranquilidad en el que imaginé a algún caníbal retorcido saltando de las sombras cuchillo en mano, comprendí que no eran más que abrigos podridos convertidos en harapos y a los que el tiempo había dado una pátina verdosa. Me estremecí sin querer y respiré con fuerza. Sólo había explorado tres metros de la casa y ya estaba a punto de mearme en los pantalones. «Mantén la calma», me dije, y luego avancé poco a poco, con el corazón martilleándome en el pecho.

Cada habitación era increíblemente más desastrosa que la anterior. Había periódicos acumulados en montones. Juguetes desperdigados, evidencia de niños que se habían marchado hacía mucho, recubiertos de polvo. El moho trepador había convertido las paredes adyacentes a las ventanas en superficies negras y peludas. Las chimeneas estaban atascadas con enredaderas que habían descendido del tejado y habían empezado a desplegarse por los suelos igual que tentáculos extraterrestres. La cocina era un experimento científico que había salido terriblemente mal —estantes enteros de comida en tarros de vidrio que habían estallado debido a sesenta estaciones de congelación y deshielo, salpicando la pared con manchas de aspecto maléfico— y la capa de revoque caído que cubría el suelo del comedor era tan gruesa, que por un momento pensé que había nevado dentro de la casa. Al final de un pasillo privado de luz puse a prueba mi peso en una escalera desvencijada; mis botas dejaban huellas frescas en las capas de polvo. Los peldaños crujieron como si despertaran de un largo sueño. Si había alguien arriba, había estado allí durante muchísimo tiempo.

Finalmente llegué a un par de habitaciones a las que les faltaban paredes enteras, en cuyo interior había crecido un pequeño bosque de maleza y árboles raquíticos. Permanecí de pie bajo la repentina brisa, preguntándome qué podría haber causado aquellos destrozos, y empecé a tener la sensación de que algo terrible había sucedido allí. No podía encajar los relatos idílicos de mi abuelo con aquella casa de pesadilla ni con la idea de que había hallado refugio allí; la sensación de desastre dominaba el lugar. Quedaba más por explorar, pero de improviso me pareció un pérdida de tiempo; era imposible que nadie pudiera vivir aún allí, ni siquiera el más misántropo de los ermitaños. Abandoné la casa sintiendo que estaba más lejos que nunca de la verdad.

CUATRO

Una vez que hube brincado, tropezado, avanzado a tientas como un ciego a través del bosque y la niebla, y vuelto a emerger al mundo de la luz, me sorprendió descubrir que el sol se ponía y el horizonte adquiría un tinte rojizo. Sin saber cómo, había transcurrido el día entero. En el pub me esperaba mi padre, con una cerveza negra como la noche y el portátil abierto sobre la mesa frente a él. Me senté y le cogí la cerveza antes de que tuviera la oportunidad de alzar siquiera los ojos del ordenador.

—Oh, santo cielo —farfullé, engullendo como pude el trago—, ¿qué es esto? ¿Aceite de motor fermentado?

—Más o menos —dijo él, riendo, y luego me arrebató la jarra—. No es como la cerveza americana. Aunque tú no deberías saber a qué sabe ésta, ¿no?

—Por supuesto que no —repuse con un guiño, aun cuando era cierto.

A mi padre le gustaba creer que yo era tan popular y aventurero como lo había sido él a mi edad; un mito que siempre había parecido que valía más perpetuar.

Fui sometido a un breve interrogatorio sobre cómo había llegado a la casa y quién me había llevado allí, y puesto que la forma de mentir más fácil es cuando uno se deja cosas fuera del relato en lugar de inventarlas, aprobé con todos los honores. Olvidé muy convenientemente mencionar que Gusano y Dylan me habían engañado para que me metiera entre excrementos de oveja y luego se rajaron a menos de un kilómetro de nuestro destino. Mi padre pareció contento de que hubiera conseguido conocer a un par de chicos de mi edad; imagino que también olvidé mencionar la parte sobre que ellos me odiaban.

—¿Y cómo estaba la casa?

—Destrozada.

Se estremeció.

—Supongo que ha pasado mucho tiempo desde que tu abuelo vivió ahí, ¿no?

—Sí. El abuelo y cualquiera.

Cerró el portátil, señal inequívoca de que iba a recibir toda su atención.

—Veo que estás desilusionado.

—Bueno, no recorrí miles de kilómetros buscando una casa llena de porquería repulsiva.

—Así pues ¿qué vas a hacer?

—Encontrar a alguien con quien hablar. Alguien sabrá qué les sucedió a los críos que vivían allí. Calculo que unos pocos todavía deben de estar vivos, aunque sea en la isla grande, si es que no están por aquí. En una residencia para gente mayor o algo parecido.

—Claro. Es una idea.

No sonó convencido. Hubo una pausa curiosa y luego dijo:

—¿Así que tienes la impresión de que empiezas a ver con más claridad quién era tu abuelo, al estar aquí?

Pensé en ello.

—No lo sé. Supongo que sí. Es sólo una isla, ¿sabes?

Asintió.

—Exactamente.

—¿Qué hay de ti?

—¿Yo? —Se encogió de hombros—. Yo dejé de intentar comprender a mi padre hace mucho tiempo.

—Eso es triste. ¿No estabas interesado?

—Claro que lo estaba. Luego, tras un tiempo, dejé de estarlo.

Podía percibir como la conversación tomaba unos derroteros en los que no me sentía del todo cómodo, pero insistí de todos modos.

—¿Por qué no?

—Cuando alguien no quiere dejarte entrar, al final acabas por dejar de llamar. ¿Sabes a lo que me refiero?

Él casi nunca hablaba así. A lo mejor era la cerveza o que estábamos lejos de casa o a lo mejor había decidido que finalmente yo era lo bastante mayor para oír estas cosas. Fuera cual fuese la razón, no quería que parara.

—Pero era tu padre. ¿Cómo pudiste darte por vencido?

—¡No fui yo quien se dio por vencido! —contestó en un tono demasiado alto; luego bajó los ojos avergonzado e hizo girar la cerveza en el interior del vaso—. Es sólo que... la verdad es que, creo que tu abuelo no sabía ser padre, pero sentía la obligación moral de serlo de todos modos, porque ninguno de sus hermanos y hermanas había sobrevivido a la guerra. Así que resolvió el problema estando fuera todo el tiempo... en cacerías, viajes de negocios, de todo. Incluso cuando estaba, era como si no estuviera.

—¿Tiene esto algo que ver con aquel Halloween?

—¿De qué hablas?

—Ya sabes... lo de la foto.

Era una vieja historia. Sucedió en Halloween. Mi padre tendría cuatro o cinco años y nunca había ido por las casas pidiendo dulces, por eso el abuelo Portman le prometió llevarle cuando saliera del trabajo. Mi abuela le había comprado a mi padre un ridículo disfraz rosa de conejito y él se lo puso y se sentó en el camino que llevaba a casa a esperar la llegada del abuelo. Esperó desde las cinco de la tarde hasta el anochecer, pero él no vino. La abuela estaba tan furiosa que le hizo una fotografía a mi padre llorando en la calle para podérsela mostrar a mi abuelo y decirle lo muy imbécil que era. No hace falta decir que la foto ha sido desde siempre un objeto legendario entre los miembros de mi familia, y una gran vergüenza para mi padre.

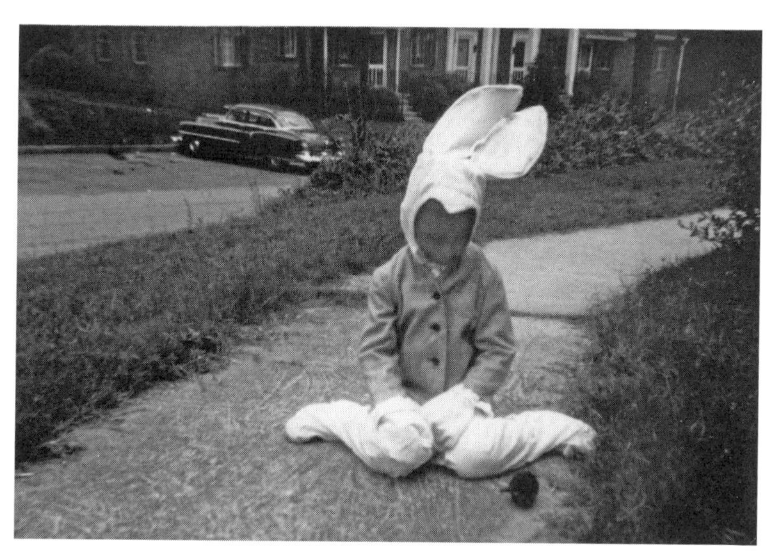

—Fue mucho más que un Halloween —refunfuñó él—. La verdad, Jake, es que tú estabas más unido a él de lo que yo lo estuve nunca. No sé... sencillamente existía algo tácito entre vosotros dos.

No supe qué responder. ¿Estaba celoso de mí?

—¿Por qué me cuentas esto?

—Porque eres mi hijo y no quiero que sufras.

—¿Que sufra, cómo?

Hizo una pausa. Fuera las nubes cambiaron de posición y los últimos rayos de luz proyectaron nuestras sombras sobre la pared. Sentí una sensación horrible en el estómago, como cuando tus padres están a punto de contarte que van a separarse, pero tú lo sabes antes de que abran la boca.

—Nunca ahondé demasiado en tu abuelo porque temía lo que podría encontrar —dijo por fin.

—¿Quieres decir sobre la guerra?

—No. Tu abuelo guardaba esos secretos porque eran dolorosos. Eso lo comprendía. Me refiero a los viajes, a que estuviera siempre fuera. Lo que hacía realmente. Creo..., tu tía y yo creemos..., vaya, que había otra mujer. A lo mejor más de una.

Sus palabras flotaron entre nosotros un instante. El rostro me ardió de un modo curioso.

—Eso es una locura, papá.

—Encontramos una carta en una ocasión. Era de una mujer cuyo nombre no conocíamos, iba dirigida a tu abuelo. «Te amo, te echo de menos, ¿cuándo vas a regresar?», esa clase de cosas. Esa clase de cosas sórdidas como las manchas de carmín en el cuello de la camisa.

Sentí una ardiente punzada de vergüenza, como si de algún

modo fuera mi propio crimen lo que describiera. Y con todo no podía acabar de creerlo.

—Hicimos pedazos la carta y la tiramos al inodoro. Jamás encontramos ninguna otra. Imagino que tuvo más cuidado después de eso.

No supe qué decir. Fui incapaz de mirar a mi padre.

—Lo siento, Jake. Esto debe de ser duro de oír. Sé que le adorabas.

Alargó la mano para estrecharme el hombro, pero yo me lo quité de encima con un encogimiento de hombros, luego eché la silla atrás y me levanté.

—Yo no adoro a nadie.

—De acuerdo. Yo tan sólo..., no quería que te llevaras una sorpresa, eso es todo.

Agarré mi chaqueta y me la eché al hombro.

—¿Qué haces? La cena está a punto de llegar.

—Estás equivocado respecto a él —añadí—. Y voy a demostrarlo.

Suspiró. Fue una especie de suspiro de los de dejarlo estar.

—De acuerdo. Espero que lo hagas.

Salí del Hoyo del Sacerdote dando un portazo y empecé a andar, sin dirigirme a ninguna parte en concreto. A veces uno simplemente necesita salir por una puerta.

Era cierto, desde luego, lo que mi padre había dicho: sí que adoraba a mi abuelo. Había cosas sobre él que necesitaba que fuesen verdad, pero que fuera un adúltero no era una de ellas. Cuando era niño, las historias fantásticas del abuelo Portman me hacían creer que era posible vivir una vida mágica. Incluso después de que dejara de creerlas, existía aún algo mágico respecto a mi abuelo.

Haber soportado todos lo horrores que soportó, haber visto lo peor de la humanidad, darte cuenta de que tu vida se vuelve irreconocible y a pesar de todo conseguir ser la persona honorable, buena y valerosa que yo sabía que era... eso de verdad era mágico. Así que no podía creer que fuera un mentiroso, un tramposo y un mal padre. Porque si el abuelo Portman no era honorable y bueno ya no estaba seguro de que alguien pudiera serlo.

Las puertas del museo estaban abiertas y las luces encendidas, pero no parecía haber nadie dentro. Había ido allí en busca del conservador, con la esperanza de que supiera algunas cosas sobre la historia de la isla y su gente, y pudiera arrojar algo de luz sobre el caserón vacío y el paradero de sus antiguos habitantes. Figurándome que sólo tardaría un minuto —no había precisamente multitudes derribando a patadas la puerta para entrar—, deambulé por el interior del santuario para pasar el rato examinando los objetos expuestos en el museo.

Las pocas cosas que había estaban dispuestas en grandes vitrinas abiertas por delante que cubrían las paredes y se alzaban donde antaño habían estado los bancos. En su mayoría eran insoportablemente aburridos, todo sobre la vida de un pueblo pesquero tradicional y los permanentes misterios de la cría de animales, pero un objeto destacaba del resto. Ocupaba un lugar de honor en la parte delantera de la estancia, dentro de una lujosa caja que descansaba encima de lo que había sido el altar. Estaba tras un cordón, por encima del que pasé, y un cartelito de advertencia que no me molesté en leer. La caja tenía laterales de madera pulida y una tapa de plexiglás, de modo que sólo podías ver su interior desde arriba.

Cuando miré dentro, creo que lancé un grito ahogado —y durante un aterrado segundo pensé: «¡Un monstruo!»— porque me había encontrado, de improviso y de un modo inesperado, cara a cara con un cadáver ennegrecido. El cuerpo contraído mostraba un parecido sobrenatural con las criaturas que asaltaban mis sueños, igual que sucedía con el color de su carne, que era como el de algo asado con espetón a fuego lento. Pero cuando vi que el cuerpo no cobraba vida ni dejaba una marca permanente en mi mente al romper el cristal e ir a por mi yugular, mi pánico inicial decreció. No era más que un objeto expuesto en un museo, si bien uno morboso en exceso.

—¡Veo que has conocido al viejo! —gritó una voz a mi espalda, y al volverme vi al conservador dirigiéndose hacia mí a grandes zancadas—. ¡Lo has llevado la mar de bien, he visto a hombres crecidos caer redondos al suelo! —Sonrió ampliamente y alargó el brazo para estrecharme la mano—. Martin Pagett. No creo haber oído tu nombre el otro día.

—Jacob Portman —respondí—. ¿Quién es éste, la víctima de asesinato más famosa de Gales?

—¡Ja! Bueno, podría ser eso, también, aunque jamás pensé en él de ese modo. Es el residente más antiguo de nuestra isla, conocido en círculos arqueológicos como el Hombre de Cairnholm; aunque para nosotros es simplemente el Viejo. Tiene más de dos mil setecientos años, para ser exactos, aunque sólo tenía dieciséis cuando murió. De modo que es un anciano bastante joven, en realidad.

—¿Dos mil setecientos? —repetí, echando una ojeada al rostro sin vida del muchacho, cuyas facciones delicadas estaban en cierto modo perfectamente conservadas—. Pero parece tan...

—Eso es lo que sucede cuando pasas tus años dorados en un lugar donde ni el oxígeno ni las bacterias pueden existir, como el fondo de nuestra ciénaga. Es una verdadera fuente de la juventud lo que hay ahí abajo... siempre y cuando ya estés muerto, claro.

—¿Ahí es donde lo encontró? ¿En la ciénaga?

Lanzó una carcajada.

—¡No yo! Los cortadores de turba lo hicieron, cuando cavaban para recoger turba junto al enorme cairn de piedras que hay allí, hacia los años setenta. Tenía un aspecto tan lozano que pensaron que podría haber un asesino suelto en Cairnholm; hasta que los polis echaron una mirada al arco de la Edad de Piedra de su mano y al dogal de cabello humano que le rodeaba el cuello. Ya no los hacen de ese modo.

Me estremecí.

—Suena a un sacrificio humano o algo así.

—Exactamente. Acabaron con él mediante una combinación de estrangulamiento, ahogamiento, destripamiento y un golpe en la cabeza. Parece más bien una exageración, ¿no crees?

—Supongo.

Martin rió a carcajadas.

—¡Dice que lo supone!

—De acuerdo, sí, es una exageración.

—Ya lo creo que lo es. Pero lo que es de verdad fascinante, para nosotros la gente moderna, es que con toda probabilidad el muchacho fue a su muerte voluntariamente. Con entusiasmo, incluso. Su pueblo creía que las ciénagas... y nuestra ciénaga en particular... eran entradas al mundo de los dioses y por lo tanto el lugar perfecto para ofrecer su regalo más precioso: ellos mismos.

—Eso es una locura.

—Supongo. Aunque imagino que nosotros ahora nos matamos también de toda clase de maneras que parecerán demenciales a la gente del futuro. Y en lo que se refiere a umbrales al otro mundo, una ciénaga no es una mala elección. No es del todo agua ni tampoco es del todo tierra... es un lugar intermedio. —Se inclinó sobre la caja, estudiando la figura del interior—. ¿No es hermoso?

Volví a mirar el cuerpo, estrangulado, desollado, ahogado y de algún modo convertido en inmortal durante el proceso.

—A mí no me lo parece —respondí.

Martin se irguió, luego empezó a hablar en un tono grandilocuente.

—¡Venid, contemplad al hombre de brea! ¡Ennegrecido descansa, el tierno rostro del color del hollín, las extremidades atrofiadas como venas de carbón, los pies pedazos de madera a la deriva adornados con uvas resecas! —Extendió los brazos violentamente igual que un histriónico actor de teatro y empezó a pasear ufano alrededor de la caja—. ¡Venid, y dad fe del cruel arte de sus heridas! Líneas sinuosas y orladas dibujadas por cuchillos; cerebro y hueso dejado al descubierto mediante piedras; con la soga clavándosele aún en la garganta. ¡Primer fruto acuchillado y tirado... buscador del Cielo... anciano detenido en la juventud... casi te amo!

Efectuó una reverencia teatral mientras yo aplaudía.

—Vaya —dije—. ¿Escribió usted eso?

—¡Culpable! —respondió con una sonrisa avergonzada—. Trasteo con versos de vez en cuando, pero no es más que un pasatiempo. En cualquier caso, gracias por seguirme la corriente.

Me pregunté qué hacía aquel hombre extraño y de habla educada en Cairnholm, con sus pantalones de pinzas y poemas disparatados, cuyo aspecto era más propio de un director de banco que de alguien que viviera en una isla barrida por el viento con un único teléfono y sin carreteras asfaltadas.

—Bueno, me encantaría mostrarte el resto de mi colección —prosiguió, escoltándome hacia la puerta—, pero me temo que es hora de cerrar. Si quieres regresar mañana, no obstante...

—A decir verdad, tenía la esperanza de que usted pudiera saber algo —repuse, deteniéndole antes de que pudiera echarme—. Es sobre la casa que mencioné ayer. Fui a verla.

—¡Vaya! —exclamó—. Creí que te había quitado las ganas de verla. ¿Cómo le va a nuestra mansión encantada en la actualidad? ¿Sigue en pie?

Le aseguré que sí, luego fui directo al grano.

—Las personas que vivían allí... ¿tiene alguna idea de qué les sucedió?

—Están muertas —contestó—. Sucedió hace mucho tiempo.

Me sorprendí..., aunque probablemente no debería haberlo hecho. Miss Peregrine era anciana. La gente anciana muere. Pero eso no significaba que mi búsqueda hubiera finalizado.

—Busco a cualquier otra persona que también pudiera haber vivido allí, no tan sólo a la directora.

—Todos muertos —repitió—. Nadie ha vivido allí desde la guerra.

Necesité un momento para procesarlo.

—¿Qué quiere decir? ¿Qué guerra?

—Cuando decimos «la guerra» por estos parajes, muchacho, sólo hay una a la que nos podamos referir: la segunda. Fue un ataque aéreo alemán lo que acabó con ellos, si no me equivoco.

—No, eso no puede ser cierto.

Él asintió.

—En aquellos días, había una batería antiaérea en la punta más alejada de la isla, pasado el bosque donde está la casa. Eso convertía a Cairnholm en un blanco justificado. Aunque no es que lo de «justificado» les importara mucho a los alemanes, tenlo en cuenta. En cualquier caso, una de las bombas se desvió de su ruta, y, bueno... —Sacudió la cabeza—. Una mala suerte asquerosa.

—Eso no puede ser cierto —volví a decir, aunque empezaba a tener dudas.

—¿Por qué no te sientas y dejas que te prepare un poco de té? —preguntó—. Haces mala cara.

—Sólo me siento un poco mareado...

Me condujo a una silla en su despacho y fue a preparar té. Intenté poner en orden mis pensamientos. «Bombardeada durante la guerra»... eso sin duda explicaría aquellas habitaciones destrozadas. Pero entonces ¿qué pasaba con la carta de Miss Peregrine —con matasellos de Cairnholm— enviada hacía sólo quince años?

Martin regresó y me entregó una taza alta.

—He añadido un dedal de Penderyn —indicó—. Una receta secreta, ya sabes. Te dejará como nuevo en un instante.

Le di las gracias y tomé un sorbo, advirtiendo demasiado tarde que el ingrediente secreto era whisky de alta graduación. Pareció como si fuera napalm descendiendo por mi esófago.

—Sí que te deja como nuevo —admití, a la vez que mi rostro enrojecía.

Frunció el entrecejo.

—Me parece que debería ir a buscar a tu padre.

—No, no, estaré perfectamente. Pero si hay alguna cosa más que pueda contarme sobre el ataque, le estaría agradecido.

Martin se instaló en una silla frente a mí.

—Sobre eso, siento curiosidad. Dices que tu abuelo vivió aquí. ¿Jamás lo mencionó?

—También yo siento curiosidad sobre eso —repuse—. Imagino que debió de ocurrir después de su estancia aquí. ¿Sucedió a finales o al principio de la guerra?

—Me avergüenza admitir que no lo sé. Pero si realmente te interesa, puedo presentarte a alguien que lo sabe..., mi tío Oggie. Tiene ochenta y tres años y ha vivido aquí toda su vida. Todavía tiene el cerebro totalmente lúcido. —Martin echó un vistazo a su reloj—. Si lo pescamos antes de que den *Father Ted* en la tele, estoy seguro que estará más que encantado de contarte todo lo que quieras.

Al cabo de diez minutos, Martin y yo estábamos incrustados profundamente en un sofá rehenchido en la salita de Oggie, que estaba repleta de libros, cajas de zapatos desgastados y lámparas suficientes para iluminar las Cavernas de Carlsbad, todas funcionando excepto una. Vivir en una isla remota, empezaba a comprender, convertía a las personas en urracas. Oggie estaba sentado delante de nosotros vestido con un blazer raído y pantalones de pijama, como si hubiera estado esperando compañía —sólo que no compañía que mereciera la pena ponerse pantalones—, y se mecía incesantemente en una poltrona recubierta de plástico mientras hablaba. Parecía feliz de tener público y, una vez que se hubo explayado largo y tendido sobre el clima y la política galesa y el lamentable estado de la juventud actual, Martin consiguió por fin desviar el tema hacia el ataque y los niños del asilo.

—Claro, los recuerdo —dijo—. Una colección curiosa de gente. Los veíamos por el pueblo de vez en cuando... a los niños, en ocasiones a su cuidadora también... comprando leche, medicinas y cosas por el estilo. Les decías «Buenos días» y miraban hacia otro lado. Eran reservados, ya lo creo, metidos en aquella casa enorme. Se decían muchas cosas sobre lo que podría estar sucediendo allí, aunque nadie sabía nada con seguridad.

—¿Qué clase de cosas?

—Muchas paparruchas. Como he dicho, nadie sabía nada. Todo lo que puedo decir es que no eran la clase corriente de huérfanos; no como los críos de los Hogares del doctor Barnardo que hay en otros lugares, a los que verás ir a la ciudad para los desfiles y cosas así, y que siempre tienen tiempo para charlar. Esa gente era distinta. Algunos de ellos ni siquiera sabían hablar el inglés del rey. O ningún inglés, bien mirado.

—Porque no eran huérfanos en realidad —dije—. Eran refugiados de otros países. Polonia, Austria, Checoslovaquia...

—¿Era eso lo que eran, entonces? —inquirió Oggie, enarcando una ceja en dirección hacia mí—. Es curioso, no había oído eso.

Pareció ofendido, como si le hubiera insultado al pretender saber más sobre su isla que él. Empezó a mecerse con más rapidez, con más agresividad. Si ésta era la clase de recibimiento que mi abuelo y los otros niños tuvieron en Cairnholm, no era de extrañar que se mantuvieran apartados.

Martin carraspeó.

—Así pues, tío, ¿el bombardeo?

—Vale, no te sulfures. Sí, sí, los condenados cabezas cuadradas. ¿Quién podría olvidarse de ellos?

Se embarcó en una interminable descripción de cómo era la vida en la isla bajo la amenaza de los ataques aéreos alemanes: las estruendosas sirenas; las carreras aterradas en busca de refugio; el encargado voluntario de los ataques aéreos que corría de casa en casa por las noches para asegurarse de que se habían corrido los estores y apagado las luces de la calle para privar a los pilotos enemigos de blancos fáciles. Se preparaban lo mejor que podían, pero en realidad jamás pensaron que los iban a bombardear, teniendo en cuenta todos los puertos y las fábricas de la isla grande, todos ellos objetivos mucho más importantes que el pequeño emplazamiento antiaéreo de Cairnholm. Pero una noche, las bombas empezaron a caer.

—El ruido era espantoso —explicó Oggie—. Como gigantes pisoteando toda la isla, y pareció durar una eternidad. Nos vapulearon a conciencia, aunque nadie del pueblo resultó muerto, gracias al cielo. No puedo decir lo mismo de los artilleros... aunque dieron tanto como recibieron... ni por las pobres criaturas del orfanato. Sólo hizo falta una bomba. Dieron sus vidas por Gran Bretaña, ya lo creo. Así que de donde fuera que vinieran, que Dios los bendiga por eso.

—¿Recuerda cuándo sucedió? —pregunté—. ¿A principios de la guerra o a finales?

—Puedo decirte el día exacto —respondió—. Fue el tres de septiembre de 1940.

El aire pareció desaparecer de la habitación. En un instante volví a ver el rostro lívido de mi abuelo, con los labios moviéndose apenas, pronunciando aquellas mismas palabras. «Tres de septiembre de 1940.»

—¿Está... está seguro de eso? ¿De que fue ese día?

—Jamás llegué a combatir —añadió—. Demasiado joven por un año. Esa noche fue toda mi guerra. Así que sí, estoy seguro.

Me sentí aturdido, desconectado. Era demasiado extraño. «¿Me estaba gastando alguien una broma —me pregunté—, una broma rara y nada divertida?»

—¿Y no hubo ningún superviviente? —preguntó Martin.

El anciano pensó durante un momento, dirigiendo la mirada al techo.

—Ahora que lo mencionas —dijo—, tengo entendido que sí. Sólo uno. Un muchacho, no mucho mayor que este chico. —Dejó de mecerse mientras lo recordaba—. Entró en la ciudad la mañana siguiente sin un solo rasguño. No parecía trastornado apenas, teniendo en cuenta que acababa de ver a sus compañeros pasar a mejor vida. Fue de lo más peculiar.

—Probablemente estaba conmocionado —dijo Martin.

—No me extrañaría —respondió Oggie—. Habló sólo una vez, para preguntar a mi padre cuándo zarpaba el siguiente barco hacia la isla grande. Dijo que quería alistarse y matar a los malditos monstruos que habían asesinado a los suyos.

La historia de Oggie era casi tan exagerada como las que el abuelo Portman contaba y, sin embargo, no tuve ningún motivo para dudar de él.

—Le conocí —confesé—. Era mi abuelo.

Me miraron atónitos.

—Bueno —repuso Oggie—, que me aspen.

Me disculpé y me puse en pie. Martin, reparando en que no parecía sentirme bien, se ofreció a acompañarme de vuelta al pub, pero rehusé. Necesitaba estar a solas con mis pensamientos.

—Pues ven a verme pronto, entonces —dijo, y prometí que lo haría.

Tomé el camino más largo para regresar, pasando ante las oscilantes luces del puerto, con el aire cargado de olor a salitre y de humo de chimenea procedente del centenar de hogares encendidos. Caminé hasta el final de un muelle y contemplé cómo la luna se alzaba sobre el agua, imaginando a mi abuelo allí de pie aquella horrible mañana del día después, aturdido por la conmoción y esperando una embarcación que le llevaría lejos de toda la muerte que había soportado, hacia la guerra, y a más muerte. No había modo de escapar de los monstruos, ni siquiera en aquella isla, que en el mapa apenas era más grande que un grano de arena, protegida por montañas de niebla, rocas afiladas y mareas furiosas. No era posible en ninguna parte. Ésa era la horrible verdad de la que mi abuelo había intentado protegerme.

A lo lejos, oí como los generadores petardeaban y perdían potencia, y todas las luces a lo largo del muelle y en las ventanas de las casas se intensificaron un momento antes de apagarse del todo. Imaginé cómo se vería algo así desde la altura de un aeroplano; toda una isla desapareciendo como si jamás hubiera estado allí. Una supernova en miniatura.

Regresé, iluminado por la luna, sintiéndome pequeño. Encontré a mi padre en el pub en la misma mesa de antes, con una bandeja a medio comer de ternera, con la salsa del asado solidificándose ante él.

—Mira quién ha regresado —dijo cuando me senté—. Te he guardado la cena.

—No tengo hambre —respondí, y le conté lo que había averiguado sobre el abuelo Portman.

Pareció más enojado que sorprendido.

—No puedo creer que jamás sacara a colación esa historia —se quejó—. Ni una vez.

Yo podía comprender su enojo: una cosa era que un abuelo

ocultara algo así a un nieto y otra muy distinta que un padre no se lo contara a su hijo... y durante tanto tiempo.

Intenté conducir la conversación hacia una dirección más positiva.

—¿Es increíble, no? Todo lo que pasó.

Mi padre asintió.

—No creo que sepamos jamás el alcance de todo ello.

—El abuelo Portman sabía de verdad cómo guardar un secreto, ¿no es cierto?

—¿Estás de broma? Ese hombre era un Fort Knox emocional.

—Sin embargo, me pregunto si eso no explica algo. El motivo por el que actuó de un modo tan distante cuando erais pequeños. —Mi padre me lanzó una aguda mirada, y supe que tenía que ir al grano con rapidez o arriesgarme a traspasar los límites—. Ya había perdido a su familia dos veces con anterioridad. Una vez en Polonia y luego otra vez aquí... su familia adoptiva. Así que cuando tú y tía Susie aparecisteis...

—¿Así que me bombardean una vez y ya no quiero saber nada de nadie?

—Hablo en serio, papá. ¿No crees que esto podría significar que a lo mejor no estaba engañando a la abuela, después de todo?

—No lo sé, Jake. Supongo que las cosas no son nunca tan simples. —Soltó un suspiro; el aliento empañaba el interior de su vaso de cerveza—. Sin embargo, creo que sé lo que explica todo esto. Por qué tú y el abuelo estabais tan unidos.

—Bueno...

—Necesitó cincuenta años para superar su miedo a tener una familia. Tú apareciste justo en el momento correcto.

No supe qué responder. ¿Cómo le dice uno «Siento que tu

padre no te quisiera lo suficiente» a su propio padre? Yo no podía, así que en lugar de eso me limité a desearle buenas noches y me marché escaleras arriba a acostarme.

Di vueltas en la cama la mayor parte de la noche. No podía dejar de pensar en las cartas; la que mi padre y tía Susie habían encontrado de niños, de aquella «otra mujer», y la que yo había encontrado hacía un mes, de Miss Peregrine. La idea que me mantenía despierto era ésta: «¿Y si eran la misma mujer?».

El matasellos de la carta de Miss Peregrine era de hacía quince años, pero según todo el mundo ésta había volado en pedazos en dirección a la estratosfera allá en 1940. En mi opinión, eso dejaba dos explicaciones posibles: o bien mi abuelo había mantenido correspondencia con una persona muerta —lo que uno tenía que admitir que era improbable— o la persona que escribió la carta no era, de hecho, Miss Peregrine, sino alguien que utilizaba su identidad para enmascarar la propia.

¿Por qué disimularías tu identidad en una carta? Porque tienes algo que ocultar. Porque eres la otra mujer.

¿Y si la única cosa que yo había descubierto en este viaje era que mi abuelo era un adúltero mentiroso? ¿Y si con su último aliento, intentaba hablarme sobre la muerte de su familia adoptiva... o admitir algún asunto escabroso que se había prolongado durante décadas? Quizá eran ambas cosas y la verdad era que le habían hecho tanto daño que cuando le tocó formar su propia familia ya no sabía cómo hacerlo, o cómo se mantenía uno fiel a ella. Todo eran conjeturas, de todos modos. Yo no sabía nada y no había nadie a quien preguntar. Cualquiera que pudiera haber tenido la respuesta, hacía tiempo que había muerto. En menos de veinticuatro horas, todo el viaje se había vuelto inútil.

Me sumí en un sueño inquieto. Al amanecer, me despertó el sonido de algo en la habitación. Me di la vuelta para ver qué era y me senté de golpe en la cama. Un pájaro enorme estaba posado en mi tocador, mirándome con fijeza. Tenía un porte elegante, con plumas grises y garras que taconeaban sobre el tocador de madera mientras se desplazaba a un lado y a otro del mueble, como para poder verme mejor. Le devolví la mirada con rigidez, preguntándome si sería un sueño.

Llamé a gritos a mi padre y, asustado por el ruido, el pájaro abandonó el tocador. Coloqué un brazo ante el rostro y rodé a un lado, y cuando volví a mirar ya se había ido, había salido volando por la ventana abierta.

Mi padre entró dando un traspié, con cara de sueño.

—¿Qué sucede?

Le mostré las marcas de garras sobre el tocador y una pluma que había aterrizado en el suelo.

—Cielos, eso es raro —murmuró, dándole vueltas en las manos—. Los peregrinos casi nunca se acercan tanto a los humanos.

Pensé que a lo mejor le había oído mal.

—¿Dijiste peregrinos?

Sostuvo la pluma en alto.

—Un halcón peregrino —contestó—. Son unas criaturas asombrosas; las aves más veloces de la Tierra. Podría decirse que cambian de aspecto, por el modo en que estilizan sus cuerpos al volar.

El nombre no era más que una coincidencia curiosa, pero me dejó con una sensación extraña que no podía quitarme de encima.

Durante el desayuno, empecé a preguntarme si me había dado

por vencido con demasiada facilidad. Aunque era cierto que no quedaba nadie vivo con quien pudiera hablar sobre mi abuelo, todavía estaba la casa, con una gran parte de ella inexplorada. Si había contenido alguna vez respuestas sobre mi abuelo —en forma de cartas, a lo mejor, o un álbum de fotos o un diario—, probablemente tales cosas habían ardido o se habían podrido hacía décadas; pero si abandonaba la isla sin asegurarme, sabía que lo lamentaría.

Y es así como alguien inusitadamente susceptible a pesadillas, a terrores nocturnos, a sentir canguelo, a que se le pongan los pelos de punta y a Ver Cosas Que En Realidad No Existen se convence a sí mismo para efectuar un último viaje a una casa abandonada y casi con toda seguridad encantada, donde una docena o más de niños hallaron una muerte prematura.

CINCO

Era una mañana casi demasiado perfecta. Abandonar el pub fue como meterse en una de esas fotos profusamente retocadas que vienen de serie como fondo de pantalla en los ordenadores nuevos: calles de artísticas y decrépitas casitas que se alargan a lo lejos, dando paso a campos verdes cosidos unos con otros mediante sinuosos muros de piedra, toda la escena coronada por nubes blancas que cruzan raudas el firmamento. Pero más allá de todo eso, por encima de las casas, los campos y las ovejas que renqueaban por todas partes igual que bolitas de algodón hilado, podía ver lenguas de niebla espesa lamiendo la cresta del cerro a lo lejos, allí donde este mundo finalizaba y empezaba el otro, frío, húmedo y sin sol.

Justo al pasar al otro lado de la cresta, fui a dar directamente con un chaparrón. Como era de esperar, había olvidado mis botas de agua y el sendero se convertía con rapidez en una profunda franja de barro. Pero mojarme un poco era del todo preferible a ascender aquella colina dos veces en una mañana, así que incliné la cabeza para protegerla de la lluvia y seguí adelante penosamente. No tardé en dejar atrás la casucha, con los contornos borrosos de ovejas acurrucados en el interior para protegerse del frío, y luego la ciénaga envuelta en niebla, silenciosa y espectral. Pensé en el muchacho de dos mil setecientos años del museo de Cairnholm y me pregunté cuántos más como él contendrían aquellos terrenos, sin descubrir, preservados en la muerte; cuántos más habrían dado sus vidas allí, buscando el cielo.

Para cuando llegué al hogar para niños, lo que había empezado como una llovizna era un aguacero en toda regla. No había tiempo para entretenerse en el salvaje patio y reflexionar sobre su figura malévola; el modo en que la entrada sin puerta pareció engullirme cuando la crucé a toda prisa y el modo en que las tablas hinchadas por la lluvia del suelo del vestíbulo cedieron un poco bajo mis zapatos. Permanecí de pie escurriendo agua de mi camisa y sacudiéndome el pelo, y cuando estuve todo lo seco que podía estar —lo que no era mucho— empecé a buscar. ¿Qué? No estaba seguro. ¿Una caja con cartas? ¿El nombre de mi abuelo garabateado en una pared? Todo parecía muy poco probable.

Erré por allí despegando esteras de viejos periódicos y mirando bajo sillas y mesas. Imaginé que sacaba a la luz alguna escena horrible —una maraña de esqueletos vestidos con andrajos ennegrecidos por el fuego—, pero todo lo que encontré fueron habitaciones que se habían vuelto más exteriores que interiores, despojadas de personalidad por la humedad, el viento y capas de suciedad. La planta baja era un desastre. Regresé a la escalera, sabiendo que esta vez tendría que utilizarla. La única pregunta era: ¿arriba o abajo? Un punto en contra de subir eran sus limitadas opciones para una huida rápida (de okupas, necrófagos o cualquier otra cosa que mi mente inquieta pudiera inventar), aparte de arrojarme por una ventana del piso superior. Bajar tenía el mismo problema, y con el inconveniente añadido de que estaba oscuro y no llevaba linterna. Así que la elección fue subir.

Los peldaños protestaron bajo mi peso con una sinfonía de estremecimientos y crujidos, pero aguantaron, y lo que descubrí arriba —comparado con la bombardeada planta baja— era como una diminuta cápsula del tiempo. Dispuestas a lo largo de un pasillo con listones de papel pintado que se despegaba, las habitaciones estaban en sorprendente buen estado. Aunque el moho había invadido una o dos allí donde una ventana rota había dejado entrar la lluvia, el resto estaban repletas de cosas que, de no haber sido por una capa o dos de polvo, habría dicho que eran nuevas: una camisa enmohecida arrojada con indiferencia sobre el respaldo de una silla, monedas sueltas esparcidas sobre una mesilla de noche... Era fácil creer que todo estaba justo como lo habían dejado los niños, como si el tiempo se hubiera detenido la noche en que murieron.

Fui de habitación en habitación, examinando lo que contenían igual que un arqueólogo. Había juguetes de madera pudriéndose en una caja; lápices de colores en un alféizar, aunque los colores se habían quedado sin brillo debido a la luz de diez mil tardes; una casa de muñecas con muñecas dentro, condenadas a cadena perpetua en una cárcel vistosa. En una modesta biblioteca, el lento avance de la humedad había doblado los estantes en sonrisas retorcidas. Pasé el dedo a lo largo de los lomos que se pelaban, como si considerara el sacar uno para leerlo. Había clásicos como *Peter Pan* y *El jardín secreto*, relatos escritos por autores olvidados por la historia, y libros de texto de latín y griego. En un rincón había unos cuantos pupitres viejos. Ésa había sido su aula, comprendí, y Miss Peregrine, su maestra.

Intenté abrir un par de gruesas puertas, retorciendo el picaporte, pero estaban hinchadas y atascadas... así que tomé carrerilla y embestí contra ellas con el hombro. Se abrieron de golpe con un chirrido áspero y caí de bruces al interior de la siguiente habitación. Mientras me ponía en pie y miraba a mi alrededor, comprendí que sólo podría haber pertenecido a Miss Peregrine. Era como una habitación del castillo de la Bella Durmiente, con velas cubiertas de telarañas colocadas en apliques en las paredes, un tocador con espejo lleno de botellas de cristal y una enorme cama de roble. Imaginé mentalmente la última vez que ella la había ocupado, saliendo a toda prisa de debajo de las sábanas en mitad de la noche al oír el gemido de la sirena antiaérea, reuniendo a los niños, todos adormilados, y cogiendo a toda prisa los abrigos mientras se dirigían abajo.

«¿Estabas asustada? —me pregunté—. ¿Quizá oíste venir a los aviones?»

Empecé a sentirme raro. Imaginé que me observaban; que los niños seguían allí, conservados igual que el muchacho de la ciénaga, dentro de las paredes. Podía percibirlos escrutándome a través de las grietas y los agujeros en la madera.

Pasé a la siguiente habitación. Una luz débil brillaba a través de una ventana. Pétalos de papel pintado azul pastel descendían en dirección a un par de camas pequeñas, todavía cubiertas con sábanas polvorientas. Supe, de algún modo, que ése había sido el dormitorio de mi abuelo.

«¿Por qué me enviaste aquí? ¿Qué era lo que necesitabas que viera?»

Entonces reparé en algo debajo de una de las camas y me arrodillé para mirar. Era una maleta vieja.

«¿Era tuya? ¿Es lo que subiste al tren la última vez que viste a tu madre y a tu padre, cuando tu primera vida se te escapaba?»

Tiré de ella para sacarla y manipulé desmañadamente sus destrozadas correas de cuero. Se abrió con facilidad..., pero salvo por una familia de escarabajos muertos, estaba vacía.

Me sentí vacío, también yo, y extrañamente pesado, como si el planeta girara demasiado de prisa, aumentando la gravedad, tirando de mí hacia el suelo. Exhausto de repente, me senté en la cama —su cama, quizá— y por motivos que no soy capaz de explicar, me tendí sobre aquellas sábanas mugrientas y clavé la mirada en el techo.

«¿En qué pensabas, tumbado aquí por la noche? ¿También tú tenías pesadillas?»

Empecé a llorar.

«Cuando tus padres murieron, ¿lo supiste? ¿Pudiste sentir como se iban?»

Lloré con más fuerza. No quería hacerlo, pero no podía parar.

No podía parar, así que pensé en todas las cosas malas, pensé con intensidad en todas esas cosas, más y más, hasta que me puse a llorar con tanta fuerza que tuve que dar boqueadas para poder respirar entre sollozos. Pensé en cómo mis bisabuelos habían muerto de inanición. Pensé en cómo habían arrojado sus cuerpos consumidos a incineradoras una gente a la que no conocían pero que les odiaba. Pensé en cómo los niños que vivían en la casa se habían abrasado y saltado por los aires porque un piloto a quien no le importaban había pulsado un botón. Pensé en cómo le habían arrebatado a mi abuelo su familia y en cómo debido a eso mi padre creció sintiendo que no tenía padre. Pensé en mí, en que padecía estrés agudo, en que me consumían las pesadillas y que ahora estaba sentado solo en una casa que se caía a trozos derramando lágrimas ardientes y estúpidas por la camiseta. Y todo debido a una pena acumulada durante setenta años que de algún modo me había sido transmitida como si se tratara de alguna herencia ponzoñosa, a unos monstruos a los que no podía combatir porque estaban todos muertos, a los que ya no podía ajusticiar ni castigar ni someter a ninguna clase de juicio. Al menos mi abuelo había podido alistarse en el ejército e ir a pelear contra ellos. ¿Qué podía hacer yo?

Cuando pasó el ataque, la cabeza me dolía terriblemente. Cerré los ojos y me los froté y presioné con los nudillos de las manos para que dejaran de dolerme, aunque sólo fuera por un momento, y cuando por fin aflojé la presión y los volví a abrir, un cambio milagroso se había producido en la habitación. Había un único rayo de sol brillando a través de la ventana. Me levanté, fui hasta el cristal resquebrajado y vi que llovía y brillaba el sol al mismo tiempo; una pequeña extravagancia meteorológica sobre cuyo nombre nadie parece ponerse de acuerdo. Mi madre, y de verdad que no te estoy tomando el pelo, se refiere a ello como «lágrimas de huérfanos». Luego recordé lo que Ricky dice sobre ello —«¡El diablo golpeando a su esposa!»— y reí, y me sentí un poco mejor.

Entonces, en el retazo de sol que se desvanecía con rapidez y que atravesaba la habitación, advertí algo en lo que no había reparado antes. Era un baúl —o el borde de uno, al menos— asomando debajo de la segunda cama. Fui hasta allí y aparté la sábana que lo ocultaba. Era un enorme y viejo baúl de viaje cerrado con un gran candado oxidado. Era imposible que estuviera vacío, pensé. Uno no cierra con llave un baúl vacío. «¡Ábreme! —parecía casi chillar—. ¡Estoy lleno de secretos!»

Lo agarré por los lados y tiré de él. No se movió. Volví a tirar, con más fuerza, pero no quiso ceder ni un milímetro. No estaba seguro de si era así de pesado o si generaciones de humedad acumulada y polvo lo habían fusionado de algún modo con el suelo.

Me levanté y le di unas cuantas patadas, lo que pareció servir para soltarlo, y entonces conseguí moverlo, tirando primero de un lado y después del otro, haciéndolo avanzar como si tratara de una cocina o una nevera, hasta que hubo salido por completo de debajo de la cama, dejando un rastro de marcas en el suelo. Di un tirón al candado, pero a pesar de la gruesa costra de óxido parecía sólido como una roca. Consideré por un momento buscar una llave —tenía que estar en alguna parte—, pero podría haber perdido horas buscando, además, el candado estaba tan deteriorado que me pregunté si la llave funcionaría siquiera. Mi única opción era romperlo.

Paseando la mirada en busca de algo que pudiera servir, encontré una silla rota en una de las otras habitaciones. Le arranqué una pata y me puse a trabajar con el candado; alcé la pata por encima de mi cabeza como un verdugo y la dejé caer con todas mis fuerzas, una y otra vez, hasta que la pata misma acabó por romperse y me quedé sosteniendo un tocón astillado. Recorrí con la vista la habitación en busca de algo más sólido y en seguida distinguí una barra suelta en el armazón de la cama. Tras unas cuantas patadas, repiqueteó en el suelo. Incrusté un extremo en el candado y tiré del otro hacia atrás. No sucedió nada.

Me dejé caer con todo el peso de mi cuerpo sobre él. El baúl crujió un poco, pero eso fue todo. Le di patadas y tiré de la barra con todas mis fuerzas, con las venas a punto de estallarme en el cuello, chillando: «¡Ábrete, maldito seas, ábrete te digo!». Finalmente, mi frustración y cólera culminaban en un propósito: Si no podía conseguir que mi difunto abuelo revelara sus secretos, por narices que se los iba a arrancar a aquel baúl vetusto. Y entonces la barra resbaló, choqué violentamente contra el suelo y me quedé sin resuello.

Permanecí tumbado allí y clavé la mirada en el techo, recuperando el aliento. Las lágrimas de huérfanos habían cesado y ahora sólo llovía, con más fuerza que nunca. Pensé en regresar al pueblo en busca de una almádena o una sierra de arco; pero eso no haría otra cosa que dar pie a preguntas que no tenía ganas de contestar.

Entonces tuve una idea brillante. Si podía hallar un modo de romper el baúl, no tendría que preocuparme por el candado. ¿Y qué fuerza sería más eficaz que, lo reconozco, mis poco desarrollados músculos de la parte superior del cuerpo golpeando con herramientas a lo loco? La gravedad, claro. Al fin y al cabo, me encontraba en el primer piso de la casa, y si bien no pensaba que hubiera ningún modo de poder alzar el baúl lo bastante para pasarlo por una ventana, la barandilla que protegía la parte superior de la escalera hacía mucho que había desaparecido. Todo lo que tenía que hacer era arrastrar el baúl por el pasillo y empujarlo por el hueco. Si su contenido sobreviviría al impacto era otra cuestión; pero al menos averiguaría qué había dentro.

Me agaché detrás del baúl y empecé a empujarlo en dirección al pasillo. Al cabo de unos pocos centímetros sus pies de metal se hundieron en el suelo reblandecido y se detuvo en seco con tozudez. Impertérrito, me trasladé al otro lado, agarré el candado con las dos manos y tiré, caminando de espaldas. Ante mi gran sorpresa se movió unos sesenta o noventa centímetros de una sola vez. No era un modo de trabajar especialmente decoroso —aquella manera de moverme hacia atrás, acuclillado, que tenía que repetir una y otra vez, cada desplazamiento del baúl acompañado de un desagradable chirrido de metal sobre madera—, pero al poco ya lo tenía fuera de la habitación y lo arrastraba, metro a metro, puerta tras puerta, hacia el descansillo. Me sumergí en el resonante ritmo de mi tarea, consiguiendo una buena pátina de sudor en el proceso.

Finalmente conseguí llegar al descansillo y, con un último e indecoroso gruñido, tiré del baúl hasta colocarlo detrás de mí. Ahora resbalaba con facilidad y, tras unos cuantos empujones más, lo tuve tambaleándose con precariedad en el borde del piso; un último empujoncito sería suficiente para hacerlo caer. Pero quería verlo hacerse añicos —mi recompensa por todo el trabajo realizado—, así que me levanté y me acerqué despacio y con cuidado al borde, hasta que pude ver bien el suelo de la sombría estancia de abajo. Entonces, conteniendo la respiración, di el último golpecito con el pie. El baúl vaciló un momento, tambaleándose en el borde, y luego se precipitó hacia abajo con contundencia, dando volteretas en una especie de hermoso ballet a cámara lenta. Sonó un tremendo estrépito que pareció zarandear toda la casa, al mismo tiempo que una columna de polvo se elevaba hacia mí desde abajo y me obligaba a taparme el rostro y a retroceder por el pasillo hasta que se disipó. Al cabo de un minuto, regresé y volví a asomarme por el borde del descansillo, esperando ver, ingenuo de mí, un montón de madera hecha añicos; sin embargo, lo que descubrí fue un agujero irregular con forma de baúl en las tablas del suelo. Había caído directo al sótano.

Corrí escaleras abajo y culebreé hasta el borde del combado suelo sobre el vientre, tal y como lo harías con un agujero abierto en una delgada capa de hielo. Casi cinco metros más abajo, entre una neblina de polvo y oscuridad, descubrí lo que quedaba del baúl. Se había hecho pedazos, igual que un huevo gigante, entre un amasijo de escombros y tablas destrozadas. Esparcidos por todas partes había pequeños trozos de papel. ¡Daba la impresión de que había encontrado una caja llena de cartas, después de todo! Pero al entornar los ojos pude distinguir rostros y cuerpos en ellas, y fue entonces cuando comprendí que no eran cartas, sino fotografías. Docenas de ellas. Me entusiasmé... y entonces con la misma rapidez me quedé helado, porque una idea terrible pasó por mi cabeza.

«Tengo que bajar ahí.»

El sótano era un serpenteante complejo de habitaciones tan oscuras que tanto daba si lo exploraba con los ojos vendados. Descendí por la crujiente escalera y permanecí parado al pie durante un rato, esperando que mis ojos acabaran por adaptarse, pero era la clase de oscuridad a la que no había forma de adaptarse. También tenía la esperanza de que me acostumbraría al olor —un hedor extraño y acre, como el armarito del material de una aula de química—, pero no tuve esa suerte. Así que me adentré en él arrastrando los pies, con el cuello de la camiseta subido para taparme la nariz y las manos extendidas ante mí, y esperé lo mejor.

Di un traspié y estuve a punto de caer. Algo hecho de vidrio salió patinando sobre el suelo. El olor no hizo más que empeorar y empecé a imaginar la presencia de cosas acechando en la oscuridad, delante de mí. Olvidemos a los monstruos y a los fantasmas... ¿y si había otro agujero en el suelo? Jamás encontrarían mi cuerpo.

Entonces se me ocurrió, en un fugaz momento de genialidad, que si accedía a la pantalla del móvil que guardaba en el bolsillo (a pesar de estar a más de quince kilómetros del puesto de recepción más próximo), podía improvisar una débil linterna. Lo alargué ante mí, con la pantalla dirigida al frente. Apenas atravesaba la oscuridad, así que lo enfoqué hacia el suelo. Un suelo de losas resquebrajadas y cacas de ratones. Apunté con él al lado: obtuve el reflejo de un leve destello.

Di un paso hacia allí y moví el teléfono a un lado y a otro. De la oscuridad emergió una pared de estantes repletos de tarros de vidrio. Tenían toda clase de formas y tamaños, veteados de polvo y llenos de cosas de aspecto gelatinoso suspendidas en líquidos turbios. Recordé la cocina y los tarros de frutas y verduras hechos añicos que había encontrado allí. Tal vez la temperatura era más estable ahí abajo y por eso éstos habían sobrevivido.

Pero entonces me acerqué y miré un poco más detenidamente, y advertí que no eran frutas y verduras, sino órganos. Cerebros. Corazones. Pulmones. Ojos. Todo conservado en alguna especie de formaldehído casero, lo que explicaba el espantoso hedor. Me dieron arcadas y me aparté de ellos trastabillando en la oscuridad, asqueado y perplejo a partes iguales. ¿Qué clase de lugar era ése? Aquellos tarros eran algo que podrías esperar hallar en el sótano de una escuela clandestina de medicina, no en una casa llena de niños. De no haber sido por todas las cosas maravillosas que el abuelo Portman me había contado sobre el lugar, podría haberme preguntado si Miss Peregrine había rescatado niños sólo para recolectar sus órganos.

Cuando me recuperé un poco, alcé los ojos y vi otro destello delante de mí; no el reflejo de mi teléfono, sino un débil destello de luz diurna. Tenía que provenir del agujero que había hecho. Seguí adelante valerosamente, respirando a través de la camiseta con que me tapaba la nariz y manteniéndome apartado de las paredes y de cualquier otra sorpresa horrenda.

Guiado por el destello, doblé una esquina y entré en una habitación pequeña cuyo techo estaba parcialmente desplomado. La luz del día penetraba a raudales a través del agujero y sobre un montón de tablas astilladas y cristales rotos, de donde se alzaban espirales de polvo sedimentado, había retales de alfombra adheridos aquí y allí igual que carne deshidratada. Bajo los escombros pude oír el garrapatear de unos pies diminutos, algún roedor habitante de la oscuridad que había sobrevivido a la implosión de su mundo. Y en medio de todo aquello descansaba el baúl destrozado, con fotografías desperdigadas a su alrededor igual que confeti.

Avancé con cuidado entre los restos, alzando bien las piernas para pasar por encima de jabalinas de madera y tablones tachonados de clavos oxidados. Tras arrodillarme, empecé a rescatar lo que pude. Me sentía como un miembro de un equipo de salvamento, arrancando caras de los escombros, apartando con la mano vidrios y madera podrida. Y aunque una parte de mí quería que me diera prisa —no había modo de saber si el resto del suelo podría desplomarse sobre mi cabeza—, no pude evitar estudiarlas con detenimiento.

A primera vista, parecían la clase de fotos que encontrarías en cualquier viejo álbum familiar. Había instantáneas de gente retozando en la playa y sonriendo en porches traseros, vistas de toda la isla y gran cantidad de niños posando solos y por parejas, instantáneas informales y retratos ceremoniosos con pomposos telones de fondo, cuyos protagonistas aferraban entre los brazos muñecas de ojos inexpresivos, como si hubieran ido a un fotógrafo en algún espeluznante centro comercial de principios de siglo. Pero lo que encontré realmente espeluznante no fueron las muñecas con aspecto de zombi ni los estrafalarios cortes de pelo de los niños ni el hecho de que nunca, pero nunca, parecían sonreír, sino que cuanto más estudiaba las fotos, más familiares se me antojaban. Compartían un cierto aire de pesadilla con las viejas fotos de mi abuelo, en especial con las que había mantenido ocultas en el fondo de su caja de cigarros, como si de algún modo hubieran pertenecido todas al mismo lote.

Había, por ejemplo, una foto de dos muchachas colocadas ante un telón de fondo con un océano pintado de un modo muy poco convincente. La foto no es que fuera extraña en sí misma; lo que resultaba inquietante era el modo en que ellas posaban. Las dos estaban de espaldas a la cámara. ¿Por qué tendría alguien que tomarse la molestia de hacerse retratar y pagar por ello —los retratos eran bastante caros en aquella época—, para ponerse luego de espaldas? Casi esperé encontrar otra foto entre los escombros de las mismas chicas mirando al frente, revelando tener calaveras sonrientes por caras.

Otras fotografías parecían manipuladas de un modo muy parecido a como lo habían estado algunas de las de mi abuelo. Una era de una niña solitaria en un cementerio con la vista fija en un estanque que la reflejaba; pero eran dos las niñas que aparecían en el reflejo. Me recordó la fotografía del abuelo Portman de la niña «atrapada» en una botella, sólo que cualquiera que fuera la técnica de cuarto oscuro que se utilizó, no tenía ni con mucho tanto aspecto de haber sido trucada. La otra era de un muchacho de apariencia desconcertantemente tranquila, cuya parte superior del cuerpo parecía estar plagada de abejas. Eso sería muy fácil de falsificar, ¿verdad? Como la fotografía del niño levantando lo que era, sin duda alguna, un pedrusco hecho de yeso. Una roca falsa... abejas falsas.

Los pelos del cogote se me erizaron cuando recordé algo que el abuelo Portman había dicho sobre un muchacho que había conocido allí, en el hogar para niños; un muchacho con abejas viviendo en su interior. «Algunas salían volando cada vez que abría la boca —había dicho—, pero jamás picaban a menos que Hugh quisiera que lo hicieran.»

Sólo se me ocurrió una explicación. Las fotos de mi abuelo procedían del baúl que yacía hecho pedazos ante mí. No estuve seguro, de todos modos, hasta que encontré una foto de los fenómenos de feria: dos criaturas enmascaradas y con cuellos llenos de volantes que parecían estar alimentándose la una a la otra con un rollo de cinta. ¿Qué se suponía que eran, además de un acicate para mis pesadillas? ¿Bailarinas de ballet sadomasoquistas? Sin embargo, de lo que no dudaba en absoluto era que el abuelo Portman tenía una foto de aquellas mismas dos niñas. La había visto en su caja de cigarros apenas hacía unos meses.

No podía ser una coincidencia, lo que significaba que las fotos que mi abuelo me había enseñado —que había jurado que pertenecían a niños que había conocido en aquella casa— realmente habían salido de aquella casa. Pero ¿podía significar eso, a pesar de las dudas que había albergado incluso a los ocho años, que las fotografías eran genuinas? ¿Qué pasaba pues con las historias fantásticas que las acompañaban? La simple idea de que cualquiera de ellas pudiera ser cierta, literalmente cierta, parecía inconcebible. Y sin embargo, allí de pie, entre la polvorienta penumbra de aquella casa sin vida que parecía tan plagada de fantasmas, pensé: «A lo mejor...».

De repente sonó un fuerte estrépito procedente de algún lugar encima de mí y me sobresalté de tal modo que todas las fotografías se me cayeron de las manos.

«No es más que la casa asentándose —me dije—, ¡o desplomándose!» Pero cuando me incliné para recoger las fotos, el estrépito se repitió y en un instante la ya exigua luz que había brillado a través del agujero en el suelo se desvaneció por completo, y me encontré acuclillado en una oscuridad impenetrable.

Oí pisadas y luego voces. Agucé el oído para captar lo que decían, pero no pude. No me atrevía a moverme, temeroso de que el movimiento más leve desencadenara una ruinosa avalancha de cascotes a mi alrededor. Sabía que mi miedo era irracional —probablemente no eran más que aquellos estúpidos chicos raperos llevando a cabo otra travesura—, pero el corazón me latía a cien por hora y algún profundo instinto animal me obligaba a permanecer en silencio.

Las extremidades se me empezaron a entumecer. Tan silenciosamente como pude, cambié el peso del cuerpo de una pierna a la otra para que la sangre volviera a circular. Un pedazo diminuto de algo se desprendió del montón y salió rodando, haciendo un sonido que pareció inmenso en el silencio. Las voces callaron. Luego una tabla del suelo crujió justo por encima de mi cabeza y una pequeña lluvia de yeso empezó a caer. Quienesquiera que estuvieran allí arriba, sabían con exactitud dónde estaba yo.

Contuve la respiración.

Entonces, oí una voz de chica que decía en voz baja:

—¿Abe? ¿Eres tú?

Pensé que era un sueño. Aguardé a que la muchacha volviera a hablar, pero durante un largo instante sólo hubo el sonido de la lluvia rebotando sobre el tejado, igual que un millar de dedos tamborileando lejos, en alguna parte. A continuación, un farol se encendió con un fuerte resplandor encima de mi cabeza, y al alargar el cuello vi a media docena de chicos arrodillados alrededor de las escarpadas fauces del agujero en el suelo roto, mirando hacia abajo.

Les reconocí en cierto modo, aunque no sabía de dónde. Parecían rostros de un sueño recordado a medias. ¿Dónde los había visto antes... y cómo sabían el nombre de mi abuelo? Entonces me di cuenta. Sus ropas, extrañas incluso para Gales. Sus rostros, pálidos y adustos. Las fotografías esparcidas ante mí, mirándome desde el suelo del mismo modo en que los niños me miraban a mí desde arriba. De improviso lo comprendí todo. Los había visto en las fotografías.

La chica que había hablado se puso en pie para poder verme mejor. En las manos sostenía una luz titilante, que no era ni un farol ni una vela, sino que parecía una llama esférica, controlada tan sólo por su cuerpo desnudo. Había visto su foto no hacía ni cinco minutos y en ella tenía un aspecto muy parecido al que tenía ahora, incluso sostenía la misma luz extraña entre las manos.

«Soy Jacob —quise decir—. Os he estado buscando.» Pero me había quedado sin voz y todo lo que podía hacer era mirar atónito.

El semblante de la muchacha se agrió. Yo ofrecía un aspecto lastimoso, mojado por la lluvia, cubierto de polvo y acuclillado entre un montón de escombros. Lo que fuera que ella y los otros chicos habían esperado encontrar dentro del agujero, no era yo.

Un murmullo se levantó entre ellos y se pusieron en pie, dispersándose a toda prisa. Su repentino movimiento desbloqueó algo en mi interior que me hizo recuperar la voz y les grité que esperaran, pero ellos corrían ya estrepitosamente sobre las tablas del suelo en dirección a la puerta. Avancé a trompicones a través de los escombros y crucé tambaleante y a ciegas el apestoso sótano hasta la escalera. Pero cuando por fin conseguí regresar a la planta baja, donde la luz diurna había regresado de algún modo, ellos habían desaparecido de la casa.

Salí disparado al exterior y bajé los desmoronados peldaños hasta la hierba, chillando: «¡Esperad! ¡Deteneos!». Pero ya no estaban. Escudriñé el patio, el bosque, respirando entrecortadamente a la vez que me maldecía a mí mismo.

Algo chasqueó más allá de los árboles. Giré en redondo para mirar y, entre una cortina de ramas, capté un destello de movimiento borroso... el dobladillo de un vestido blanco. Era ella. Me lancé al interior del bosque, corriendo como una exhalación tras ella, pero salió disparada por el sendero.

Salté sobre troncos caídos y me agaché para sortear ramas bajas, persiguiéndola hasta que me ardieron los pulmones. Ella siguió intentando despistarme, abandonando el sendero para penetrar en el bosque sin sendas y volviendo luego al sendero. Al final, el bosque quedó atrás y salimos al terreno despejado de la ciénaga. Vi mi oportunidad. Ahora ella no tenía ningún lugar donde esconderse —para atraparla sólo tenía que correr más—, y al llevar yo zapatillas de deporte y vaqueros, y ella un vestido, el resultado era indiscutible. Justo cuando empezaba a alcanzarla, sin embargo, ella efectuó un brusco giro y se precipitó al interior de la ciénaga. No tuve otra opción que seguirla.

Correr se tornó imposible. El suelo no era de fiar: No dejaba de ceder, haciendo que tropezara y me hundiera hasta las rodillas en el cieno, que empapaba los pantalones y succionaba las piernas. La muchacha, no obstante, parecía saber dónde pisar y cogió cada vez más delantera, hasta acabar desapareciendo en la neblina, de modo que sólo me quedaron las huellas de sus pisadas para seguirla.

Una vez que me hubo dejado atrás, mantuve la esperanza de que sus huellas viraran de vuelta hacia el sendero, pero siguieron adentrándose más y más en la ciénaga. Entonces la neblina se cerró a mi espalda y ya no pude ver el sendero. Empecé a preguntarme si encontraría alguna vez la salida. Intenté llamarla a gritos:

—¡Me llamo Jacob Portman! ¡Soy el nieto de Abe! ¡No te haré daño!

Pero la niebla y el cieno parecían engullir mi voz.

Sus huellas me condujeron a un montículo de piedras. Parecía un enorme iglú gris, pero era un cairn... una de la tumbas neolíticas que daban su nombre a Cairnholm.

El cairn era un poco más alto que yo, largo y estrecho con una abertura rectangular en un extremo, como una puerta, y se alzaba del barro sobre un montecillo de hierba. Trepando fuera del lodazal para pasar al suelo relativamente sólido que lo circundaba, vi que la abertura era la entrada a un túnel que se adentraba profundamente en la construcción. Habían esculpido intrincados lazos y espirales a ambos lados, jeroglíficos antiguos cuyo significado se había perdido en la memoria de los tiempos. «Aquí yace el muchacho de la ciénaga», pensé. O lo que era más probable: «Abandonad toda esperanza, todos aquellos que entréis aquí».

Pero entré, porque era a donde conducían las pisadas de la muchacha. Dentro, el túnel del cairn era húmedo, estrecho y sumamente oscuro, tan angosto que para avanzar debía encorvarme hasta que las manos casi tocaban el suelo. Por suerte, los espacios cerrados no eran una de las muchas cosas que me aterraban.

Imaginando a la muchacha asustada y temblando en algún punto más adelante, le hablé mientras avanzaba, haciendo todo lo posible por asegurarle que no tenía intención de hacerle daño. Las palabras regresaron violentamente a mí en un eco desconcertante. Justo cuando los muslos me empezaban a doler debido a la estrafalaria postura que me había visto forzado a adoptar, el túnel se ensanchó, convirtiéndose en una cámara, oscura como la boca de un lobo, pero lo bastante grande como para que pudiera estar de pie y estirar los brazos a ambos lados sin tocar ninguna pared.

Saqué el teléfono y de nuevo lo encendí para que actuara de improvisada linterna. No necesité mucho tiempo para hacerme una composición del lugar. Era una sencilla cámara de paredes de piedra más o menos del tamaño de mi dormitorio... y estaba totalmente vacía. Allí no había ninguna muchacha.

Me quedé quieto, intentando dilucidar cómo diablos había conseguido escabullirse, cuando se me ocurrió algo; algo tan evidente que me sentí como un idiota por haber tardado tanto en darme cuenta. Nunca hubo una muchacha en realidad. La había imaginado, y también al resto de los niños. Mi cerebro los había hecho aparecer en el mismo instante en que contemplaba sus fotografías. ¿Y la repentina y extraña oscuridad que había precedido a su llegada? Un desvanecimiento.

Era imposible, de todos modos; aquellos críos habían muerto todos hacía una eternidad. Incluso aunque no lo hubieran hecho, era ridículo creer que todavía tendrían exactamente el mismo aspecto que cuando se tomaron las fotos. Todo había sucedido con tanta rapidez, que no había tenido ni un momento para parar y preguntarme si podría estar persiguiendo una alucinación.

Podía predecir ya la explicación del doctor Golan: «Esa casa es un lugar tan cargado de emotividad para ti, que el solo hecho de estar dentro fue suficiente para disparar una reacción producto del estrés». Sí, era un pelmazo soltando jerga psicológica; pero eso no significaba que se equivocara.

Me di la vuelta, humillado. En lugar de caminar encorvado como un cangrejo, me despojé del resto de mi dignidad y me limité a gatear a cuatro patas hacia la brumosa luz que provenía de la boca del túnel. Al alzar los ojos, comprendí que ya había visto ese paraje antes: en el museo de Martin, en una fotografía del lugar donde habían descubierto al muchacho de la ciénaga. Resultaba desconcertante pensar que la gente había creído alguna vez que el apestoso páramo era una puerta al cielo; y que lo habían creído con tal convicción que un muchacho de mi edad estaba dispuesto a sacrificar su vida para llegar allí. ¡Qué desperdicio tan triste y estúpido!

Decidí entonces que quería regresar a casa. No me importaban las fotos del sótano y estaba harto de acertijos, de misterios y de palabras póstumas. Abandonarme a la obsesión de mi abuelo me había hecho empeorar, no mejorar. Era hora de dejar correr toda esa historia.

Atravesé el angosto túnel del cairn y salí al exterior, quedando inmediatamente cegado por la luz. Resguardándome los ojos, los entorné para mirar entre los dedos entreabiertos de mi mano, y lo que vi fue un mundo que apenas reconocí. Era la misma ciénaga y el mismo sendero y todo era igual que antes, pero por primera vez desde mi llegada, estaba bañado por alegres y dorados rayos del sol. En el cielo, de un azul intenso, no había ni rastro de la niebla espesa que, para mí, había llegado a definir aquella parte de la isla. También hacía calor, parecía más la canícula del verano que los ventosos inicios de éste. «Dios mío, el clima cambia de prisa por aquí», pensé.

Regresé trabajosamente al sendero, intentando hacer caso omiso a la sensación hormigueante del lodo de la ciénaga penetrando en mis calcetines, y me encaminé al pueblo. Curiosamente, el sendero ya no estaba embarrado —como si se hubiera secado en sólo unos pocos minutos—, pero había sido bombardeado con tantos zurullos de animal del tamaño de pomelos que no podía caminar en línea recta. ¿Cómo no lo había advertido antes? ¿Había estado en una especie de nebulosa psicótica toda la mañana? ¿Estaría en una ahora?

No alcé los ojos del tablero de ajedrez de excrementos que se extendía ante mí hasta que hube cruzado la cresta y volví a entrar en el pueblo, que fue cuando advertí de dónde procedía toda aquella porquería. Donde horas antes, esa misma mañana, un batallón de tractores había recorrido los senderos de grava, tirando de carretas cargadas de pescado y ladrillos de turba arriba y abajo desde el puerto, ahora sólo quedaban carretas tiradas por caballos y mulas. El ruido de los cascos había reemplazado el rugido de los motores.

Faltaba, también, el omnipresente zumbido de los generadores de gasoil. ¿Se habría quedado la isla sin combustible en las pocas horas que yo había estado fuera? ¿Y dónde habían escondido los vecinos todos estos enormes animales?

Además, ¿por qué me miraba todo el mundo? Cada persona con la que me cruzaba me miraba con ojos como platos, abandonando lo que fuera que estuvieran haciendo para observarme pasar. «Debo de parecer tan loco como me siento», pensé, echando una ojeada a mi cuerpo y descubriendo que estaba cubierto de lodo de cintura para abajo y de yeso de cintura para arriba, así que agaché la cabeza y caminé tan rápido como pude en dirección al pub, donde al menos podría ocultarme en la anónima penumbra hasta que mi padre regresara para almorzar. Decidí que cuando lo viera, le diría sin tapujos que quería regresar a casa lo antes posible. Si titubeaba, admitiría que había tenido alucinaciones y saldríamos en el siguiente transbordador, eso estaba garantizado.

Dentro del Hoyo había la acostumbrada colección de hombres ebrios inclinados sobre espumosas cañas de cerveza. Las destartaladas mesas y la decoración deslustrada, que había acabado por considerar mi hogar lejos de casa, continuaban igual. Pero cuando me encaminaba a la escalera oí que una voz desconocida me espetaba:

—¿Adónde crees tú que vas?

Giré la cabeza, con un pie en el primer escalón, y vi que el encargado de la barra me miraba de arriba abajo. Sólo que no era Kev, sino un hombre de cabeza pequeña y redonda que me contemplaba con cara de pocos amigos, a quien no reconocí. Llevaba un delantal de tabernero y era cejijunto, con las cejas muy tupidas. Lucía un bigote grueso como una oruga y hacía que su rostro pareciera tener una raya.

Yo podría haber dicho: «Voy a subir para hacer la maleta. Y si mi padre sigue sin querer llevarme a casa voy a fingir un ataque epiléptico», pero en su lugar respondí:

—Arriba, a mi habitación —palabras que surgieron más como una pregunta que como una declaración.

—¿Ah, sí? —inquirió él, depositando sobre la barra con un golpe seco el vaso que había estado llenando—. ¿Te parece esto un hotel?

Crujió la madera cuando los parroquianos se volvieron en sus taburetes para poder observarme. Escudriñé con rapidez sus rostros. Ni uno de ellos me era familiar.

«Estoy padeciendo un episodio psicótico —pensé—. Justo ahora. Esto es lo que se siente al tener un episodio psicótico.» Sólo que no producía ninguna sensación. Yo no veía relámpagos ni me sudaban las palmas de las manos. Era más bien como si el mundo se estuviera volviendo loco, no yo.

Expliqué al tabernero que era evidente que había habido algún error.

—Mi padre y yo ocupamos las habitaciones del piso superior —le dije—. Mire, tengo la llave. —Y la saqué del bolsillo como prueba.

—Déjame ver eso —ordenó, inclinándose por encima del mostrador para arrebatármela de la mano.

La sostuvo en alto hacia la lúgubre luz, contemplándola como un joyero.

—Ésta no es nuestra llave —gruñó, y luego la deslizó en su bolsillo—. Ahora dime realmente qué quieres hacer ahí arriba... ¡y esta vez, no me mientas!

Sentí que me ponía colorado. Nunca antes me había llamado mentiroso un adulto que no fuera un pariente.

—Ya se lo he dicho. ¡Alquilamos esas habitaciones! ¡Pregúntele a Kev si no me cree!

—No conozco a ningún Kev y no me gusta que me vengan con cuentos —repuso él con frialdad—. ¡No hay habitaciones para alquilar por aquí y la única persona que vive arriba soy yo!

Miré a mi alrededor, esperando que alguien esbozara una sonrisa para dejarme participar en la broma. Pero los rostros de los hombres eran pétreos.

—Es americano —comentó un hombre que lucía una barba prodigiosa—. Del ejército, tal vez.

—¡Gilipolleces! —gruñó otro—. Miradle. ¡Es prácticamente un feto!

—Pero su impermeable —dijo el barbudo, alargando la mano para pellizcar la manga de mi chaqueta—. Te costaría una barbaridad encontrar eso en una tienda. Del ejército..., tiene que serlo.

—Oigan —dije—, no pertenezco al ejército ni intento engañar a nadie, ¡lo juro! Sólo quiero encontrar a mi padre, coger mis cosas, y...

—¡Americano, una mierda! —bramó un hombre gordo, y despegó su considerable circunferencia de un taburete para colocarse entre mi persona y la puerta, hacia la que yo había estado retrocediendo lentamente—. Su acento no me suena nada bien. ¡Apostaría a que es un espía cabeza cuadrada!

—No soy un espía —dije con voz débil—. Sólo me he perdido.

—Eso lo has acertado —exclamó él con una carcajada—. Yo digo que le saquemos la verdad a la antigua. ¡Con una soga!

Corearon ebrios gritos de asentimiento. No podía saber si hablaban en serio o simplemente «me tomaban el pelo», pero no tenía muchas ganas de quedarme allí y averiguarlo. Un instinto de supervivencia, puro y duro, discurrió por el inquieto revoltijo que bullía en mi cerebro: «Huye». Sería muchísimo más fácil descubrir qué demonios estaba pasando si no estuviera en una habitación repleta de borrachos que amenazaban con lincharme. Desde luego, salir huyendo sólo les convencería de mi culpabilidad, pero no me importaba.

Intenté sortear al hombre gordo.

Quiso agarrarme, pero alguien lento y borracho no es rival para alguien veloz y muerto de miedo como yo. Amagué a la izquierda y luego le esquivé rodeándolo por la derecha. Aulló enfurecido mientras el resto se despegaba de sus taburetes para abalanzarse sobre mí, pero me escurrí de entre sus dedos y salí corriendo por la puerta a la luminosa tarde.

Me lancé calle abajo, con los pies abriendo hoyos en la grava al pisarla y con las enojadas voces apagándose gradualmente a mi espalda. En la primera esquina giré con un patinazo para escapar de su campo de visión, atajando por un patio embarrado, donde varias gallinas chillonas se apartaron raudas de mi camino, y luego por un solar sin vallas donde una cola de mujeres aguardaba para sacar agua de un viejo pozo y cuyas cabezas giraron para mirarme cuando pasé como una exhalación por su lado. Un pensamiento que no tenía tiempo de considerar me pasó fugazmente por la cabeza: «Eh, ¿adónde había ido *La mujer que espera?*», pero entonces llegué a un muro bajo y tuve que concentrarme en saltarlo... «Apoya la mano, levanta los pies, pasa por encima». Aterricé en un sendero transitado, donde casi me atropella una carreta que pasaba a toda velocidad. El conductor chilló algo peyorativo sobre mi madre, al mismo tiempo que el ijar del caballo me rozaba el pecho, dejando huellas de cascos y una marca de rueda justo a escasos centímetros de los dedos de mis pies.

No tenía ni idea de qué sucedía. Comprendía tan sólo dos cosas: que muy posiblemente estaba en mitad del proceso de volverme loco y que necesitaba alejarme de la gente hasta que pudiera dilucidar si eso era lo que me estaba sucediendo o no. Con este fin, me metí a toda prisa en un callejón tras dos hileras de casitas, donde imaginé que habría cantidad de lugares donde esconderse, y me encaminé al extremo de la población. Aminoré el paso, esperando que un muchacho americano embarrado y desaliñado que caminaba sin correr atrajera en cierto modo menos la atención que uno que sí corría.

A mi intento de actuar con normalidad no ayudaba el hecho de que cada ruidito o movimiento fugaz me hiciera pegar un salto. Saludé con la cabeza y con la mano a una mujer que tendía la colada, pero como todos los demás se limitó a mirarme con fijeza. Caminé más de prisa.

Oí un ruido extraño detrás de mí y me escondí a toda prisa en un excusado. Mientras esperaba allí, agachado tras la puerta a medio cerrar, mis ojos escrutaron las paredes cubiertas de pintadas.

DOOLEY ES UN INDESEABLE TOCA CULOS.

VAYA, ¿NO HAY AZÚCAR?

Por fin, un perro pasó sigilosamente por delante, seguido por una camada de cachorros emitiendo ladridos agudos. Solté el aliento y empecé a relajarme un poco. Serenándome, volví a introducirme en el callejón.

Algo me agarró por los cabellos y, antes de que hubiera tenido la posibilidad de gritar, una mano salió veloz por detrás de mí y presionó algo afilado contra mi garganta.

—Chilla y te rajo —susurró una voz.

Manteniendo la hoja pegada a mi cuello, mi asaltante me empujó contra la pared del excusado y me rodeó para colocarse frente a mí. Con gran sorpresa por mi parte, no era uno de los hombres del pub. Era la muchacha. Llevaba un sencillo vestido blanco y tenía un semblante severo, el rostro sorprendentemente bonito aun cuando parecía estar pensando muy en serio en agujerearme la tráquea.

—¿Qué eres tú? —siseó.

—Un... esto... soy americano —tartamudeé, no muy seguro de qué preguntaba—. Me llamo Jacob.

Presionó el cuchillo aún con más fuerza contra mi garganta con mano temblorosa. Estaba asustada; lo que significaba que era peligrosa.

—¿Qué hacías en la casa? —exigió—. ¿Por qué me perseguías?

—¡Sólo quería hablar contigo! ¡No me mates!

Me miró con cara de pocos amigos.

—¿Hablar conmigo sobre qué?

—Sobre la casa... sobre las personas que vivían allí.

—¿Quién te envió aquí?

—Mi abuelo. Se llamaba Abraham Portman.

Se quedó boquiabierta.

—¡Eso es mentira! —chilló, con ojos centelleantes—. ¿Crees que no sé lo que eres? ¡No nací ayer! Abre los ojos... ¡déjame ver tus ojos!

—¡Muy bien! ¡Mira!

Abrí los ojos tanto como pude. Ella se puso de puntillas y los observó con fijeza, luego golpeó el suelo con el pie y gritó:

—¡No, ésos no son tus ojos de verdad! ¡Esas falsificaciones ya no me engañan, como tampoco lo hace tu mentira ridícula sobre Abe!

—¡No es mentira... y éstos sí que son mis ojos!

Me presionaba con tanta fuerza la tráquea que me costaba respirar. Me alegré de que el cuchillo tuviera el filo embotado o sin duda me habría hecho un corte.

—Oye, no soy lo que sea que piensas que soy —dije con voz ronca—. ¡Puedo probarlo!

Relajó un poco la mano.

—¡Entonces pruébalo, o regaré la hierba con tu sangre!

—Tengo algo justo aquí. —Introduje la mano en mi chaqueta.

Ella dio un salto atrás y me gritó que me detuviera, alzando el cuchillo de modo que quedó flotando temblorosamente en el aire justo entre mis ojos.

—¡Es sólo una carta! ¡Tranquilízate!

Volvió a bajar el cuchillo hasta mi garganta, y yo saqué poco a poco la carta y la foto de Miss Peregrine de mi chaqueta, sosteniéndolas para que ella las viera.

—La carta es uno de los motivos que me trajeron aquí. Mi abuelo me la dio. Es del Pájaro. Así es como llamáis a vuestra directora, ¿verdad?

—¡Esto no prueba nada! —exclamó ella, aunque apenas si había echado un vistazo—. ¿Y cómo sabes tantas malditas cosas sobre nosotros?

—Te lo he dicho, mi abuelo...

Me arrebató la carta de un manotazo.

—¡No quiero oír ni una palabra más sobre esa estupidez!

Al parecer yo había tocado una fibra sensible. Calló durante un rato, con el rostro crispado por la frustración, como si estuviera decidiendo el mejor modo de deshacerse de mi cuerpo una vez que hubiera llevado a cabo sus amenazas. Sin embargo, antes de que pudiera tomar una decisión oímos gritos desde el otro extremo del callejón. Giramos la cabeza y vimos a los hombres del pub corriendo hacia nosotros, armados con garrotes de madera y utensilios agrícolas.

—¿Qué es esto? ¿Qué has hecho?

—¡Tú no eres la única persona que quiere matarme!

Retiró el cuchillo de mi garganta y lo sostuvo contra mis costillas, luego me agarró por el cuello de la chaqueta.

—Ahora eres mi prisionero. ¡Haz exactamente lo que yo te diga o lo lamentarás!

No discutí. No sabía si mis posibilidades eran mejores en manos de aquella chica desequilibrada o con la turba babeante de borrachos armados de garrotes, pero al menos con ella me figuré que tenía una probabilidad de obtener algunas respuestas.

Me dio un empujón y nos pusimos en marcha, corriendo por un callejón que se comunicaba con aquél. Hacia el final del camino, corrió hasta colocarse a un lado y me situó tras ella, pasamos por debajo de una cuerda con sábanas tendidas y saltamos por encima de una alambrada al patio de una casita.

—Aquí dentro —musitó, y mirando a su alrededor para asegurarse de que no nos habían visto, me empujó a través de una puerta al interior de una casucha muy pequeña que apestaba a humo de turba.

No había nadie dentro, salvo un perro viejo dormido en un sofá. Abrió un ojo para mirarnos, no le pareció gran cosa lo que veía, y volvió a dormirse. Corrimos hacia una ventana que daba a la calle y nos arrimamos a la pared situada junto a ella. Permanecimos allí escuchando, la muchacha teniendo buen cuidado de mantener una mano sobre mi brazo y el cuchillo contra mi costado.

Transcurrió un minuto. Las voces de los hombres parecieron desvanecerse y luego regresar; era difícil saber dónde estaban. Mis ojos vagabundearon por la pequeña habitación. Parecía excesivamente rústica, incluso para Cairnholm. En una esquina, había un montón de cestos tejidos a mano. Una silla tapizada con arpillera estaba colocada ante una cocina de carbón gigantesca hecha de hierro colado. Colgado en la pared situada frente a nosotros había un calendario y, aunque estaba demasiado oscuro para ver en qué fecha estábamos, sólo mirarlo suscitó una idea estrafalaria.

—¿Qué año es?

La muchacha me dijo que me callara.

—Hablo en serio —musité.

Me miró de un modo extraño por un momento.

—No sé a lo que juegas, pero ve a mirarlo por ti mismo —dijo, empujándome hacia el calendario.

La mitad superior era una foto en blanco y negro de una escena tropical, muchachas de cuerpos torneados con flequillos enormes y bañadores de aspecto retro sonriendo en una playa. Impreso por encima de la juntura se leía «septiembre de 1940». Habían tachado el primer y el segundo día del mes.

Una sensación de distante aturdimiento me embargó. Consideré todas las cosas raras que había visto aquella mañana: el singular y repentino cambio en el tiempo; la isla que pensaba que conocía, poblada ahora por desconocidos; el estilo antiguo de todo lo que me rodeaba, pero que parecía impecablemente nuevo. Todo ello sólo podía explicarlo el calendario de la pared.

3 de septiembre de 1940. ¿Cómo era posible?

Y entonces, una de las últimas cosas que mi abuelo dijo regresó a mi memoria. «En el otro lado de la tumba del viejo.» Era algo que jamás había conseguido explicarme. Hubo un tiempo en que me había preguntado si se referiría a fantasmas —puesto que todos los niños que había conocido estaban muertos, quizá yo tenía que pasar al otro lado de la tumba para encontrarlos—, pero eso era demasiado poético. Mi abuelo era una persona poco imaginativa, no un hombre que se dedicara a la metáfora ni a la sugestión. Me había dado una indicación directa que sencillamente no había tenido tiempo de explicar. «El Viejo», comprendí, era como los lugareños llamaban al muchacho de la ciénaga y su tumba era el cairn. Y a primeras horas de ese día, yo había entrado en ella y salido en otro lugar, en otro tiempo: tres de septiembre de 1940.

Todo esto me pasó por la cabeza justo antes de que la habitación empezara a dar vueltas y mis rodillas se doblaran bajo mi cuerpo. Después todo se fundió en un palpitante negro aterciopelado.

Desperté en el suelo con las manos atadas a la cocina. La muchacha paseaba nerviosamente y parecía sostener una animada conversación consigo misma. Mantuve los ojos casi cerrados del todo y escuché.

—Debe de ser un wight —decía—. ¿Por qué otro motivo habría venido a husmear a la vieja casa como un ladrón?

—No tengo la menor idea —repuso otra persona—, pero al parecer tampoco la tiene él. —Así que no estaba hablando sola, después de todo; aunque desde donde yo estaba tumbado, no podía ver al muchacho que había hablado—. ¿Dices que ni siquiera se he dado cuenta de que estaba en un bucle?

—Míralo por ti mismo —dijo ella, haciendo un gesto en mi

dirección—. ¿Puedes imaginar a un pariente de Abe que no tenga ni por asomo la menor idea?

—No, pero tampoco puedo imaginar a un wight que no lo sepa —comentó el muchacho.

Giré un poco la cabeza, escrutando la habitación, pero seguí sin verle.

—Pero sí puedo imaginar a un wight fingiendo que no lo sabe —respondió la muchacha.

El perro, despierto ahora, trotó hasta mí y empezó a lamerme la cara. Cerré los ojos con fuerza e intenté hacer caso omiso de él, pero el baño de baba que me dio con la lengua era tan asqueroso, que al final tuve que sentarme en el suelo sólo para escapar de él.

—¡Vaya, mira quién se ha despertado! —exclamó la muchacha, y dio palmadas, ofreciéndome una sarcástica ronda de aplausos—. Ha sido toda una actuación la que has llevado a cabo antes. En particular me ha gustado el desmayo. Estoy segura de que el teatro perdió a un actor magnífico cuando elegiste dedicarte al asesinato y el canibalismo.

Abrí la boca para defender con energía mi inocencia... y me quedé inmóvil cuando advertí que una taza flotaba hacia mí.

—Toma un poco de agua —ofreció el muchacho—. No podemos permitir que mueras antes de que te llevemos a la directora, ¿no te parece?

Su voz parecía flotar en el aire. Alargué la mano para coger la taza y cuando mi meñique rozó una mano invisible, estuve a punto de dejarla caer.

—Es muy torpe —dijo el muchacho.

—Y tú eres invisible —repliqué en tono aturdido.

—Ya lo creo. Millard Nullings, a tu servicio.

—¡No le digas tu nombre! —gritó la muchacha.

—Y ésta es Emma —prosiguió él—. Está un poco paranoica, como seguro que habrás deducido.

Emma le lanzó una mirada furiosa —o la lanzó al espacio que imaginé que él ocupaba—, pero no dijo nada. La taza tembló en mi mano. Inicié otro chapucero intento de defenderme, pero me interrumpieron voces enojadas procedentes del otro lado de la ventana.

—¡Silencio! —siseó Emma.

Las pisadas de Millard se dirigieron a la ventana y los estores se separaron un centímetro.

—¿Qué sucede? —preguntó Emma.

—Están registrando las casas —respondió él—. No podemos permanecer aquí mucho más tiempo.

—¡Bueno, pues tampoco podemos salir ahí fuera!

—Creo que a lo mejor sí podemos —dijo él—. No obstante, sólo para estar seguros, deja que consulte mi libro.

Los estores volvieron a cerrarse y vi que una libreta pequeña, encuadernada en piel, se alzaba de una mesa y se abría en el aire. Millard tarareó mientras pasaba las hojas. Al cabo de un minuto cerró la libreta con un golpe seco.

—¡Tal y como sospechaba! —exclamó—. Sólo tenemos que aguardar un minuto más o menos y entonces podremos salir directamente por la puerta principal.

—¿Estás loco? —repuso Emma—. ¡Tendremos a todos esos cromañones sobre nosotros, arreándonos con sus ladrillos!

—No si somos menos interesantes que lo que está a punto de suceder —respondió él—. Te lo aseguro, ésta es la mejor oportunidad que tendremos en horas.

Me desataron de la cocina de hierro y me condujeron a la puerta, donde nos acurrucamos, esperando. Entonces sonó un ruido en el exterior aún más fuerte que los gritos de los hombres: motores. Docenas, por lo que parecía.

—¡Oh, Millard, eso es brillante! —exclamó Emma.

—Y tú decías que mis estudios eran una pérdida de tiempo —repuso él en tono desdeñoso.

La muchahca puso la mano en el pomo de la puerta y luego volvió la cabeza hacia mí.

—Coge mi brazo. No corras. Actúa como si no pasara nada.

Guardó el cuchillo, pero me aseguró que si intentaba escapar volvería a verlo... justo antes de que me matara.

—¿Cómo sé que no lo harás de todos modos?

Ella lo meditó un momento.

—No lo sabes.

Y a continuación abrió la puerta.

La calle estaba atestada de gente, no tan sólo los hombres del pub, a los que divisé al instante justo un poco más abajo, sino tenderos, mujeres y conductores de carreta de semblante sombrío que habían dejado de hacer lo que hacían para detenerse en mitad de la calzada y alargar el cuello hacia el cielo. En lo alto, no muy lejos de nuestras cabezas, un escuadrón de cazas nazis rugía en perfecta formación. Yo había visto fotos de aviones parecidos en el museo de Martin, en una exposición titulada «Cairnholm bajo asedio». Qué extraño debía de ser, pensé entonces, encontrarte en mitad de una tarde normal y corriente, y de improviso la sombra de las máquinas letales del enemigo podían descargar su fuego sobre ti en un instante.

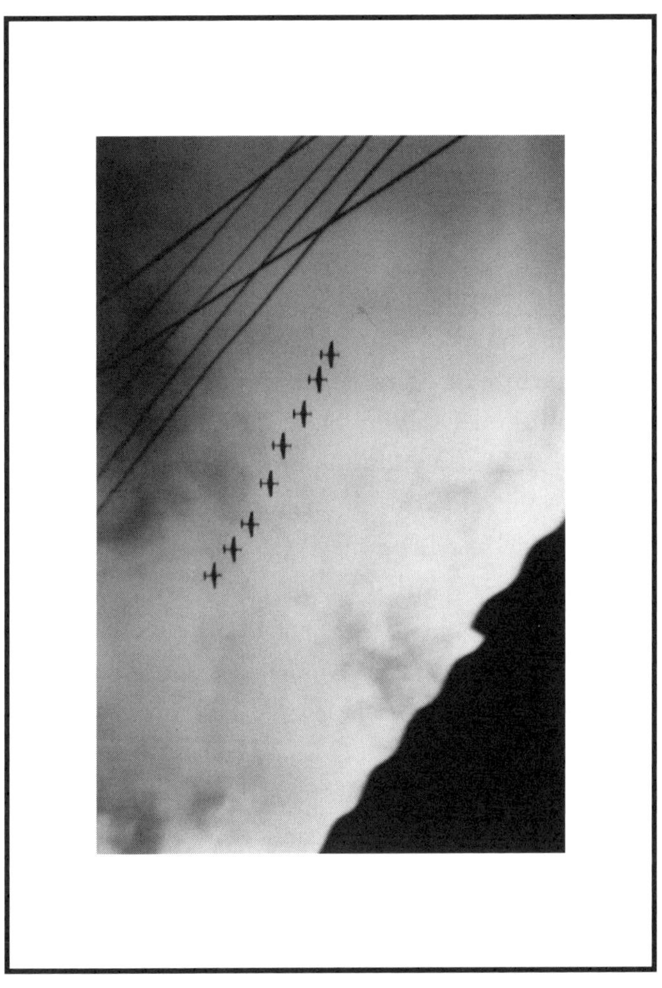

Cruzamos la calle con toda la indiferencia posible, con Emma aferrando mi brazo como una tenaza. Casi conseguimos llegar al callejón del otro lado antes de que alguien acabara por advertir nuestra presencia. Oí un grito y cuando volvimos la cabeza vimos que los hombres echaban a correr detrás de nosotros.

Corrimos. El callejón era estrecho y bordeado de establos. Habíamos recorrido la mitad cuando oí decir a Millard:

—¡Yo me quedaré atrás y les pondré la zancadilla! ¡Reuníos conmigo detrás del pub en, exactamente, cinco minutos y medio!

Sus pisadas se desvanecieron detrás de nosotros y cuando alcanzamos el final del callejón, Emma me detuvo. Volvimos la cabeza y vimos como un trozo de cuerda se desenrollaba solo y flotaba sobre la grava a la altura del tobillo. Se tensó justo en el momento en que la turba la alcanzaba y los hombres cayeron despatarrados por encima de ella sobre el barro, en un enmarañado montón de extremidades que se debatían. Emma lanzó una aclamación, y estuve casi seguro de oír reír a Millard.

Seguimos corriendo. No sabía por qué Emma había acordado encontrarse con Millard en el Hoyo del Sacerdote, ya que estaba en la dirección del puerto, no hacia la casa. Pero puesto que tampoco podía explicar cómo había sabido Millard con exactitud cuándo iban a pasar aquellos aviones sobre nosotros, no me molesté en preguntar. Me sentí aún más desconcertado cuando, en lugar de escabullirnos hacia la parte posterior, Emma echó por tierra cualquier esperanza de pasar desapercibidos y me hizo entrar por la puerta de la calle.

No había nadie dentro a excepción del tabernero. Me di la vuelta y oculté el rostro.

—¡Barman! —gritó Emma—. ¿Cuándo se empieza a servir aquí? ¡Estoy sedienta como una maldita sirena!

Él lanzó una carcajada.

—No tengo por costumbre servir a niñitas.

—¡No te preocupes por eso! —exclamó ella, dando una golpe sobre la barra—. Sírveme una copita cuádruple de tu mejor whisky sin diluir. ¡Y no me vengas con ninguna de esas horribles cosas aguadas que acostumbras a servir!

Empecé a tener la sensación de que ella se limitaba a enredar y me tomaba el pelo, diría yo, en un intento de superar a Millard y su truco de la cuerda en el callejón.

El tabernero se inclinó por encima de la barra.

—De modo que es algo fuerte lo que quieres, ¿eh? —dijo, con una sonrisa libidinosa—. Pues limítate a no dejar que tu madre y tu padre se enteren, o tendré al sacerdote y al alguacil tras de mí. —Fue en busca de una botella de algo oscuro y con aspecto nocivo, y empezó a llenarle un vaso de whisky hasta el borde—. ¿Qué hay de tu amigo? ¿Borracho como un diácono, supongo?

Fingí estudiar la chimenea.

—Un chico tímido, ¿verdad? —comentó el barman—. ¿De dónde es?

—Dice que viene del futuro —respondió Emma—. Yo digo que está loco de atar.

Una expresión rara apareció en el rostro del tabernero.

—¿Dice que viene de dónde? —preguntó.

Y entonces debió de reconocerme, porque lanzó un grito, depositó la botella de whisky sobre el mostrador de un golpe y se dirigió hacia mí a toda prisa.

Yo estaba listo para echar a correr, pero antes de que el hombre pudiera salir siquiera de detrás de la barra, Emma volcó la bebida que le había servido, derramando licor marrón por todas partes.

A continuación hizo algo sorprendente: sostuvo la mano con la palma hacia abajo, justo por encima del mostrador empapado de alcohol, y al cabo de un momento brotó una barrera de llamas de treinta centímetros de altura.

El tabernero lanzó un alarido y empezó a apagar las llamas con su trapo.

—¡Por aquí, prisionero! —anunció Emma, y cogiéndome del brazo, tiró de mí hacia la chimenea—. ¡Ahora échame una mano! ¡Haz palanca y levántala!

Se arrodilló e introdujo los dedos en una rendija que discurría a lo largo del suelo. Metí mis dedos junto a los suyos y entre los dos alzamos una pequeña sección, dejando al descubierto un agujero más o menos de la anchura de mis hombros: ¡el hoyo del sacerdote! Mientras el humo llenaba la estancia y el tabernero luchaba por extinguir las llamas, descendimos por el agujero uno tras otro y desaparecimos.

El hoyo del sacerdote era poco más que un pozo que descendía un metro veinte aproximadamente hasta una especie de túnel por el que se podía gatear. Estaba totalmente oscuro allí abajo, pero de golpe y porrazo se llenó de una suave luz anaranjada. Emma había convertido su mano en una antorcha; una bola diminuta de llamas parecía flotar justo por encima de su palma. La contemplé boquiabierto, olvidando todo lo demás.

—¡Muévete! —me espetó, propinándome un empujón—. Hay una puerta más adelante.

Gateé hacia delante hasta que llegamos a un callejón sin salida. Entonces, Emma se abrió paso delante de mí, se sentó sobre el trasero y pateó la pared con los dos talones. La puerta se abrió a la luz del día.

—Ahí estáis —oí decir a Millard, mientras gateábamos al interior de un callejón—. No puedes resistir montar un espectáculo, ¿verdad?

—No sé de qué hablas —respondió Emma, aunque pude darme cuenta de que estaba satisfecha consigo misma.

Millard nos condujo hasta un carro tirado por un caballo que parecía que nos esperaba justo a nosotros. Trepamos a la parte posterior y nos escondimos bajo la lona. En cuestión de segundos, un hombre se aproximó y montó sobre el caballo, agitó las riendas y con un bandazo iniciamos una marcha traqueteante.

Viajamos en silencio durante un rato. Pude darme cuenta por los cambiantes ruidos a nuestro alrededor de que estábamos saliendo del pueblo.

Conseguí reunir el valor para hacer una pregunta.

—¿Cómo sabíais lo del carro? ¿Y los aviones? ¿Tenéis poderes psíquicos o algo parecido?

Emma rió por lo bajo.

—Qué va.

—Pues porque todo eso sucedió ayer —explicó Millard—, y anteayer. ¿No es así como funcionan las cosas en tu bucle?

—¿Mi qué?

—Él no procede de ningún bucle —dijo Emma, manteniendo la voz baja—. No hago más que decírtelo... es un maldito wight.

—No lo creo. Un wight jamás te habría permitido que lo cogieras vivo.

—Oíd —susurré—. No soy eso que decís. Soy Jacob.

—Eso ya lo veremos. Ahora mantente callado —dijo ella, y alargó la mano arriba y apartó un poco la lona, mostrando una franja azul de cielo.

SEIS

Cuando las últimas casas hubieron desaparecido a nuestra espalda, nos escabullimos sin hacer ruido del carro y luego cruzamos la cresta a pie en dirección al bosque. Emma caminaba a uno de mis lados, callada y meditabunda, sin soltarme el brazo en ningún momento, mientras que en el otro lado Millard tarareaba para sí y pateaba piedras. Yo estaba nervioso, desconcertado y remilgadamente ansioso, todo a la vez. Parte de mí sentía que algo trascendental estaba a punto de suceder, pero la otra parte esperaba despertar en cualquier momento, salir de aquel sueño febril o episodio de estrés o lo que fuera, y encontrarme con el rostro en un charco de baba sobre la mesa de la sala de descanso del Smart Aid. Entonces me diría: «Vaya, qué cosa más extraña», y luego regresaría a la aburrida y sempiterna tarea de ser yo mismo.

Pero no desperté. Nos limitamos a seguir caminando, la chica que podía hacer fuego con las manos, el chico invisible y yo. Cruzamos el bosque, donde el sendero era tan amplio y claro como cualquier senda en un parque nacional, y luego salimos a una amplia extensión de césped lleno de flores salpicado por pulcros jardines. Habíamos llegado a la casa.

La contemplé con asombro; no porque fuera espantosa, sino porque era hermosa. No había ni un guijarro fuera de lugar ni una ventana rota. Torrecillas y chimeneas, que se habían inclinado peligrosamente en la casa que recordaba, ahora apuntaban con seguridad al cielo. El bosque, que había dado la impresión de devorar sus paredes, permanecía a una distancia respetuosa.

Me condujeron por un camino de losas de piedra y me hicieron ascender por un conjunto de escalones recién pintados hasta el porche. Emma ya no parecía considerarme una amenaza, pero antes de entrar me ató las manos a la espalda; creo que sólo por guardar las apariencias. Jugaba a ser el cazador que regresaba y yo era la presa capturada. Estaba a punto de hacerme entrar, cuando Millard la detuvo.

—Tiene los zapatos cubiertos de barro —dijo—. No podemos permitir que deje el suelo hecho un asco. Al Pájaro le dará un ataque.

De modo que, mientras mis captores aguardaban, me quité los zapatos y los calcetines, también manchados de barro. Entonces, Millard sugirió que me subiera las vueltas de los vaqueros para que no arrastraran por la alfombra, y lo hice, y Emma me agarró con gesto impaciente y tiró de mí para que cruzara la puerta.

Avanzamos por un vestíbulo que yo recordaba obstruido por el mobiliario roto hasta ser casi infranqueable, dejamos atrás la escalera, ahora barnizada y reluciente, y vi unos ojos curiosos espiándome entre los barrotes, y después cruzamos el comedor. La capa de yeso que cubría el suelo había desaparecido; en su lugar había una larga mesa de madera circundada de sillas. Era la misma casa que había explorado, pero todo había recobrado su estado original. Donde yo recordaba pátinas de moho verde, había papel pintado, revestimiento de paneles de madera y alegres tonos de pintura. Había flores en los jarrones. Los montones de madera y tela podridos se habían reconstruido a sí mismos y volvían a ser divanes y sillones, y la luz del sol penetraba a raudales a través de unos ventanales que antes estaban tan mugrientos que había pensado que estaban tapados.

Por fin llegamos a una habitación pequeña que daba a la parte trasera.

—No le sueltes mientras informo a la directora —advirtió Emma a Millard, y sentí como la mano del muchacho me agarraba el codo.

Cuando ella salió, la mano se apartó.

—¿No temes que me coma tu cerebro o algo parecido? —le pregunté.

—No especialmente.

Me volví hacia la ventana y miré afuera maravillado. El patio estaba lleno de niños, a la mayoría de los cuales reconocí de las amarillentas fotografías. Algunos haraganeaban a la sombra de los árboles; otros jugaban a pelota y otros se perseguían por delante de arriates de flores que mostraban un estallido de color. Era exactamente el paraíso que mi abuelo había descrito. Ésa era la isla encantada; ésos eran los niños mágicos. Si yo estaba soñando, ya no quería despertar. O al menos no en seguida.

Fuera, en el terreno cubierto de hierba, alguien dio una patada a una pelota con demasiada fuerza y ésta voló hacia lo alto y desapareció dentro de un arbusto podado en forma de un animal gigante, donde se quedó atascada. Dispuestos en hilera había varios de esos arbustos en forma de animales —criaturas fantásticas tan altas como la casa, montando guardia para protegerla del bosque—, entre los que se contaban un grifo alado, un centauro encabritado y una sirena. Corriendo tras su pelota perdida, un par de muchachos adolescentes llegaron hasta la base del centauro, seguidos por una niña. La reconocí al instante, era la «niña que levitaba» que había visto en las fotos de mi abuelo, sólo que ahora no levitaba, sino que caminaba despacio, cada paso parecía una ardua tarea, anclada al suelo como por algún excedente de gravedad.

Cuando alcanzó a los muchachos, alzó los brazos y ellos le pasaron una cuerda alrededor de la cintura; entonces se desprendió con cuidado de los zapatos y a continuación se bamboleó hacia lo alto en el aire, igual que un globo. Fue asombroso. Se elevó hasta que la cuerda de su cintura se tensó, y entonces flotó a tres metros del suelo, sujetada por los dos muchachos.

La niña dijo algo y los muchachos asintieron y empezaron a soltar cuerda. La pequeña se alzó lentamente por el costado del centauro; cuando llegó a la altura de su pecho, alargó los brazos hacia el interior del arbusto para coger la pelota, pero estaba todavía demasiado lejos. Miró abajo y negó con la cabeza, y los muchachos fueron enrollando cuerda hasta que la niña estuvo de vuelta en el suelo, donde volvió a calzarse sus zapatos lastrados y desató la cuerda.

—¿Disfrutando del espectáculo? —preguntó Millard. Asentí en silencio—. Existen modos mucho más fáciles de recuperar esa pelota —dijo—, pero saben que tienen espectadores.

Fuera, otra muchacha se aproximaba al centauro. Tendría unos dieciocho o diecinueve años y un aspecto salvaje, los cabellos hechos un desastre, a punto de convertirse en una amalgama de rastas. Se inclinó, sujetó la larga y frondosa cola de la figura y se envolvió el brazo con ella; luego cerró los ojos como concentrándose. Al cabo de un momento vi que la mano del centauro se movía. Miré con ojos como platos a través del cristal, con la vista fija en aquella mano verde, pensando que debía de haber sido la brisa, pero entonces los dedos se fueron flexionando como si la sensibilidad regresara poco a poco a ellos. Observé, estupefacto, como el enorme brazo del centauro se doblaba por el codo y se introducía en su propio pecho, extraía la pelota y la arrojaba de vuelta a los niños, que lo aclamaban. Mientras se reanudaba el juego, la muchacha de cabellos alborotados soltó la cola del centauro y éste volvió a quedar inmóvil.

El aliento de Millard enteló la ventana junto a mí. Me volví hacia él asombrado.

—No es mi intención ser grosero —dije—, pero ¿qué sois vosotros?

—Somos peculiares —respondió, un poco desconcertado—. ¿No lo eres tú?

—No lo sé. No lo creo.

—Pues es una lástima.

—¿Por qué le has soltado? —inquirió una voz detrás de nosotros, y al darme la vuelta vi a Emma de pie en la puerta—. Oh, no importa —siguió, acercándose para agarrar la cuerda—. Vamos. La directora te quiere ver ahora.

Atravesamos la casa, pasando ante más ojos curiosos que miraban a hurtadillas a través de las rendijas de las puertas y desde detrás de los sofás. Llegamos a una salita soleada, donde sobre una elaborada alfombra persa, en un sillón de respaldo alto, estaba sentada una dama de aspecto distinguido que hacía calceta. Iba vestida de negro de pies a cabeza, con el pelo recogido en un moño perfecto en lo alto de la cabeza, con guantes de encaje y una blusa de cuello alto abrochada hasta la garganta; tan escrupulosamente pulcra como la misma casa. Habría adivinado quién era aun cuando no hubiese recordado su foto de entre las que había encontrado en el baúl hecho añicos. Era Miss Peregrine.

Emma me condujo hasta la alfombra y carraspeó, entonces el movimiento rítmico de las agujas de Miss Peregrine cesó.

—Buenas tardes —saludó la dama, alzando los ojos—. Usted debe de ser Jacob.

Emma la miró boquiabierta.

—¿Cómo sabe su...?

—Yo soy la directora Peregrine —dijo la mujer, levantando un dedo para acallar a Emma—, o si lo prefiere, puesto que no está actualmente bajo mi cuidado, Miss Peregrine. Encantada de conocerle por fin.

Miss Peregrine me ofreció una mano enguantada y, cuando yo no se la tomé, advirtió la cuerda que ataba mis muñecas.

—¡Miss Bloom! —exclamó—. ¿Qué significa esto? ¿Es éste el modo de tratar a un invitado? ¡Libérele de inmediato!

—¡Pero directora! ¡Es un fisgón y un mentiroso y no sé qué más cosas!

Lanzándome una ojeada recelosa, Emma musitó algo al oído de Miss Peregrine.

—Vaya, Miss Bloom —dijo Miss Peregrine, soltando una atronadora carcajada—. ¡Eso es una total paparruchada! Si este muchacho fuera un wight estaría usted cociéndose en su marmita. Desde luego que es el nieto de Abraham Portman. ¡No tiene más que mirarle!

Enrojecí de alivio; a lo mejor no tendría que dar explicaciones después de todo. ¡Ella me había estado esperando!

Emma empezó a protestar, pero Miss Peregrine la hizo callar con una mirada fulminante.

—Bueno, de acuerdo —suspiró Emma—, pero no diga que no la he advertido.

Y con unos cuantos tirones, la cuerda se desprendió.

—Tendrá que perdonar a Miss Bloom —dijo Miss Peregrine, mientras yo me frotaba las irritadas muñecas—. Tiene cierto don para lo teatral.

—Eso he advertido.

Emma puso cara de pocos amigos.

—Si él es quien dice ser, entonces ¿por qué tiene ni idea de qué es un bucle... ni en qué año está? ¡Adelante, pregúntele!

—Por qué «no tiene» ni idea —la corrigió Miss Peregrine—. ¡Y a la única persona a la que someteré a interrogatorio, Miss Bloom, es a usted, mañana por la tarde, con respecto al uso correcto del negativo!

Emma gimió.

—Ahora, si no le importa —prosiguió Miss Peregrine—, necesito tener una charla con Mister Portman en privado.

La muchacha sabía que era inútil discutir. Suspiró y fue a la puerta, pero antes de irse se volvió para echarme una última mirada por encima del hombro. En su rostro había una expresión que no le había visto antes: preocupación.

—¡También usted, Mister Nullings! —indicó Miss Peregrine—. ¡Las personas educadas no escuchan a escondidas las conversaciones de otros!

—Sólo permanecía aquí para preguntar si desean un poco de té —dijo Millard, que me dio la impresión de que era un poco pelota.

—No lo deseamos, gracias —respondió Miss Peregrine, en tono cortante.

Oí como los pies desnudos de Millard golpeaban las tablas del suelo mientras se alejaban, y la puerta se cerró tras él.

—Le pediría que se sentara —dijo Miss Peregrine, señalando una cómoda silla situada detrás de mí—, pero parece que va usted muy sucio.

En lugar de sentarme, pues, me arrodillé en el suelo, sintiéndome como un peregrino suplicando consejo a un oráculo que todo lo sabe.

—Lleva ya varios días en la isla —dijo Miss Peregrine—. ¿Por qué ha demorado tanto su visita?

—No sabía que estaba usted aquí —respondí—. ¿Cómo supo usted que yo había llegado?

—Le he estado observando. Usted me ha visto también, aunque tal vez no se dio cuenta. Yo había adquirido una forma alternativa. —Alzó un brazo y extrajo una larga pluma gris de su pelo—. Es infinitamente preferible asumir la forma de un pájaro cuando se observa a un humano —explicó.

Me quedé boquiabierto.

—¿Era usted la de mi habitación esta mañana? —dije—. ¿El gavilán?

—El halcón —corrigió—. Un peregrino, naturalmente.

—¡Entonces es cierto! —exclamé—. ¡Usted es el Pájaro!

—Es un apodo que tolero pero que no aliento —respondió—. Ahora, vayamos a mi pregunta —continuó Miss Peregrine—. ¿Qué diablos era lo que buscaba usted en aquella deprimente casa en ruinas?

—A usted —confesé, y sus ojos se abrieron un poco—. No sabía cómo encontrarla. No fue hasta ayer que entendí que estaban todos ustedes...

Y entonces callé, comprendiendo lo raras que sonarían mis siguientes palabras.

—No caí en la cuenta de que estaban muertos.

Me lanzó una sonrisa tirante.

—¡Dios mío! ¿No le ha contado su abuelo nada en absoluto sobre sus viejos amigos?

—Algunas cosas. Pero durante mucho tiempo pensé que eran cuentos de hadas.

—Entiendo —repuso.

—Espero que eso no la ofenda.

—Me sorprende, eso es todo. Pero en general es como preferimos que se nos considere, pues tiende a mantener a distancia a visitantes no deseados. En la actualidad cada vez menos gente cree en esas cosas... hadas, goblins y todas esas tonterías... y por lo tanto la gente corriente ya no se esfuerza demasiado por tratar de localizarnos. Eso hace nuestras vidas bastante más fáciles. Las historias de fantasmas y viejas casas abandonadas nos han prestado un buen servicio... aunque al parecer, no en su caso. —Sonrió—. La intrepidez debe de ser cosa de familia.

—Sí, supongo que sí —dije, con una risa nerviosa, aunque la verdad era que me sentía como si fuera a desmayarme en cualquier momento.

—Al menos por lo que respecta a este lugar —indicó, efectuando un ademán majestuoso—. De niño usted creía que su abuelo se lo «estaba inventando», como se acostumbra a decir. Que le quería hacer tragar un gran montón de mentiras. ¿Es cierto?

—No mentiras, exactamente, pero...

—Ficciones, invenciones, embustes... cualquiera que sea la terminología que prefiera. ¿Cuándo comprendió que Abraham le contaba la verdad?

—Bueno —suspiré, clavando la mirada en el laberinto de dibujos entrelazados tejidos en la alfombra—. Imagino que me doy cuenta ahora.

Miss Peregrine, que había estado tan animada, pareció apagarse un poco.

—Oh cielos, entiendo.

Y entonces su semblante se tornó sombrío, como si, en el breve silencio que se hizo entre nosotros, hubiera intuido que yo acudía a contarle algo terrible. Y yo aún tenía que hallar un modo de decirlo en voz alta.

—Creo que él quería explicármelo todo —admití—, pero esperó demasiado tiempo. Así que me envió aquí en su lugar. —Saqué la arrugada carta de mi chaqueta—. Esto es suyo. Es lo que me trajo aquí.

La alisó con cuidado sobre el brazo del sillón y la sostuvo en alto, moviendo los labios mientras leía.

—¡Qué poco elegante! El modo en que prácticamente le suplicaba una respuesta. —Sacudió la cabeza, nostálgica por un momento—. Estábamos siempre tan ansiosos por recibir noticias de Abe. Le pregunté una vez si quería matarme de preocupación, por el modo en que insistía en vivir a la vista de todos. ¡Podía ser tan endemoniadamente tozudo!

Volvió a introducir la carta en el sobre y una nube negra pareció pasar sobre ella.

—Se ha ido, ¿verdad?

Asentí. Con voz entrecortada, le conté lo que había sucedido; es decir, le conté la historia que habían dado por buena los polis y que, tras gran cantidad de psicoterapia, también yo había llegado a creer. Para no llorar, se lo expliqué sólo a grandes rasgos: Vivía en las afueras rurales de la ciudad; acabábamos de pasar por una sequía y los bosques estaban llenos de animales desesperados y muertos de hambre; estaba en el lugar equivocado en el momento equivocado.

—No debería haber estado viviendo solo —expliqué—, pero como usted dijo, era tozudo.

—Me lo temía —repuso ella—, le advertí que no se marchara. —Apretó los puños alrededor de las agujas de hacer punto que tenía en el regazo, como si meditara a quién apuñalar con ellas—. Y luego hacer que su pobre nieto nos trajera la horrible noticia.

Pude comprender su enojo. Yo también había pasado por ello. Intenté consolarla, recitando todas las tranquilizadoras medias verdades que mis padres y el doctor Golan habían tejido durante mis momentos más negros el otoño anterior:

—Era hora de que se fuera. Se sentía solo. Mi abuela ya llevaba muerta muchos años y su mente había perdido agudeza. Siempre olvidaba cosas, se hacía un lío. Supongo que por eso estaba fuera, en el bosque, en ese momento.

Miss Peregrine asintió con tristeza.

—Se dejó envejecer.

—Tuvo suerte en cierto modo. No fue un proceso largo e interminable. Nada de meses en un hospital enchufado a máquinas.

Eso era ridículo, por supuesto —su muerte había sido innecesaria, obscena—, pero creo que nos hizo sentir mejor a ambos decirlo.

Dejando a un lado su labor de aguja, Miss Peregrine se puso en pie y cojeó hasta la ventana. Su modo de andar era rígido y torpe, como si una de las piernas fuera más corta que la otra.

Miró afuera, al patio, a los niños que jugaban.

—Los niños no deben enterarse de esto —concluyó—. No aún, al menos. No haría más que alterarlos.

—De acuerdo. Lo que usted decida.

Permaneció en silencio ante el cristal durante un momento, con los hombros temblando. Cuando por fin me miró, era toda serenidad y eficiencia.

—Bien, Mister Portman —dijo con energía—, creo que ha sido interrogado adecuadamente. Debe de tener sus propias preguntas.

—Sólo alrededor de unas mil.

Ella sacó un reloj del bolsillo y lo consultó.

—Tenemos algo de tiempo antes de la hora de la cena. Espero que resultará suficiente para iluminarle.

Miss Peregrine hizo una pausa y ladeó la cabeza. Bruscamente, fue con paso decidido hasta la puerta de la salita y la abrió de golpe, hallando a Emma en cuclillas al otro lado, con el rostro enrojecido y surcado de lágrimas. Lo había oído todo.

—¡Miss Bloom! ¿Ha estado escuchando a escondidas?

Emma se puso en pie con esfuerzo, profiriendo un sollozo.

—Las personas educadas no escuchan conversaciones que se supone no van... —Pero Emma salía ya corriendo de la habitación, y Miss Peregrine se interrumpió con un suspiro lleno de frustración—. Eso ha sido de lo más desafortunado. Me temo que es bastante sensible en lo referente a su abuelo.

—Ya lo advertí —dije—. ¿Por qué? ¿Eran...?

—Cuando Abraham se marchó para combatir en la guerra, se llevó todos nuestros corazones con él, pero en especial el de Miss Bloom. Sí, se admiraban, se amaban, eran novios.

Empecé a comprender por qué Emma había sido tan reacia a creerme; ello significaría, con toda probabilidad, que yo estaba allí como portador de malas noticias.

Miss Peregrine dio una palmada como si rompiera un hechizo.

—Ah, bueno —dijo—, no hay nada que hacer.

La seguí afuera de la habitación hasta la escalera. Miss Peregrine la subió con resolución, sujetando el pasamanos con ambas manos para ir avanzando peldaño a peldaño, rechazando cualquier ayuda. Cuando llegamos al descansillo, me condujo por el pasillo a la biblioteca. Parecía una aula auténtica ahora, con los pupitres colocados en hilera, una pizarra en un rincón y libros desempolvados y bien organizados en los estantes. Miss Peregrine indicó un pupitre y ordenó: «Siéntese», así que me senté como pude en él. Ella ocupó su lugar en la parte delantera de la habitación y se colocó de cara a mí.

—Permita que le dé una breve introducción básica. Creo que encontrará las respuestas a la mayoría de sus preguntas contenidas en ella.

—De acuerdo.

—La composición de la especie humana es infinitamente más variada de lo que la mayoría de humanos sospecha —empezó a decir—. La taxonomía real del homo sapiens es un secreto conocido tan sólo por unos pocos, de los cuales usted entrará a formar parte. En el fondo, es una simple dicotomía: están los coerlfolc, la masa ingente de personas corrientes que componen el grueso de la humanidad, y está la rama oculta, los criptosapiens, por así decirlo, que reciben el nombre de syndrigast o «espíritu peculiar», en el venerable idioma de mis antepasados. Como sin duda ya se habrá figurado, los que estamos aquí pertenecemos al último tipo.

Sacudí la cabeza como si comprendiera, aunque ya no la seguía. Con la esperanza de que fuera un poco más despacio, hice una pregunta.

—Pero ¿por qué la gente no conoce su existencia? ¿Son ustedes los únicos?

—Hay peculiares por todo el mundo —repuso—, aunque nuestro número es muy inferior al que era en el pasado. Los que quedan viven ocultos, como nosotros. —Adoptó un tono quedo y pesaroso—. Hubo un tiempo en el que podíamos mezclarnos abiertamente con la gente corriente. En algunos rincones del mundo se nos consideraba chamanes y místicos, y se nos consultaba cuando había problemas. Unas cuantas culturas han conservado esta relación armoniosa con nuestra gente, aunque sólo en lugares donde tanto la modernidad como las religiones más importantes no han conseguido afianzarse, como la isla de magia negra de Ambrym en las Nuevas Hébridas. Pero el mundo en general se volvió en nuestra contra hace mucho. Los musulmanes nos expulsaron. Los cristianos nos quemaron, llamándonos brujos. Incluso los paganos de Gales e Irlanda acabaron creyendo que éramos todos hadas malévolas y espectros cambiantes.

—Entonces ¿por qué no se limitaron a... no sé... a crear su propio país en alguna parte? ¿Ir a vivir por su cuenta?

—Si hubiera sido tan sencillo —suspiró—. Los rasgos peculiares a menudo se saltan una generación, o diez. Los niños peculiares no siempre, o ni siquiera por regla general, nacen de padres peculiares, y los padres peculiares no siempre, o ni siquiera por regla general, engendran niños peculiares. ¿Puede imaginar, en un mundo tan temeroso de lo que es distinto, por qué esto sería un peligro para toda la raza peculiar?

—¿Porque a los padres normales les daría un ataque si sus hijos empezaran a, por ejemplo, lanzar fuego?

—Exactamente, Mister Portman. Los vástagos peculiares de

padres corrientes a menudo son maltratados y desatendidos de los modos más horrorosos. No hace tantos siglos que los padres de niños peculiares sencillamente creían que les habían arrebatado a sus hijos «reales» y los habían sustituido por otros, es decir, por criaturas hechizadas y malignas, por no mencionar dobles totalmente ficticios, lo que en épocas más oscuras era considerado una licencia para abandonar a las pobres criaturas, si no matarlas directamente.

—Eso es espantoso.

—Muchísimo. Había que hacer algo, así que personas como yo misma creamos lugares donde los jóvenes peculiares pudieran vivir apartados de la gente corriente; enclaves aislados física y temporalmente como éste, del que me siento enormemente orgullosa.

—¿Personas como usted misma?

—Nosotros los peculiares tenemos la suerte de poseer habilidades de las que carecen las personas normales, tan infinitas en combinación y variación como en otras personas lo son la pigmentación de la piel o el aspecto físico. Dicho esto, algunas habilidades son corrientes, como leer el pensamiento, y otras son raras, como el modo en el que puedo manipular el tiempo.

—¿Manipular el tiempo? Creía que usted se transformaba en pájaro.

—Sin lugar a dudas, y en eso radica la clave de mi habilidad. Únicamente las aves pueden manipular el tiempo. Por lo tanto, todos los manipuladores del tiempo deben ser capaces de adoptar la forma de un pájaro.

Lo dijo con tal seriedad, de un modo tan natural, que tardé un momento en procesarlo.

—Las aves... ¿son viajeros del tiempo? —Noté como una sonrisa bobalicona aparecía en mi rostro.

Miss Peregrine asintió con seriedad.

—La mayoría, no obstante, retroceden y avanzan por él sólo de vez en cuando, por accidente. A los que podemos manipular los campos temporales deliberadamente... y no sólo para nosotros, sino para otros... se nos conoce como ymbrynes. Creamos bucles en el tiempo en los que los seres peculiares pueden vivir indefinidamente.

—Un bucle —repetí, recordando la orden de mi abuelo: «encuentra al pájaro, en el bucle»—. ¿Es eso lo que es este lugar?

—Sí. Aunque puede que usted lo conozca más bien como el tres de septiembre de 1940.

Me incliné hacia ella por encima del pequeño pupitre.

—¿Qué quiere decir? ¿Es sólo un día? ¿Se repite?

—Una y otra vez, aunque nosotros lo experimentamos de forma continuada. De lo contrario no tendríamos memoria de los últimos, digamos, setenta años que hemos residido aquí.

—Eso es sorprendente —dije.

—Desde luego, nosotros estábamos aquí, en Cairnholm, una década o más antes del tres de septiembre de 1940... físicamente aislados, gracias a la geografía excepcional de la isla..., pero no fue hasta esa fecha que también necesitamos aislamiento temporal.

—¿Por qué?

—Pues porque de lo contrario nos habrían matado a todos.

—La bomba.

—Efectivamente.

Fijé la mirada en la superficie del pupitre. Todo empezaba a cobrar sentido; aunque a duras penas.

—¿Existen otros bucles además de éste?

—Muchos —dijo—, y casi todas las ymbrynes que cuidan como una madre de ellos son amigas mías. Veamos: Está Miss Gannett en Irlanda, en junio de 1770; Miss Nightjar en Swansea, en el tres de abril de 1901; Miss Avocet y Miss Bunting juntas en Derbyshire, en el Día de San Swithin de 1867; Miss Treecreeper, no recuerdo dónde exactamente... oh, y la querida Miss Finch. En alguna parte tengo una deliciosa fotografía suya.

Miss Peregrine batalló con un enorme álbum de fotos hasta conseguir bajarlo de un estante y lo depositó ante mí sobre el pupitre. Se inclinó por encima de mi hombro mientras giraba las rígidas páginas, buscando una fotografía concreta, pero deteniéndose para extenderse sobre otras, con la voz teñida de soñadora nostalgia. Mientras pasaban ante mí, reconocí fotos del baúl hecho añicos en el sótano y de la caja de cigarros de mi abuelo. Miss Peregrine las había coleccionado todas. Era extraño pensar que había enseñado las mismas fotografías a mi abuelo todos esos años atrás, cuando él tenía mi edad —tal vez justo allí, en esa habitación, en ese pupitre— y ahora me las mostraba a mí, como si de algún modo yo hubiera penetrado en el pasado de mi abuelo.

Finalmente, llegó a una foto de una mujer de aspecto etéreo con un pequeño pájaro gordezuelo posado en su mano, y dijo:

—Ésta es Miss Finch y su tía, Miss Finch.

La mujer y el pájaro parecían comunicarse.

—¿Cómo puede diferenciarlas? —pregunté.

—La Miss Finch de más edad prefería permanecer bajo la forma de un pinzón la mayor parte del tiempo. Lo que daba lo mismo, en realidad. Jamás fue una gran conversadora.

Miss Peregrine volvió unas cuantas páginas más, esta vez yendo a dar con un retrato de un grupo de mujeres y niños con aspecto adusto, reunidos alrededor de una luna de papel.

—¡Ah, sí! Casi había olvidado ésta. —Deslizó la foto fuera de la funda del álbum y la sostuvo en alto con reverencia—. La dama situada al frente es Miss Avocet. Es lo más parecido a la realeza que tenemos nosotros, los peculiares. Durante cincuenta años intentaron elegirla dirigente del Consejo de Ymbrynes, pero jamás quiso renunciar a la enseñanza en la academia que ella y Miss Bunting fundaron. Hoy en día no hay ymbryne que se precie de sus alas que no haya pasado por la tutela de Miss Avocet en algún momento, ¡incluida yo misma! De hecho, si mira con atención podría reconocer a esa niñita con gafas.

Entorné los ojos. El rostro que indicaba estaba oscuro y levemente borroso.

—¿Ésa es usted?

—Fui una de las alumnas más jóvenes de Miss Avocet —declaró con orgullo.

—¿Qué hay de los muchachos de la fotografía? —pregunté—. Parecen aún más jóvenes que usted.

El semblante de Miss Peregrine se ensombreció.

—¿Se refiere usted a mis descarriados hermanos? En lugar de separarnos, me acompañaron a la academia. Se les mimó como a un par de principitos. Me atrevería a decir que eso fue lo que los estropeó.

—¿No eran ymbrynes?

—Oh, claro que no —resopló—. ¡Únicamente las mujeres nacen ymbrynes, y demos gracias al cielo por eso! Los varones carecen de la formalidad exigida para esa responsabilidad. Nosotras, las ymbrynes, debemos rastrear el territorio en busca de jóvenes peculiares necesitados, evitar a aquellos que nos harían daño y mantener a nuestros pupilos alimentados, vestidos, ocultos y bien versados en el saber popular de nuestra gente. Y por si eso no fuera suficiente, debemos asegurarnos de que nuestros bucles se reinician cada día como un mecanismo de relojería.

—¿Qué sucede si no lo hacen?

Se llevó una mano a la frente y trastabilló hacia atrás, haciendo una mueca de horror.

—¡Catástrofe, cataclismo, desastre! No me atrevo siquiera a pensarlo. Por suerte, el mecanismo mediante el cual se reinician los bucles es sencillo: Uno de nosotros tiene que atravesar la entrada cada cierto tiempo. Esto lo mantiene bajo control, ya sabe. El punto de acceso viene a ser como un agujero en una masa de moldear fresca; si uno no mete el dedo en él de vez en cuando podría cerrarse sobre sí misma. Y si no hay acceso ni egresión... ninguna válvula a través de la cual se pueda dar salida a las distintas presiones que se acumulan de un modo natural en un sistema temporal cerrado... —Efectuó un pequeño gesto de ¡puf! con las manos, como si imitara el estallido de un petardo—. Bueno, todo el engranaje se vuelve inestable.

Volvió a inclinarse sobre el álbum y lo hojeó con rapidez.

—A propósito, puede que tenga una fotografía de... sí, aquí está. ¡Un punto de acceso donde los haya! —Sacó otra fotografía de su funda—. Ésta es Miss Finch y uno de sus pupilos en la magnífica entrada a su bucle, en una parte poco utilizada del metro de Londres. Cuando se reinicia, el túnel se llena de un resplandor fantástico. Siempre he pensado que el nuestro es de lo más modesto en comparación —dijo con un dejo de envidia.

—Sólo para asegurarme de que lo comprendo —dije—. Si hoy es tres de septiembre de 1940, entonces mañana es... ¿también tres de septiembre?

—Bueno, durante algunas de las veinticuatro horas del bucle es el dos de septiembre, pero, sí, es el tres.

—De modo que mañana nunca llega.

—Por así decirlo.

Fuera, resonó un lejano estallido de lo que parecía un trueno y la ventana cada vez más oscurecida vibró. Miss Peregrine alzó la vista y volvió a sacar el reloj.

—Me temo que eso es todo el tiempo del que dispongo en este momento. Realmente espero que se quede a cenar.

Dije que lo haría; que mi padre pudiera estarse preguntando dónde estaba apenas si me pasó por la cabeza. Me escurrí fuera del pupitre y empecé a seguirla a la puerta, pero entonces se me ocurrió otra pregunta, una que me había estado fastidiando durante mucho tiempo.

—¿Huía de verdad mi abuelo de los nazis cuando vino aquí?

—Lo hacía —respondió—. Varios niños vinieron a nosotros durante esos años terribles que precedieron a la guerra. Había tanta agitación. —Mostró una expresión afligida, como si el recuerdo siguiera fresco—. Encontré a Abraham en un campamento para personas desplazadas en la isla grande. Era un pobre muchacho torturado, pero muy fuerte. Supe al momento que su lugar estaba entre nosotros.

Me sentí aliviado; al menos parte de su vida era como yo había entendido que era. Había una cosa más que quería preguntar, de todos modos, y no sabía muy bien como hacerlo.

—Era él... mi abuelo... era él como...

—¿Como nosotros?

Asentí.

Sonrió de un modo raro.

—Era como tú, Jacob.

Y dio media vuelta y renqueó en dirección a la escalera.

Miss Peregrine insistió en que me quitara el barro de la ciénaga antes de sentarme a cenar y pidió a Emma que me preparara un baño. Creo que esperaba que al charlar un poco conmigo, la muchacha se sentiría mejor. Pero ni siquiera quiso mirarme. La observé mientras llenaba la bañera de agua fría y luego la calentaba con las manos, describiendo círculos hasta que salió vapor.

—Eso es impresionante —reconocí, pero ella salió sin decir ni una sola palabra.

Una vez que hube dejado el agua totalmente marrón, me sequé con una toalla y encontré una muda limpia colgada de la parte posterior de la puerta: pantalones holgados de tweed, una camisa y un par de tirantes que eran excesivamente cortos y que no conseguí averiguar cómo se ajustaban. Comprendí que tenía que elegir entre llevar los pantalones caídos hasta los tobillos o subidos hasta el ombligo. Decidí que el último era el peor de los males, así que bajé a tomar lo que probablemente sería la comida más extraña de mi vida vestido como un payaso sin maquillar.

La cena fue una vertiginosa confusión de nombres y rostros, muchos de ellos recordados a medias de las fotografías y de las descripciones realizadas por mi abuelo hacía una eternidad. Cuando entré en el comedor, los niños, que habían estado reclamando a gritos su sitio alrededor de la larga mesa, se quedaron petrificados y me miraron boquiabiertos. Tuve la sensación de que no tenían demasiados invitados. Miss Peregrine, sentada a la cabecera de la mesa, se puso en pie y utilizó el repentino silencio como una oportunidad para presentarme.

—Para aquellos de ustedes que todavía no hayan tenido el placer de conocerle —anunció—, éste es el nieto de Abraham, Jacob. Es nuestro invitado de honor y ha venido de muy lejos para estar con nosotros. Espero que le traten como corresponde.

Luego fue señalando a cada persona de la habitación y recitó sus nombres, la mayoría de los cuales olvidé al instante, como sucede cuando estoy nervioso. Las presentaciones fueron seguidas por un aluvión de preguntas, que Miss Peregrine fue contestando con eficiente rapidez.

—¿Va a quedarse Jacob con nosotros?

—No que yo sepa.

—¿Dónde está Abe?

—Abe está ocupado en Estados Unidos.

—¿Por qué lleva Jacob los pantalones de Victor?

—Victor no los necesita, y están lavando los de Mister Portman.

—¿Qué es lo que hace Abe en Estados Unidos?

Al oír la pregunta vi que Emma, que había estado en un rincón con semblante ceñudo, se alzaba de su silla y salía indignada de la habitación. Los demás, al parecer acostumbrados a sus volubles estados de ánimo, no le prestaron atención.

—No importa lo que Abe esté haciendo —soltó Miss Peregrine.

—¿Cuándo va a regresar?

—Esto tampoco importa. ¡Ahora comamos!

Todo el mundo se precipitó a sus asientos. Pensando que había encontrado una silla vacía, fui a sentarme y noté que un tenedor se me clavaba en el muslo.

—¡Eh! —chilló Millard.

Pero Miss Peregrine le obligó a ceder su asiento de todos modos, enviándole afuera a ponerse ropa.

—¡Cuántas veces tengo que decírtelo —le gritó al muchacho, mientras éste salía—, las personas educadas no toman su cena desnudas!

Los chicos que tenían turno de cocina aparecieron transportando bandejas de comida, todas cubiertas con relucientes tapas de plata para que uno no pudiera ver el contenido, lo que suscitaba conjeturas disparatadas sobre lo que podría haber para cenar.

—¡Nutrias a la Wellington! —gritó un muchacho.

—¡Gatito en salmuera e hígado de musaraña! —dijo otro, a lo que los niños más pequeños respondieron emitiendo sonidos como si fueran a vomitar.

Pero cuando se alzaron por fin las tapas, un banquete de proporciones regias quedó al descubierto: un ganso asado, la carne de un perfecto tono dorado; un salmón y un bacalao enteros, cada uno pertrechado con limones, eneldo fresco y mantequilla fundida; un cuenco de mejillones al vapor; fuentes de verduras asadas; hogazas de pan que aún no habían perdido el calor del horno; y toda clase de gelatinas y salsas que no reconocí pero que tenían un aspecto delicioso. Todo resplandecía tentador bajo el parpadeo de las lámparas de gas, algo que no se parecía en nada a los estofados aceitosos de origen indeterminado que había estado teniendo que engullir a disgusto en el Hoyo del Sacerdote. No había comido desde el desayuno y me preparé para darme un auténtico atracón.

No debería haberme sorprendido que niños peculiares tuvieran hábitos peculiares, pero entre bocado y bocado me descubrí mirando a hurtadillas la habitación. Olive, la niña que levitaba, tuvo que ser atada con un cinturón a una silla atornillada al suelo para que no flotara hacia el techo. A fin de evitar que el resto de nosotros se viera acosado por insectos, Hugh, el muchacho que tenía abejas viviendo en el estómago, comía bajo una enorme mosquitera en una mesa aparte situada en el rincón. Claire, una jovencita con aspecto de muñeca e inmaculados tirabuzones dorados, estaba sentada junto a Miss Peregrine, pero no tomaba ni un bocado.

—¿No tienes hambre? —le pregunté.

—Claire no come con nosotros —intervino Hugh, escapándosele una abeja por la boca—. Le da vergüenza.

—¡No es verdad! —gritó ella, fulminándole con la mirada.

—¿En serio? ¡Entonces come algo!

—Nadie aquí se avergüenza de su don —intervino Miss Peregrine—. Miss Densmore sencillamente prefiere cenar sola. ¿No es eso cierto, Miss Densmore?

La niña clavó la mirada en el espacio vacío que tenía delante, deseando sin duda que dejáramos de prestarle atención.

—Claire tiene una boca posterior —explicó Millard, que estaba sentado a mi lado ahora vestido con un batín (y nada más).

—¿Una qué?

—¡Anda, enséñasela! —pidió alguien.

Pronto, todo el mundo presionaba a Claire para que comiera algo y, por fin, sólo para que callaran, lo hizo.

Le colocaron una pata de ganso delante, ella se dio la vuelta en la silla y, aferrando los brazos de ésta, se inclinó hacia atrás sobre la mesa, acercando la cabeza al plato. Oí un nítido chasquido, y cuando ella alzó la cabeza otra vez, un gigantesco bocado había desaparecido de la pata de ganso. Bajo los dorados tirabuzones se escondían unas fauces de afilados dientes. De pronto, comprendí la extraña fotografía de Claire que había visto en el álbum de Miss Peregrine, a la que el fotógrafo había dedicado dos paneles: uno para la delicada belleza de su rostro y el otro para los tirabuzones que enmascaraban por completo la parte posterior de su cabeza.

Claire
tiene rizos
dorados

Claire volvió a mirar al frente y cruzó los brazos, enfadada por haber dejado que la convencieran para hacer una demostración tan humillante. Permaneció sentada en silencio mientras los demás me acribillaban a preguntas. Después de que Miss Peregrine me evitara unas cuantas sobre mi abuelo, los niños pasaron a otros temas. Parecían especialmente interesados en cómo era la vida en el siglo XXI.

—¿Qué clase de automóviles voladores tenéis? —preguntó un muchacho pubescente llamado Horace, ataviado con un traje negro que le daba el aspecto de aprendiz de sepulturero.

—Ninguna —contesté—. Aún no, al menos.

—¿Han construido ciudades en la luna? —preguntó, esperanzado, otro muchacho.

—Pues dejamos algo de basura y plantamos una bandera en los sesenta, pero eso fue todo.

—¿Todavía impera Gran Bretaña sobre el mundo?

—Bueno... no exactamente.

Parecieron desilusionados. Percibiendo una oportunidad, Miss Peregrine dijo:

—¿Lo veis, niños? El futuro no es tan magnífico después de todo. ¡No hay nada de malo con el pasado aquí y ahora!

Me dio la impresión de que se trataba de algo que a menudo intentaba inculcarles, con escaso éxito. Pero hizo que me preguntara cuánto tiempo habían estado así, en el «pasado aquí y ahora».

—¿Os importa si os pregunto cuántos años tenéis? —intervine.

—Yo tengo ochenta y tres —confesó Horace.

Olive alzó la mano con gran animación.

—¡Yo cumpliré setenta y cinco y medio la semana próxima!

Me pregunté cómo podían mantener la cuenta de los meses y los años si los días no cambiaban nunca.

—Yo tengo ciento diecisiete o ciento dieciocho —dijo un muchacho de párpados caídos llamado Enoch, que no parecía tener más de trece—. Viví en otro bucle antes de éste —explicó.

—Yo tengo casi ochenta y siete —indicó Millard, con la boca llena de grasa de ganso, y mientras hablaba una masa a medio masticar temblaba en la invisible mandíbula a la vista de todos.

Sonaron gemidos de repugnancia, mientras algunos comensales se tapaban los ojos y volvían la cabeza.

Entonces llegó mi turno. Yo tenía dieciséis, les conté. Vi que los ojos de algunos niños se abrían de par en par. Olive rió sorprendida. Les resultaba extraño que yo fuera tan joven, pero lo que me resultaba extraño a mí era lo jóvenes que parecían ellos. Conocía a gran cantidad de octogenarios en Florida, pero esos niños no actuaban en absoluto como ellos. Era como si la constancia de sus vidas allí, la invariabilidad de los días, este perpetuo verano inmortal, hubiera detenido sus emociones al igual que sus cuerpos, encerrándolos herméticamente en su juventud como a Peter Pan y a sus Niños Perdidos.

Del exterior llegó un repentino estruendo, el segundo de la tarde, pero más fuerte y más cerca que el primero, haciendo tintinear los cubiertos de plata y los platos.

—¡Dense prisa y acaben! —ordenó en voz alta Miss Peregrine, y no bien había terminado de decirlo que otra sacudida zarandeó la casa, haciendo caer un cuadro enmarcado de la pared situada a mi espalda.

—¿Qué es esto? —pregunté.

—¡Son esos condenados cabezas cuadradas otra vez! —gruñó Olive, golpeando la mesa con el pequeño puño, en una clara imitación de un adulto malhumorado.

Entonces oí lo que parecía un zumbador disparándose en alguna parte, muy lejos, y de repente entendí qué sucedía. Era la noche del tres de septiembre de 1940 y dentro de muy poco una bomba iba a caer del cielo y abriría un boquete gigante en la casa. El zumbador era una sirena antiaérea, que sonaba desde la cresta.

—¡Tenemos que salir de aquí! —chillé, con el pánico ascendiendo por mi garganta—. ¡Tenemos que irnos antes de que la bomba caiga!

—¡No lo sabe! —rió tontamente Olive—. ¡Piensa que vamos a morir!

—No es más que la transición —explicó Millard con un encogimiento del batín—. No hace falta perder los nervios.

—¿Esto sucede cada noche?

Miss Peregrine asintió.

—Cada noche sin falta —dijo.

No obstante, en cierto modo eso no me tranquilizó.

—¿Podemos salir y enseñárselo a Jacob? —preguntó Hugh.

—¿Podemos? —suplicó Claire, repentinamente entusiasmada tras veinte minutos de enfurruñamiento—. ¡La transición es siempre tan hermosa!

Miss Peregrine puso reparos, indicando que no habían acabado aún sus cenas, pero los niños suplicaron hasta que ella transigió.

—De acuerdo, siempre y cuando todos llevéis puestas vuestras máscaras —dijo.

Los niños se levantaron como una exhalación de sus asientos y salieron a la carrera de la habitación, dejando atrás a la pobre Olive, hasta que alguien se apiadó de ella y fue a liberarla. Corrí tras ellos por toda la casa hasta llegar al vestíbulo revestido de madera, donde cada uno cogió algo de un armario antes de salir dando saltos por la puerta. Miss Peregrine me dio un objeto también, y yo me quedé dándole vueltas en las manos, sin saber qué hacer. Parecía un rostro flácido de goma negra, con amplias portillas de vidrio, como ojos paralizados por una fuerte impresión, y un hocico que colgaba y finalizaba en un bote perforado.

—Adelante —dijo Miss Peregrine—. Póngasela.

Entendí entonces lo que era: una máscara antigás.

Me puse la máscara en la cara y la seguí afuera, al jardín, donde los niños estaban de pie desperdigados como piezas de ajedrez sobre un tablero sin marcas, anónimos tras sus máscaras vueltas hacia lo alto, contemplando las nubes de humo negro que recorrían el cielo. Las copas de los árboles ardían en la nebulosa lejanía y el zumbido de aeroplanos invisibles parecía venir de todas partes.

De vez en cuando, llegaba una explosión amortiguada y podía sentir en el pecho una especie de golpeteo de un segundo corazón, seguido por oleadas de un calor sofocante, como si alguien abriera y cerrara un horno justo frente a mí. Me agachaba ante cada sacudida, pero los niños ni se inmutaban. En lugar de ello cantaban, perfectamente sincronizados con el ritmo de las bombas.

¡Corre, conejo, corre, conejo, corre, corre, CORRE!
Bang, bang, BANG la escopeta del granjero suena,
pero sin su pastel de conejo se queda.
¡Corre, conejo, corre, conejo, CORRE!

Brillantes balas iluminaron el cielo justo al finalizar la canción. Los niños aplaudieron igual que los espectadores de una exhibición de fuegos artificiales, con explosiones de colores reflejadas en sus máscaras. El diario ataque nocturno se había convertido en una parte tan habitual de sus vidas que habían cesado de verlo como algo aterrador; de hecho, en la fotografía que había en el álbum de Miss Peregrine habían escrito: «Nuestra hermosa exhibición». Y a su modo morboso, supongo que así era.

nuestra hermosa exhibición

Empezó a lloviznar, como si todo aquel metal volante hubiera agujereado las nubes. Las sacudidas llegaron con menos frecuencia. El ataque parecía estar finalizando.

Los niños empezaron a marcharse. Pensé que regresaban a la casa, pero pasaron de largo ante la puerta principal y se dirigieron hacia la parte posterior del patio.

—¿Adónde vamos? —pregunté a dos niños con máscaras.

No dijeron nada, pero pareciendo percibir mi ansiedad, me cogieron con dulzura de la mano y me llevaron con los demás. Dimos la vuelta a la casa hasta la esquina de la parte de atrás, donde todo el mundo se había congregado alrededor de un arbusto ornamental gigante. No era el de la criatura mitológica, sino el de un hombre reposando en la hierba, con un brazo apoyado en el suelo y el otro señalando al cielo. Tardé un momento en darme cuenta de que era una réplica perfecta del Miguel Ángel de Adán de la Capilla Sixtina. Teniendo en cuenta que éste estaba hecho de arbustos, resultaba algo impresionante, y casi podías distinguir la expresión plácida del rostro de Adán, que tenía dos gardenias blancas por ojos.

Vi a la muchacha de los cabellos alborotados de pie a poca distancia. Llevaba un vestido con un estampado de flores que había sido remendado tantas veces que casi parecía una colcha de retazos. Fui hacia ella y, señalando a Adán, dije:

—¿Hiciste tú esto?

La muchacha asintió.

—¿Cómo?

Se inclinó al frente y sostuvo una de las palmas por encima de la hierba. A los pocos segundos, unas briznas de hierba en forma de mano se retorcieron, se estiraron y crecieron hasta acariciar su palma.

—Eso —dije— es de locos.

Estaba claro que tenía grandes problemas para expresarme debidamente.

Alguien me hizo callar. Los niños estaban todos de pie en silencio con los cuellos bien estirados, señalando algo en el firmamento. Alcé los ojos, pero sólo pude ver nubes de humo, con el parpadeante color anaranjado de las llamas reflejado en ellas.

Entonces oí el motor de un único aeroplano que se abría paso hacia nosotros. Estaba cerca, y se acercaba cada vez más. El pánico me inundó. Ésa era la noche en que murieron todos. No tan sólo la noche, sino el momento. ¿Podría ser —me pregunté—, que aquellos niños murieran cada noche, sólo para resucitar en el bucle a la mañana siguiente? Una especie de maldición de Sísifo, condenados a volar en pedazos para recomponerse durante toda la eternidad.

Algo pequeño y gris atravesó las nubes y vino a toda velocidad hacia nosotros. «Una roca», pensé, pero las rocas no silban al caer.

Corre, conejo, corre, conejo, corre. Lo habría hecho si hubiera tenido tiempo; todo lo que se me ocurrió fue chillar y lanzarme al suelo para ponerme a cubierto. Pero no había dónde guarecerse, así que choqué contra la hierba y me cubrí la cabeza con los brazos, como si de algún modo eso fuera a mantenerla unida al cuerpo.

Apreté las mandíbulas, cerré los ojos y contuve el aliento, pero en lugar de la explosión ensordecedora para la que me preparaba, todo quedó total y profundamente silencioso. De repente, los motores dejaron de rugir, ni bombas silbando ni estallidos de cañones lejanos. Era como si alguien le hubiera puesto sordina al mundo.

¿Estaba muerto?

Levanté la cabeza y miré lentamente a mi espalda. Las ramas de los árboles, dobladas por el viento, se habían quedado inmóviles.

El cielo era como una fotografía de unas llamas estáticas lamiendo un banco de nubes. Las gotas de lluvia permanecían suspendidas ante mis ojos. Y en el centro del círculo de niños, como si fuera el objeto de algún ritual arcano, flotaba inmóvil una bomba, con la punta dirigida hacia abajo, en perfecto equilibrio sobre el dedo extendido de Adán.

A continuación, igual que una película que se quema en el proyector, una luz abrasadora de perfecta blancura se desplegó ante mí y lo engulló todo.

Lo primero que oí, cuando pude volver a oír, fueron carcajadas. Luego el blanco se desvaneció y vi que continuábamos todos situados alrededor de Adán tal y como habíamos estado antes, pero ahora la bomba había desaparecido, la noche era silenciosa y la única luz en el cielo despejado era la de la luna llena. Miss Peregrine apareció por encima de mí y alargó la mano. Acepté su ayuda, levantándome a trompicones, aturdido.

—Le ruego que me disculpe —se excusó—. Debería haberle prevenido.

No podía ocultar su sonrisa, sin embargo, como tampoco podían los otros niños mientras se despojaban de las máscaras. Estaba seguro de que me acababan de gastar una novatada.

Me sentía mareado y un poco indispuesto.

—Probablemente debería ir a casa a dormir —indiqué a Miss Peregrine—. Mi padre se preocupará. —Luego añadí a toda prisa—: Puedo ir a casa, ¿verdad?

—Por supuesto que puede —respondió, y en voz alta pidió un voluntario que me escoltara de vuelta al cairn.

Ante mi sorpresa, Emma se adelantó. Miss Peregrine pareció complacida.

—¿Está segura respecto a ella? —susurré a la directora—. Hace unas pocas horas quería degollarme.

—Miss Bloom puede que tenga un genio vivo, pero es una de mis pupilas de más confianza —contestó—. Y creo que usted y ella tienen unas cuantas cosas de las que hablar lejos de oídos curiosos.

Cinco minutos más tarde, los dos estábamos de nuevo en camino, sólo que en esta ocasión yo no tenía las manos atadas y ella no me pinchaba la espalda con un cuchillo. Algunos de los niños más pequeños nos siguieron hasta el extremo más alejado del patio. Querían saber si yo regresaría al día siguiente. Les di vagas garantías de que así sería, pero si apenas era capaz de entender lo que estaba sucediendo en aquel momento, más difícil me parecía pensar en el futuro.

Penetramos en el oscuro bosque. Cuando la casa hubo desaparecido detrás de nosotros, Emma extendió una palma hacia arriba, hizo un leve movimiento de muñeca y una diminuta bola de fuego parpadeó justo por encima de sus dedos. La mantuvo ante ella igual que un camarero sostiene una bandeja, iluminando el camino a la vez que proyectaba nuestras sombras sobre los árboles.

—¿Sabes que esto es guay? —dije, intentando romper un silencio que se tornaba más incómodo por momentos.

—No es guay en absoluto, es fuego —respondió, haciendo oscilar la llama lo bastante cerca como para que pudiera percibir su calor.

Me aparté y me rezagué unos pasos.

—No me refería a eso... Quería decir que es fabuloso que puedas hacer fuego.

—Bueno, si hablases como es debido podría entenderte —se quejó, y luego se detuvo.

Permanecimos cara a cara a una distancia prudente.

—No debes tenerme miedo —declaró.

—¿En serio? ¿Cómo sé que no crees que soy alguna criatura diabólica y que esto no es más que un complot para quedarte a solas conmigo y matarme?

—No seas idiota —repuso—. Llegaste sin avisar, un desconocido a quien no reconocí, y saliste corriendo tras de mí como un loco. ¿Qué se suponía que tenía que pensar?

—Estupendo, ya lo capto —dije, aunque en realidad no sabía qué pensar.

Bajó los ojos y empezó a abrir un pequeño agujero en la tierra con la punta de la bota. La llama de la mano cambió de color, perdiendo intensidad y pasando del naranja a un frío añil.

—No es verdad lo que te dije. Sí que te reconocí. —Alzó los ojos hacía mí—. Te pareces tanto a él.

—La gente me lo dice a veces.

—Lamento haberte dicho todas esas cosas terribles. No quería creerte... no quería que fueras quien decías. Sabía lo que eso significaba.

—No pasa nada —respondí—. Cuando era niño, me moría de ganas de conoceros a todos. Ahora que por fin os conozco... —Sacudí la cabeza—. Simplemente me apena que tenga que ser por este motivo.

Y entonces se abalanzó sobre mí y me rodeó el cuello con los brazos; la llama de la mano se extinguió justo antes de que me tocara, pero la piel continuaba caliente allí donde la había sostenido. Permanecimos así en la oscuridad durante un rato, yo y esa adolescente anciana, esa muchacha más bien hermosa que había amado a mi abuelo cuando él tenía mi edad. No había nada que pudiera hacer salvo abrazarla, así que lo hice, y al cabo de un momento imagino que ambos llorábamos.

La oí respirar con fuerza en la oscuridad, luego se separó. El fuego volvió a llamear en su mano.

—Perdona —se excusó—. No acostumbro a ser tan...

—No te preocupes.

—Deberíamos seguir.

—Ve tú delante —indiqué.

Cruzamos el bosque en un cómodo silencio. Cuando llegamos a la ciénaga, dijo:

—Pisa sólo donde yo pise.

Y lo hice, colocando los pies sobre sus huellas. Los gases de la ciénaga llameaban en piras de color verde a lo lejos, como solidarizándose con la luz de Emma.

Llegamos al cairn y entramos, avanzando despacio en fila india hasta la cámara de la parte posterior, y luego de vuelta al exterior, a un mundo envuelto en niebla. Me guió hacia el sendero y cuando lo alcanzamos entrelazó los dedos con los míos y apretó. Estuvimos en silencio un momento. Luego dio la vuelta y regresó; la niebla la engulló con tanta rapidez que por un momento me pregunté sí había estado allí en realidad.

Al regresar al pueblo, medio esperé encontrar carros tirados por caballos deambulando por las calles. En su lugar, fui recibido por el zumbido de los generadores y el resplandor de las pantallas de los televisores tras las ventanas. Estaba en casa, si se le podía llamar así.

Kev volvía a estar atendiendo la barra y alzó un vaso en mi dirección cuando entré. Ninguno de los hombres del pub propuso lincharme. Todo parecía perfecto.

Subí y encontré a mi padre dormido frente a su portátil ante nuestra pequeña mesa. Cuando cerré la puerta despertó de un sobresalto.

—¡Hola! ¡Vaya! Has vuelto tarde. ¿O no? ¿Qué hora es?

—No lo sé —reconocí—. Aún no son las nueve, creo. Los generadores todavía funcionan.

Se desperezó y se frotó los ojos.

—¿Qué has hecho hoy? Esperaba verte a la hora de la cena.

—Me he limitado a explorar la vieja casa un poco más.

—¿Has encontrado algo que valiera la pena?

—Pues... no, en realidad, no —contesté, comprendiendo que probablemente debería haberme molestado en preparar una historia más elaborada.

Me miró de un modo raro.

—¿De dónde has sacado esas cosas?

—¿Qué cosas?

—La ropa que llevas —insistió.

Bajé los ojos y reparé en que había olvidado por completo cambiarme los pantalones de tweed y los tirantes.

—He encontrado todo esto en la casa —contesté, no tenía tiempo de pensar una respuesta menos descabellada—. ¿A que son guays?

Hizo una mueca de disgusto.

—¿Te has puesto una ropa que has encontrado por ahí? Eso es antihigiénico. ¿Y qué les ha pasado a tus vaqueros y a la chaqueta?

Yo necesitaba cambiar de tema.

—Estaban muy sucios, así que, bueno... —Dejé la frase sin

acabar, posando la vista con toda deliberación en el documento de la pantalla de su ordenador—. Vaya, ¿es tu libro? ¿Qué tal va?

Cerró la tapa del portátil.

—No cambies de tema. Lo que ahora importa es tu terapia. No estoy seguro de que pasar todo el día solo en esa vieja casa sea lo que el doctor Golan tenía en mente cuando dio luz verde a este viaje.

—Vaya, creo que has batido el récord —dije.

—¿Qué?

—El récord de tiempo sin mencionar a mi psiquiatra. —Fingí mirar un reloj de pulsera inexistente—. Cuatro días, cinco horas y veintiséis minutos. —Suspiré—. Estuvo bien mientras duró.

—Ese hombre ha sido una gran ayuda para ti —insistió—. Sólo Dios sabe en qué estado estarías ahora si no le hubiésemos encontrado.

—Tienes razón, papá. El doctor Golan me ayudó, pero eso no significa que tenga que controlar mi vida. Quiero decir, cielo santo, quizá mamá y tú podríais comprarme uno de esos brazaletes en los que pone ¿Qué haría el doctor Golan? De ese modo podría preguntármelo antes de hacer nada. Antes de ir a hacer mis necesidades, por ejemplo. ¿Cómo querría el doctor Golan que lo hiciera? ¿Lo hago hacia un lado o directamente hacia abajo? ¿Qué sería más beneficioso para mí, psicológicamente hablando?

Mi padre no dijo nada durante unos segundos y cuando lo hizo su voz sonó grave y áspera. Me dijo que me llevaría a observar pájaros con él al día siguiente, tanto si me gustaba como si no. Cuando respondí que se equivocaba por completo, se levantó y bajó al pub. Pensé que estaría bebiendo o algo así, de modo que fui a cambiarme de ropa, pero al cabo de unos minutos llamó a la puerta de mi dormitorio y dijo que había alguien al teléfono que quería hablar conmigo.

Me figuré que era mi madre, así que apreté los dientes y le seguí hasta la cabina telefónica, en un rincón del pub. Me entregó el auricular y fue a sentarse a una mesa. Cerré la puerta.

—¿Sí?

—Acabo de hablar con tu padre —anunció un hombre—. Parecía un poco disgustado.

Era el doctor Golan.

Quise decirle que él y mi padre podían irse a paseo, pero sabía que la situación requería cierto tacto. Si enojaba a Golan ahora sería el final de mi viaje, y no podía irme todavía, no con tantas cosas que averiguar sobre los niños peculiares. Así que le seguí el juego y le expliqué lo que había estado haciendo —todo excepto la parte de los niños metidos en un bucle en el tiempo, claro—, e intenté que sonara como si estuviera aceptando el hecho de que no había nada especial respecto a la isla ni a mi abuelo. Fue como una mini sesión por teléfono.

—Espero que no te estés limitando a contarme lo que quiero oír —dijo, usando lo que se había convertido en su frase cliché—. Quizá debería ir allí y echarte un vistazo. No me irían mal unas pequeñas vacaciones. ¿Qué te parece?

«Por favor, espero que esté bromeando», recé.

—Estoy perfectamente. De verdad —afirmé.

—Relájate, Jacob, sólo bromeaba, aunque el Señor sabe que me iría bien pasar algún tiempo fuera de la consulta. Y la verdad es que te creo. Das la impresión de estar bien. De hecho, acabo de decirle a tu padre que probablemente lo mejor que podría hacer sería darte un respiro y dejar que aclares las cosas por tu cuenta.

—¿De verdad?

—Nos has tenido a tus padres y a mí encima mucho tiempo. Llega un momento en que eso se vuelve contraproducente.

—Bueno, de verdad que se lo agradezco.

Dijo algo más que no pude oír bien; había mucho ruido de fondo.

—Es difícil oírle —dije—. ¿Está usted en un centro comercial o algo parecido?

—En el aeropuerto —respondió—. Recogiendo a mi hermana. De todos modos, lo que he dicho ha sido que te diviertas. Explora y no te preocupes demasiado. Te veré pronto, ¿de acuerdo?

—Gracias otra vez, doctor G.

Mientras colgaba el teléfono, me sentí mal por haber despotricado contra él momentos antes. Era la segunda vez que me apoyaba cuando mis padres no lo hacían.

Mi padre sostenía una cerveza en el otro lado de la estancia. Me detuve junto a su mesa de camino al piso de arriba.

—Sobre lo de mañana... —dije.

—Haz lo que quieras, ¿de acuerdo?

—¿Estás seguro?

Se encogió de hombros con gesto tosco.

—Órdenes del médico.

—Estaré aquí para la cena. Lo prometo.

Se limitó a asentir, tras lo que le dejé en el bar y subí a acostarme.

Mientras me dormía, mis pensamientos vagaron hacia los niños peculiares y su primera pregunta después de que Miss Peregrine me presentara: «¿Va a quedarse Jacob con nosotros?». En aquel momento había pensado: «Claro que no». Pero ¿por qué no? Si jamás regresaba a casa, ¿qué me iba a perder? Vi mentalmente mi enorme y fría casa, una ciudad sin amigos llena de malos recuerdos, la vida del todo vulgar que habían planificado para mí. Me di cuenta de que ni una sola vez se me había ocurrido rechazarla.

SIETE

La mañana trajo lluvia, viento y niebla, un tiempo pesimista que hizo difícil creer que el día anterior hubiera sido otra cosa que un sueño extraño y maravilloso. Devoré el desayuno y dije a mi padre que iba a salir. Me miró como si estuviera chiflado.

—¿Con este día? ¿Para hacer qué?

—Para andar por ahí con... —empecé a decir sin pensar.

Entonces para disimular, fingí haberme atragantado con la comida. Pero era demasiado tarde; me había oído.

—¿Andar con quién? No serán esos rufianes raperos, espero.

La única forma de salir de aquel agujero era ahondar más.

—No. Probablemente no los has visto nunca, viven en el otro lado de, esto... de la isla y...

—¿De verdad? Creía que no vivía nadie por allí.

—Claro, bueno, sólo unas pocas personas. Pastores de ovejas y qué sé yo. De todos modos, son estupendos; me guardan las espaldas mientras estoy en la casa.

Amigos y seguridad, dos cosas a las que mi padre no podía resistirse.

—Quiero conocerlos —anunció, intentando parecer severo.

A menudo adoptaba esa expresión, una imitación del padre sensato y pragmático que creo que aspiraba a ser.

—¡Claro! Pero vamos a encontrarnos allí arriba, así que será otra vez.

Él asintió y tomó otro bocado de su desayuno.

—Regresa para la cena —dijo.

—Recibido, papá.

Prácticamente corrí hasta llegar a la ciénaga. Mientras avanzaba con cuidado por el movedizo lodo, intentando recordar la ruta de isletas de hierba semiinvisibles que Emma había utilizado para cruzarla, me preocupó que todo lo que pudiera hallar al otro lado fuera más lluvia y una casa en ruinas. De modo que fue un gran alivio emerger del cairn y encontrarme con que era el 3 de septiembre de 1940, tal y como lo había dejado: un día cálido, soleado y sin niebla, el cielo de un azul estable, con nubes que adquirían formas confortablemente familiares. Aún mejor, Emma estaba allí esperándome, sentada en el borde del montículo, arrojando piedras a la ciénaga.

—¡Ya era hora! —exclamó, alzándose de un salto—. Vamos, todo el mundo te está esperando.

—¿Me esperan?

—Pues sí —respondió, poniendo los ojos en blanco con impaciencia a la vez que cogía mi mano y tiraba de ella.

Me sentí embargado por el entusiasmo; no tan sólo por el contacto con su mano, sino al pensar en el día que tenía por delante, lleno de posibilidades infinitas. Aunque en un millón de modos superficiales sería idéntico al día anterior —soplaría la misma brisa y caerían las mismas ramas de árbol—, mi experiencia sería nueva. Y lo mismo ocurriría con los niños peculiares. Ellos eran los dioses de ese pequeño y extraño paraíso y yo era su invitado.

Atravesamos la ciénaga a la carrera y cruzamos el bosque como si llegáramos tarde a una cita. Cuando alcanzamos la casa, Emma me hizo dar la vuelta hasta el patio trasero, donde habían levantado un escenario de madera. Había niños por todas partes, transportando objetos, abotonándose chaquetas y subiéndose las cremalleras de unos vestidos llenos de lentejuelas. Una pequeña orquesta, compuesta tan sólo por un acordeón, un trombón abollado y una sierra musical que tocaba Horace con un arco, afinaba sus instrumentos.

—¿Qué es esto? —pregunté a Emma—. ¿Vais a representar una obra de teatro?

—Ya lo verás —dijo.

—¿Quién participa?

—Ya lo verás.

—¿De qué trata?

Me pellizcó.

Sonó un silbato y todo el mundo corrió a hacerse con un asiento en una hilera de sillas plegables colocadas frente al escenario. Emma y yo nos sentamos justo en el momento en que se abría el telón, mostrando un canotié flotando encima de un traje de chillonas rayas rojas y blancas. No fue hasta que oí una voz, que comprendí que —por supuesto— era Millard.

—¡Daaamas y caballeros! —se pavoneó—. ¡Es para mí el mayor de los placeres presentarles una representación como ninguna otra en la historia! ¡Un espectáculo de una audacia tan inigualable, de una magia tan consumada, que sencillamente no darán crédito a sus ojos! ¡Queridos ciudadanos, les presento a Miss Peregrine y a sus Niños Peculiares!

El público estalló en un clamoroso aplauso. Millard alzó su sombrero a modo de saludo.

—¡Para nuestra primera ilusión, nada menos que la mismísima Miss Peregrine!

Se ocultó tras el telón y salió al cabo de un instante, con una sábana doblada sobre un brazo y un halcón peregrino posado en el otro. Hizo una seña a la orquesta con la cabeza, la cual se embarcó a trompicones en una especie de sibilante música de feria.

Emma me dio un codazo.

—Observa esto —susurró.

Millard depositó el halcón en el suelo y sostuvo la sábana ante él, ocultando el pájaro de la vista del público. Empezó a contar hacia atrás.

—¡Tres, dos, uno!

A la cuenta de «uno», oí el inconfundible batir de alas y a continuación vi como la cabeza de Miss Peregrine —su cabeza humana— asomaba de detrás de la sábana para recibir unos aplausos aún más clamorosos. Tenía los cabellos alborotados y sólo podía verla de hombros para arriba; debía de estar desnuda tras la sábana. Al parecer, cuando uno se transforma en pájaro, las ropas no le acompañan. Cogiendo los extremos de la sábana, la envolvió castamente a su alrededor.

—¡Mister Portman! —saludó, entornando los ojos para mirarme desde el escenario—. Me alegro tanto de que haya regresado. Esto es un pequeño espectáculo con el que acostumbrábamos a ir de gira por el continente allá en los tiempos idílicos. Pensé que podría hallarlo instructivo. —Y a continuación abandonó el escenario con un elegante saludo, dirigiéndose a la casa para recuperar sus ropas.

Uno tras otro, los niños peculiares fueron abandonando sus localidades entre el público y subieron al escenario, cada uno con un número propio. Millard se quitó su esmoquin para volverse totalmente invisible e hizo malabarismos con botellas de cristal. Olive se sacó los zapatos lastrados y efectuó un número gimnástico, que desafiaba la ley de la gravedad, sobre unas paralelas. Emma hizo fuego, se lo tragó y luego volvió a expulsarlo por la boca sin quemarse. Aplaudí hasta que pensé que las manos se me llenarían de ampollas.

Cuando Emma regresó a su asiento, volví la cabeza hacia ella y dije:

—No lo comprendo. ¿Hacíais esta actuación delante de la gente?

—Desde luego —respondió.

—¿Gente normal?

—Pues claro, gente normal. ¿Por qué tendrían los peculiares que pagar para ver cosas que pueden hacer ellos mismos?

—Pero ¿esto no destapaba vuestra tapadera?

Rió por lo bajo.

—Nadie sospechaba nada —dijo—. La gente acude a barracas de feria a ver proezas y trucos, y esto era exactamente lo que les ofrecíamos.

—Así que os escondíais a la vista de todo el mundo.

—Acostumbraba a ser el modo en que la mayoría de los peculiares nos ganábamos la vida —repuso.

—¿Y nadie se dio cuenta nunca?

—De vez en cuando aparecía algún tarugo entre bastidores haciendo preguntas impertinentes, motivo por el que siempre había alguien musculoso a mano para ponerlos de patitas en la calle. ¡Hablando del rey de Roma... ahí está ella!

En el escenario, una muchacha de aspecto hombruno arrastraba un canto rodado del tamaño de una nevera pequeña.

—Tal vez ella no sea la más lista del grupo —susurró Emma—, pero tiene un corazón enorme e iría a la tumba por sus compañeros. Somos como uña y carne, Bronwyn y yo.

Alguien había hecho circular un montón de tarjetas publicitarias que Miss Peregrine había usado para anunciar los números. Me pasaron la tarjeta de Bronwyn. En la fotografía estaba de pie, descalza, desafiando a la cámara con una mirada glacial. En la parte posterior se leía ¡LA SORPRENDENTE CHICA FORZUDA DE SWANSEA!

—¿Por qué no está levantando un pedrusco, si eso es lo que hace en el escenario? —pregunté.

—Estaba de un humor de perros porque el Pájaro la hizo vestirse como una dama para la fotografía. Se negó a alzar ni siquiera una caja de sombreros.

—Veo que con los zapatos no transigió.

—Por lo general nunca lo hace.

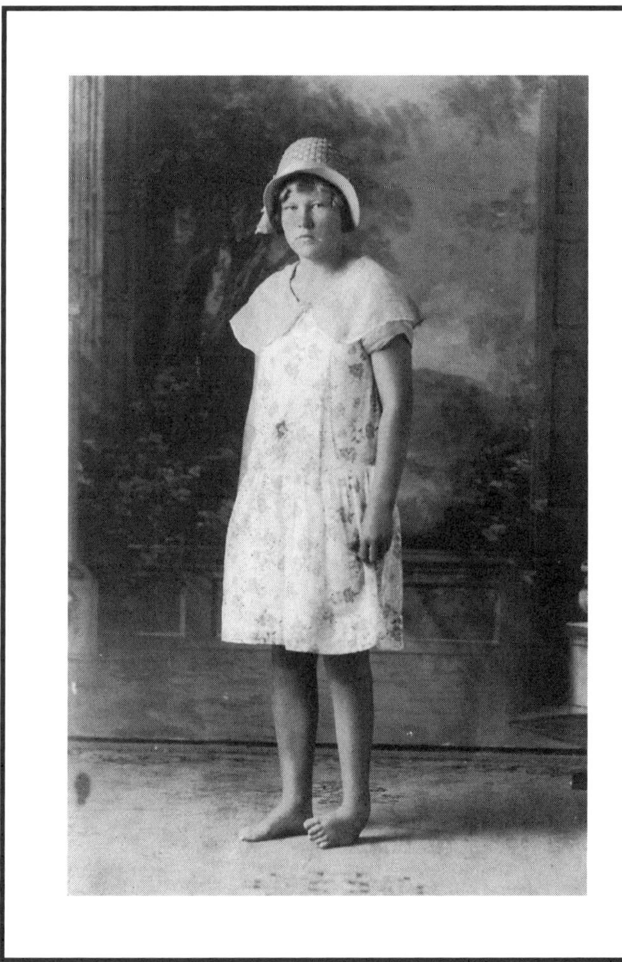

Bronwyn acabó de arrastrar la roca al centro del escenario y durante un incómodo momento se limitó a mirar con fijeza a los allí reunidos, como si alguien le hubiese dicho que hiciera una pausa para conseguir un mayor efecto teatral. Luego se inclinó al frente, agarró la roca entre sus enormes manos y empezó a alzarla poco a poco por encima de la cabeza. Todo el mundo aplaudió y lanzó gritos de júbilo; el entusiasmo de los niños no se vio empañado por el hecho de que, probablemente, habían visto hacer este truco mil veces. Era como estar en una asamblea de una escuela a la que jamás asistí.

Bronwyn bostezó y se fue con el pedrusco bajo un brazo. A continuación, la muchacha de los cabellos alborotados salió al escenario. Se llamaba Fiona, explicó Emma. Permaneció de cara al público, escondida tras una maceta llena de tierra, con las manos alzadas sobre ella igual que un director de orquesta. Empezó a sonar *El vuelo del moscardón* (o algo parecido), al tiempo que Fiona movía las manos en el aire, por encima de la maceta, con el rostro crispado por el esfuerzo y la concentración. Justo cuando la canción se acercaba a su punto culminante, una hilera de margaritas brotó de la tierra y se desplegó en dirección a sus manos. Era igual que uno de esos vídeos de plantas que florecen a toda velocidad, salvo que parecía estar haciendo ascender las flores del suelo mediante hilos invisibles. Los niños se la comían con los ojos, saltando de sus asientos para animarla a seguir adelante.

Emma hojeó el montón de postales hasta llegar a la de Fiona.

—Su tarjeta es mi favorita —comentó—. Trabajamos durante días en su disfraz.

La contemplé. Iba vestida como una pordiosera y estaba de pie sosteniendo una gallina.

—¿Qué se supone que es? —pregunté—. ¿Una granjera sin techo?

Emma me pellizcó.

—Queríamos que pareciera «fresca y natural», como un persona salvaje. Jill de la Jungla, la llamábamos.

—¿Procede de verdad de la jungla?

—Es irlandesa.

—¿Hay muchas gallinas en la jungla?

Volvió a pellizcarme. Mientras cuchicheábamos, Hugh se había unido a Fiona en el escenario. Permanecía con la boca abierta, dejando salir a las abejas para que polinizaran las flores de Fiona, como si se tratara de un extraño ritual de apareamiento.

—¿Qué otras cosas hace crecer Fiona, aparte de arbustos y flores?

—Todas estas hortalizas —respondió mi compañera, indicando con la mano los arriates del patio—. Y árboles, a veces.

—¿De verdad? ¿Árboles enteros?

Ella volvió a revisar las postales.

—A veces jugamos a Jill y las habichuelas mágicas. Alguien agarra uno de los arbolillos del linde del bosque y vemos hasta qué altura puede hacerlo crecer Fiona, con nosotros subidos a él. —Llegó a la foto que había estado buscando y le dio un golpecito con el dedo—. Ése fue el récord —dijo con orgullo—. Veinte metros.

—Vaya, os debéis de aburrir un montón por aquí, ¿no?

Hizo un movimiento para volver a pellizcarme pero se detuvo. No soy experto en chicas, pero cuando una intenta pellizcarte cuatro veces seguidas, estoy seguro de que eso es coquetear.

Hubo unas cuantas actuaciones más después de que Fiona y Hugh abandonaran el escenario, pero para entonces los niños empezaban a mostrarse impacientes y no tardamos en dispersarnos, buscando sólo aprovechar ese precioso día de verano: holgazaneando al sol mientras sorbíamos limonada; jugando a croquet; cuidando de los huertos que, gracias a Fiona, apenas necesitaban nada; discutiendo nuestras opciones para el almuerzo. Quería preguntar a Miss Peregrine más cosas sobre mi abuelo —un tema que evitaba con Emma, pues se tornaba taciturna ante cualquier mención de su nombre—, pero la directora había ido al estudio a dar una clase a los niños más pequeños. De todos modos, daba la impresión de que yo disponía de muchísimo tiempo y el lánguido ritmo y el calor del mediodía socavaban mi voluntad impidiéndome hacer nada más agotador que deambular por los jardines en soñador asombro.

Tras un almuerzo decadente a base de emparedados de ganso y budín de chocolate, Emma empezó a hacer campaña para que los mayores fuéramos a nadar.

—Ni hablar —gruñó Millard, con el botón superior de los pantalones desabrochado—. Estoy lleno como un pavo de Navidad.

Estábamos despatarrados en sillones de terciopelo por toda la sala de estar, hartos hasta reventar. Bronwyn yacía enroscada con la cabeza entre dos almohadones.

—Creo que me hundiría directamente al fondo —nos llegó su ahogada respuesta.

Pero Emma insistió. Tras dedicar diez minutos a engatusarlos consiguió arrancar a Hugh, a Fiona y a Horace de sus siestas y desafiar a Bronwyn, quien al parecer no se podía resistir a ninguna competición de ninguna clase. Al vernos salir a todos en tropel de la casa, Millard nos reprendió por intentar dejarle atrás.

El mejor lugar para nadar estaba junto al puerto, pero llegar allí significaba atravesar el pueblo.

—¿Qué hay de esos borrachos locos que piensan que soy un espía alemán? —pregunté—. No tengo ganas de que me persigan hoy también con garrotes.

—Serás bobo —replicó Emma—. Eso fue ayer. No recordarán nada.

—Sólo envuélvete con una toalla de modo que no vean tus, digamos, ropas del futuro —indicó Horace.

Yo llevaba vaqueros y una camiseta, mi vestimenta habitual, y Horace llevaba su acostumbrado traje negro. Parecía pertenecer a la escuela de etiqueta de Miss Peregrine: morbosamente ultraformal, sin importar la ocasión. Su fotografía estaba entre las que había encontrado en el baúl hecho añicos, y en un intento de ponerse elegante para tan ilustre momento se le había ido la mano por completo: chistera, bastón, monóculo... de todo.

—Tienes razón —dije, enarcando una ceja en dirección a Horace—. No quisiera que nadie piense que voy vestido de un modo raro.

—Si es a mi chaleco a lo que te refieres —replicó él con altivez—, sí, admito que soy un seguidor de la moda. —Los demás lanzaron una risita— ¡Adelante, reíos a expensas del viejo Horace! ¡Llamadme dandi si queréis, pero el simple hecho de que los aldeanos no vayan a recordar lo que lleváis puesto no os da permiso para vestir como tristes vagabundos!

Y dicho eso se dedicó a estirar sus solapas, lo que no hizo más que provocar que el resto riera con más ganas. En un arranque de furia, dirigió un dedo acusador a mis ropas.

—¡En cuanto a él, que Dios nos ayude si es eso todo lo que pueden esperar nuestros guardarropas!

Cuando las risas se apagaron, me llevé a Emma a un lado y susurré:

—¿Exactamente qué es lo que hace peculiar a Horace... aparte de sus ropas, quiero decir?

—Los sueños proféticos. Tiene terribles pesadillas de vez en cuando con una inquietante tendencia a hacerse realidad.

—¿Con qué frecuencia? ¿Muy a menudo?

—Pregúntale tú mismo.

Pero Horace no estaba de humor para aguantar mis preguntas. Así que las archivé para otra ocasión.

Mientras entrábamos en el pueblo envolví una toalla alrededor de mi cintura y me colgué otra de los hombros. Si bien no fue exactamente profético, Horace tenía razón sobre una cosa: nadie me reconoció. Mientras descendíamos por el camino principal fuimos el blanco de unas cuantas miradas de curiosidad, pero nadie nos molestó. Incluso pasamos por delante del hombre gordo que había armado tanto escándalo el día anterior en el bar. Estaba llenando una pipa fuera del estanco y parloteando sobre política con una mujer que apenas escuchaba. No pude evitar clavar la mirada en él cuando pasamos; el hombre me devolvió la mirada, sin la más mínima señal de reconocimiento.

Era como si alguien hubiera pulsado el botón de «reiniciar» en toda la ciudad. Continuamente reparaba en cosas que había visto el día anterior: el mismo carro descendiendo a una velocidad vertiginosa por el sendero, con la rueda trasera coleando en la grava; las mismas mujeres haciendo cola en el pozo; un hombre que alquitranaba el fondo de un bote de remos, no mucho más adelantado en su tarea de lo que había estado veinticuatro horas antes. Casi esperé ver a mi doble corriendo a toda velocidad por el pueblo, perseguido por una turba, pero imagino que las cosas no funcionaban de ese modo.

—Vosotros, chicos, debéis de saber una barbaridad sobre lo que sucede por aquí —dije—. Como ayer, con los aviones y la carreta.

—Es Millard quien lo sabe todo —contestó Hugh.

—Es cierto —dijo Millard—. De hecho, estoy en plena compilación del primer relato completo del mundo sobre un día en la vida de una población, tal y como lo experimenta cada una de las personas que viven allí. Cada acción, cada conversación, cada sonido efectuado por cada uno de los ciento cincuenta y nueve humanos, y trescientos treinta y dos animales residentes en Cairnholm, minuto a minuto, desde la salida del sol hasta que se pone.

—¡Es increíble! —exclamé.

—No puedo evitar darte la razón —respondió—. En tan sólo veintisiete años, ya he observado a la mitad de los animales y a casi todos los humanos.

Me quedé boquiabierto.

—¿Veintisiete años?

—¡Se pasó tres años sólo con los cerdos! —intervino Hugh—. ¡Todos los días del mundo durante tres años tomando notas sobre cerdos! ¿Puedes imaginarlo? Que si éste ha soltado un buen montón de cagarrutas, que si ese otro ha dicho oinc, oinc y luego se ha tumbado sobre su propia porquería...

—Las notas son absolutamente esenciales para el estudio —explicó Millard pacientemente—. Pero puedo comprender que estés celoso, Hugh. Promete ser una obra sin precedentes en la historia de la erudición académica.

—Vamos, no te pavonees tanto —intervino Emma—. También será algo sin precedentes en la historia de las cosas aburridas. ¡Será la cosa más aburrida jamás escrita!

En lugar de responder, Millard empezó a indicar cosas justo antes de que sucedieran. «Mrs. Higgins está a punto de tener un acceso de tos», avisó, y entonces una mujer tosió hasta ponerse colorada. «En este momento, un pescador se lamentará de lo difícil que es ejercer su oficio en tiempos de guerra», continuó, y entonces un hombre recostado en una carreta llena de redes se dirigió hacia otro hombre diciendo:

—¡Hay tantos malditos submarinos alemanes en el agua que ni siquiera es seguro ir a recoger tus propios sedales!

Me sentí debidamente impresionado y así se lo dije.

—Me alegro de que alguien aprecie mi trabajo —contestó.

Caminamos por el animado puerto hasta que los muelles se acabaron y luego seguimos la orilla rocosa en dirección a los cabos hasta una ensenada de arena. Los chicos nos desnudamos hasta quedar en ropa interior (todos excepto Horace, que sólo quiso quitarse los zapatos y la corbata), mientras que las chicas desaparecían para ponerse pudorosos trajes de baño de la vieja escuela. Luego, todos nos tiramos al agua. Bronwyn y Emma compitieron haciendo carreras, mientras que el resto de nosotros chapoteábamos de un lado a otro. Una vez que nos hubimos agotado, salimos y descansamos en la arena. Cuando el sol apretaba demasiado, volvíamos a tirarnos al agua, y cuando el mar helado nos hacía tiritar, gateábamos fuera otra vez. Y así continuamos hasta que nuestras sombras empezaron a alargarse en la arenosa ensenada.

Nos pusimos a charlar. Ellos tenían un millón de preguntas para mí y, lejos de la mirada atenta de Miss Peregrine, yo podía hablarles con franqueza. ¿Cómo era el mundo? ¿Qué comía y bebía la gente? ¿Cómo iban vestidos? ¿Cuándo vencería la ciencia a la enfermedad y la muerte? Vivían en el paraíso, pero se morían por ver rostros nuevos y conocer otras historias. Les conté lo que pude, estrujándome el cerebro en busca de datos valiosos de la historia del siglo XX, todo lo que recordaba de la clase de Mrs. Johnson: el primer viaje a la luna; el muro de Berlín; la guerra de Vietnam, pero a duras penas ofrecían una visión global.

Fue la tecnología de mi tiempo y el nivel de vida lo que más les llenó de asombro. Nuestras casas tenían aire acondicionado. Habían oído hablar del televisor, pero jamás habían visto uno y les conmocionó enterarse de que mi familia tenía una caja de imágenes parlantes casi en cada habitación. El viaje aéreo era tan común y asequible para nosotros como el tren lo era para ellos. Nuestro ejército combatía con aviones dirigidos por control remoto. Llevábamos teléfonos ordenador que cabían en nuestros bolsillos, y aunque el mío no funcionaba allí (nada electrónico parecía hacerlo), lo saqué sólo para enseñarles su elegante cubierta de espejo.

Se acercaba la puesta de sol cuando iniciamos por fin el regreso. Emma se pegó a mí como una lapa, con el dorso de su mano rozando la mía mientras caminábamos. Al pasar ante un manzano en las afueras del pueblo, se detuvo para coger una manzana, pero incluso de puntillas el fruto más bajo quedaba fuera de su alcance, de modo que hice lo que cualquier caballero habría hecho: la alcé, rodeando su cintura con mis brazos a la vez que intentaba no gruñir por el esfuerzo. Ella extendía el blanco brazo hacia arriba y sus cabellos húmedos centelleaban bajo los rayos del sol. Cuando la volví a dejar en el suelo, me dio un beso rápido en la mejilla y me entregó la manzana.

—Toma —dijo—, te lo has ganado.

—¿La manzana o el beso?

Rió y echó a correr para atrapar a los demás. Yo no sabía cómo llamar a aquello que sucedía entre nosotros, pero me gustaba. Me proporcionaba una sensación estúpida, frágil y agradable. Metí la manzana en el bolsillo y corrí tras ella.

Cuando llegamos a la ciénaga y dije que tenía que regresar a casa, fingió un mohín de enfado.

—Al menos deja que te escolte —se quejó, así que nos despedimos de los demás con la mano y cruzamos hasta el cairn, mientras yo hacía todo lo posible por memorizar sus pasos a medida que avanzábamos.

Cuando llegamos dije:

—Ven conmigo al otro lado un minuto.

—No debería. Tengo que regresar o el Pájaro sospechará.

—¿Sospechará qué?

Sonrió con coqueta timidez.

—Pues... algo.

—Algo.

—Siempre anda a la caza de algo —dijo, riendo.

Cambié de táctica.

—Entonces ¿por qué no vienes tú a verme mañana?

—¿Ir yo? ¿Al otro lado?

—¿Por qué no? Miss Peregrine no andará vigilándonos todo el rato. Incluso podrías conocer a mi padre. No le diremos quién eres, evidentemente. Y así, a lo mejor se tranquiliza un poco y deja de preocuparse por adónde voy y qué hago durante todo el día. El que yo ande por ahí con una chica atractiva me parece que es su sueño.

Pensé que sonreiría por lo de chica atractiva, pero en su lugar se puso seria.

—El Pájaro sólo nos permite pasar al otro lado durante unos pocos minutos y sólo para mantener el bucle abierto, ya sabes.

—Entonces, dile que vas a venir.

Suspiró.

—Me gustaría hacerlo. De verdad. Pero es una mala idea.

—Te tiene atada bien corto, ¿eh?

—No sabes de lo que hablas —replicó con cara de pocos amigos—. Y gracias por compararme con un perro. Ha sido todo un detalle.

Me pregunté cómo habíamos pasado con tanta rapidez de coquetear a pelear.

—No lo he dicho con esa intención.

—De verdad que me gustaría —repitió—, pero simplemente no puedo.

—De acuerdo, haremos un trato. Olvida lo de venir mañana todo el día. Sólo ven un minuto, ahora.

—¿Un minuto? ¿Qué podemos hacer en un minuto?

Sonreí burlón.

—Te sorprendería.

—¡Dímelo! —exclamó, empujándome.

—Hacerte una foto.

Su sonrisa desapareció.

—No estoy precisamente en mi mejor momento —dijo dubitativa.

—No, estás fantástica. De verdad.

—¿Sólo un minuto? ¿Prometido?

La dejé entrar en el cairn la primera. Cuando volvimos a salir, el mundo era nebuloso y frío, aunque por suerte la lluvia había cesado. Saqué mi teléfono y me alegró ver que mi teoría era correcta. En ese lado del bucle, las cosas electrónicas funcionaban perfectamente.

—¿Dónde está tu cámara? —preguntó ella, tiritando—. ¡Acabemos con esto de una vez!

Sostuve el teléfono en alto y le hice la foto. Ella se limitó a sacudir la cabeza, como si nada de mi estrafalario mundo pudiera sorprenderla ya. Luego se apartó bruscamente y tuve que perseguirla alrededor del cairn, mientras los dos reíamos. Emma se agachaba para esconderse y luego reaparecía e improvisaba caras para la cámara. Al cabo de un minuto había tomado tantas fotografías que mi teléfono se había quedado casi sin memoria.

Emma corrió a la entrada del cairn y lanzó un beso al aire en mi dirección.

—¡Nos vemos mañana, chico del futuro!

Alcé la mano para decirle adiós y ella entró en el túnel de piedra.

Regresé al pueblo brincando, helado, mojado y sonriendo como un idiota. Estaba todavía lejos del pub, cuando oí un sonido extraño alzándose por encima del zumbido de generadores; alguien que gritaba mi nombre. Siguiendo la voz, encontré a mi padre de pie en la calle con el suéter empapado y el aliento formando nubes de vapor ante él, igual que el silenciador de un tubo de escape en una mañana fría.

—¡Jacob! ¡Te he estado buscando!

—¡Dijiste que regresara para la cena y aquí estoy!

—Olvida la cena. Ven conmigo.

Mi padre jamás se saltaba la cena. Algo iba decididamente mal.

—¿Qué pasa?

—Te lo explicaré por el camino —dijo, llevándome en dirección al pub, y entonces me miró con detenimiento—. ¡Estás completamente mojado! —exclamó—. Por el amor de Dios, ¿has perdido también tu otra chaqueta?

—Yo, esto...

—¿Y por qué tienes la cara tan colorada? Es como si hubieras estado tomando el sol.

Mierda. Toda una tarde en la playa sin crema solar de protección total pasaba factura.

—Estoy acalorado de correr —dije, aunque tenía la piel de los brazos de carne de gallina por el frío—. ¿Qué sucede? ¿Se ha muerto alguien o qué?

—No, no, no —respondió—. Bueno, a lo mejor sí. Algunas ovejas.

—¿Y qué tiene eso que ver con nosotros?

—Piensan que fueron unos críos. Una especie de acto vandálico.

—¿Quién lo piensa? ¿La policía de las ovejas?

—Los granjeros —respondió—. Han interrogado a todo el mundo menor de veinte años. Naturalmente, tienen mucha curiosidad por saber dónde has estado todo el día.

Se me cayó el alma a los pies. No tenía precisamente una buena coartada, así que me apresuré a imaginar una mientras nos aproximábamos al Hoyo del Sacerdote.

Fuera del pub, se había reunido una pequeña multitud alrededor de un grupo de criadores de ovejas con aspecto de estar muy cabreados. Uno llevaba un mono embarrado y se apoyaba amenazador en una horca. Otro tenía cogido a Gusano por el cuello de la camiseta. Gusano iba vestido con unos pantalones de chándal fosforescentes y una camiseta en la que se leía ME ENCANTA QUE

ME LLAMEN GRAN PAPI. Había estado llorando y tenía restos de mocos sobre su labio superior.

Un tercer granjero, delgado como un palillo con una gorra de punto, me señaló mientras nos acercábamos.

—¡Aquí está! —gritó—. ¿Dónde has estado, hijo?

Mi padre me dio una palmada en la espalda.

—Díselo —intervino, en un tono lleno de seguridad.

Intenté dar la impresión de que no tenía nada que ocultar.

—Estuve explorando el otro lado de la isla. La casa grande.

Gorra de Punto me miró confundido.

—¿Qué casa grande?

—¿Ese viejo montón de piedras medio caídas del bosque? —preguntó Horca—. Sólo un idiota de remate pondría un pie allí. El lugar está embrujado y además es una trampa mortal.

Gorra de Punto me miró con los ojos entornados.

—¿En la casa grande con quién?

—Con nadie —respondí, y vi que mi padre me dedicaba una mirada rara.

—¡Sandeces! Creía que estabas con éste —exclamó el hombre que sujetaba a Gusano.

—¡Yo no maté ninguna oveja!

—¡Cierra el pico! —rugió el hombre.

—Jake —empezó mi padre—, ¿qué hay de tus amigos?

—Es que, fue una mentira, papá.

Gorra de Punto se volvió y escupió.

—Pequeño mentiroso. Tendría que darte una buena paliza justo aquí, delante de Dios y de todo el mundo.

—¡Manténgase apartado de él! —gritó mi padre, con su mejor voz de Padre Severo.

Gorra de Punto profirió una imprecación y dio un paso hacia él, y ambos se pusieron en guardia. Antes de que ninguno pudiera lanzar un puñetazo, una voz familiar dijo:

—Espera un momento, Dennis, vamos a solucionar esto. —Martin salió de la multitud y se situó junto a ellos—. Simplemente empieza por decirnos lo que sea que tu chico te contó —le pidió a mi padre.

Éste me fulminó con la mirada.

—Dijo que iba a ver a unos amigos al otro lado.

—¿Qué amigos? —exigió Horca.

Pude darme cuenta de que aquello no haría más que empeorar a menos que hiciera algo drástico. Estaba claro que no podía hablarles de los niños —aunque tampoco me creerían si lo hiciera—, así que corrí un riesgo calculado.

—No estaba con nadie —confesé, bajando los ojos con fingida vergüenza—. Son imaginarios.

—¿Qué ha dicho?

—Ha dicho que sus amigos son imaginarios —repitió mi padre, con voz preocupada.

Los granjeros intercambiaron miradas de perplejidad.

—¿Veis? —dijo Gusano, con un destello de esperanza en el rostro—. ¡El chico es un maldito psicópata! ¡Tuvo que ser él!

—Jamás las toqué —dije, aunque nadie me escuchaba en realidad.

—No ha sido el americano —aventuró el granjero que sujetaba a Gusano, y dio un tirón a la camiseta del muchacho—. Éste que tengo aquí, tiene un largo historial. Hace unos pocos años le vi arrojar una oveja por un precipicio de una patada. No lo habría creído de no haberlo visto con mis propios ojos. Después, le pregunté por qué lo había hecho. Para ver si podía volar, me contestó. Está enfermo, ya lo creo.

La gente empezó a hablar entre dientes con indignación. Gusano mostró una expresión molesta, pero no cuestionó la historia.

—¿Dónde está su amigo pescadero? —inquirió Horca—. Si éste está metido en el asunto, podéis apostar a que el otro también lo estaba.

Alguien dijo que habían visto a Dylan por el puerto y enviaron una partida a buscarlo.

—¿Qué hay de los lobos... o un perro salvaje? —dijo mi padre—. A mi padre lo mataron unos perros.

—Los únicos perros que hay en Cairnholm son los perros pastores —respondió Gorra de Punto—. Y no es propio de un perro pastor andar por ahí matando ovejas.

Deseé que mi padre se diera por vencido y se marchara mientras eso fuera factible, pero estaba metido en el caso como si fuera Sherlock Holmes.

—¿De cuántas ovejas estamos hablando? —preguntó.

—Cinco —respondió el cuarto granjero, un hombre bajo de rostro avinagrado que no había hablado hasta entonces—. Todas mías. Muertas dentro del establo. Las desdichadas no tuvieron siquiera una posibilidad de huir.

—Cinco ovejas. ¿Cuánta sangre cree que hay en cinco ovejas?

—No me sorprendería que toda una tina llena —dijo Horca.

—Así pues, ¿no estaría cubierto de ella quienquiera que las mató?

Los granjeros se miraron entre sí. Me miraron a mí y luego miraron a Gusano. A continuación se encogieron de hombros y se rascaron la cabeza.

—Quizá han sido los zorros —intervino Gorra de Punto.

—Toda una manada de zorros, tal vez —continuó el que sujetaba a Gusano—, si es que hay tantos en la isla. Pero sigo diciendo que los cortes son demasiado limpios. Tienen que haber sido hechos con un cuchillo.

—No creo —contestó mi padre.

—Entonces venga a verlo por sí mismo —insistió Gorra de Punto.

Así pues, mientras la multitud empezaba a dispersarse, un grupo pequeño de nosotros siguió a los granjeros en dirección a la escena del crimen. Franqueamos penosamente una pequeña elevación, cruzamos un campo cercano y llegamos a un pequeño cobertizo marrón con un establo rectangular para animales. Nos aproximamos tímidamente y atisbamos a través de los listones de la valla.

La violencia en el interior era casi caricaturesca, como el trabajo de algún impresionista loco que pintase sólo en rojo. La hierba pisoteada estaba bañada de sangre, igual que lo estaban los postes desgastados por la intemperie del establo y los blancos cuerpos rígidos de las pobres ovejas, arrojadas por todas partes en actitudes de sufrimiento ovejuno. Una había intentado trepar por la valla y sus larguiruchas patas se habían quedado atrapadas entre los listones. Colgaba ante mí en un ángulo extraño, abierta en canal de la garganta a la entrepierna, como si hubieran abierto una cremallera.

Tuve que apartarme. Otros rezongaron y sacudieron las cabezas, y alguien lanzó un silbido quedo. Gusano dio arcadas y empezó a llorar, lo que fue interpretado como una admisión tácita de culpabilidad; el criminal incapaz de enfrentarse a su propio crimen. Se lo llevaron para encerrarlo en el museo de Martin —en lo que había sido la sacristía y era ahora la improvisada cárcel de la isla— hasta que se le pudiera remitir a la policía de la isla grande.

Dejamos al granjero cavilando sobre sus ovejas muertas y regresamos al pueblo, cruzando pesadamente las colinas húmedas bajo el anochecer gris pizarra. Una vez en la habitación supe que iba a recibir un sermón estilo Padre Severo, de modo que hice todo lo posible por desarmarle antes de que pudiera empezar.

—Te mentí, papá, y lo siento.

—¿Ah, sí? —dijo con sarcasmo, cambiando el suéter mojado por uno de seco—. Eso es muy loable por tu parte. ¿Y de qué mentira estás hablando? Apenas puedo seguirles la pista.

—Te mentí sobre los amigos. No hay otros chicos en la isla. Inventé eso porque no quería que te preocupases si iba solo a aquella parte.

—Bueno, pues me preocupo, incluso si tu médico me dice que no lo haga.

—Sé que lo haces.

—Así pues, ¿qué hay de esos amigos imaginarios? ¿Está enterado el doctor Golan de esto?

Negué con la cabeza.

—Eso fue una mentira, también. Simplemente tenía que quitarme de encima a esos tipos.

Mi padre cruzó los brazos, sin saber qué creer.

—Francamente...

—Es mejor que piensen que soy un poco excéntrico a que soy un asesino de ovejas, ¿verdad?

Me senté a la mesa. Mi padre mantuvo la mirada puesta en mí durante un largo rato, y no estuve seguro de si confiaba en mí o no. Luego fue al fregadero y se echó agua en la cara. Cuando se hubo secado con la toalla y volvió hacia mí, pareció haber decidido que era mucha menos molestia confiar en mí.

—¿Estás seguro de que no es necesario que volvamos a llamar al doctor Golan? —preguntó—. ¿Para que puedas tener una larga charla con él?

—Si tú quieres, pero yo estoy bien.

—Es precisamente por esto que no quería que anduvieses con esos chicos raperos —concluyó, porque tenía que ponerle fin a la conversación con algo lo bastante paternal como para que contara como un buen sermón.

—Tenías razón respecto a ellos, papá —repuse, aunque en mi fuero interno no podía creer que ninguno de ellos fuese capaz de ello.

Gusano y Dylan decían bravuconadas, pero eso era todo.

Mi padre se sentó frente a mí. Parecía cansado.

—Todavía me gustaría saber cómo has conseguido que el sol te queme la piel en un día como éste.

Sí, claro. La insolación.

—Supongo que tengo la piel muy sensible —dije.

—Y tan sensible —replicó en tono seco.

Me dejó en paz y fui a ducharme, y pensé en Emma. Luego me cepillé los dientes, y pensé en Emma, y me lavé la cara, y pensé en Emma. Tras eso fui a mi habitación y saqué del bolsillo la manzana que me había dado y la deposité sobre la mesilla de noche y luego, como para asegurarme de que ella todavía existía, saqué el teléfono y eché un vistazo a las fotos que le había hecho aquella tarde. Seguía mirándolas cuando oí a mi padre meterse en la cama en la habitación contigua, y todavía las miraba cuando los generadores pararon y mi lámpara se apagó, y cuando ya no hubo luz en ninguna parte salvo en su rostro en mi pequeña pantalla; permanecí allí tumbado en la oscuridad, mirando.

OCHO

Con la esperanza de esquivar otro sermón, me levanté temprano y me puse en marcha antes de que mi padre se despertara. Deslicé una nota bajo su puerta y fui a coger la manzana de Emma, pero no estaba en mi mesilla de noche, donde la había dejado. Una búsqueda exhaustiva por el suelo sacó a la luz gran cantidad de pelusas y una cosa correosa del tamaño de una pelota de golf. Empezaba a preguntarme si alguien se la había agenciado, cuando comprendí que la cosa correosa era en realidad la manzana. En algún momento durante la noche se había echado a perder por completo, estropeándose como jamás había visto estropearse una pieza de fruta. Parecía como si hubiese pasado un año encerrada en un deshidratador de comida. Cuando intenté recogerla se desmenuzó en mi mano como un terrón de tierra.

Perplejo, me encogí de hombros y salí. Llovía a cántaros, pero pronto dejé los cielos grises atrás y encontré el fiable sol del bucle. En esta ocasión, sin embargo, no había chicas bonitas esperándome al otro lado del cairn... ni nadie, de hecho. Intenté no sentirme demasiado decepcionado, pero lo estaba, un poco.

En cuanto llegué a la casa empecé a buscar a Emma, pero Miss Peregrine me salió al paso antes incluso de que hubiera podido cruzar el vestíbulo de la entrada principal.

—Quisiera hablar con usted, Mister Portman —dijo, y me condujo a la privacidad de la cocina, fragante aún por el opulento desayuno que me había perdido.

Sentí como si me hubieran convocado al despacho del director de la escuela.

Miss Peregrine se apoyó en la gigantesca cocina de hierro colado.

—¿Está usted disfrutando de su estancia con nosotros? —quiso saber.

Le dije que así era, y mucho.

—Eso está bien —contestó, y entonces su sonrisa desapareció—. Tengo entendido que disfrutó de una tarde agradable con algunos de mis pupilos ayer. Y de una animada discusión también.

—Fue estupendo. Todos ellos son realmente agradables.

Yo intentaba mantener un tono frívolo, pero me daba cuenta de que ella me estaba llevando a su terreno.

—Dígame —continuó—, ¿cómo describiría la naturaleza de su discusión?

Intenté recordar.

—No lo sé... hablamos sobre gran cantidad de cosas. De cómo son las cosas aquí, de cómo son allí de donde yo vengo.

—De donde usted viene.

—Exacto.

—¿Y cree que es sensato discutir acontecimientos del futuro con niños del pasado?

—¿Niños? ¿Es así como los considera? —Lamenté mis palabras en el mismo momento en que asomaban por mis labios.

—Es como ellos se ven a sí mismos también —replicó con irritación—. ¿Cómo los llamaría usted?

Dado su estado de ánimo, no estaba dispuesto a reñir por una sutileza.

—Niños, imagino.

—Efectivamente. Ahora, como iba diciendo —siguió, recalcando sus palabras con pequeños golpes de la mano sobre la cocina—, ¿cree que es sensato discutir el futuro con niños del pasado?

Decidí jugármela.

—¿No?

—¡Ah, pero al parecer sí que lo cree! Lo sé porque anoche, a la hora de la cena, Hugh nos ofreció una disquisición fascinante sobre las maravillas de la tecnología de las telecomunicaciones en el siglo XXI. —Su voz destilaba sarcasmo—. ¿Sabía que cuando uno envía una carta en el siglo XXI, ésta puede recibirse de forma casi instantánea?

—Creo que está hablando del correo electrónico.

—Bien, Hugh lo sabía absolutamente todo al respecto.

—No comprendo —dije—. ¿Es eso un problema?

Ella dejó de apoyarse en la cocina y cojeó hacia mí. Aun cuando era unos treinta centímetros más baja que yo, consiguió resultar amedrentadora.

—En mi condición de ymbryne, he jurado mantener a estos niños a salvo por encima de todo y esto significa mantenerlos aquí... en el bucle... en esta isla.

—De acuerdo.

—El suyo es un mundo del que jamás pueden formar parte, Mister Portman. Así que, ¿de qué sirve llenarles la cabeza con cháchara grandilocuente sobre las exóticas maravillas del futuro? Ahora tiene a la mitad de los niños suplicando viajar en avión a reacción a Estados Unidos y a la otra mitad soñando en el día en que podrán poseer un teléfono ordenador como el suyo.

—Lo siento. No caí en la cuenta.

—Éste es su hogar. He intentado hacerlo tan bello como he podido. Pero la verdad pura y dura es que no pueden irse, y agradecería que usted no los incitara a desearlo.

—Pero ¿por qué no pueden?

Me miró con los ojos entornados durante un momento y luego sacudió la cabeza.

—Discúlpeme. Sigo subestimando la envergadura de su ignorancia.

Miss Peregrine, cuyo temperamento parecía impedirle permanecer ociosa, tomó una cacerola que estaba sobre los fogones y empezó a fregarla con un cepillo de acero. Me pregunté si estaba haciendo como si no hubiera oído mi pregunta o simplemente sopesaba el mejor modo de bajar el nivel intelectual de la respuesta.

Cuando la cacerola estuvo limpia volvió a dejarla con un golpe seco sobre los fogones y dijo:

—No pueden permanecer en su mundo, Mister Portman, porque en un corto espacio de tiempo envejecerían y morirían.

—¿Qué quiere decir con morir?

—No estoy segura de cómo puedo ser más directa. Morirán, Jacob. —Lo dijo lacónicamente, como deseando dejar atrás el tema con la mayor rapidez posible—. Puede parecerle que hemos encontrado un modo de engañar a la muerte, pero es una ilusión. Si los niños andan demasiado tiempo en su lado del bucle, todos los años que no han cumplido descenderán sobre ellos de golpe, en cuestión de horas.

Me imaginé a una persona ajándose y desmoronándose, convertida en polvo como la manzana de mi mesilla de noche.

—Eso es espantoso —murmuré, estremecido.

—Los pocos casos que he tenido la desgracia de presenciar están entre los peores recuerdos de mi vida. Y permita que se lo asegure, he vivido el tiempo suficiente para ver algunas cosas verdaderamente atroces.

—Entonces, ¿ha sucedido antes?

—A una niña bajo mi propio cuidado, lamentablemente, hace varios años. Se llamaba Charlotte. Fue la primera y última vez que efectué un viaje para visitar a mis hermanas ymbrynes. En ese breve período de tiempo Charlotte consiguió eludir a los niños de más edad que cuidaban de ella y vagar fuera del bucle. Era 1985 o 1986 por entonces, creo. Charlotte deambulaba despreocupadamente por el pueblo cuando la descubrió un agente de policía. Como ella no pudo explicar quién era ni de dónde venía..., no de un modo que fuera de su agrado..., despacharon a la pobre criatura a una agencia de protección al menor en la isla grande. Pasaron dos días antes de que yo pudiera llegar hasta ella y para entonces había envejecido treinta y cinco años.

—Creo que he visto su foto —dije—. Una mujer adulta con ropa de niña.

Miss Peregrine asintió sombría.

—Jamás volvió a ser la misma. Se trastornó.

—¿Qué le sucedió?

—Vive con Miss Nightjar ahora. Miss Nightjar y Miss Thrush se ocupan de todos los casos difíciles.

—Pero no es como si estuvieran confinados en la isla, ¿verdad? —pregunté—. ¿No podrían marcharse de todos modos ahora, desde 1940?

—Sí, y empezar a envejecer, como la gente normal. Pero ¿con qué fin? ¿Para verse atrapados en una guerra feroz? ¿Para toparse con personas que les temen y malinterpretan? Y existen otros peligros también. Es mejor permanecer aquí.

—¿Qué otros peligros?

Su rostro se ensombreció, como si lamentara haberlo sacado a colación.

—Nada de lo que necesite preocuparse. No aún, al menos.

Dicho eso me echó fuera de la casa. Volví a preguntar qué quería decir con «otros peligros», pero me cerró la puerta en las narices.

—Disfrute de la mañana —gorjeó, forzando una sonrisa—. Vaya en busca de Miss Bloom, estoy segura de que se muere por verle. —Y desapareció en el interior de la casa.

Vagué por el interior del patio, preguntándome cómo se suponía que iba a quitarme la imagen de aquella manzana marchita de la cabeza. De todos modos, no tardé mucho en hacerlo. No es que lo olvidara; simplemente dejó de preocuparme. Fue de lo más extraño.

Reanudando mi misión de encontrar a Emma, averigüé por Hugh que había ido al pueblo en busca de provisiones, así que me acomodé bajo la sombra de un árbol dispuesto a esperar. A los cinco minutos estaba medio dormido en la hierba, sonriendo como un bobalicón, mientras me preguntaba con serenidad qué habría en el menú para el almuerzo. Era como si el simple hecho de estar allí tuviera alguna especie de efecto narcótico sobre mí; como si el bucle mismo fuera una droga, algo que mejoraba el estado de ánimo y te sedaba a la vez. Si me quedaba demasiado tiempo, jamás querría irme de allí.

Si eso era cierto, pensé, explicaría muchísimas cosas, por ejemplo, cómo era posible que las personas pudieran vivir el mismo día una y otra vez durante décadas sin volverse locas. Sí, era hermoso y la vida era agradable, pero si cada día era exactamente igual al anterior y si era cierto que los niños no podían irse, como había dicho Miss Peregrine, entonces ese lugar no era tan sólo un paraíso, sino también una especie de prisión. Lo que sucedía era que resultaba tan hipnóticamente agradable que una persona podría tardar años en darse cuenta, y para entonces sería demasiado tarde; marcharse resultaría demasiado peligroso.

Así que ni siquiera era una decisión, en realidad. Te quedabas. Sólo más tarde —años más tarde—, empezabas a preguntarte qué podría haber sucedido si no lo hubieras hecho.

Debí de quedarme dormido, porque alrededor de media mañana desperté sintiendo que algo me daba golpecitos en el pie. Entreabrí un ojo y descubrí a una pequeña figura humanoide intentando ocultarse dentro de mi zapato, pero se había enredado con los cordones. Tenía las extremidades rígidas y era torpe, medía la mitad de la altura de un tapacubos e iba vestido con un traje de faena del ejército. Contemplé cómo forcejeaba para liberarse durante un momento y luego se quedaba rígido, un juguete mecánico al que se le había acabado la cuerda. Desaté mi zapato para sacarlo de allí y luego le di la vuelta, buscando la llave para darle cuerda, pero no pude encontrar ninguna. De cerca era una cosa extraña de aspecto tosco, la cabeza era un trozo redondeado de arcilla y la cara una embadurnada huella dactilar.

—¡Tráelo aquí! —gritó alguien desde el otro extremo del patio.

Un chico me hizo señas con la mano desde un tocón de árbol donde estaba sentado en el linde del bosque.

A falta de compromisos apremiantes, recogí el soldado de arcilla y fui hacia él. Colocados alrededor del muchacho había toda una colección de hombrecillos de cuerda, que se movían haciendo eses igual que robots estropeados. Mientras me acercaba, el que tenía en las manos se puso en marcha con una sacudida, retorciéndose como si intentara escapar. Lo puse con los demás y me limpié los restos de arcilla de los pantalones.

—Soy Enoch —dijo el chico—. Tú debes de ser él.

—Supongo que sí —respondí.

—Lo siento si te ha molestado —continuó, llevando al que yo había devuelto de regreso con los demás—. Se les meten ideas en la cabeza, ya sabes. No están adiestrados adecuadamente aún. Sólo los hice la semana pasada.

Hablaba con un ligero acento *cockney*. Cadavéricos círculos oscuros le rodeaban los ojos igual que si fuera un mapache, y el mono que llevaba —el mismo que había llevado en las fotos que había visto— estaba lleno de arcilla y tierra. Salvo por el rostro rechoncho, podría haber sido un deshollinador sacado de Oliver Twist.

—¿Tú los hiciste? —pregunté, impresionado—. ¿Cómo?

—Son *homunculi*, en latín —explicó—. En ocasiones les pongo cabezas de muñecas, pero esta vez tenía prisa y no me molesté.

—¿Qué es un *homunculi*?

—Más que un solo *homunculus*. —Lo dijo como si fuera algo que cualquier idiota sabría—. Algunas personas piensan que el nombre en plural es *homunculuses*, pero creo que eso suena estúpido, ¿no lo crees tú?

—Sin lugar a dudas.

El soldado de arcilla que yo había devuelto empezó a deambular otra vez. Con el pie, Enoch lo empujó con suavidad de vuelta con el grupo, cuyos integrantes parecían haberse vuelto locos, chocando unos con otros igual que átomos alborotados.

—¡Pelead, mariquitas! —ordenó el niño, y entonces me di cuenta de que no se limitaban a chocar unos con otros, sino que se pegaban y pateaban.

El hombre de arcilla errante no estaba interesado en pelear; sin embargo, y cuando empezó a alejarse tambaleante una vez más, Enoch lo levantó del suelo y le partió las piernas.

—¡Eso es lo que les sucede a los desertores en mi ejército! —chilló, y arrojó la tullida figura a la hierba, donde se retorció grotescamente mientras los demás caían sobre ella.

—¿Tratas a todos tus juguetes de ese modo?

—¿Por qué? —dijo—. ¿Sientes lástima por ellos?

—No lo sé. ¿Debería?

—No. No estarían vivos si no fuera por mí.

Lancé una carcajada, y Enoch me miró con enojo.

—¿Qué te parece tan divertido?

—Has hecho un chiste.

—Eres un poco corto, ¿verdad? —dijo—. Mira esto.

Agarró uno de los soldados y le arrancó las ropas. Luego con ambas manos lo abrió en canal y sacó del pegajoso pecho un corazón diminuto y convulsionado. El soldado se quedó flácido al instante. Enoch sostuvo el corazón entre el pulgar y el índice para que lo viera.

—Es de un ratón —explicó—. Eso es lo que puedo hacer; tomar la vida de una cosa y dársela a otra, tanto si es arcilla como si es algo que había estado vivo y ya no lo está. —Metió el pequeño corazón en el mono—. En cuanto averigüe cómo adiestrarlos adecuadamente, tendré todo un ejército como éste. Sólo que serán enormes.

Y alzó un brazo por encima de la cabeza para mostrarme cómo de enormes.

—¿Qué puedes hacer tú? —preguntó.

—¿Yo? Nada, en realidad. Quiero decir, nada especial como tú.

—Es una lástima —respondió—. ¿Vas a venir a vivir con nosotros de todos modos?

No lo dijo como si quisiera que yo lo hiciera, exactamente; sólo parecía sentir curiosidad.

—No lo sé —contesté—. No lo he pensado.

Era mentira, por supuesto. Había pensado en ello, pero en su mayor parte en una especie de ensueño.

Me miró con suspicacia.

—Pero ¿no quieres hacerlo?

—No lo sé todavía.

Entornando los ojos, asintió despacio, como si acabara de entender cómo funcionaba yo.

Entonces se inclinó al frente y dijo en un susurro:

—Emma te contó lo de Asaltar el Pueblo, ¿verdad?

—¿Asaltar el qué?

Desvió la mirada.

—¡Oh, no es nada! Sólo un juego al que algunos de nosotros jugamos.

Tuve el convencimiento de que me estaban tendiendo una trampa.

—No me lo contó —reconocí.

Enoch se deslizó hacia mí sobre el tocón.

—Apuesto a que no lo hizo —dijo—. Apuesto a que hay una barbaridad de cosas sobre este lugar que no le gustaría que supieras.

—¿Ah, sí? ¿Por qué?

—Porque entonces verás que no es tan fabuloso como todo el mundo quiere que pienses, y no te quedarás.

—¿Qué clases de cosas? —pregunté.

—No puedo decírtelo —respondió, lanzándome una sonrisa perversa—. Podría acarrearme grandes problemas.

—Como quieras —repuse—. Tú has sacado el tema.

Me levanté para irme.

—¡Espera! —gritó, agarrando mi manga.

—¿Por qué tendría que hacerlo si no vas a contarme nada?

Se frotó la barbilla juiciosamente.

—Es cierto, no se me permite decir nada..., pero yo diría que no podría detenerte si subieras y echaras una mirada a la habitación del final del pasillo.

—¿Por qué? —pregunté—. ¿Qué hay allí?

—Mi amigo Victor. Quiere conocerte. Sube y habla con él.

—Estupendo —dije—. Lo haré.

Empecé a dirigirme hacia la casa y entonces oí silbar a Enoch. Imitó el gesto de pasar una mano a lo largo de la parte superior de una puerta.

—La llave —articuló en silencio.

—¿Para qué necesito una llave si hay alguien dentro?

Me dio la espalda, fingiendo no oírme.

Entré con aire despreocupado en la casa y subí la escalera como si tuviera algo que hacer y no me importara quién lo supiera. Tras llegar al primer piso sin que nadie reparara en mí, avancé a hurtadillas hasta la habitación del final del pasillo y probé a abrir la puerta. Estaba cerrada. Llamé, pero no recibí respuesta. Tras echar un vistazo por encima del hombro para asegurarme de que nadie me observaba, pasé la mano a lo largo de la parte superior del marco de la puerta. Efectivamente, encontré una llave.

Abrí la puerta y me deslicé adentro. Era como cualquier otro dormitorio de la casa; había un tocador, un ropero y un jarrón de flores sobre una mesilla de noche. El sol de media mañana penetraba a través de las cortinas corridas del color de la mostaza, proyectando una luz tan amarilla en todas partes que la habitación parecía encerrada en ámbar. Sólo entonces reparé en un muchacho que yacía en la cama, con los ojos cerrados y la boca entreabierta, medio oculto tras una cortina de encaje.

Me quedé petrificado, temiendo despertarle. Le reconocí del álbum de Miss Peregrine, aunque no le había visto durante las comidas ni por la casa, y jamás habíamos sido presentados. En la fotografía aparecía tumbado en la cama, tal y como estaba ahora. ¿Lo habían puesto en cuarentena, infectado por alguna enfermedad del sueño? ¿Intentaba Enoch que yo también enfermara?

—¿Hola? —susurré—. ¿Estás despierto?

No se movió. Posé una mano sobre su brazo y le zarandeé con suavidad. Su cabeza colgó a un lado.

Entonces algo terrible me pasó por la cabeza. Para poner a prueba mi teoría, sostuve la mano ante su boca. No pude percibir su aliento. Le rocé los labios con el dedo, estaban fríos como el hielo. Conmocionado, aparté la mano.

Entonces oí pisadas y al volverme en redondo vi a Bronwyn en la entrada.

—¡No tendrías que estar aquí! —siseó.

—Está muerto —murmuré.

Los ojos de Bronwyn fueron hacia el muchacho e hizo un puchero.

—Ése es Victor.

De repente recordé dónde había visto su rostro. Era el muchacho que alzaba un canto rodado en las fotografías de mi abuelo. Victor era el hermano de Bronwyn. No había forma de saber cuánto tiempo podría llevar muerto; mientras el bucle continuara funcionando, podrían ser cincuenta años y seguir pareciendo un día.

—¿Qué le sucedió? —pregunté.

—A lo mejor podría despertar al viejo Victor —dijo una voz detrás de nosotros—, y podrías preguntárselo tú mismo.

Era Enoch. Entró y cerró la puerta.

Bronwyn le dirigió una sonrisa radiante con los ojos llenos de lágrimas.

—¿Le despertarías? ¡Oh, por favor, Enoch!

—No debería —dijo él—. Me estoy quedando sin corazones tal y como están las cosas, y hace falta una gran cantidad de ellos para alzar a un ser humano, aunque sólo sea por un minuto.

Bronwyn fue hasta el muchacho muerto y empezó a alisarle los cabellos con los dedos.

—Por favor —suplicó—, hace una barbaridad que no hablamos con Victor.

—Bueno, tengo algunos corazones de vaca conservados en el sótano —dijo, fingiendo considerarlo—. Pero odio utilizar ingredientes inferiores. ¡Fresco siempre es mejor!

Bronwyn empezó a llorar con ganas. Una de sus lágrimas cayó sobre la chaqueta del muchacho y ella se apresuró a secarla con la manga.

—No te pongas de ese modo —pidió Enoch—, ya sabes que no puedo soportarlo. De todos modos, es cruel despertar a Victor. Le gusta estar donde está.

—¿Y dónde es eso? —pregunté.

—¿Quién sabe? Pero siempre que le despertamos para charlar parece tener una prisa terrible por regresar.

—Lo que es cruel es que juegues con Bronwyn de ese modo y me engañes a mí —dije—. Y si Victor está muerto, ¿por qué no os limitáis a enterrarle?

Bronwyn me lanzó una mirada de absoluto escarnio.

—Entonces jamás podríamos verle —dijo.

—Esto apesta, amigo —indicó Enoch—. Sólo te he dicho que subieras porque quería que estuvieras al corriente de todo, como si dijéramos. Estoy de tu lado.

—¿Ah, sí? ¿Al corriente de qué? ¿Cómo murió Victor?

Bronwyn alzó los ojos.

—Lo mató un... ¡aaay! —se quejó ella cuando Enoch le pellizcó la parte posterior del brazo.

—¡Shh! —gritó—. ¡No eres tú quien debe contarlo!

—¡Esto es ridículo! —exclamé—. Si ninguno de vosotros quiere contármelo, simplemente iré a preguntárselo a Miss Peregrine.

Enoch dio una veloz zancada hacia mí, con los ojos muy abiertos.

—Oh no, no debes hacer eso.

—¿En serio? ¿Por qué no?

—Al Pájaro no le gusta que hablemos sobre Victor —explicó él—. Es por eso que viste siempre de negro, ya sabes. De todos modos, no puede saber que hemos estado aquí. ¡Nos colgará por los meñiques!

En ese preciso instante, llegó hasta nosotros el sonido inconfundible de Miss Peregrine cojeando escaleras arriba. Bronwyn palideció y pasó como una exhalación por delante de mí saliendo por la puerta, pero antes de que Enoch pudiera escapar le cerré el paso.

—¡Aparta de mi camino! —siseó.

—¡Dime qué le sucedió a Victor!

—¡No puedo!

—Entonces háblame sobre Asaltar el Pueblo.

—¡Tampoco puedo contarte eso! —Volvió a intentar apartarme para salir, pero cuando comprendió que no podía, se dio por vencido—. ¡De acuerdo, cierra la puerta y te lo contaré!

La cerré justo cuando Miss Peregrine llegaba al rellano. Permanecimos con las orejas pegadas a la puerta un momento, escuchando, en busca de cualquier indicio de que nos había descubierto. Las pisadas de la directora recorrieron la mitad del pasillo en dirección a nosotros, luego pararon. Otra puerta se abrió con un crujido, y entonces se cerró.

—Ha entrado en su habitación —susurró Enoch.

—Así pues —insistí—, Asaltar el Pueblo.

Dando la impresión de que lamentaba haberlo sacado a colación, me hizo una seña para que me apartara de la puerta. Le seguí, inclinándome para que pudiera susurrarme al oído.

—Como he dicho, es un juego que llevamos a cabo. Funciona tal y como indica el nombre.

—¿Te refieres a que de verdad asaltáis el pueblo?

—Lo hacemos pedazos, perseguimos a la gente, cogemos lo que queremos, incendiamos cosas. Es muy divertido.

—¡Pero eso es terrible!

—Tenemos que practicar nuestras habilidades de algún modo, ¿no? Por si acaso necesitamos defendernos alguna vez. De lo contrario nos oxidaríamos. Además hay reglas. No se nos permite matar a nadie. Sólo asustarlos un poco. Y si alguien resulta lastimado, bueno, vuelven a estar frescos como una rosa al día siguiente y no recuerdan nada en absoluto.

—¿Emma también juega?

—¡Qué va! Ella es como tú. Dice que es cruel.

—Es que lo es.

El niño puso los ojos en blanco.

—Los dos estáis hechos el uno para el otro.

—¿Qué se supone que significa eso?

Se alzó con todo su metro sesenta y dos de altura y me hundió un dedo en el pecho.

—Significa que será mejor que no te muestres tan arrogante conmigo, amigo. Porque si no asaltáramos el maldito pueblo de vez en cuando, la mayoría de los de aquí se habrían vuelto majaras hace una eternidad. —Fue hasta la puerta, puso la mano sobre el pomo y luego se volvió otra vez de cara a mí—. Y si crees que nosotros somos crueles, espera a verlos a ellos.

Volví a quedarme solo. Mis ojos se vieron atraídos hacia el cuerpo tendido en la cama. «¿Qué te sucedió, Victor?»

A lo mejor se había vuelto loco y se había matado, pensé; se había hartado hasta tal punto de aquella eternidad alegre sin futuro que se había tomado raticida o arrojado por un acantilado. O a lo mejor fueron ellos, aquellos «otros peligros» a los que había aludido Miss Peregrine.

Me introduje en el pasillo y justo empezaba a ir hacia la escalera cuando oí la voz de Miss Peregrine tras una puerta entornada. Me lancé al interior de la habitación más próxima y permanecí escondido hasta que hubo pasado cojeando por mi lado y bajado la escalera. Entonces reparé en un par de botas al pie de una cama hecha con esmero... las botas de Emma. Estaba en su dormitorio.

Junto a una pared había una cómoda y un espejo, y en la otra, un escritorio con una silla. Era la habitación de una jovencita pulcra que no tenía nada que ocultar, o eso parecía hasta que encontré una sombrerera dentro del armario. Estaba atada con un cordel y en la parte delantera habían escrito con un lápiz de cera:

Personal

Correspondencia de

Emma Bloom

No abrir

Era como agitar un trapo rojo ante un toro. Me senté en el suelo con la caja en el regazo y desaté el cordel. Estaba repleta de cartas, todas de mi abuelo.

Mi corazón se aceleró. Ésta era exactamente la clase de mina de oro que había esperado encontrar en la casa en ruinas. Por supuesto, me sentía mal por fisgonear, pero si la gente que vivía allí insistía en mantener cosas en secreto, bueno, yo tendría que encontrar la información por mi cuenta.

Quería leerlas todas, pero temía que alguien me sorprendiera, así que les eché un vistazo por encima para obtener una perspectiva general. Muchas eran de principios de la década de los cuarenta, de la época en que el abuelo Portman estuvo en el ejército. Un muestreo al azar reveló que eran largas y ñoñas, llenas de declaraciones de amor y desmañadas descripciones de la belleza de Emma en el, por entonces, inglés chapurreado de mi abuelo («eres bonita como flor, el olor es bueno también, ¿puedo coger?»). En una incluía una foto de sí mismo posando encima de una bomba con un cigarrillo colgando de los labios.

Con el paso del tiempo, sus cartas se volvieron más cortas y menos frecuentes. Llegados los cincuenta, había tal vez una al año. La última estaba fechada en abril de 1963; dentro del sobre no había carta, sólo unas cuantas fotografías. Dos eran de Emma, instantáneas que ella le había enviado y que él había devuelto. La primera era de los primeros tiempos —una pose jocosa para responder a la suya—; en ella estaba pelando patatas y fingiendo fumar una de las pipas de Miss Peregrine. La siguiente era más triste e imaginé que la había enviado después de que mi abuelo no hubiera escrito durante un tiempo. La última foto —la última cosa que él le había enviado, de hecho— mostraba a mi abuelo en la madurez, sosteniendo a una niña.

Pufff
¿Te recuerda algo?
Para mi chica explosiva.
Con amor, Abe

Pelando patatas y soñando contigo. Ven pronto a casa.
Con amor. Tu patata.

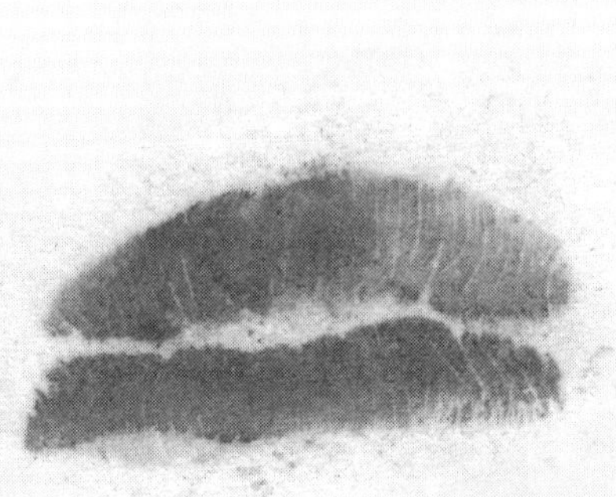

Me siento enjaulada sin ti. ¿Escribirás? Me preocupo tanto. Besos, Emma.

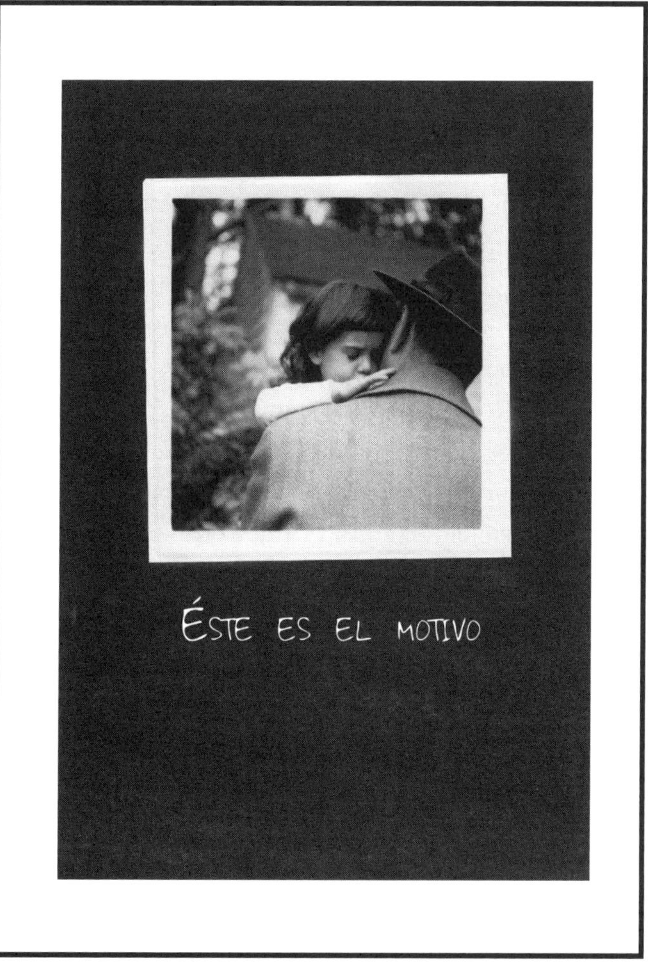
ÉSTE ES EL MOTIVO

Tuve que mirar detenidamente la última fotografía durante un minuto antes de comprender quién era la niña. Era mi tía Susie, que tendría unos cuatro años por entonces. Después de eso, no había más cartas. Me pregunté durante cuánto tiempo habría seguido escribiendo Emma a mi abuelo sin recibir respuesta y qué habría hecho él con las cartas. ¿Las habría tirado? ¿Las habría escondido en alguna parte? Seguramente, tenía que ser una de esas cartas la que mi padre y mi tía habían encontrado de niños, la que les hizo pensar que su padre era un mentiroso y un tramposo. Qué equivocados estaban.

Oí un carraspeo a mi espalda, y al volverme me encontré a Emma que me miraba furibunda desde la entrada. Me apresuré a recoger las cartas, ruborizándome, pero era demasiado tarde. Me habían pescado.

—Lo siento. No debería estar aquí.

—Me doy perfecta cuenta de eso —dijo ella—, pero por favor, no dejes que interrumpa tu lectura. —Fue hasta la cómoda con paso firme, sacó violentamente un cajón y lo arrojó con gran estrépito al suelo—. Mientras estás en ello, ¿por qué no les echas un vistazo a mis bragas, también?

—Lo lamento muchísimo —repetí—. Jamás hago este tipo de cosas.

—¡Oh, no me sorprendería! ¡Demasiado ocupado espiando tras las ventanas de las señoras, supongo! —Se irguió amenazadora por encima de mí, temblando de cólera, mientras yo pugnaba por meter todas las cartas de vuelta en la caja. Existe un sistema mejor, ¿sabes? ¡Dámelas, lo estás desordenando todo!

Se sentó y me empujó a un lado, vaciando la caja sobre el suelo y clasificando las cartas en montones con la velocidad de un empleado postal. Pensando que era mejor cerrar la boca, la observé mansamente mientras trabajaba.

Cuando se hubo tranquilizado un poco, dijo:

—De modo que quieres saber cosas sobre Abe y yo, ¿es eso? Porque podrías haberte limitado a preguntar.

—No quería husmear.

—Eso es poco creíble, ¿no te parece?

—Supongo.

—¿Así pues? ¿Qué es lo que quieres saber?

Pensé en ello. En realidad no estaba seguro de por dónde empezar.

—Sólo... ¿qué sucedió?

—De acuerdo pues, nos saltaremos todas las partes agradables e iremos directamente al final. Es simple, en realidad. Se fue. Dijo que me amaba y prometió regresar un día. Pero jamás lo hizo.

—Pero tenía que marcharse, ¿no? ¿A la guerra?

—¿Tenía que hacerlo? No lo sé. Dijo que no sería capaz de vivir consigo mismo si no hacía nada mientras a su gente la perseguían y mataban. Dijo que era su deber. Supongo que el deber significaba más para él que yo. En cualquier caso, esperé. Esperé y me inquieté durante toda esa guerra sanguinaria, pensando que cada carta que llegaba era la noticia de su muerte. Entonces, cuando la guerra terminó por fin, dijo que le era imposible regresar. Dijo que se volvería loco de atar si lo hacía. Dijo que había aprendido a defenderse en el ejército y que ya no necesitaba a una niñera como el Pájaro para que cuidara de él. Se marchaba a Estados Unidos a crear un hogar para nosotros y luego me enviaría a buscar. Así que seguí esperando. Esperé tanto que si de verdad hubiera ido a reunirme con él, habría tenido cuarenta años ya. Para entonces, él había conocido a una persona corriente. Y ahí, como se dice, acabó todo.

—Lo siento. No tenía ni idea.

—Es una vieja historia. Ya no la saco a relucir muy a menudo.

—Le culpas por estar atrapada aquí —dije.

Me dirigió una mirada inquisitiva.

—¿Quién dice que estoy atrapada? —Entonces suspiró—. No, no le culpo. Sólo le echo de menos, eso es todo.

—¿Todavía?

—Cada día.

Terminó de clasificar las cartas.

—Ya está —concluyó, cerrando la tapa sobre ellas con un golpe seco—. Toda la historia de mi vida dentro de una caja polvorienta en un armario.

Inspiró profundamente y luego cerró los ojos y se pellizcó el puente de la nariz. Por un momento casi pude ver a la anciana ocultándose tras sus facciones tersas. Mi abuelo había pisoteado su pobre y dolorido corazón y la herida seguía abierta, incluso después de tantísimos años.

Pensé en rodearla con mis brazos, pero algo me detuvo. Ahí estaba esa muchacha hermosa, divertida y fascinante a quien, milagro de milagros, yo parecía gustarle de verdad. Pero ahora comprendí que no era yo quien le gustaba. Otra persona le había roto el corazón y yo no era más que un sustituto de mi abuelo. Eso es suficiente para enfriar a cualquiera, no importa lo atraído que te sientas. Conozco a tipos a los que les disgusta salir con la ex de un amigo. Según ese baremo, salir con la ex de tu abuelo sería prácticamente incesto.

Lo siguiente que supe fue que la mano de Emma estaba sobre mi brazo. Luego fue su cabeza la que estaba sobre mi hombro y pude sentir su barbilla moviéndose despacio en dirección a mi rostro. Era un lenguaje corporal que decía bésame sin la más remota duda. En un minuto nuestros rostros estarían a la misma altura y yo tendría que elegir entre unir mis labios a los suyos u ofenderla seriamente, y ya la había ofendido una vez. No es que no quisiera hacerlo —lo quería más que cualquier cosa—, pero la idea de besarla a medio metro de una caja llena de cartas de amor de mi abuelo, obsesivamente bien conservadas, me hacía sentir raro y nervioso.

Entonces su mejilla quedó pegada a la mía y supe que era ahora o nunca, de modo que dije la primera cosa capaz de poner fin a aquel estado de ánimo que se me pasó por la cabeza.

—¿Hay algo entre tú y Enoch?

Se apartó al instante, mirándome como si hubiera sugerido que cenáramos cachorritos.

—¿Qué? ¡No! ¿De dónde diablos has sacado una idea como ésa?

—De él. Suena como resentido cuando habla sobre ti y tengo la clara impresión de que no me quiere por aquí, como si me estuviera entremetiendo en su juego o algo así.

Los ojos de Emma cada vez estaban más desorbitados.

—En primer lugar, él no tiene ningún «juego» en el que «entremeterse», puedo asegurártelo. Es un idiota celoso y un embustero.

—¿Lo es?

—¿El qué?

—Un mentiroso.

Entornó los ojos.

—¿Por qué? ¿Qué clase de paparruchas ha estado soltando?

—Emma, ¿qué le sucedió a Victor?

Pareció escandalizada. Luego, sacudiendo la cabeza, masculló:

—Maldito sea ese chico egoísta.

—Hay algo que nadie aquí me está contando y quiero saber qué es.

—No puedo —dijo.

—¡Eso es todo lo que he estado oyendo! No puedo hablar sobre el futuro. Tú no puedes hablar sobre el pasado. Miss Peregrine nos tiene a todos bien sujetos. El último deseo de mi abuelo era que yo viniera aquí y descubriera la verdad. ¿Significa eso algo?

Me tomó la mano, se la llevó al regazo y bajó los ojos hacia ella. Parecía estar buscando las palabras correctas.

—Tienes razón —dijo por fin—. Hay algo.

—Cuéntame.

—No aquí —musitó—. Esta noche.

Acordamos encontrarnos en la entrada aquella noche, cuando mi padre y Miss Peregrine estuvieran dormidos. Emma insistió en que era el único modo, porque las paredes tenían oídos y era imposible escabullirnos juntos durante el día sin despertar sospechas. Para completar la ilusión de que no teníamos nada que ocultar, pasamos el resto de la tarde vagando por el patio a la vista de todo el mundo y cuando el sol empezó a ponerse volví a pie a la ciénaga, solo.

Era otra tarde lluviosa en el siglo XXI y cuando por fin llegué al pub di gracias por estar en un lugar que estuviera seco. Encontré a mi padre solo, con una cerveza en la mano, así que acerqué una silla y empecé a inventar historias sobre mi día mientras me secaba la cara con servilletas. (Empezaba a descubrir algo respecto a mentir: Cuanto más lo hacía, más fácil resultaba.)

Él apenas si me escuchaba.

—Ja —decía de vez en cuando—, eso es interesante.

Y a continuación su mirada vagaba lejos y tomaba otro trago de cerveza.

—¿Qué es lo que te sucede? —pregunté—. ¿Todavía estás molesto conmigo?

—No, nada de eso. —Hizo como si fuera a explicarlo, pero agitó una mano en el aire para desecharlo—. Bueno, es una estupidez.

—Papá. Vamos.

—Es sólo... ese tipo que apareció hace un par de días. Otro observador de aves.

—¿Alguien que conoces?

Negó con la cabeza.

—Nunca antes le había visto. Al principio pensé que era tan sólo algún patán entusiasta a tiempo parcial, pero no hace más que regresar a los mismos lugares, las mismas zonas de nidificación, tomando notas. Indudablemente sabe lo que hace. Luego hoy le vi con una jaula de anillado y un par de los buenos, de modo que es un profesional.

—¿De los buenos?

—Unos prismáticos. Lentes auténticamente buenas. —Había arrugado su mantel individual de papel y lo había alisado tres veces ya, en un tic nervioso—. Yo que pensaba que tenía la primicia de esta población de aves, ¿sabes? Realmente quería que este libro fuera algo especial.

Y entonces va y aparece ese gilipollas.

—Jacob.

—Quiero decir ese condenado hijo de su madre.

Lanzó una carcajada.

—Gracias, hijo, eso será suficiente.

—Seguro que será especial —dije, en tono tranquilizador.

Se encogió de hombros.

—No sé. Eso espero. —Pero no parecía demasiado seguro.

Yo sabía con exactitud lo que estaba a punto de suceder. Era parte de ese círculo patético en el que estaba atrapado mi padre. Se apasionaba de verdad con algún proyecto, hablaba sobre ello sin parar durante meses y luego, indefectiblemente, surgía algún problema minúsculo y en lugar de lidiar con ello dejaba que le superara por completo. Antes de que uno se diera cuenta, el proyecto quedaba cancelado y él pasaba al siguiente, y el ciclo volvía a empezar. Se desanimaba con demasiada facilidad, y era la razón de que tuviera una docena de manuscritos inacabados guardados bajo llave en su escritorio, y la razón también de que la tienda de pájaros que había intentado abrir con tía Susie jamás arrancara, y también de que tuviera una licenciatura en lenguas asiáticas, pero no hubiera estado nunca en Asia. Tenía cuarenta y seis años y todavía intentaba encontrarse a sí mismo, todavía intentaba demostrar que no necesitaba el dinero de mi madre.

Lo que realmente necesitaba era un discurso que le levantara el ánimo, pero yo no me sentía en absoluto cualificado para darlo, así que en su lugar intenté cambiar de tema con sutileza.

—¿Dónde se aloja ese intruso? —pregunté—. Pensaba que teníamos las únicas habitaciones de la población.

—Supongo que está acampando —respondió mi padre.

—¿Con este tiempo?

—Digamos que es como una especie de obsesión ornitológica a lo bestia. Pasar incomodidades te acerca más a tu objetivo, tanto física como psicológicamente. La superación mediante la adversidad y todo ese rollo.

Reí.

—Entonces ¿por qué no estás tú también ahí fuera? —dije, luego deseé al instante haberme mordido la lengua.

—La misma razón por la que el libro probablemente no verá nunca la luz. Siempre hay alguien más entregado que yo.

Me revolví incómodo en mi silla.

—No lo decía en ese sentido. Lo que quería decir era...

—¡Ssh! —Mi padre se quedó rígido, echando una mirada furtiva en dirección a la puerta—. Echa un vistazo, pero sin que se note. Acaba de entrar.

Oculté el rostro detrás del menú y eché un vistazo por encima. Un tipo barbudo de aspecto desaliñado estaba de pie en la entrada, dando patadas en el suelo para quitarse el agua de las botas. Llevaba un sombrero impermeable, gafas oscuras y lo que parecían ser varias chaquetas superpuestas unas encima de las otras, que le daban un aspecto a la vez gordo y vagamente efímero.

—Me encanta ese aspecto de Papá Noel sin techo que tiene —susurré—. No es fácil de conseguir. Muy de la próxima temporada.

No me hizo el menor caso. El hombre se arrimó a la barra, y las conversaciones a su alrededor se acallaron. Kev preguntó qué quería, el hombre le dijo algo, y Kev desapareció en el interior de la cocina. El recién llegado mantuvo la mirada fija al frente mientras aguardaba. Al cabo de un minuto Kev regresó y le entregó una bolsa con comida. El hombre la cogió, dejó caer unos billetes sobre la barra y fue hacia la puerta. Antes de salir, se volvió para escrutar lentamente la habitación. Luego, tras un largo instante, se fue.

—¿Qué ha pedido? —gritó mi padre, cuando la puerta se cerró.

—Un par de bistecs —respondió Kev—. Dijo que no le importaba cómo estuvieran hechos, así que se los ha llevado tal cual, vuelta y vuelta, diez segundos por cada lado. Sin rechistar.

La gente empezó a hablar entre dientes y a especular, volviendo a elevarse el volumen de sus conversaciones.

—Bistec crudo —dije a mi padre—. Tienes que admitir que, incluso para un ornitólogo, eso es un poco raro.

—A lo mejor es de los que lo comen todo crudo —respondió él.

—Sí, de acuerdo. O a lo mejor se cansó de darse banquetes con la sangre de las ovejas.

Mi padre puso los ojos en blanco.

—Es evidente que ese hombre tiene un hornillo. Lo más probable es que simplemente prefiera cocinar al aire libre.

—¿Bajo la lluvia? ¿Y por qué le defiendes, papá? Pensaba que era tu archinémesis.

—No espero que lo comprendas —repuso—, pero te agradecería que no te burlaras de mí.

Y se levantó para ir hacia la barra.

Unas horas más tarde mi padre subió la escalera a trompicones, apestando a alcohol, y se dejó caer en la cama. Se quedó dormido al instante, emitiendo ronquidos monstruosos. Agarré un abrigo y me puse en marcha para encontrarme con Emma; no era necesario escabullirse.

Las calles estaban desiertas y tan silenciosas que uno casi podía oír caer el rocío. Había nubes que se estiraban finamente en el cielo y dejaban traspasar justo la suficiente luz de luna para iluminar mi camino. Cuando coroné la cresta, una sensación hormigueante se apoderó de mí, y al mirar a mi alrededor vi a un hombre que me observaba desde un lejano afloramiento rocoso. Tenía las manos alzadas delante del rostro y los codos extendidos hacia fuera, como si mirara por unos prismáticos. Lo primero que pensé fue «Maldita sea, me han pescado», asumiendo que era uno de los criadores de ovejas que andaba por ahí de guardia, jugando a los detectives. Pero si era así, ¿por qué no se acercaba para encararse conmigo? En su lugar, se limitó a permanecer allí de pie y observarme, y yo le observé a mi vez.

Al final decidí que si me habían pescado, pues me habían pescado, porque tanto si regresaba ahora como si seguía adelante, de un modo u otro la noticia de mi excursión a altas horas de la noche llegaría a oídos de mi padre. Así pues alcé el brazo, enviándole a freír espárragos con un saludo de un solo dedo, y descendí al interior de la helada niebla.

Al salir del cairn, pareció como si hubiesen despegado las nubes del cielo e hinchado la luna como un enorme globo amarillo, tan brillante que casi tuve que entrecerrar los ojos. Al cabo de unos minutos, Emma apareció vadeando a través de la ciénaga, disculpándose y hablando a mil por hora.

—Lamento llegar tarde. ¡Ha hecho falta una eternidad para que todo el mundo se fuera a la cama! Luego, cuando salía he tropezado con Hugh y Fiona besuqueándose en el jardín. Pero no te preocupes. Han prometido no hablar si yo no lo hacía.

Me arrojó los brazos al cuello.

—Te he echado de menos —anunció—. Lamento lo de antes.

—También yo lo lamento —dije, palmeándole la espalda torpemente—. Bueno, hablemos.

Ella se apartó.

—No aquí. Hay un lugar mejor. Un lugar especial.

—No sé...

Me cogió la mano.

—No seas así. Te encantará, te lo prometo. Y cuando lleguemos allí, te lo contaré todo.

Yo tenía la certeza de que era una maquinación para conseguir que me enrollara con ella y, de haber sido un poco mayor o más prudente, o uno de esos chicos para los que darse el lote con chicas ardientes era tan frecuente que carecía de trascendencia, podría haber tenido la fortaleza emocional y hormonal de exigir que lleváramos a cabo nuestra conversación justo allí y entonces. Pero yo no era ninguna de esas cosas. Además, estaba aquel modo en que me sonreía, radiante, con todo su ser. Aquel gesto gazmoño de sujetarse el pelo hacia atrás conseguía que yo quisiera seguirla, ayudarla, hacer cualquier cosa que me pidiera. Me superaba totalmente.

«Iré, pero no voy a besarla», decidí. Lo repetí igual que un mantra mientras me conducía a través de la ciénaga. «¡No la beses! ¡No la beses!» Nos dirigimos al pueblo, pero nos desviamos en dirección a la playa pedregosa que daba al faro, descendiendo con cuidado el empinado sendero que conducía a la playa.

Al llegar a la orilla, me dijo que esperara y salió corriendo a buscar algo. Me quedé allí parado, contemplando cómo el haz de luz del faro daba vueltas y lo bañaba todo a su paso. Cuando Emma regresó, vi que se había puesto el bañador y sujetaba un par de gafas de buceo con tubo.

—¡Oh, no! —me negué—. Ni hablar.

—Quizá tendrías que quedarte en ropa interior —insistió, mirando dubitativa mis vaqueros y el abrigo—. Tu vestimenta no es nada apropiada para nadar.

—¡Eso se debe a que no pienso nadar! Estuve de acuerdo en

salir a escondidas y encontrarme contigo en plena noche, vale, pero sólo para hablar, no para...

—Claro que hablaremos —insistió.

—¿Bajo el agua? ¿En calzoncillos?

Me arrojó arena con el pie y luego empezó a alejarse, pero en seguida se volvió y regresó.

—No voy a atacarte, si es eso lo que te tiene tan preocupado. No te hagas ilusiones.

—No me las hago.

—¡Entonces deja de hacer el tonto y quítate esos estúpidos pantalones!

Y entonces sí que me atacó, derribándome al suelo y forcejeando para quitarme el cinturón con una mano mientras me restregaba arena por la cara con la otra.

—¡Puaff! —grité, escupiendo arena—, ¡eso es pelear sucio, es pelear sucio!

No tuve más elección que devolver el ataque con mi propio puñado de arena y muy pronto las cosas degeneraron en una batalla campal. Cuando finalizó, los dos reíamos e intentábamos en vano quitarnos la arena del pelo.

—Bueno, ahora necesitas un baño, así que lo mejor será que te metas en el agua de una vez.

—De acuerdo, muy bien.

El agua estaba espantosamente fría al principio —una situación nada agradable si se llevan puestos sólo unos calzoncillos tipo boxer—, pero me acostumbré a la temperatura muy de prisa. Nos adentramos en el agua, caminando lentamente, más allá de las rocas donde, atada a un indicador de profundidad, había una canoa. Nos encaramamos a ella y Emma me entregó un remo. Ambos empezamos a remar, dirigiéndonos al faro. La noche era cálida y el mar estaba en calma, y durante unos minutos me sumí en el agradable ritmo de los remos chapoteando en el agua. A unos cien metros del faro, Emma se detuvo y se metió en el agua, pero, ante mi sorpresa, no se sumergió bajo las olas, sino que permaneció en pie, con el agua sólo hasta las rodillas.

—¿Estás sobre un banco de arena o algo así? —pregunté.

—No.

Metió la mano en la canoa, sacó una áncora pequeña, y la dejó caer. Cayó casi un metro antes de detenerse con un sonido sordo. Al cabo de un momento, el haz de luz del faro pasó sobre nosotros y vi entonces el casco de una nave extendiéndose enorme junto a la canoa.

—¡Un barco naufragado!

—Vamos —dijo ella—, ya casi estamos. Y trae tu máscara de buceo. —Empezó a andar sobre el casco de la nave hundida.

Abandoné la canoa con cautela y la seguí. Cualquiera que nos observara desde la costa, creería que caminábamos sobre el agua.

—¿Cómo de grande es esta cosa? —quise saber.

—Inmensa. Es un buque de guerra aliado. Chocó con una mina amiga y se hundió justo aquí.

Se detuvo.

—Aparta los ojos del faro un momento —indicó—. Deja que tus ojos se acostumbren a la oscuridad.

Así que permanecimos de cara a la orilla y esperamos, mientras olas pequeñas nos golpeaban los muslos.

—De acuerdo, ahora sígueme, ¡respira hondo!

Caminó hasta una abertura oscura en el casco de la nave —una puerta, me pareció—, luego se sentó en el borde y se zambulló dentro.

«Esto es de locos», pensé. Y a continuación me sujeté la máscara que me había dado y me zambullí tras ella.

Escudriñé la envolvente oscuridad bajo mis pies y vi que Emma continuaba bajando por los travesaños de una escalera. Agarré la parte superior de ésta y la seguí, descendiendo poco a poco hasta que llegamos al suelo de metal, donde ella aguardaba. Parecíamos estar en alguna clase de bodega de carga, aunque estaba demasiado oscuro para distinguir mucho más que eso.

Le di un golpecito en el codo y señalé mi boca. «¡Necesito respirar!» Me palmeó el brazo con gesto condescendiente y alargó la mano para coger un trozo de tubo de plástico que colgaba a poca distancia; estaba conectado a una tubería que ascendía por la escalera hasta la superficie. Se puso el tubo en la boca y sopló, las mejillas se le inflaron por el esfuerzo, luego tomó aire y me lo pasó. Succioné y llené los pulmones, ¡bendito aire! Estábamos seis metros bajo el agua, dentro de una vieja nave hundida, y respirábamos.

Emma señaló una entrada frente a nosotros, apenas un pequeño agujero negro. Sacudí la cabeza. «No quiero ir.» Pero ella me cogió de la mano como si yo fuera un niño pequeño y me condujo hacia él, llevando el tubo con nosotros.

Atravesamos el orificio en una oscuridad total. Durante un momento nos limitamos a permanecer allí parados, pasándonos el tubo de respiración. No había otro sonido que nuestra respiración y los confusos gemidos sordos procedentes de zonas muy profundas en el interior de la nave, pedazos de casco roto que crujían con la corriente. Si hubiese cerrado los ojos no habría estado más oscuro. Éramos como astronautas flotando en un universo sin estrellas.

Pero entonces sucedió una cosa desconcertante y espléndida... una a una, las estrellas fueron saliendo, aquí y allí, un destello verde en la oscuridad. Pensé que tenía alucinaciones, pero cada vez surgían más y más destellos, hasta que toda una constelación apareció a nuestro alrededor igual que un millón de titilantes estrellitas verdes iluminando nuestros cuerpos, reflejándose en nuestras máscaras. Emma alargó una mano y movió veloz la muñeca, pero en lugar de producir una bola de fuego, su mano refulgió con un azul centelleante. Las estrellas verdes se congregaron a su alrededor, brillando a la vez que se arremolinaban, repitiendo los movimientos de la mano como un banco de peces, lo que, entonces comprendí, era justo lo que eran.

Fascinado, perdí la noción del tiempo. Permanecimos allí durante lo que parecieron horas, aunque es probable que sólo fueran unos pocos minutos. Entonces noté que Emma me empujaba con suavidad y retrocedimos hacia la entrada, escaleras arriba, y cuando salimos a la superficie otra vez, lo primero que vi fue la enorme y conspicua franja de la Vía Láctea pintada en el firmamento, lo que me hizo pensar que, juntos, los peces y las estrellas formaban un sistema completo, partes integrantes de algún antiguo y misterioso todo.

Nos sentamos sobre el casco del barco y nos quitamos las máscaras. Durante un rato nos limitamos a permanecer así, medio sumergidos, rozando nuestros muslos, sin hablar.

—¿Qué eran? —pregunté por fin.

—Nosotros los llamamos peces linterna.

—Nunca antes había visto ninguno.

—La mayoría de gente jamás lo hace —aclaró—. Se esconden.

—Son hermosos.

—Sí.

—Y peculiares.

Emma sonrió.

—Sí, también son peculiares.

Y entonces su mano fue a posarse sobre mi rodilla, y dejé que descansara allí, porque el contacto era cálido y agradable bajo el agua fría. Agucé el oído para escuchar la voz de mi cabeza diciéndome que no la besara, pero se había callado.

Y a continuación nos besamos. La profundidad de nuestros labios al tocarse, de nuestras lenguas al rozarse y mi mano acariciando su perfecta mejilla blanca bloqueó cualquier pensamiento de si era correcto o incorrecto y también cualquier recuerdo de por qué la había seguido hasta allí. Nos besamos y besamos, y entonces, de improviso, se apartó. Cuando ella se separó de mí yo seguí su rostro con el mío, pero me puso una mano sobre el pecho, con delicadeza y firmeza a la vez.

—Necesito respirar, bobo.

Reí.

—De acuerdo.

Me cogió las manos y me miró, y yo le devolví la mirada. Fue casi más intenso que besarnos, sólo una mirada. Y entonces ella dijo:

—Deberías quedarte.

—Quedarme —repetí.

—Aquí. Con nosotros.

La realidad de sus palabras penetró en mi interior y la hormigueante magia de lo que acababa de suceder entre nosotros se disipó.

—Me gustaría hacerlo, pero no creo que pueda.

—¿Por qué no?

Consideré la idea. El sol, los banquetes, los amigos... y la monotonía, los días perfectamente idénticos. Uno puede hartarse de cualquier cosa si no tiene límite, como todos los lujos tontos que mi madre compraba y de los que se cansaba con rapidez.

Pero allí estaba Emma. A lo mejor la historia que podíamos vivir no era tan extraña. A lo mejor yo podría quedarme un tiempo para amarla y luego irme. Pero sabía que eso no era posible. Cuando yo quisiera marcharme, sería demasiado tarde. Ella era una sirena y yo tenía que ser fuerte.

—Es a él a quien quieres. No puedo ser él para ti.

Desvió la mirada, dolida.

—No es por eso por lo que deberías quedarte. Tu lugar está aquí, Jacob.

—No es así. Yo no soy como vosotros.

—Sí que lo eres —insistió.

—No lo soy. Soy corriente, igual que mi abuelo.

Emma negó con la cabeza.

—¿Es eso de verdad lo que piensas?

—Si pudiera hacer algo espectacular como vosotros, ¿crees que no me habría dado cuenta a estas alturas?

—Se supone que no debería decirte esto —continuó—, pero la gente corriente no puede cruzar bucles en el tiempo.

Lo medité un momento, pero no conseguí entenderlo.

—No hay nada peculiar en mí. Soy la persona más normal que conocerás jamás.

—Lo dudo muchísimo —respondió—. Abe poseía un talento raro y peculiar, algo que casi nadie más podía hacer.

Y entonces trabó la mirada conmigo y dijo:

—Podía ver a los monstruos.

NUEVE

Podía ver a los monstruos.» En cuanto lo dijo, todos los horrores que pensaba que había dejado atrás regresaron en tropel. Eran reales. Eran reales y habían matado a mi abuelo.

—Yo también puedo verlos —confesé, susurrándolo como si fuera un secreto vergonzoso.

Se le llenaron los ojos de lágrimas y me abrazó.

—Sabía que había algo peculiar en ti —murmuró—. Y lo digo como el mayor de los cumplidos.

Yo siempre había sabido que era raro, aunque jamás soñé que fuera peculiar. Sin embargo, si podía ver cosas que casi nadie más podía, eso explicaría por qué Ricky no había visto nada en el bosque la noche que mataron a mi abuelo. Explicaría por qué todo el mundo pensó que estaba loco. Pero yo no estaba loco ni tenía alucinaciones ni padecía una reacción debida al estrés; el retortijón de pánico que sentía en las tripas cada vez que estaban cerca y la espantosa visión de sus cuerpos, formaban parte de mi don.

—¿Y tú no puedes verlos? —le pregunté.

—Tan sólo sus sombras, motivo por el cual ellos cazan principalmente de noche.

—¿Qué les impide daros caza justo ahora? —pregunté; luego rectifiqué—. Darnos caza, quiero decir.

Se puso seria.

—No saben dónde encontrarnos. Además, no pueden entrar en los bucles. Así que estamos a salvo en la isla; pero no podemos irnos.

—Pero Victor lo hizo.

Asintió con tristeza.

—Dijo que se estaba volviendo loco aquí. Que ya no podía soportarlo más. Pobre Bronwyn. Mi Abe también se fue, pero al menos a él no lo asesinaron los huecos.

Me obligué a mirarla a los ojos.

—De verdad que lamento tener que decirte esto...

—¿Qué? ¡Oh, no!

—Me convencieron de que fueron animales salvajes. Pero si lo que dices es verdad, a mi abuelo lo asesinaron también ellos. La primera y única vez que vi uno fue la noche en que murió.

Ella se abrazó las rodillas contra el pecho y cerró los ojos. La rodeé con el brazo y apoyó su cabeza contra la mía.

—Sabía que le atraparían al final —musitó—. Prometió que estaría a salvo en Estados Unidos. Que sabría protegerse. Pero nosotros no estamos nunca a salvo... ninguno de nosotros... nunca.

Nos quedamos sentados hablando sobre el casco del barco naufragado hasta que la luna descendió, la marea subió y Emma empezó a tiritar. Entonces nos cogimos de la mano y vadeamos de vuelta a la canoa. Cuando remábamos hacia la playa, oímos voces que gritaban nuestros nombres, y al doblar la roca vimos a Hugh y a Fiona que nos hacían señas desde la orilla. Ya desde lejos, comprendimos que pasaba algo.

Atamos la canoa y corrimos a su encuentro. Hugh estaba sin aliento, con abejas moviéndose a toda velocidad a su alrededor en un estado de visible agitación.

—¡Ha sucedido algo! ¡Tenéis que regresar con nosotros!

No había tiempo para discutir. Emma se puso corriendo la ropa sobre el bañador y yo, los pantalones, que estaban llenos de arena. Hugh me miró vacilante.

—Él no —dijo—. Esto es grave.

—No, Hugh —replicó Emma—. El Pájaro tenía razón. Es uno de nosotros.

La miró boquiabierto, luego a mí.

—¡Se lo dijiste!

—Tenía que hacerlo. Se habría dado cuenta por sí solo, de todos modos.

Hugh pareció desconcertado por un momento, pero luego se volvió y me estrechó la mano con decisión.

—Entonces, bienvenido a la familia.

No supe que decir, así que me limité a contestar:

—Gracias.

De camino a la casa, fuimos recogiendo pedazos de información que Hugh nos iba avanzando sobre lo sucedido, pero principalmente nos limitamos a correr. Cuando nos detuvimos en el bosque para recuperar el aliento, dijo:

—Se trata de una de las amigas ymbryne del Pájaro. Llegó volando hace una hora en un estado lamentable, pegando gritos y sacando a todo el mundo de la cama. Antes de que pudiéramos comprender qué intentaba decir cayó redonda al suelo. —Restregó las manos, con aspecto abatido—. Ah, estoy seguro de que algo terrible ha sucedido.

—Espero que estés equivocado —dijo Emma, y seguimos corriendo.

En el vestíbulo, justo frente a la puerta cerrada de la sala de estar, niños en pijamas arrugados se apiñaban alrededor de un farol de queroseno, intercambiando rumores sobre lo que podría haber sucedido.

—A lo mejor olvidaron reiniciar su bucle —aventuró Claire.

—Te apuesto a que han sido los huecos —comentó Enoch—. ¡Apuesto a que se los comieron a todos enteritos, botas incluidas!

Claire y Olive gimieron y se cubrieron los rostros con sus manos menudas. Horace se arrodilló junto a ellas e intentó consolarlas.

—Vamos, vamos. No dejéis que Enoch os llene la cabeza de estupideces. Todo el mundo sabe que a los huecos les gustan más los pequeños. Por eso dejaron ir a la amiga de Miss Peregrine... ¡sabe a posos de café rancios!

Olive atisbó entre sus dedos.

—¿A qué saben los pequeños?

—A arándanos rojos —respondió él, con total naturalidad.

Las niñas volvieron a gemir.

—¡Déjalas en paz! —gritó Hugh, y un escuadrón de abejas hizo que Horace saliera corriendo pasillo adelante, dando gritos.

—¿Qué es lo que sucede ahí fuera? —pregunto con voz sonora Miss Peregrine desde el interior de la sala—. ¿Es Mister Apiston a quien oigo? ¿Dónde están Miss Bloom y Mister Portman?

Emma se encogió y lanzó a Hugh una mirada nerviosa.

—¿Lo sabe?

—Cuando descubrió que te habías ido, sencillamente se volvió medio chalada. Pensó que te habían abducido los wights o se te había ido la olla. Lo siento, Em. Tuve que decírselo.

Emma sacudió la cabeza, pero todo lo que podíamos hacer era entrar y afrontar las consecuencias. Fiona nos dedicó un pequeño saludo militar —como para desearnos suerte— y abrimos la puerta.

En el interior de la sala de estar, la única luz era un fuego encendido en la chimenea que proyectó nuestras sombras temblorosas contra la pared. Bronwyn revoloteaba con ansiedad alrededor de una anciana que se bamboleaba medio inconsciente en un sillón, envuelta como una momia en una manta. Miss Peregrine estaba sentada en una otomana, dando a la mujer cucharadas de un líquido oscuro.

Cuando Emma le vio el rostro, se quedó petrificada.

—¡Oh, Dios mío! —musitó—. Es Miss Avocet.

Sólo entonces la reconocí, aunque a duras penas, de la fotografía que Miss Peregrine me había mostrado de ella misma de niña. Miss Avocet había parecido tan indómita entonces y ahora parecía tan frágil y débil.

Mientras estábamos allí de pie observando, Miss Peregrine acercó un frasco plateado a los labios de Miss Avocet y lo inclinó para que bebiera. Por un momento la ymbryne de más edad pareció revivir, sentándose hacia delante con los ojos más animados. Pero entonces su semblante volvió a apagarse y se hundió otra vez en el sillón.

—Miss Bruntley —dijo Miss Peregrine a Bronwyn—, vaya y prepare el diván para Miss Avocet y luego traiga una botella de vino de coca y otra botella de brandy.

Bronwyn salió, saludando solemnemente con la cabeza al pasar. A continuación Miss Peregrine se volvió hacia nosotros y dijo en voz baja:

—Estoy tremendamente decepcionada con usted, Miss Bloom. Tremendamente. Y por si fuera poco escabullirse esta noche.

—Lo siento, señorita. Pero ¿cómo iba a saber que algo malo sucedería?

—Debería castigarla. Sin embargo, dadas las circunstancias, no creo que merezca la pena. —Alzó una mano y alisó los cabellos blancos de su mentora—. Miss Avocet jamás habría dejado a sus pupilos para venir aquí a menos que haya sucedido algo espantoso.

El crepitante fuego hacía aparecer gotas de sudor en mi frente, pero en su sillón Miss Avocet tiritaba. ¿Moriría? ¿Iba a repetirse la trágica escena que se había producido entre mi abuelo y yo, esta vez entre Miss Peregrine y su maestra? La imaginé mentalmente: yo sosteniendo el cuerpo de mi abuelo, aterrado y confuso, sin sospechar en ningún momento la verdad sobre él o sobre mí mismo. Lo que sucedía entonces, decidí, no se parecía en nada a lo que me había sucedido a mí. Miss Peregrine siempre había sabido quién era ella.

Desde luego no parecía el mejor momento para sacarlo a colación, pero yo estaba enojado y no pude controlarme.

—Miss Peregrine —empecé a decir, y ella alzó la vista—, ¿cuándo iba a contármelo?

Estuvo a punto de preguntar qué, pero entonces sus ojos fueron hacia Emma y pareció leer la respuesta en su rostro. Por un momento adoptó una expresión furiosa, pero cuando vio mi cólera, la suya desapareció.

—Pronto, muchacho. Por favor, comprenda. Si le hubiera expuesto toda la verdad en nuestro primer encuentro, habría sido una conmoción espantosa. Su comportamiento era imprevisible. Podría haber huido, para no regresar jamás. No podía correr ese riesgo.

—¿De modo que en lugar de eso intentó seducirme con comida, diversión y chicas, mientras mantenía en secreto todas las cosas malas?

Emma lanzó una exclamación ahogada.

—¿Seducir? Oh, por favor, no pienses eso de mí, Jacob. No podría soportarlo.

—Temo que nos ha juzgado terriblemente mal —dijo Miss Peregrine—. En cuando a seducirle, lo que ha visto es cómo vivimos. No ha habido ningún engaño, sólo la ocultación de unos cuantos hechos.

—Bueno, pues aquí tiene un hecho —repliqué—: Una de esas criaturas mató a mi abuelo.

Miss Peregrine clavó la mirada en el fuego un instante.

—Lamento mucho oír eso.

—La vi con mis propios ojos. Cuando le hablé a la gente sobre ello, intentaron convencerme de que estaba loco. Pero no lo estaba ni tampoco lo estaba mi abuelo. Toda su vida me había estado contando la verdad y yo no le creí. —La vergüenza me invadió—. Si lo hubiera hecho, a lo mejor todavía estaría vivo.

Miss Peregrine vio que me tambaleaba y me ofreció el sillón situado frente a Miss Avocet.

Me senté, y Emma se arrodilló junto a mí.

—Abe debía de saber que eras peculiar —dijo—. Y seguro que tenía una razón muy buena para no contártelo.

—Desde luego que lo sabía —intervino Miss Peregrine—. Así lo dijo en una carta.

—No lo comprendo, entonces. Si todo era verdad... todas sus historias... y si sabía que yo era como él, ¿por qué lo mantuvo en secreto hasta el último minuto de su vida?

Miss Peregrine administró más brandy a Miss Avocet, quien se quejó y se incorporó un poco antes de volver a dejarse caer en el asiento.

—Sólo se me ocurre que quería protegerle —repuso—. Las nuestras pueden ser unas vidas llenas de tribulaciones y penurias. La vida de Abe lo era doblemente porque nació judío en la peor de las épocas y además se enfrentó a un doble genocidio, de judíos por parte de los nazis y de peculiares por parte de los espíritus huecos. Le atormentaba la idea de estar escondido aquí mientras su gente, tanto judíos como peculiares, estaban siendo masacrados.

—Acostumbraba a decir que había ido a la guerra a combatir monstruos —dije.

—Lo hizo —repuso Emma.

—La guerra puso fin al dominio de los nazis, pero los espíritus huecos emergieron más fuertes que nunca —continuó Miss Peregrine—. Así pues, al igual que muchos peculiares, permanecimos ocultos. Pero su abuelo regresó cambiado. Se había convertido en un guerrero y estaba decidido a construirse una vida fuera del bucle. Rehusó continuar ocultándose.

—Le suplicamos que no se fuera a Estados Unidos —explicó Emma—. Todos lo hicimos.

—¿Por qué eligió Estados Unidos? —pregunte.

—Tenía menos espíritus huecos por aquel entonces —repuso Miss Peregrine—. Tras la guerra hubo un ligero éxodo de peculiares a Estados Unidos. Durante un tiempo, muchos consiguieron pasar por gente corriente, como hizo su abuelo. Su deseo más preciado era ser normal, vivir una vida normal. A menudo lo mencionaba en sus cartas. Estoy segura de que es por eso que le ocultó la verdad durante tanto tiempo. Quería para usted lo que jamás pudo tener para sí.

—Ser normal —repetí.

Miss Peregrine asintió.

—Pero jamás pudo escapar de su peculiaridad. Su excepcional habilidad, sumada a la destreza que había perfeccionado durante la guerra como cazador de huecos, le convirtió en alguien demasiado valioso. A menudo se requerían sus servicios, se le pedía que ayudara a erradicar bolsas conflictivas de huecos. Y él, por su modo de ser, rara vez rehusaba.

Recordé todos los viajes a los que acostumbraba a ir el abuelo, sus partidas de caza. Mi familia tenía una fotografía suya tomada durante una de esas partidas, aunque no sé quién la tomó ni cuándo, ya que casi siempre iba solo. A mí, de niño, me parecía muy graciosa, porque llevaba puesto un traje. ¿Quién se lleva un traje a una cacería?

Ahora lo sabía: Alguien que caza algo más que simples animales.

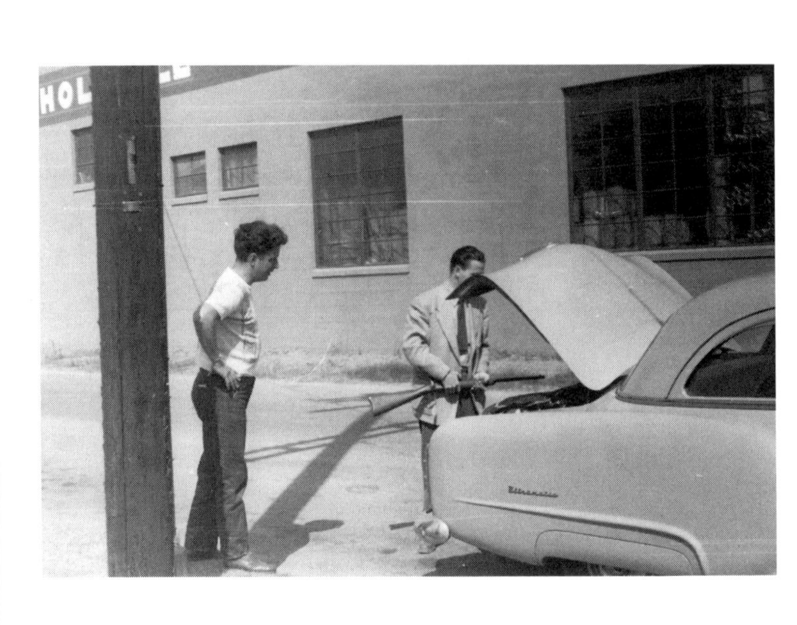
HOL

Me conmovió esta nueva concepción de mi abuelo, no como un paranoico chiflado por las armas ni como un mujeriego empedernido ni como un hombre que no se ocupaba de su familia, sino como un caballero errante que arriesgaba la vida por otros, que vivía en coches y moteles baratos, que acechaba sombras letales y regresaba a casa con unas cuantas balas menos, con unas magulladuras que jamás podía explicar del todo y unas pesadillas de las que ni siquiera podía quejarse. A cambio de sus muchos sacrificios, recibió tan sólo desdén y desconfianza por parte de aquellos a los que amaba. Imagino que fue por eso que escribió tantas cartas a Emma y a Miss Peregrine. Ellas lo comprendían.

Bronwyn regresó con una licorera de vino de coca y otra botella de brandy. Miss Peregrine le dijo que se fuera y mezcló las bebidas en una taza de té. Luego empezó a dar suaves palmaditas a Miss Avocet en la mejilla llena de venitas azules.

—Esmerelda —llamó—, Esmerelda, despierta, tienes que beber este tónico que he preparado.

Miss Avocet gimió y Miss Peregrine le acercó la taza de té a los labios. La anciana tomó unos cuantos sorbos y, aunque farfulló y tosió, la mayor parte del líquido violáceo desapareció por su garganta. Durante un instante miró con fijeza, como si estuviera a punto de volver a sumirse en su aletargamiento, pero entonces se sentó hacia delante, con el rostro más animado.

—¡Dios mío! —exclamó, con un gemido seco—. ¿Me he dormido? Qué indecoroso por mi parte. —Entonces nos miró con una leve sorpresa, como si hubiéramos aparecido de la nada—. ¿Alma? ¿Eres tú?

Miss Peregrine masajeó las manos huesudas de la mujer.

—Esmerelda, has recorrido un largo camino para venir a vernos en plena noche. Me temo que nos has alterado a todos una barbaridad.

—¿Lo he hecho?

Miss Avocet entornó los ojos y frunció el entrecejo, y sus ojos parecieron clavarse en la pared opuesta, repleta de sombras titilantes. Entonces una expresión angustiada cruzó por su rostro.

—Sí —dijo—, he venido a advertirte, Alma. Debéis poneros en guardia. No permitáis que os cojan por sorpresa, como me sucedió a mí.

Miss Peregrine dejó de darle el masaje.

—¿Que nos cojan? ¿Qué quieres decir?

—Me refiero a los wights. Un par de ellos aparecieron por la noche, disfrazados como miembros del Consejo. No hay miembros del Consejo varones, desde luego, pero engañó a mis pupilos aturdidos por el sueño el tiempo suficiente para que los wights los ataran y se los llevaran.

Miss Peregrine lanzó una exclamación ahogada.

—¡Oh, Esmerelda...!

—A Miss Bunting y a mí nos despertaron sus gritos angustiados —continuó—, pero nos habían encerrado dentro de la casa. Tardamos algún tiempo en forzar la puerta y, para cuando por fin pudimos salir y seguir su hedor de wights fuera del bucle, había una banda de bestias espectro acechando al otro lado. Cayeron sobre nosotras aullando. —Calló, conteniendo con dificultad las lágrimas.

—¿Y los niños?

Miss Avocet negó con la cabeza. Toda vida parecía haber desaparecido de sus ojos.

—Los niños eran simplemente el cebo —murmuró.

Emma deslizó su mano en la mía y apretó, y vi que las mejillas de Miss Peregrine ardían bajo la luz de las llamas.

—Era a Miss Bunting y a mí a quienes buscaban. Conseguí escapar, pero Miss Bunting no fue tan afortunada.

—¿La mataron?

—No... la secuestraron. Igual que a Miss Wren y a Miss Treecreeper cuando invadieron sus bucles hace dos semanas. Se están llevando a las ymbrynes, Alma. Es alguna especie de campaña coordinada. ¿Con qué propósito?, me estremezco sólo de imaginarlo.

—Entonces vendrán a por nosotros, también —dijo Miss Peregrine en voz baja.

—Si pueden encontraros —respondió Miss Avocet—. Estáis mejor escondidos que la mayoría, pero debéis estar preparados, Alma.

Miss Peregrine asintió. Miss Avocet contempló con impotencia sus manos, que temblaban en su regazo igual que una ave con las alas rotas. Su voz empezó a entrecortarse.

—¡Oh, mis queridos niños! Reza por ellos. Están totalmente solos ahora.

Y volvió la cabeza y lloró.

Miss Peregrine estiró la manta para taparle los hombros y se puso en pie. La seguimos fuera, dejando a Miss Avocet con su pena.

Encontramos a los niños apiñados alrededor de la puerta de la sala de estar. Si no habían oído todo lo que Miss Avocet había contado, habían oído suficiente, y así lo demostraban sus rostros inquietos.

—Pobre Miss Avocet —lloriqueó Claire, con el labio inferior temblando.

—Pobres niños de Miss Avocet —dijo Olive.

—¿Vienen a por nosotros ahora, señorita? —preguntó Horace.

—¡Necesitaremos armas! —chilló Millard.

—¡Hachas de guerra! —añadió Enoch.

—¡Bombas! —apostilló Hugh.

—¡Basta ya! —gritó Miss Peregrine, alzando las manos para pedir silencio—. Todos debemos mantener la calma. Sí, lo que sucedió a Miss Avocet fue trágico... un desastre..., pero fue una tragedia que no tiene por qué repetirse aquí. De todos modos, debemos estar vigilantes. A partir de ahora, sólo os alejaréis de la casa con mi consentimiento, y en parejas. Si os percatáis de la presencia de una persona que os resulta desconocida, aunque parezca ser peculiar, venid de inmediato a informarme. Discutiremos todo esto y más medidas de prevención por la mañana. ¡Hasta entonces, todo el mundo a la cama! Éstas no son horas de reuniones.

—Pero señorita... —empezó a decir Enoch.

—¡A la cama!

Los niños se fueron como una exhalación a sus habitaciones.

—En cuanto a usted, Mister Portman, no me gusta nada que viaje solo. Creo que quizá debería quedarse, al menos hasta que las cosas se calmen un poco.

—No puedo desaparecer como si tal cosa. A mi padre le dará un ataque.

Ella frunció el entrecejo.

—En ese caso, quédese al menos a pasar la noche. Insisto.

—De acuerdo, pero sólo si me cuenta todo lo que sabe sobre las criaturas que mataron a mi abuelo.

Ladeó la cabeza, estudiándome con algo parecido al regocijo.

—Muy bien, Mister Portman, no discutiré su necesidad de

saber. Instálese en el canapé para pasar la noche y será lo primero de lo que hablaremos mañana.

—Tiene que ser ahora. —Había esperado diez años para oír la verdad, y no podía esperar un minuto más—. Por favor.

—En ocasiones, joven, pisa usted una línea precariamente fina entre ser encantadoramente empecinado e insufriblemente cabezón. —Se volvió hacia Emma—. Miss Bloom, ¿podría ir a buscar mi frasco de vino de coca? Parece que no voy a poder dormir esta noche y tendré que beber un poco si quiero mantenerme despierta.

El estudio estaba demasiado cerca de los dormitorios de los niños para celebrar una conversación a altas horas de la noche, así que la directora y yo pasamos a un pequeño invernadero que lindaba con el bosque. Nos sentamos en tiestos vueltos boca abajo, rodeados de rosales trepadores, con una lámpara de queroseno sobre la hierba entre nosotros, sin que hubiera despuntado aún el alba tras las paredes de cristal. Miss Peregrine sacó una pipa del bolsillo y se inclinó para encenderla con la llama de la lámpara. Dio unas cuantas caladas pensativas, enviando a lo alto espirales de humo azul, y luego empezó a hablar.

—En tiempos remotos, la gente nos confundía con dioses —dijo—, pero nosotros los peculiares no somos menos mortales que la gente corriente. Los bucles en el tiempo simplemente retrasan lo inevitable y el precio que pagamos por utilizarlos es alto... una separación irreconciliable con el presente. Como sabe, las personas que llevan mucho tiempo residiendo en un bucle sólo pueden hacer una pequeña incursión en el presente de vez en cuando, no vaya a ser que se marchiten y mueran. Éste ha sido el acuerdo desde tiempo inmemorial.

Dio otra calada y luego prosiguió:

—Hace algunos años, a comienzos del siglo pasado, se escindió una facción entre nuestra gente... un grupo de peculiares descontentos y con ideas peligrosas. Creían que habían descubierto un método por el cual el tiempo en los bucles podía pervertirse para conferir a su usuario una especie de inmortalidad; no tan sólo la suspensión del envejecimiento, sino su inversión. Hablaban de juventud eterna fuera de los límites de los bucles, de saltar del futuro al pasado con impunidad, sin padecer ninguno de los efectos adversos que siempre han impedido tal temeridad... en otras palabras, dominar el tiempo sin temer a la muerte. La idea era descabellada... una auténtica bobada... ¡una refutación de las leyes empíricas que lo rigen todo!

Soltó aire con brusquedad, luego hizo una pausa durante un momento para serenarse.

—En cualquier caso. Mis dos hermanos, técnicamente brillantes pero más bien carentes de sentido común, se sintieron fascinados por la idea. Incluso tuvieron la audacia de solicitar mi ayuda para hacerla realidad. «Habláis de convertiros en dioses —les dije—. Eso no puede hacerse. E incluso si se pudiera, no debería hacerse.» Pero no hubo forma de disuadirles. Al haber crecido entre las pupilas ymbrynes de Miss Avocet, sabían más sobre nuestro don excepcional que la mayoría de varones peculiares; justo lo suficiente, me temo, para volverse peligrosos. A pesar de las advertencias, incluso amenazas, del Consejo, el verano de 1908 mis hermanos y varios cientos de miembros de esta facción renegada, junto con varias poderosas ymbrynes, traidores todos ellos, se aventuraron en la tundra siberiana para llevar a cabo su macabro experimento. Para el emplazamiento eligieron un viejo bucle anónimo que no se utilizaba desde hacía siglos. Pensamos que regresarían al cabo de una semana, con el rabo entre las piernas, humillados por la naturaleza inmutable de la vida y la muerte. Sien embargo, en lugar de eso, recibieron su castigo de un modo mucho más terrible. Provocaron una explosión catastrófica que hizo temblar hasta las Azores. Cualquiera que estuviera en un radio de quinientos kilómetros sin duda pensó que era el fin del mundo. Dimos por supuesto que todos habían perdido la vida, que aquel obsceno experimento, capaz de agrietar el mundo, fue su última declaración colectiva.

—Pero sobrevivieron —adiviné.

—Por así decirlo. Algunos podrían denominar el estado de existencia que asumieron posteriormente como una especie de condena en vida. Semanas más tarde, unas criaturas espantosas empezaron a atacar a gente peculiar. Aparte de sus sombras, nadie podía verlas, salvo peculiares como usted. Fueron los primeros enfrentamientos con los espíritus huecos. Tardamos algún tiempo en darnos cuenta de que estas abominaciones con fauces llenas de tentáculos eran de hecho nuestros díscolos camaradas, que habían conseguido reptar fuera del cráter humeante provocado por su experimento. Más que convertirse en dioses, se habían transformado en demonios.

—¿Qué salió mal?

—Eso sigue siendo cuestión de debate. Una teoría es que retrocedieron demasiado, a un tiempo en el que sus almas todavía no habían sido concebidas, motivo por el cual los llamamos «espíritus huecos»; porque sus corazones, sus almas están vacíos. En un cruel e irónico giro del destino, finalmente alcanzaron la inmortalidad que habían estado buscando. Se cree que los huecos pueden vivir miles de años, pero es una vida de constante tormento físico, de humillante envilecimiento... Se alimentan de animales errantes, viven aislados, sienten una hambre insaciable por la carne de sus antiguos compañeros, porque nuestra sangre es su única esperanza de salvación. Si un hueco bebe suficiente sangre de peculiares, se convierte en un wight.

—¡De nuevo esa palabra! —interrumpí—. La primera vez que nos vimos, Emma me acusó de ser uno de ellos.

—Yo podría haber pensado lo mismo, de no haberle observado con anterioridad.

—¿Qué son los wights?

—Si ser un hueco es, sin ninguna duda, un infierno viviente..., entonces ser un wight es similar al purgatorio. Los wights son casi gente corriente. No poseen habilidades peculiares. Pero debido a que pueden pasar por humanos, viven como siervos de sus hermanos huecos, actuando como exploradores, espías y proveedores de carne. Es una jerarquía de los condenados que aspira a convertir algún día a todos los huecos en wights y a todos los peculiares en cadáveres.

—¿Qué los detiene? —pregunté—. Si antes eran peculiares, ¿no conocen todos sus escondites?

—Por suerte, no parecen conservar ningún recuerdo de sus vidas anteriores. Y aunque los wights no son tan fuertes ni tan aterradores como los huecos, a menudo son igual de peligrosos. A diferencia de los huecos, les gobierna algo más que el instinto, y a menudo son capaces de mezclarse con la población normal. Puede resultar difícil distinguirlos de la gente corriente, aunque existen ciertos indicios. Sus ojos, por ejemplo. Curiosamente, los wights carecen de pupilas.

Se me puso la carne de gallina al recordar al vecino de ojos blancos que había visto regando el césped lleno de maleza la noche en que mataron a mi abuelo.

—Creo que vi uno. Pensé que no era más que un anciano ciego.

—Entonces eres más observador que la mayoría —concedió—. Los wights son expertos en pasar desapercibidos. Tienden a adoptar personalidades invisibles para la sociedad: el hombre vestido de gris del tren; el indigente que pide monedas en la calle; sólo rostros en la multitud. Aunque se ha sabido de algunos que se han arriesgado a quedar al descubierto colocándose en posiciones destacadas... médicos, políticos, clérigos... para poder interactuar con un número mayor de personas o tener cierto poder sobre ellas, de modo que les sea más fácil descubrir a peculiares que podrían estarse ocultando entre personas corrientes... exactamente como hacía Abe.

Miss Peregrine alargó la mano para coger un álbum de fotos que había traído de la casa y empezó a hojearlo.

—Se han hecho copias de éstas y se han distribuido a peculiares en todas partes, de un modo muy parecido a los carteles de las personas desaparecidas. Mire aquí —dijo, señalando una foto de dos niñas montadas sobre un falso reno, con un espeluznante Papá Noel de ojos vacuos atisbando entre la cornamenta—. Descubrieron al wight trabajando en unos grandes almacenes estadounidenses durante las Navidades. Así era capaz de interactuar con gran cantidad de niños en un espacio de tiempo extraordinariamente corto; tocándolos, interrogándolos... examinándolos en busca de indicios de peculiaridad.

Giró la página para mostrar una foto de un dentista de aspecto sádico.

—Este wight trabajaba como cirujano maxilofacial. No me sorprendería averiguar que el cráneo con el que posa pertenecía a una de sus víctimas peculiares.

Volvió a pasar la página, esta vez mostrando la foto de una niña encogida ante una sombra que se cernía sobre ella.

—Ésta es Marcie. Nos dejó hace treinta años para vivir con una familia corriente en el campo. Le supliqué que se quedara, pero estaba decidida. No mucho después, fue secuestrada por un wight mientras esperaba el autobús escolar. Se encontró una cámara en el lugar con esta foto sin revelar en su interior.

—¿Quién la tomó?

—El mismo wight. Les encantan los gestos teatrales, e invariablemente dejan tras ellos algún rastro zahiriente.

Estudié las fotografías, mientras un pequeño temor familiar se revolvía en mi interior.

3068

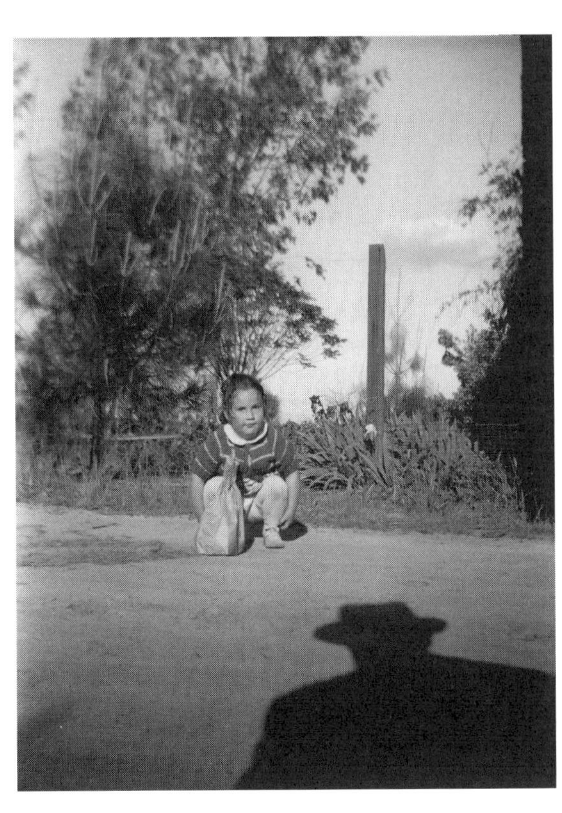

Cuando ya no pude soportar seguir contemplando las fotografías, cerré el álbum.

—Le cuento todo esto porque saberlo es su derecho por nacimiento —dijo Miss Peregrine—, pero también porque necesito su ayuda. Usted es el único de entre nosotros que puede salir del bucle sin despertar sospechas. Mientras esté con nosotros e insista en viajar de un lado a otro, le necesito para que esté atento por si aparecen personas nuevas en la isla y me informe de ello.

—Una apareció justo ayer —dije, pensando en el observador de pájaros que tanto había alterado a mi padre.

—¿Le vio los ojos? —preguntó.

—No en realidad. Estaba oscuro y llevaba un sombrero enorme que le ocultaba parte del rostro.

Miss Peregrine se mordisqueó el nudillo, frunciendo el cejo.

—Pero ¿por qué cree que podría ser uno de ellos?

—Es imposible estar seguro sin verles los ojos —repuso—, pero la posibilidad de que le siguieran a la isla me preocupa mucho.

—¿Qué quiere decir? ¿Que un wight me puede haber seguido hasta aquí?

—Tal vez el mismo que vio la noche de la muerte de su abuelo. Eso explicaría por qué eligieron perdonarle la vida... para que pudiera conducirles a un premio aún mayor: este bucle.

—Pero ¿cómo podían haber sabido que yo era peculiar? ¡Ni siquiera yo lo sabía!

—Si ellos sabían que su abuelo lo era, puede tener la seguridad de que también están enterados de que usted lo es.

Me sentí abrumado y hundí la cabeza en las rodillas.

—Supongo que no me permitirá tomar un sorbo de ese vino —dije.

—Rotundamente no.

De improviso sentí una opresión en el pecho.

—¿Estaré seguro alguna vez en alguna parte? —le pregunté.

Miss Peregrine me tocó el hombro.

—Está a salvo aquí —dijo—. Y puede vivir con nosotros tanto tiempo como quiera.

Intenté hablar, pero todo lo que pude articular fueron pequeños tartamudeos.

—Pero... no puedo... mis padres.

—Puede que ellos le quieran —susurró—, pero jamás lo comprenderán.

Para cuando regresé al pueblo, el sol proyectaba sus primeras largas sombras sobre las calles; hombres que habían estado bebiendo toda la noche daban vueltas a las farolas, los pescadores, calzados con botas negras, se dirigían con paso lento y semblante serio al puerto y mi padre justo empezaba a despertar de un sueño pesado. Mientras él abandonaba su cama yo me introduje en la mía, echándome las mantas por encima de la ropa llena de arena, justo unos segundos antes de que abriera la puerta para ver si yo estaba.

—¿Estás bien?

Lancé un gemido y me di la vuelta, dándole la espalda, y él salió. Cuando desperté, ya por la tarde, encontré una nota comprensiva y un paquete de pastillas para la gripe sobre la mesa de la sala común. Sonreí y me sentí culpable durante un breve instante por mentirle, y a continuación empecé a preocuparme por él, allí fuera deambulando por los cabos con sus prismáticos y su pequeño cuaderno de notas, posiblemente en compañía de un demente asesino de ovejas.

Me quité las legañas y, tras ponerme un chubasquero, efectué un recorrido por el pueblo, los acantilados y las playas cercanas, con la esperanza de ver o bien a mi padre o al extraño ornitólogo —y de paso echarle una mirada a los ojos—, pero no encontré a ninguno de los dos. Empezaba a oscurecer cuando me di finalmente por vencido y regresé al Hoyo del Sacerdote, donde encontré a mi padre en el bar, bebiendo cerveza con los clientes habituales. A juzgar por las botellas vacías que tenía alrededor, llevaba allí un buen rato.

Me senté junto a él y le pregunté si había visto al barbudo observador de pájaros. Dijo que no.

—Bueno, pues si lo ves —indiqué—, hazme un favor y mantente alejado, ¿de acuerdo?

Me miró de un modo raro.

—¿Por qué?

—Simplemente me da mala espina. ¿Y si es algún chiflado? ¿Y si es él quien mató a esas ovejas?

—¿De dónde sacas esas ideas estrafalarias?

Quise contárselo. Quise explicarlo todo y que él me dijera que lo comprendía y me ofreciera algún pequeño consejo paternal. Quise, en aquel momento, que todo regresara a tal como había sido antes de que llegásemos a la isla; antes de que yo encontrara la carta de Miss Peregrine, de vuelta a cuando yo no era más que un crío rico y malcriado de los suburbios echado a perder. En su lugar, me quedé sentado junto a mi padre un rato y le hablé sobre tonterías, e intenté recordar cómo había sido mi vida en aquella insondable época lejana de hacía cuatro semanas, e imaginar lo que podría ser dentro de cuatro semanas más; pero no pude. Al final, cuando me quedé sin nada sobre lo que conversar, me disculpé y subí a mi habitación para estar solo.

DIEZ

El martes por la noche, la mayor parte de lo que pensaba que sabía sobre mí mismo había resultado estar equivocado. El domingo por la mañana, mi padre y yo teníamos que hacer las maletas e irnos a casa. Me quedaban sólo unos pocos días para decidir qué hacer. Quedarme o irme; ninguna opción parecía buena. ¿Cómo podía quedarme allí y dejar atrás todo lo que había conocido? Pero, con todo lo que había averiguado, ¿cómo podía regresar a casa?

Aún peor, no había nadie con quien pudiera comentarlo. Hablar con mi padre era impensable. Emma efectuaba frecuentes y apasionadas exposiciones de por qué debería quedarme, ninguna de las cuales reconocía la vida que yo debía abandonar (a pesar de lo pobre que parecía ahora), sin contar cómo la repentina e inexplicable desaparición de su único hijo podría afectar a mis padres ni la agobiante sensación de asfixia que ella misma había admitido sentir dentro del bucle. Emma se limitaba a decir:

—Contigo aquí, será mejor.

Miss Peregrine era aún de menos ayuda. Su única respuesta era que no podía tomar una decisión como ésa por mí, aun cuando yo sólo quisiera discutirlo. Con todo, era evidente que quería que me quedara; más allá de mi propia seguridad, mi presencia en el bucle haría que todos los demás estuvieran más seguros. Pero a mí no me hacía ni pizca de gracia dedicar mi vida a ser su perro guardián. (Empezaba a sospechar que mi abuelo había sentido lo mismo y por eso no había querido volver después de la guerra.)

Unirme a los niños peculiares también significaba que no terminaría mis estudios secundarios ni iría a la universidad ni llevaría a cabo ninguna de las cosas que formaban parte de hacerse mayor. Por otra parte, tenía que recordármelo a cada momento, yo no era normal y mientras los huecos me persiguieran, cualquier vida fuera del bucle sería casi con toda seguridad interrumpida antes de tiempo. Pasaría el resto de mis días atemorizado, mirando por encima del hombro, atormentado por pesadillas y esperando a que ellos regresaran finalmente y me dieran el pasaporte. Eso sonaba muchísimo peor que perderme la universidad.

Entonces pensé: «¿No hay una tercera opción? ¿No podría ser como el abuelo Portman, quien durante cincuenta años había vivido, prosperado y mantenido a raya a los huecos fuera del bucle?». Fue entonces cuando la voz autocrítica de mi cabeza hizo acto de presencia.

«Él tenía entrenamiento militar, tonto. Era un tipo duro y frío. Tenía un vestidor lleno de escopetas recortadas. Ese hombre era un Rambo comparado contigo.»

«Podría apuntarme a una clase en el campo de tiro —decía entonces la parte optimista de mí—. Aprender kárate. Ponerme en forma.»

«¿Estás de broma? ¡Ni siquiera eras capaz de protegerte a ti mismo en el instituto! Tuviste que sobornar a aquel patán para que fuese tu guardaespaldas. Y te mearías en los pantalones sólo por apuntar con una arma auténtica a alguien.»

«No, no lo haría.»

«Eres débil. Eres un perdedor. Es por eso que él nunca te contó quién eras en realidad. Sabía que no podías lidiar con ello.»

«Cállate. Cállate.»

Durante días le di vueltas a mi diálogo interno. Quedarme o irme. Obsesionado constantemente sin llegar a ninguna determinación. Entretanto, mi padre perdió por completo el interés por su libro. Cuanto menos trabajaba, más se desanimaba, y cuanto más desanimado estaba, más tiempo pasaba en el bar. Nunca le había visto beber de ese modo —seis, siete cervezas por noche— y no quería estar cerca de él cuando lo veía así. Se mostraba sombrío y, cuando no estaba enfurruñado sin decir nada, me contaba cosas que yo realmente no quería saber.

—Uno de estos días tu madre va a dejarme —confesó una noche—. Si no hago algo muy pronto, creo que ella podría hacerlo.

Empecé a evitarle. No estoy seguro de si lo advirtió. Se tornó deprimentemente fácil mentir sobre mis idas y venidas.

Entretanto, en el hogar para niños peculiares, Miss Peregrine había constituido una especie de confinamiento. Era como si se hubiera declarado la ley marcial. Los niños más pequeños no podían ir a ninguna parte sin un acompañante, los de más edad iban en parejas y Miss Peregrine tenía que saber dónde estaba todo el mundo en todo momento. Sólo conseguir permiso para salir era todo un suplicio.

Se designaron centinelas en turnos rotatorios para vigilar la parte delantera y la trasera de la casa. En todo momento del día y la mayor parte de la noche se podían ver rostros aburridos atisbando por las ventanas. Si divisaban a alguien acercándose, tiraban de una cadena que hacía sonar una campanilla en la habitación de

Miss Peregrine, lo que significaba que siempre que yo llegaba ella me estaba esperando al otro lado de la puerta para interrogarme. ¿Qué sucedía fuera del bucle? ¿Había visto alguna cosa extraña? ¿Estaba seguro de que no me habían seguido?

Como es lógico, los niños empezaron a perder un poco la chaveta. Los pequeños se volvieron revoltosos, mientras que los mayores se mostraban alicaídos, quejándose a voces de las nuevas reglas. Suspiros teatrales brotaban de la nada, era la única pista de que Millard había penetrado en una habitación. Los insectos de Hugh revoloteaban y picaban a la gente, hasta que fueron desterrados de la casa, tras lo cual Hugh se pasaba todo el tiempo ante la ventana, con sus abejas arremolinándose al otro lado del cristal.

Olive, alegando que había extraviado sus zapatos lastrados, se aficionó a reptar por el techo como una mosca, dejando caer granos de arroz sobre la cabeza de la gente hasta que alzaban la vista y advertían su presencia, y entonces ella prorrumpía en carcajadas tan devastadoras que su levitación fallaba y tenía que agarrarse a algún candelabro o a una barra de cortina para no caer. El que estaba más extraño de todos era Enoch. Desaparecía en el interior de su laboratorio del sótano para efectuar unas cirugías experimentales a sus soldados de arcilla que habrían espeluznado al mismísimo doctor Frankenstein: amputar las extremidades a dos de ellos para convertir a un tercero en un horrendo hombre araña o embutir cuatro corazones de gallina en una única cavidad pectoral en un intento de crear a un superhombre de arcilla que jamás se quedase sin fuerzas. Uno a uno los pequeños cuerpos grises fallaban bajo la tensión y el sótano acabó pareciéndose a un hospital de campaña de la Guerra de Secesión americana.

Por su parte, Miss Peregrine permanecía en un estado de movimiento continuo, fumando una pipa tras otra y cojeando de habitación en habitación para controlar a los niños, como si pudieran desaparecer en cuanto salieran de su vista. Miss Avocet se quedó allí, emergía de su sopor de vez en cuando y deambulaba por los pasillos, llamando con tristeza a sus pupilos abandonados, y poco después volvía a desplomarse en brazos de alguien antes de ser llevada de vuelta a la cama. Hubo muchísima especulación paranoica sobre el trágico calvario de Miss Avocet y de por qué querrían los huecos secuestrar a las ymbrynes. Las teorías iban desde las historias más rocambolescas, como crear el bucle más grande de la historia, lo bastante grande para engullir a todo el planeta, hasta las que rayaban el optimismo más ridículo: los huecos necesitan la compañía de las ymprynes porque ser un horrible monstruo devorador de almas puede hacer que te sientas muy solo.

Finalmente, una quietud malsana se apoderó de la casa. Dos días de confinamiento habían aletargado a todo el mundo. Considerando que la rutina era la mejor defensa contra la depresión, Miss Peregrine intentó mantener a todo el mundo interesado en sus clases diarias, en preparar las comidas, en mantener la casa limpia y ordenada. Pero siempre que no tenían órdenes directas, los niños se dejaban caer pesadamente en cualquier silla, miraban apáticamente por las ventanas cerradas a cal y canto, hojeaban libros sobados con las esquinas raídas, leídos cientos de veces antes, o simplemente dormitaban.

Yo jamás había visto en acción el talento peculiar de Horace hasta que, una tarde, empezó a chillar. Corrimos escaleras arriba hasta la buhardilla, donde había estado montando guardia, y lo encontramos rígido en una silla, atenazado por lo que parecía ser una pesadilla. Tenía los ojos abiertos y arañaba el aire horrorizado.

En un principio sus gritos fueron sólo eso, pero luego empezó a farfullar, gritaba que los mares ardían, caían cenizas del cielo y un manto interminable de humo cubría la tierra. Tras unos cuantos minutos profiriendo declaraciones apocalípticas, pareció agotarse y cayó en un sueño inquieto.

Los otros habían visto a Horace en acción otras veces —lo bastante a menudo como para que hubiera fotos de sus ataques en el álbum de Miss Peregrine— y sabían qué hacer. Bajo la supervisión de la directora, le cogieron por los brazos y las piernas y lo transportaron a la cama. Cuando despertó, unas cuantas horas más tarde, afirmó que no recordaba nada y que los sueños que no podía recordar raras veces se hacían realidad. Los demás dieron por ciertas sus palabras, puesto que ya tenían demasiadas otras cosas de que preocuparse. Sin embargo, yo me quedé con la impresión de que no lo había contado todo.

Cuando alguien desaparece en una población tan pequeña como Cairnholm, es difícil que pase desapercibido. Por eso, el miércoles, cuando Martin no abrió el museo ni pasó por el Hoyo del Sacerdote para tomar su acostumbrada copita antes de acostarse, la gente empezó a preguntarse si estaba enfermo. La esposa de Kev fue a ver cómo estaba y se encontró que la puerta de su casa estaba abierta de par en par y su billetero y sus gafas estaban sobre la encimera, sin embargo no había ni rastro de Martin. Entonces la gente empezó a preguntarse si estaría muerto. Cuando siguió sin aparecer al día siguiente, enviaron a una cuadrilla de hombres a abrir cobertizos y a atisbar bajo los botes de la playa, buscando en cualquier parte donde un hombre sin esposa que gustaba del whisky pudiera ir a dormir la mona. Pero apenas habían empezado, cuando llegó una llamada en la radio de onda corta: habían pescado el cuerpo de Martin en el océano.

Yo estaba en el pub con mi padre cuando el pescador que lo había encontrado entró por la puerta. Era bien entrado el mediodía, pero se le sirvió una cerveza por principios, y en cuestión de minutos el hombre contaba su historia.

—Estaba allá en Gannet's Point recogiendo mis redes —empezó—. Pesaban una barbaridad, lo que me sorprendió, porque todo lo que atrapo generalmente por allí son cositas diminutas, camarones y eso. Pensé que quizá se habían enganchado en una trampa para cangrejos, así que agarré el garfio y me puse a hurgar a un lado y a otro, por debajo del bote, hasta que se quedó enganchado en algo. —Todos acercamos más nuestros taburetes, como si fuera la hora del cuento en algún morboso jardín de infancia—. Era Martin, ya lo creo que era él. Parecía como si hubiera caído por un acantilado y le hubieran mordisqueado los tiburones. Dios sabe qué estaría haciendo allí fuera en los acantilados en plena noche, vestido sólo con su bata y los calzones.

—¿No iba vestido? —preguntó Kev.

—Vestido para ir a la cama, quizá —respondió el pescador—. No para pasear bajo la lluvia.

Se mascullaron unas breves oraciones por el alma de Martin y luego la gente empezó a intercambiar teorías. En unos minutos, el lugar era un hervidero de humo y de Sherlock Holmes achispados.

—Puede que estuviera borracho —aventuró un hombre.

—O si estaba fuera, en los acantilados, a lo mejor es que vio al asesino de ovejas y lo perseguía —dijo otro.

—¿Y qué hay de ese tipo nuevo? —preguntó el pescador—. El que está acampando, el muy majara.

Mi padre se irguió en su taburete.

—Tropecé con él —intervino—. Hace dos noches.

Me volví hacia él sorprendido.

—No me lo dijiste.

—Yo iba a ver al farmacéutico, intentando pescarle antes de que cerrara, y ese tipo iba en dirección contraria, fuera del pueblo y con muchas prisas. Choqué contra su hombro cuando pasó, sólo para provocarle. Se detuvo y me miró fijamente, como queriendo intimidar. Me planté delante de él y le dije que quería saber qué estaba haciendo aquí, en qué estaba trabajando. También le dije que la gente de aquí hacían comentarios.

Kev se inclinó sobre el mostrador.

—¿Y?

—Pareció como si estuviese a punto de darme un puñetazo, pero luego simplemente se alejó.

Muchos hombres tenían curiosidad; qué hace un ornitólogo,

por qué el tipo acampaba ahí afuera y otras cosas que yo ya sabía. Mi pregunta era otra, y me moría por hacerla.

—¿Observaste algo extraño en él? ¿En su rostro?

Mi padre pensó durante un segundo.

—Pues la verdad es que sí. Llevaba gafas de sol.

—¿De noche?

—Algo condenadamente curioso.

Una sensación horrible me invadió y me pregunté hasta qué punto había estado cerca mi padre de algo mucho peor que una pelea a puñetazos. Supe que tenía que contarle esto a Miss Peregrine... y pronto.

—¡Ah, maldita sea! —exclamó Kev—. No ha habido un asesinato en Cairnholm en cien años ¿Por qué iba a querer nadie matar al viejo Martin? No tiene ningún sentido. Os apuesto una ronda a todos a que cuando nos devuelvan su autopsia, descubriremos que estaba como una cuba de tanto alcohol.

—Podría tardar un poco en suceder eso —informó el pescador—. La tormenta viene hacia aquí y el hombre del tiempo dice que va a ser una buena. La peor que hemos tenido en todo el año.

—El hombre del tiempo dice —se mofó Kev—. Ese idiota no sería capaz de adivinar si está lloviendo justo ahora.

Los isleños a menudo hacían lúgubres predicciones sobre lo que la Madre Naturaleza le deparaba a Cairnholm —estaban a merced de los elementos, al fin y al cabo, y eran pesimistas por defecto—, pero en esa ocasión sus temores se confirmaron. El viento y la lluvia que habían asolado la isla toda la semana se intensificaron aquella noche en un violento frente de tormentas que cubrieron el cielo y azotaron el mar levantando olas de espuma. Entre los rumores de que a Martin lo habían asesinado y las inclemencias del tiempo, el pueblo se cerró a cal y canto de un modo muy parecido a como lo había hecho el hogar infantil. La gente se quedó en sus casas. Se cerraron los postigos de las ventanas y se corrieron los cerrojos de las puertas. Las embarcaciones repiqueteaban contra sus amarraderos bajo el fuerte oleaje y ninguna abandonó el refugio del puerto; intentar navegar en medio de aquel temporal habría sido un suicidio. Y puesto que la policía de la isla grande no podía recoger el cuerpo de Martin hasta que el mar se calmara, los vecinos se encontraron con la irritante cuestión de qué hacer con el cadáver. Al final, se decidió que el pescadero, que tenía la reserva más grande de hielo del pueblo, lo mantendría en frío en la parte trasera de su tienda, entre salmones, bacalaos y otras cosas, todo ello sacado el mar, al igual que Martin.

Yo tenía instrucciones precisas de mi padre de no abandonar el Hoyo del Sacerdote, pero también tenía instrucciones de informar a Miss Peregrine de cualquier suceso extraño; y si una muerte sospechosa no cumplía tales requisitos, nada lo hacía. Así que esa noche fingí estar aquejado de algo parecido a la gripe y me encerré en mi habitación, luego me escabullí por la ventana y bajé por el tubo del desagüe hasta la calle. Nadie más era lo bastante estúpido para estar fuera, así que corrí directamente por la calzada principal sin temor a que me vieran, con la capucha de la chaqueta bien sujeta para protegerme del azote de la lluvia.

Cuando llegué al hogar para niños, Miss Peregrine me echó una mirada y supo que algo pasaba.

—¿Qué ha sucedido? —preguntó, recorriéndome con sus ojos enrojecidos.

Le conté todo lo que había pasado, todos los hechos importantes y rumores que había podido oír. Ella palideció. Me hizo entrar a toda prisa en la sala de estar, donde en un arranque de pánico reunió a todos los niños que pudo encontrar, y luego salió con paso enérgico en busca de los que habían hecho caso omiso de sus gritos. El resto se quedó allí sin saber qué hacer, ansiosos y confusos.

Emma y Millard me abordaron.

—¿Por qué se ha puesto de ese modo? —preguntó Millard.

Les conté en voz baja lo de Martin. Millard inhaló con fuerza y Emma cruzó los brazos, con semblante preocupado.

—¿Es realmente tan malo? —inquirí—. Quiero decir, es imposible que hayan sido los huecos. Sólo cazan peculiares, ¿no?

Emma lanzó un gemido.

—¿Quieres contárselo tú, o lo hago yo?

—Los huecos prefieren infinitamente a los peculiares por encima de la gente normal —explicó Millard—, pero comerán cualquier cosa para sustentarse, siempre y cuando sea fresco y con mucha carne.

—Es uno de los modos en que sabes que podría haber un hueco merodeando. Los cadáveres se amontonan a su alrededor. Por eso son principalmente nómadas. Si no se trasladaran de un sitio a otro tan a menudo, serían fáciles de localizar.

—¿Con qué frecuencia? —pregunté, con un escalofrío recorriéndome la espalda—. ¿Necesitan comer, quiero decir?

—Oh, muy a menudo —repuso Millard—. Organizar las comidas de los huecos es el mayor pasatiempo de los wights. Buscan peculiares cuando pueden, pero una pasmosa porción de sus energías y esfuerzos está dedicada a localizar víctimas normales, animales y humanas, y luego ocultar los restos. —Su tono era académico, como si discutiera las pautas alimentarias de una especie ligeramente interesante de roedor.

—Pero ¿no los pillan? —dije—. Quiero decir, si asesinan a gente, uno pensaría que...

—A algunos los pillan —respondió Emma—. Apuesto a que has oído hablar de unos cuantos, si sigues las noticias. Había un tipo, encontraron cabezas humanas en su congelador y ricos menudillos en una olla hirviendo a fuego lento, como si preparara la cena de Navidad. En tu tiempo, eso sucedió no hace mucho.

Recordé —vagamente— un especial sensacionalista de un programa de televisión sobre un asesino en serie, el caníbal de Milwaukee, al que habían detenido en truculentas circunstancias.

—¿Te refieres a... Jeffrey Dahmer?

—Creo que ése era el nombre del caballero en cuestión —asintió Millard—. Un caso fascinante. Parece que jamás perdió el gusto por el material fresco, a pesar de que hacía muchos años que ya no era un hueco.

—Pensaba que vosotros no debíais saber nada del futuro —continué.

Emma me lanzó una sonrisa astuta.

—El Pájaro sólo se guarda para sí las cosas buenas sobre el futuro, pero puedes apostar a que nos enteramos de todas las partes más desagradables.

Entonces Miss Peregrine regresó, arrastrando a Enoch y a Horace tras ella por las mangas de la camisa. Todo el mundo le dedicó su atención.

—Acabamos de enterarnos de una amenaza nueva —anunció, dedicándome un gesto de agradecimiento con la cabeza—. Un hombre de fuera de nuestro bucle ha muerto en circunstancias sospechosas. No podemos estar seguros de la causa ni de si representa una amenaza auténtica para nuestra seguridad, pero debemos actuar como si así fuera. Hasta nuevo aviso, nadie puede abandonar la casa, ni siquiera para recoger verduras ni traer un ganso para la cena.

Se elevó una queja general, sobre la cual Miss Peregrine alzó la voz.

—Son tiempos difíciles para todos nosotros. Les ruego que tengan paciencia.

De inmediato se alzaron manos por toda la habitación, pero ella rechazó todas las preguntas y salió a asegurar las puertas. Corrí tras la mujer presa del pánico. Si de verdad había algo peligroso en la isla, podría matarme en cuanto pusiera un pie fuera del bucle. Pero si me quedaba en la casa, estaría dejando indefenso a mi padre, por no hablar de lo preocupado que estaría por mí. De algún modo, eso parecía aún peor.

—¡Tengo que irme! —grité, alcanzando a Miss Peregrine.

Tiró de mí al interior de una habitación vacía y cerró la puerta.

—Mantendrá usted la voz baja —ordenó—, y respetará mis normas. Lo que he dicho es extensivo también a usted. Nadie abandona esta casa.

—Pero...

—Hasta ahora le he permitido una autonomía sin precedentes para ir y venir a su antojo, por respeto a su excepcional posición. Pero puede que ya le hayan seguido hasta aquí y eso hace peligrar las vidas de mis pupilos. No permitiré que les ponga en peligro... o se ponga usted mismo en peligro... aún más de lo que ya lo ha hecho.

—¡¿Es que no lo entiende?! —chillé con ira—. Las embarcaciones no salen de puerto. La gente del pueblo está atrapada. Mi padre está atrapado. Si de verdad hay un wight suelto y es quien creo que es, él y mi padre ya han estado a punto de pelear. Si un completo desconocido le ha servido para alimentar a un hueco, ¿tras quién cree que va a ir a continuación?

El rostro de Miss Peregrine no mostraba ninguna expresión.

—El bienestar de los habitantes del pueblo no es asunto mío —replicó—. No pondré en peligro a mis pupilos. No por nadie.

—No es tan sólo la gente del pueblo. Es mi padre. ¿De verdad cree que un par de puertas cerradas me impedirán salir?

—Tal vez no. Pero si insiste en marcharse, entonces le ruego que no regrese jamás.

Me sentí tan estupefacto que exploté en carcajadas.

—¡Pero me necesitan! —exclamé.

—Sí, le necesitamos —respondió—. Y mucho.

Subí hecho una furia a la habitación de Emma. Dentro había un retablo viviente de frustración que podría haber salido del pincel de Norman Rockwell, si Norman Rockwell hubiera pintado gente pasándolas moradas en la cárcel. Bronwyn miraba inexpresiva por la ventana. Enoch estaba sentado en el suelo, tallando un pedazo de arcilla dura. Emma estaba encaramada en el borde de la cama, con los codos sobre las rodillas, arrancando hojas de papel de un cuaderno y haciéndolas arder entre los dedos.

—¡Has vuelto! —exclamó cuando entré.

—Jamás me fui —respondí—. Miss Peregrine no me ha dejado. —Todo el mundo escuchó mientras explicaba mi dilema—. Estoy desterrado si intento irme.

El cuaderno entero de Emma ardió.

—¡No puede hacer eso! —gritó, haciendo caso omiso de las llamas que lamían su mano.

—Puede hacer lo que quiera —dijo Bronwyn—. Es el Pájaro.

Emma arrojó la libreta al suelo y apagó las llamas con los pies.

—Sólo he venido a deciros que me voy, tanto si quiere como si no. No puede retenerme prisionero y yo no pienso esconder la cabeza debajo del ala mientras mi padre corre un auténtico peligro.

—Entonces voy contigo —dijo Emma.

—No lo dices en serio —replicó Bronwyn.

—Ya lo creo que sí.

—Eres una idiota —dijo Enoch—. Te convertirás en una pasa arrugada, y ¿por qué? ¿Por él?

—¡No me convertiré en una pasa! —gritó Emma—. Tienes que estar fuera del bucle horas y horas para que el tiempo empiece a alcanzarte, y no hará falta tanto tiempo, ¿verdad, Jacob?

—Es una mala idea —reconocí.

—¿Qué es una mala idea? —dijo Enoch—. Ella va a arriesgar su vida y ni siquiera sabes qué es lo que va a hacer.

—A la directora no le gustará —intervino Bronwyn, planteando lo obvio—. Nos matará, Em.

Emma se levantó y cerró la puerta.

—Ella no nos matará —declaró—, esas bestias lo harán por ella. Y si ellas no lo hacen, vivir de este modo podría ser sencillamente peor que morir. ¡El Pájaro nos tiene enclaustrados de tal forma que apenas podemos respirar, y todo porque no tiene los redaños suficientes para enfrentarse a lo que sea que haya ahí fuera!

—Quizá no haya nada ahí fuera —intervino Millard, quien yo no había advertido que estaba en la habitación con nosotros.

—Pero a ella no le gustará —repitió Bronwyn.

Emma dio un decidido paso en dirección a su amiga.

—¿Cuánto tiempo puedes esconderte bajo el repulgo de la falda de esa mujer?

—¿Has olvidado ya lo que le sucedió a Miss Avocet? —preguntó Millard—. Precisamente fue en cuanto sus pupilos abandonaron el bucle cuando los asesinaron y secuestraron a Miss Bunting. Si se hubieran quedado donde estaban, nada malo habría sucedido.

—¿Nada malo? —inquirió Emma con recelo—. Sí, es cierto que los huecos no pueden atravesar bucles. Pero los wights sí pueden, que es exactamente el modo en que engañaron a aquellos niños para que salieran. ¿Deberíamos quedarnos aquí sentados y esperar a que entren por la puerta? ¿Y si en lugar de disfraces, esta vez llevaran armas?

—Eso es lo que yo haría —dijo Enoch—. ¡Esperar hasta que todo el mundo estuviera dormido y entonces descender por la chimenea como Papá Noel y PAM! —Disparó una pistola imaginaria contra la almohada de Emma—. Los sesos esparcidos por la pared.

—Gracias por la idea —suspiró Millard.

—Tenemos que atacarlos antes de que descubran que sabemos que están ahí —repuso Emma—, mientras todavía dispongamos del factor sorpresa.

—¡Pero es que no sabemos si están ahí! —dijo Millard.

—Pues lo averiguaremos.

—¿Y cómo te propones hacer eso? ¿Deambular por ahí hasta que veas a un hueco? Y entonces ¿qué? ¿Le dirás: «Perdone señor, nos preguntábamos cuáles podrían ser sus intenciones, con respecto a comernos»?

—Tenemos a Jacob —dijo Bronwyn—. Él puede verlos.

Sentí que se me hacía un nudo en la garganta, consciente de

que si se formaba esa partida de caza, yo sería de algún modo responsable de su seguridad.

—Sólo he visto uno en mi vida —les advertí—. Así que no me definiría a mí mismo precisamente como un experto.

—¿Y si resulta que no ve ninguno? —preguntó Millard—. Eso podría significar que no hay ninguno o que están bien escondidos. Seguiríais sin pistas, exactamente como lo estáis ahora.

Los niños se desanimaron. Millard no andaba desencaminado.

—Bueno, parece que la lógica ha vuelto a prevalecer —indicó—. Voy a ir en busca de unas gachas para cenar, si alguno de vosotros, aspirantes a amotinados, quiere acompañarme.

Los muelles de la cama crujieron cuando se levantó y fue hacia la puerta. Pero antes de que pudiera salir, Enoch se puso en pie de un salto y exclamó:

—¡Ya lo tengo!

—¿Qué dices? —preguntó Millard, deteniéndose.

Enoch se volvió hacia mí.

—Ese tipo que puede haber sido devorado por un hueco... ¿sabes dónde lo tienen?

—En la pescadería.

Se frotó las manos.

—Entonces, sé cómo podemos estar seguros.

—¿Cómo?

—Se lo preguntaremos.

Se organizó un equipo de reconocimiento. Me acompañarían Emma, que rehusó categóricamente dejarme solo, Bronwyn, que se resistía a enojar a Miss Peregrine pero insistió en que necesitábamos su protección, y Enoch, cuyo plan íbamos a llevar a cabo. Millard y su invisibilidad podría habernos venido muy bien, pero no quiso tener nada que ver con el plan y hubo que chantajearle para que no se chivara.

—Si vamos todos —razonó Emma—, el Pájaro no podrá desterrar a Jacob. Tendrá que desterrarnos a los cuatro.

—¡Pero yo no quiero que me destierren! —se quejó Bronwyn.

—Ella jamás lo haría, Wyn. Ésa es la cuestión. Y si conseguimos regresar antes de la hora de apagar las luces, puede que ni siquiera advierta que nos hemos ido.

Yo tenía mis dudas sobre eso, pero todos estuvimos de acuerdo en que valía la pena intentarlo.

Fue como fugarse de una prisión. Tras la cena, cuando la casa estaba en su momento más caótico y Miss Peregrine más distraída, Emma aparentó ir a la sala y yo al estudio. Nos reunimos minutos más tarde al final del pasillo del piso superior, donde un rectángulo de techo desapareció para dejar al descubierto una escalera. Emma subió por ella y yo la seguí, cerrando la trampilla detrás de nosotros, y nos encontramos en un desván diminuto y oscuro. En un extremo había una rejilla de ventilación, fácil de destornillar, que conducía a una sección plana del tejado.

Salimos al exterior; el cielo estaba muy oscuro, y nos encontramos con los demás que nos esperaban. Bronwyn nos dio un abrazo apabullante a cada uno y nos entregó impermeables negros que se había agenciado para la ocasión; de hecho la idea había sido mía, necesitábamos algo que nos protegiera un poco de la tormenta que rugía fuera de bucle. Estaba a punto de preguntar cómo planeábamos bajar al suelo cuando vi flotar a Olive por encima del borde del tejado.

—¿Quién tiene ganas de jugar al paracaídas? —preguntó, sonriendo de oreja a oreja.

Iba descalza y llevaba una cuerda atada alrededor de la cintura. Sentí curiosidad por saber quién la sujetaba y atisbé por el borde del tejado; vi a Fiona, cuerda en mano, asomando por una ventana y saludándome con la mano. Al parecer teníamos unos cuantos cómplices.

—Tú primero —me espetó Enoch.

—¿Yo? —pregunté, retrocediendo nerviosamente del borde.

—Agárrate a Olive y salta —ordenó Emma.

—No recuerdo que este plan implicara destrozarme la pelvis.

—¿Qué dices, bobo? Tú simplemente agárrate a Olive. Es muy divertido. Lo hemos hecho una barbaridad de veces. —Pensó un momento—. Bueno, una vez.

No parecía existir ninguna alternativa, así que hice de tripas corazón y me acerqué al borde del tejado.

—¡No tengas miedo! —rogó Olive.

—Es fácil para ti decirlo —respondí—. Tú no puedes caer.

Ella alargó los brazos, me abrazó con fuerza y yo le devolví el abrazo, y entonces musitó:

—Muy bien, vamos.

Cerré los ojos y di un paso al vacío. En lugar de la caída que esperaba, descendimos poco a poco hasta el suelo, igual que un globo que pierde helio.

—¡Qué divertido! —exclamó Olive—. ¡Ahora suéltate!

Lo hice y ella salió disparada de vuelta al tejado, gritando «¡Uiii!». Los demás la hicieron callar y luego, uno tras otro, la abrazaron y descendieron flotando a reunirse conmigo. Cuando estuvimos todos juntos empezamos a escabullirnos en dirección al bosque coronado por la luna, con Fiona y Olive saludando con la mano a nuestra espalda. Puede que fuera mi imaginación, pero las criaturas de los arbustos ornamentales, agitadas por la brisa, también parecieron saludarnos; Adán agitaba la cabeza en una sombría despedida.

Cuando nos detuvimos en el borde de la ciénaga para recuperar el aliento, Enoch introdujo las manos en su abultado abrigo y distribuyó unos paquetes envueltos en estopilla.

—Cogedlos —ordenó—. No voy a cargar yo con todos ellos.

—¿Qué son? —preguntó Bronwyn, desenvolviendo la tela y dejando al descubierto un pedazo de carne de color marrón con tubitos saliendo de ella—. ¡Puaj, apesta! —exclamó, sosteniéndolo a distancia.

—Cálmate, no es más que un corazón de oveja —explicó Enoch, depositando algo aproximadamente de las mismas dimensiones en mis manos.

Apestaba a formaldehído e, incluso a través de la tela, tenía un tacto desagradablemente húmedo.

—Echaré las tripas si tengo que cargar con esto —dijo Bronwyn.

—¡Ni se te ocurra! —rezongó Enoch, en tono ofendido—. Escóndelo en tu impermeable y sigamos adelante.

Seguimos la franja invisible de terreno firme a través de la ciénaga. Yo había pasado por ella tantas veces ya, que casi había olvidado lo peligrosa que podía ser, las muchas vidas que se había tragado a lo largo de los siglos. Al subir al montículo del cairn, indiqué a todo el mundo que se abotonaran los abrigos.

—¿Y si vemos a alguien? —preguntó Enoch.

—Simplemente actuad con normalidad —recomendé—. Les diré que sois amigos míos de Estados Unidos.

—¿Y si vemos a un wight? —preguntó Bronwyn.

—Salid corriendo.

—¿Y si Jacob ve a un hueco?

—En ese caso —repuso Emma—, corred como si os persiguiera el diablo.

Uno a uno nos agachamos para penetrar en el cairn, dejando atrás aquella tranquila noche de verano. Todo estuvo silencioso hasta que llegamos a la cámara del fondo, entonces la presión del aire y la temperatura descendieron y la tormenta rugió a pleno pulmón. Nos volvimos en dirección al sonido, nerviosos, y por un momento nos limitamos a permanecer allí, escuchando, mientras el viento aullaba en la boca del túnel. Sonaba como un animal enjaulado al que acababan de enseñar su cena. No había otro remedio que ir hacia él.

Nos arrodillamos y gateamos hacia el interior de lo que parecía un agujero negro. Las estrellas se habían perdido tras una montaña de nubarrones, la lluvia caía torrencialmente, un viento gélido azotaba nuestros abrigos y las descargas de los relámpagos nos conferían un color blanquecino, haciendo que la oscuridad que los seguía pareciera aún más impenetrable. Emma intentó producir una llama, pero parecía un encendedor estropeado; a cada centelleante movimiento de muñeca la luz se extinguía con un siseo antes de prender, así que nos arrebujamos bien en nuestros impermeables y corrimos inclinados para protegernos del temporal y la crecida ciénaga, que nos succionaba las piernas, avanzando tanto gracias a la memoria como a la vista.

En el pueblo, la lluvia tamborileaba contra puertas y ventanas, pero todos permanecían al abrigo de sus casas, bajo llave y con los postigos cerrados, mientras nosotros corríamos por las calles inundadas, sorteando tejas desperdigadas que el viento había arrancado, esquivando una oveja solitaria cegada por la lluvia que balaba perdida y un retrete exterior inclinado que vertía su contenido a la calzada, hasta que llegamos a la pescadería. La puerta estaba cerrada con llave pero, con dos fuertes patadas, Bronwyn la derribó. Tras secarse la mano con el abrigo, Emma consiguió por fin producir una llama. Esturiones de grandes ojos nos contemplaban fijamente desde sus vitrinas de cristal. Conduje al grupo al interior de la tienda, por detrás del mostrador donde Dylan pasaba sus días rezongando imprecaciones y quitando escamas a peces, y atravesamos una puerta llena de marcas de óxido. En el otro lado había una pequeña cámara frigorífica, una especie de cobertizo adosado con el suelo recubierto de tierra, el techo de hojalata y las paredes de tablas toscamente cortadas y agujereadas igual que dientes cariados por donde penetraba la lluvia. Abarrotando la habitación había una docena de artesas rectangulares sostenidas sobre caballetes y llenas de hielo.

—¿En cuál estará? —preguntó Enoch.

—No lo sé —reconocí.

Emma hizo brillar la llama a su alrededor mientras caminábamos entre las artesas, intentando adivinar cuál podría contener algo más que simples peces congelados; pero todas tenían el mismo aspecto: simples ataúdes de hielo sin tapa. Tendríamos que registrarlas todas para encontrarlo.

—Yo no —se negó Bronwyn—. No quiero verle. No me gustan las cosas muertas.

—Tampoco a mí, pero tenemos que hacerlo —repuso Emma—. Estamos en esto todos juntos.

Cada uno eligió una artesa y enterró las manos en ella, como un perro excavando un valioso arriate de flores, con las manos ahuecadas arrojando montones de hielo al suelo. Yo había vaciado la mitad de la mía y empezaba a perder la sensibilidad en los dedos, cuando oí que Bronwyn chillaba. Me volví y vi que se apartaba tambaleante, con las manos sobre la boca.

Nos amontonamos alrededor de ella para ver qué había desenterrado. Sobresaliendo del hielo había una mano congelada de nudillos peludos.

—Me atrevería a decir que has encontrado a nuestro hombre —dijo Enoch, y entre sus dedos entreabiertos contemplamos cómo retiraba el hielo, dejando poco a poco al descubierto un brazo, luego el torso y por fin el cuerpo destrozado de Martin.

Era una visión espantosa. Tenía las extremidades torcidas en direcciones improbables. Le habían abierto en canal con unas tijeras, le habían vaciado la cavidad torácica, y la habían vuelto a llenar con hielo. Cuando apareció el rostro, todos nos quedamos sin respiración. La mitad era una contusión violácea que colgaba a tiras, como una máscara hecha trizas. La otra mitad estaba lo bastante intacta como para reconocerle: una mandíbula salpicada de barba, una sección zigzagueante de mejilla y frente, y un ojo verde, nublado, que miraba fijamente sin ver. Llevaba puestos tan sólo unos calzoncillos y los restos hechos jirones de una bata de rizo americano. Era imposible que hubiera salido a pasear por los acantilados de noche vestido de esa guisa. Alguien, o algo, lo había arrastrado hasta allí.

—Está muy deteriorado —nos previno Enoch, evaluando a Martin como lo haría un cirujano ante un paciente prácticamente sin remedio—. Os lo digo ahora, quizá no funcione.

—Tenemos que intentarlo —replicó Bronwyn, avanzando valerosamente hasta la artesa con el resto de nosotros—. Hemos llegado hasta aquí, al menos tenemos que intentarlo.

Enoch abrió su impermeable y sacó uno de los corazones de un bolsillo interior. Parecía un guante de catcher de color granate doblado sobre sí mismo.

—Si despierta —continuó Enoch—, no va a estar muy contento. Así que manteneos alejados y no digáis que no os lo advertí.

Todos nosotros dimos un generoso paso atrás salvo Enoch, que se arrimó al contenedor y hundió el brazo en el hielo que llenaba el pecho de Martin, haciéndolo girar como si buscara una lata de refresco en el interior de un refrigerador. Al cabo de un momento pareció haberse hecho con algo, mientras con la otra mano alzó el corazón de oveja por encima de la cabeza.

Una repentina convulsión recorrió el cuerpo de Enoch y el corazón de oveja empezó a latir, rociando la ensangrentada solución conservante en forma de fina neblina. Enoch efectuó inhalaciones rápidas y someras, dando la impresión de que canalizaba algo. Estudié el cuerpo de Martin en busca de alguna indicación de movimiento, pero yacía inmóvil.

Poco a poco el corazón de la mano de Enoch empezó a ir más despacio y a encogerse, y su color se desvaneció hasta adquirir un gris negruzco, como carne que lleva demasiado tiempo en la nevera. Enoch lo arrojó al suelo y alargó la mano vacía en mi dirección. Saqué el corazón que había guardado en el bolsillo y se lo entregué. Repitió el mismo proceso. El corazón bombeó y latió durante un instante, antes de dejar de funcionar como el anterior. Luego repitió por tercera vez la operación, usando el corazón que había transportado Emma.

Ahora, el corazón de Bronwyn era el único que quedaba; la ultima posibilidad de Enoch. Su rostro adquirió una intensidad nueva mientras lo alzaba por encima del tosco ataúd de Martin, oprimiéndolo como si tuviera la intención de atravesarlo con los dedos. Mientras la víscera empezaba a dar sacudidas y a temblar como un motor demasiado revolucionado, Enoch gritó:

—¡Levántate, hombre muerto! ¡Levántate!

Percibí un amago de movimiento. Algo había cambiado de posición bajo el hielo. Me incliné tan cerca como pude soportar, atento a cualquier señal de vida. Durante un largo instante no pasó nada, pero entonces el cuerpo se convulsionó violentamente, tan de improviso y con tanta fuerza como si le hubieran aplicado un millar de voltios. Emma lanzó un chillido y todos dimos un salto atrás. Cuando bajé los brazos para volver a mirar, la cabeza de Martin se había movido en mi dirección y su ojo empañado giraba enloquecido, hasta que por fin se quedó inmóvil, como si se fijara en mí.

—¡Te ve! —gritó Enoch.

Me incliné hacia él. El muerto olía a tierra removida, a salitre y a algo peor. Se desprendió hielo de su mano cuando la alzó, temblando en el aire un momento, destrozada y azul, antes de ir a posarse en mi brazo. Contuve el impulso de apartarla con un violento ademán.

Los labios se separaron y las mandíbulas se abrieron de par en par. Me agaché para oírle mejor, pero no había nada que oír. «Claro que no puede hablar —pensé—, le han estallado los pulmones». Pero entonces un leve sonido se escapó al exterior, y me incliné aún más, pegando casi la oreja a los congelados labios. Curiosamente, me dio por pensar en el canalón de mi casa, donde si ponías la cabeza contra los barrotes y esperabas a que hubiera una pausa en el tráfico, podías captar vagamente el susurro de un arroyo subterráneo, enterrado bajo la ciudad pero que todavía fluía, encerrado en una noche perpetua.

Los demás se apiñaron a mi alrededor, pero yo era el único que podía oír al muerto. Lo primero que dijo fue mi nombre.

—Jacob.

Me sentí traspasado por el miedo.

—Sí.

—Yo estaba muerto.

Las palabras salían despacio, goteando como la melaza. Se corrigió.

—Estoy muerto.

—Cuénteme qué sucedió —pedí—. ¿Puede recordarlo?

Hubo una pausa. El viento soplaba a través de las brechas de las paredes. Dijo algo que no conseguí entender.

—Dígalo otra vez, por favor, Martin.

—Él me mató —susurró el muerto.

—¿Quién?

—Mi viejo.

—¿Se refiere a Oggie? ¿Su tío?

—Mi viejo —repitió—. Se volvió grande y fuerte, muy fuerte.

—¿Quién lo hizo, Martin?

El ojo se cerró y temí que se hubiera ido para siempre. Miré a Enoch, que asintió. El corazón de su mano seguía latiendo.

El ojo de Martin se movió rápidamente bajo el párpado. Empezó a hablar otra vez, despacio pero de un modo acompasado, como si recitara algo.

—Durante cien generaciones durmió, enroscado como un feto

en el vientre misterioso de la tierra, digerido por raíces, fermentado en la oscuridad, los frutos del verano enlatados y olvidados en la despensa hasta que la pala de un granjero lo sacó a la luz, una comadrona burda para una cosecha extraña.

Martin hizo una pausa, sus labios temblaban, y en el breve silencio Emma me miró y susurró:

—¿Qué dice?

—No lo sé —respondí—. Parece un poema.

Él prosiguió, su voz flaqueaba, aunque era lo bastante alta para que cualquiera pudiera oírla:

—Ennegrecido descansa, el tierno rostro del color del hollín, extremidades atrofiadas como venas de carbón, los pies pedazos de madera a la deriva adornados con uvas resecas.

Y finalmente reconocí el poema. Era el que Martin había compuesto para el muchacho de la ciénaga.

—¡Oh, Jacob, le cuidé con tanto esmero! —siguió—. Quité el polvo del cristal, le cambié la tierra y le creé un hogar... como si fuera mi propio bebé, enorme y magullado. Le cuidé con tanto esmero, pero... —Empezó a dar sacudidas y una lágrima descendió por su mejilla y se congeló allí—. Pero él me mató.

—¿Se refiere al muchacho de la ciénaga? ¿Al Viejo?

—Envíame de vuelta —suplicó—. Duele.

Su mano helada me masajeó el hombro, mientras su voz volvía a apagarse.

Miré a Enoch pidiendo ayuda. Él cerró con más fuerza la mano sobre el corazón y sacudió la cabeza.

—De prisa, ahora, camarada —ordenó.

Entonces comprendí algo. Aunque describía al muchacho de la ciénaga, no era el muchacho de la ciénaga quien le había matado.

«Sólo se vuelven visibles para el resto de nosotros cuando están comiendo —me había contado Miss Peregrine—, es decir, cuando es demasiado tarde.» Martin había visto a un espíritu hueco, de noche, bajo la lluvia, mientras éste le desgarraba las entrañas, y lo había confundido con su mejor pieza de exposición.

El viejo miedo empezó a resurgir, aprisionando mis tripas. Me volví hacia los otros.

—Ha sido un espíritu hueco —confesé—. Está en alguna parte de la isla.

—Pregúntale dónde —dijo Enoch.

—Martin, ¿dónde? Necesito saber dónde lo viste.

—Por favor. Duele.

—¿Dónde lo viste?

—Llamó a mi puerta.

—¿El viejo vino a buscarte?

Su respiración se entrecortó de un modo extraño. Costaba mirarle, pero me obligué a hacerlo, siguiendo la dirección de su ojo mientras se movía y se concentraba en algo que yo tenía detrás.

—No —dijo—. Él vino.

Y entonces una luz nos barrió y una voz sonora rugió:

—¿Quién anda ahí?

Emma cerró la mano y la llama se extinguió con un siseo. Todos nos volvimos en redondo y vimos a un hombre de pie en la entrada, sosteniendo una linterna en una mano y una pistola en la otra.

Enoch sacó de un tirón el brazo del hielo, en tanto que Emma y Bronwyn cerraban filas alrededor de la artesa para ocultar a Martin.

—No queríamos entrar sin permiso —dijo Bronwyn—. ¡Ahora mismo nos íbamos, de verdad!

—¡Quedaos donde estáis! —gritó el hombre.

La voz era monótona, sin acento. No podía ver su cara a través de la luz, pero las diferentes capas de chaquetas superpuestas le delataron al instante. Era el ornitólogo.

—Señor, no hemos comido nada en todo el día —lloriqueó Enoch, por una vez sonando como un niño de doce años—. ¡Todo lo que hemos venido a buscar es un pez o dos, lo juro!

—¿Es eso cierto? —inquirió el hombre—. Parece que habéis elegido uno muy grande. Dejadme ver de qué clase es. —Agitó la linterna a un lado y a otro para apartarnos con el haz—. ¡Haceos a un lado!

Lo hicimos, y recorrió con la linterna el cuerpo de Martin, un paisaje de llamativa destrucción.

—Santo cielo, eso es un pescado muy raro, ¿verdad? —dijo, sin inmutarse lo más mínimo—. Debe de ser muy fresco. ¡Todavía se mueve!

El haz de luz fue a descansar sobre el rostro de Martin. El ojo se quedó en blanco y los labios se movieron en silencio, tan sólo un acto reflejo mientras la vida que Enoch le había dado se esfumaba.

—¿Quién es usted? —preguntó Bronwyn.

—Eso depende de a quién se lo preguntes —respondió el hombre—, y no es ni con mucho tan importante como el hecho de que yo sí sé quiénes sois vosotros. —Apuntó con la linterna a cada uno de nosotros y habló como si citara algún expediente secreto—. Emma Bloom, una chispa, abandonada en un circo cuando sus padres no pudieron venderla. Bronwyn Bruntley, una enloquecida, degustadora de sangre, que no conocía su propia fuerza hasta la noche en que le partió el cuello al canalla de su padrastro. Enoch O'Connor, que alza a los muertos, nacido en una familia de empresarios de pompas fúnebres que no podían comprender por qué sus clientes insistían en marcharse por su propio pie.

Vi como cada uno de ellos retrocedía asustado ante él. Entonces dirigió la luz hacia mí.

—Y Jacob. Con qué personas tan peculiares te relacionas en la actualidad.

—¿Cómo sabe mi nombre?

Él carraspeó y cuando volvió a hablar su voz había cambiado radicalmente.

—¿Tan de prisa me has olvidado? —preguntó, con un acento de Nueva Inglaterra—. Pero claro, sólo soy un viejo conductor de autobús, supongo que no podrías recordarme.

Parecía imposible, pero de algún modo el hombre efectuaba una imitación perfecta del conductor de autobús de mi escuela secundaria, Mister Barron. Un hombre tan despreciable, con tan mal genio, tan robóticamente inflexible que el último día de clase, en octavo, afeamos su fotografía del anuario escolar con grapas y la colgamos como un monigote detrás de su asiento. Justo recordaba lo que él acostumbraba a decir al bajar yo del autobús cada tarde, cuando de pronto, el hombre que tenía delante lo voceó:

—¡Fin de trayecto, Portman!

—¿Mister Barron? —pregunté con recelo, esforzándome por verle la cara a través del haz de la linterna.

El hombre rió y carraspeó, el acento volvió a cambiar.

—O él, o el jardinero —continuó, con un marcado acento de Florida—. Aquellos árboles necesitan un buen afeitado. ¡Le haré un buen precio!

Era el tono exacto del hombre que durante años se había ocupado del jardín de mi familia y limpiado la piscina.

—¿Cómo hace eso? —pregunté—. ¿Cómo conoce a esas personas?

—Porque yo soy esas personas —dijo, sin el menor acento otra vez, y lanzó una carcajada, disfrutando de mi desconcertado horror.

Una idea me pasó por la cabeza. ¿Había visto yo alguna vez los ojos de Mister Barron? No, nunca. Siempre llevaba aquellas enormes gafas de sol de persona mayor que le cubrían gran parte del rostro. El jardinero también llevaba gafas, y un sombrero de ala ancha. ¿Me había fijado en ellos más de un minuto? ¿Cuántos papeles más habría representado ese camaleón en mi vida?

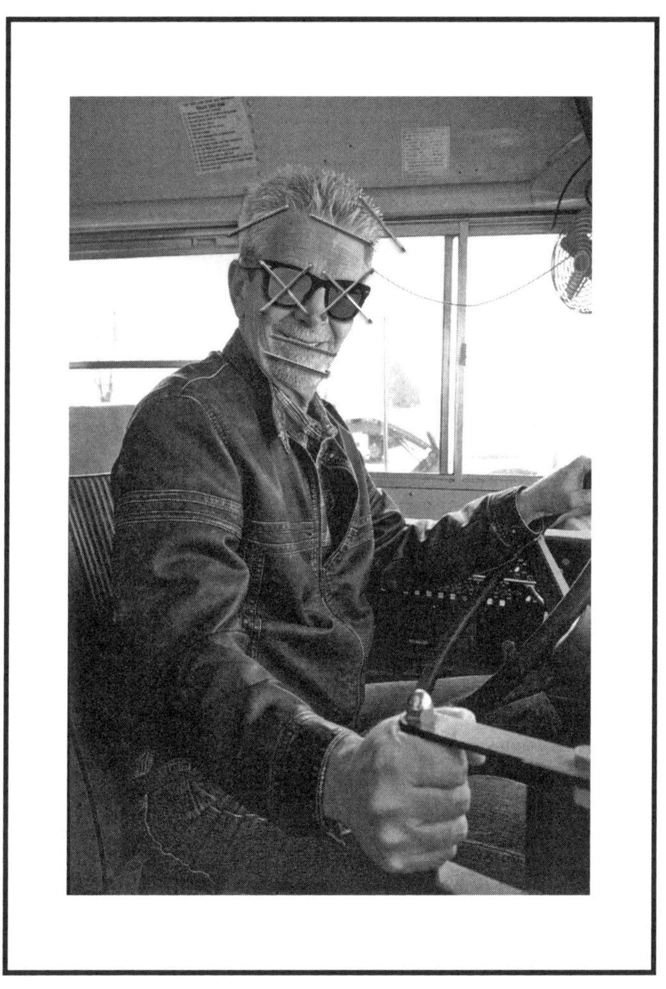

—¿Qué sucede? —preguntó Emma—. ¿Quién es este hombre?

—¡Cállate! —le espetó él—. Ya te llegará tu turno.

—Me ha estado vigilando —expliqué—. Mató a esas ovejas y mató a Martin.

—¿Quién, yo? —repuso en tono inocente—. Yo no maté a nadie.

—Pero usted es un wight, ¿verdad?

—Ésa es la palabra que ellos usan —respondió.

No conseguía comprenderlo. No había visto al jardinero desde que mi madre lo sustituyó hacía tres años. Y Mister Barron había desaparecido de mi vida después de que yo finalizara octavo. ¿Me habían... me había estado vigilando realmente?

—¿Cómo sabía dónde encontrarme?

—Vaya, Jacob —dijo, con distinta voz una vez más—, me lo contaste tú mismo. En confianza, desde luego.

Ahora el acento era del Medio Oeste, suave y culto. Inclinó hacia arriba la linterna, de modo que el resplandor iluminó su rostro.

La barba que le había visto lucir el día anterior había desaparecido. Ahora no había posibilidad de confundirle.

—¡Doctor Golan! —balbuceé, como en un susurro engullido por el tamborileo de la lluvia.

Rememoré nuestra conversación telefónica de unos días atrás. El ruido de fondo..., él había dicho que estaba en el aeropuerto. Sin embargo, no estaba recogiendo a su hermana. Venía tras de mí.

Retrocedí contra la artesa donde estaba Martin, trastabillando, con una sensación de aturdimiento extendiéndose por todo mi ser.

—El vecino —dije—. El anciano que regaba el césped la noche que mi abuelo murió. Ése era usted, también.

Sonrió.

—Pero sus ojos... —continué.

—Lentes de contacto —respondió; hizo saltar una con el pulgar, mostrando una órbita en blanco—. Es sorprendente lo que pueden fabricar en la actualidad. Y si puedo adelantarme a unas cuantas preguntas más, sí, soy un terapeuta autorizado... las mentes de la gente corriente me fascinan desde hace tiempo... y no, a pesar de que nuestras sesiones se basaban en una mentira, no creo que fueran una total pérdida de tiempo. De hecho, podría seguir ayudándote... o más bien, podemos sernos de ayuda mutua.

—Por favor, Jacob —imploró Emma—, no le escuches.

—No te preocupes —respondí—. Confié en él una vez. No volveré a cometer el mismo error.

Golan siguió hablando como si no me hubiese oído.

—Puedo ofrecerte seguridad, dinero. Puedo devolverte tu vida, Jacob. Todo lo que tienes que hacer es trabajar para nosotros.

—¿Nosotros?

—Para Malthus y para mí —explicó, volviendo la cabeza para gritar por encima del hombro—. ¡Ven a saludar, Malthus!

Una sombra apareció en la puerta detrás de él y al instante nos acometió una oleada de un hedor insoportable. Bronwyn tuvo arcadas y retrocedió, y vi que Emma apretaba los puños con fuerza, como si pensara en arremeter contra ella. Le toqué el brazo y articulé en silencio: «Espera».

—Esto es lo que te propongo —prosiguió Golan, intentando sonar razonable—. Ayúdanos a encontrar a otras personas como tú y a cambio no tendrás nada que temer de Malthus ni de los de su especie. Podrás vivir en tu casa. En tu tiempo libre vendrás conmigo a ver mundo y te pagaremos generosamente. Diremos a tus padres que eres mi asistente de investigación.

—Si acepto —dije—, ¿qué les sucederá a mis amigos?

Efectuó un ademán desdeñoso con el arma que llevaba en la mano.

—Efectuaron su elección hace mucho tiempo. Lo que es importante es que hay un gran plan en marcha, Jacob, y tú formarás parte de él.

¿Lo consideré? Supongo que debí de hacerlo, aunque sólo fuera por un instante. El doctor Golan me ofrecía justo lo que había estado buscando: una tercera opción. Un futuro que no era ni permanecer allí para siempre ni marcharme y morir. Pero una breve mirada a mis amigos, a sus rostros marcados por la preocupación, desterró cualquier tentación.

—¿Bien? —insistió Golan—. ¿Cuál es tu respuesta?

—Moriría antes de ayudarle.

—¡Ah! —exclamó—. Pero si ya me has ayudado. —Y empezó a retroceder hacia la puerta—. Es una lástima que no tengamos más sesiones juntos, Jacob. Aunque no es una pérdida definitiva, supongo. Los cuatro juntos serviréis para que el viejo Malthus abandone por fin la envilecedora forma en la que ha estado atrapado tanto tiempo.

—¡Oh, no! —lloriqueó Enoch—. ¡No quiero que me coman!

—No llores, es degradante —espetó Bronwyn—. Simplemente tendremos que matarlos, eso es todo.

—Ojalá pudiera quedarme y observar —dijo Golan desde la puerta—. ¡Me gusta tanto observar!

Y a continuación desapareció y nos quedamos a solas con aquello. Podía oír a la criatura respirando en la oscuridad, un viscoso gotear, como el burbujeo de unas cañerías defectuosas. Cada uno de nosotros dio un paso atrás, y luego otro, hasta que nuestros hombros toparon con la pared, y entonces nos quedamos quietos, igual que prisioneros condenados ante un pelotón de fusilamiento.

—Necesito una luz —susurré a Emma, que estaba tan conmocionada que parecía haber olvidado su propio poder.

Su mano llameó y, entre las parpadeantes sombras, vi al monstruo acechando por las artesas. Mi pesadilla. Estaba allí, encorvada, sin pelo, con la piel desnuda moteada en gris y negro colgando de su cuerpo en enormes pliegues, los ojos circundados de supurante putrefacción, las piernas arqueadas, los pies deformes y las manos retorcidas en garras inútiles. Todas las partes de su cuerpo ofrecían un aspecto marchito y consumido, como el cuerpo de un hombre increíblemente viejo... todas salvo una. Sus mandíbulas gigantescas eran su característica principal, un protuberante contenedor de dientes tan largos y afilados como pequeños cuchillos que la carne de la boca era incapaz de contener, de modo que los labios estaban perpetuamente tensados hacia atrás en una sonrisa desquiciada.

Y entonces aquellos dientes horribles se separaron, y la boca se abrió cada vez más para dejar escapar tres lenguas ásperas, cada una de ellas tan gruesa como mi muñeca. Se fueron desenrollando hasta ocupar la mitad de la habitación, tres metros más o menos, y luego colgaron allí, moviéndose con vida propia, mientras la criatura respiraba penosamente por un par de orificios leprosos del rostro, como si paladeara nuestro aroma a la vez que consideraba el mejor modo de devorarnos. El hecho de que pensara que matarnos era tan fácil era la única razón de que todavía estuviéramos vivos; como un gourmet a punto de disfrutar de una comida excelente, no había motivo para precipitarse.

Los demás no podían ver a la criatura del modo en que yo lo

hacía, pero reconocían la sombra que proyectaba en la pared y la de sus lenguas parecidas a sogas. Emma flexionó el brazo y la llama ardió con más intensidad.

—¿Qué está haciendo? —musitó—. ¿Por qué no se lanza sobre nosotros?

—Está jugando —expliqué—. Sabe que estamos atrapados.

—No es cierto —masculló Bronwyn—. Sólo dejad que le atice directamente en la cara. Haré que se trague esos dientes de un puñetazo.

—Yo no me acercaría para nada a esos dientes —aconsejé.

El hueco dio unos pasos torpes al frente para recuperar los que nosotros habíamos dado hacia atrás, con sus lenguas desplegándose más y separándose, una yendo hacia mí, otra hacia Enoch y la tercera en dirección a Emma.

—¡Déjanos en paz! —chilló Emma, emprendiéndola a golpes con la mano como si fuera una antorcha.

La lengua se retorció para alejarse de la llama y luego volvió a acercarse, igual que una serpiente preparándose para atacar.

—¡Tenemos que intentar llegar a la puerta! —chillé—. ¡El hueco está junto a la tercera artesa por la izquierda, así que manteneos a la derecha!

—¡Jamás lo conseguiremos! —exclamó Enoch.

Una de las lenguas le rozó la mejilla y él profirió un alarido.

—¡A la de tres! —gritó Emma—. Una...

Y entonces Bronwyn se abalanzó en dirección a la criatura, aullando como una alma en pena. La criatura lanzó un chillido agudo y se irguió, con la piel fruncida erizándose. Justo cuando estaba a punto de descargar su tridente de lenguas contra ella, la muchacha embistió con todo el peso de su cuerpo contra la artesa llena de hielo donde descansaba Martin e hizo palanca con los brazos para volcarla. A continuación alzó por encima de su cabeza el enorme contenedor lleno de hielo, peces y el cuerpo de Martin, y éste salió despedido a toda velocidad por el aire, aterrizando sobre el hueco con un estrépito tremendo.

Bronwyn giró en redondo y corrió dando saltos hacia nosotros.

—¡MOVEOS! —chilló, y me aparté de un salto al mismo tiempo que ella chocaba contra la pared y abría un agujero de un puntapié en las tablas podridas.

Enoch, el más pequeño de nosotros, lo atravesó el primero, seguido por Emma, y, antes de que yo pudiera protestar, Bronwyn me había agarrado por los hombros y me arrojaba afuera a la húmeda noche. Aterricé con el pecho en un charco. El frío era horroroso, pero estaba eufórico por poder sentir cualquier otra cosa que no fuera la lengua del hueco enroscándose alrededor de mi garganta.

Emma y Enoch tiraron de mí para levantarme y salimos corriendo. Al cabo de un momento, Emma gritó el nombre de Bronwyn y se detuvo. Nos volvimos, comprendiendo que no había venido con nosotros.

La llamamos y escudriñamos en la oscuridad, no lo bastante valientes para volver a buscarla, y entonces Enoch chilló: «¡Ahí!» y vimos a Bronwyn recostándose contra una esquina de la cámara frigorífica.

—¿Qué está haciendo? —gritó Emma—. ¡BRONWYN, CORRE!

Daba la impresión de que abrazaba el edificio. Entonces retrocedió, tomó carrerilla y estrelló el hombro contra el soporte de la esquina. Igual que una casa hecha de palillos, la construcción se desplomó sobre sí misma, levantando una nube de hielo pulverizado y madera astillada que flotó en el aire y descendió por la calle, arrastrada por el viento.

Todos lanzamos gritos de alegría y aclamaciones mientras Bronwyn corría hacia nosotros, con una burlona sonrisa maníaca dibujada en el rostro. A continuación, nos quedamos parados bajo la lluvia que caía a cántaros, abrazándola y riendo. No pasó mucho tiempo antes de que nuestro estado de ánimo se ensombreciera, no obstante, a medida que íbamos comprendiendo lo que acababa de suceder, y entonces Emma se volvió hacia mí e hizo la pregunta que debía de estar en las mentes de todos ellos.

—Jacob, ¿cómo sabía ese wight tantas cosas sobre ti? ¿Y sobre nosotros?

—Le llamaste doctor —dijo Enoch.

—Era mi psiquiatra.

—¡Psiquiatra! —exclamó el muchacho—. ¡Eso es simplemente magnífico! ¡No tan sólo nos ha traicionado, sino que está loco de atar!

—¡Retira eso! —chilló Emma, dándole un fuerte empujón.

Él estaba a punto de empujarla a su vez, cuando yo me coloqué entre ellos.

—¡Parad! —ordené, apartándolos con energía, y luego me volví hacia Enoch—. Estás equivocado. No estoy loco. Me hizo pensar que lo estaba, aunque todo el tiempo debió de saber que yo era peculiar. De todos modos, tienes razón sobre una cosa: sí que os traicioné. Le conté las historias de mi abuelo a un desconocido.

—No es culpa tuya —dijo Emma—. No podías saber que eran reales.

—¡Pues claro que podría haberlo sabido! —vociferó Enoch—.

Abe se lo contó todo. ¡Incluso le mostró nuestras malditas fotografías!

—Golan lo sabía todo, excepto cómo encontraros —continué—. Y yo le conduje directamente aquí.

—Pero te engañó —indicó Bronwyn.

—Sólo quiero que sepáis que lo siento.

Emma me abrazó.

—No pasa nada. Estamos vivos.

—Por ahora —repuso Enoch—. Pero ese maníaco sigue ahí fuera y, teniendo en cuenta lo dispuesto que estaba a utilizarnos de alimento para su espíritu hueco domesticado, es de suponer que habrá averiguado cómo entrar en el bucle por su cuenta.

—¡Ah, cielos, tienes razón! —exclamó Emma.

—Bien —continué—, será mejor que lleguemos allí antes de que lo haga él.

—Y antes que la cosa —añadió Bronwyn, y al volver la cabeza la vimos señalar la destrozada cámara frigorífica, donde unas tablas rotas empezaban a moverse entre el montón desplomado—. Imagino que vendrá directamente a por nosotros y me he quedado sin casas que arrojarle encima.

Alguien gritó «¡Corred!», pero ya lo hacíamos, recorriendo como una exhalación el sendero en dirección al único lugar donde el hueco no podía alcanzarnos: el bucle. Corrimos fuera de la ciudad en la oscuridad; los vagos contornos azulados de las casas fueron dando paso a los campos, luego ascendimos a toda velocidad por la cresta, con riadas discurriendo sobre nuestros pies, lo que hacía peligroso el sendero.

Enoch resbaló y cayó. Le levantamos y seguimos corriendo. Cuando estábamos a punto de coronar la cresta, también Bronwyn perdió pie y resbaló seis metros antes de que pudiera detenerse. Emma y yo retrocedimos para ayudarla y, mientras la cogíamos por los brazos, volví la cabeza para mirar a nuestra espalda, con la esperanza de vislumbrar a la criatura. Pero allí no había más que lluvia, oscuridad y viento. Mi talento para descubrir huecos no servía de gran cosa si no había luz para verlos. Pero entonces, cuando regresamos a la cima de la cresta, jadeando, un prolongado relámpago iluminó la noche y la vi. Estaba lejos, a cierta distancia por debajo de nosotros, pero trepaba con rapidez; sus musculosas lenguas golpeaban con fuerza el barro y la impulsaban cresta arriba como si fuera una araña.

—¡Rápido! —grité, y descendimos a la carrera por el otro lado, resbalando de espaldas hasta que llegamos a terreno llano y pudimos volver a correr.

Centelleó otro relámpago. La criatura estaba aún más cerca que antes. A aquel ritmo no habría modo de que pudiéramos dejarla atrás. Nuestra única esperanza era ser más listos que ella.

—¡Si nos atrapa, nos matará a todos —grité—, pero si nos dividimos, tendrá que elegir! La conduciré por el camino largo e intentaré perderla en la ciénaga. ¡El resto de vosotros llegad al bucle tan de prisa como podáis!

—¡Estás loco! —gritó a su vez Emma—. ¡Si alguien debe quedarse atrás soy yo! ¡Puedo enfrentarme a él con fuego!

—No con esta lluvia —insistí—, ¡y no si no puedes verle!

—¡No dejaré que te suicides! —chilló.

No había tiempo para discutir, de modo que Bronwyn y Enoch siguieron corriendo mientras Emma y yo nos desviábamos del sendero, con la esperanza de que la criatura nos seguiría, y así lo hizo. Estaba lo bastante cerca ya para que no me hiciera falta el resplandor de un relámpago para verla; el retortijón de mi estómago era suficiente.

Corrimos cogidos del brazo, dando traspiés por un terreno desgarrado por surcos y zanjas, cayendo y sosteniéndonos el uno al otro en una danza macabra. Escrutaba el terreno en busca de piedras que utilizar como armas, cuando de la oscuridad surgió una estructura: una pequeña casucha combada, con las ventanas rotas y sin puertas, que en mi pánico no reconocí.

—¡Tenemos que escondernos! —grité entre jadeos.

«Por favor, que esta criatura sea estúpida —recé mientras echábamos a correr en dirección a la casa—, por favor, por favor, que sea estúpida.» Efectuamos un amplio arco, con la esperanza de entrar sin ser vistos.

—¡Espera! —gritó Emma cuando llegamos a la parte posterior.

Sacó una de las estopillas de Enoch del abrigo y la ató rápidamente a una piedra que cogió del suelo, improvisando una especie de honda. La sostuvo en las manos hasta que se encendió y luego la arrojó lejos de nosotros. Aterrizó en la ciénaga, refulgiendo débilmente en la oscuridad.

—Desorientación —explicó, y nos dimos la vuelta para entrar en la penumbra de la casucha.

Nos deslizamos a través de una puerta que colgaba de sus goznes y penetramos en un mar de viscoso y aromático estiércol. Cuando nuestros pies se hundieron en un nauseabundo chapoteo, comprendí por fin dónde estábamos.

—¿Qué es esto? —susurró Emma, y entonces un repentino resoplido animal nos hizo dar un salto a ambos.

La casa estaba atestada de ovejas que se refugiaban allí de la inclemente noche, igual que nosotros. A medida que nos adaptábamos a la oscuridad, captamos el apagado destello de unos ojos que nos devolvían la mirada; eran docenas y docenas de ovejas.

—¿Es lo que creo que es? —balbuceó Emma, alzando un pie con cuidado.

—No pienses en ello —respondí—. Vamos, tenemos que alejarnos de la puerta.

Le cogí la mano y nos adentramos en la casa, sorteando un laberinto de animales asustadizos que se apartaban a nuestro paso. Avanzamos por el estrecho pasillo que se había formado y entramos en una habitación con un ventanal y una puerta que seguía en su sitio, y además estaba cerrada, lo que era más de lo que podíamos esperar en un lugar así. Refugiándonos en el rincón opuesto, nos arrodillamos para aguardar y escuchar, ocultos tras un muro de ovejas nerviosas.

Intentamos no ensuciarnos demasiado con el estiércol, pero no había modo de evitarlo. Tras un minuto o dos de escrutar en la oscuridad, empecé a discernir formas en la habitación. Había cartones de embalaje y cajas amontonadas en un rincón, y en la pared que teníamos a nuestra espalda colgaban herramientas oxidadas. Busqué cualquier cosa que pudiera ser lo bastante afilada para servir de arma, y cuando encontré lo que parecían unas tijeras gigantes, me levanté a cogerlas.

—¿Pretendes esquilar ovejas? —preguntó Emma.

—Es mejor que nada.

Justo cuando agarraba las tijeras, sonó un ruido fuera. Las ovejas balaron con ansiedad, y entonces una larga lengua negra penetró a través de la ventana sin cristal. Volví a dejarme caer al suelo tan silenciosamente como pude. Emma se tapó la boca con la mano para acallar su respiración.

La lengua asomó por la habitación como un periscopio, dando la impresión de estar probando el aire. Por suerte, nos habíamos refugiado en el lugar más perfumado de la isla. Todo aquel aroma a oveja debió de enmascarar nuestro olor, porque tras un minuto la criatura pareció darse por vencida y se retiró de la ventana. Oímos sus pasos alejándose.

Emma retiró la mano de la boca y soltó un suspiro aliviado.

—Creo que ha picado el anzuelo —musitó.

—Quiero que sepas algo —dije—. Si conseguimos salir de ésta, voy a quedarme.

Me cogió la mano.

—¿Lo dices en serio?

—No puedo ir a casa. No después de todo lo que ha sucedido. Además, si puedo serviros de alguna ayuda, os debo eso y mucho más. Estabais perfectamente a salvo hasta que llegué yo.

—Si conseguimos salir de ésta —continuó ella, recostándose contra mí—, no lamentaré nada de nada.

Y entonces algún curioso magnetismo empezó a juntar nuestras cabezas, pero justo cuando nuestros labios estaban a punto de rozarse, unos agudos y aterrados balidos procedentes de la habitación contigua rompieron el silencio. Nos separamos a la vez que el horrible ruido hacía que las ovejas se movieran frenéticamente, saltando unas encima de otras y empujándonos contra la pared.

La bestia no era tan estúpida como había esperado.

Pudimos oír cómo venía hacia nosotros deslizándose por la casa. Si hubo un tiempo para huir, ya había pasado, así que nos aplastamos contra el suelo apestoso y rezamos para que no advirtiera nuestra presencia.

Y entonces pude percibir el hedor del monstruo, un potente olor que se alzaba sobre todos los demás, y a continuación lo descubrí acechando en el umbral de la habitación. Las ovejas se apartaron de la puerta asustadas, apiñándose como un banco de peces e inmovilizándonos contra la pared con tanta fuerza que nos dejaron sin aliento. Nos agarramos el uno al otro, pero no nos atrevimos a emitir ningún sonido, y durante un momento insoportablemente tenso oímos sólo el balar de las ovejas y el chacoloteo de sus cascos tambaleantes. Luego, un alarido ronco nos desgarró los oídos, surgió repentino y desesperado, y fue silenciado de un modo igual de repentino, interrumpido sólo por un escabroso chasquido de huesos. Supe sin mirar que acababa de destripar a una oveja.

A partir de ese momento, estalló el caos. Los animales, presa del pánico, rebotaron unos contra otros, arrojándonos contra la pared tantas veces que me mareé. El hueco soltó un chirrido ensordecedor y empezó a zamparse a las ovejas, una tras otra, con sus babeantes mandíbulas. A cada mordisco lanzaba un chorro de sangre al aire y las arrojaba luego a un lado, como un rey glotón atiborrándose en un banquete medieval. Lo hizo una y otra vez... dejando un reguero de muertes mientras se abría paso hacia nosotros. Yo estaba paralizado de miedo, por eso no puedo explicar exactamente lo que sucedió a continuación.

Mis instintos me gritaban que permaneciera escondido, que me enterrara aún más en el estiércol, pero entonces una única idea se fue apoderando de mi mente —«No permitiré que muramos en esta casa llena de mierda»— y empujé a Emma tras la oveja más grande que pude ver y corrí hacia la salida.

Sabía que la puerta estaba cerrada y que se encontraba a unos tres metros de distancia, por no mencionar la cantidad de animales que nos separaba, así que avancé pesadamente entre ellos, regateando como un jugador de rugby. Golpeé la puerta con el hombro y la abrí de par en par.

Salí a la lluvia trastabillando y grité como un poseso:

—¡Ven a cogerme, bastardo asqueroso!

Supe que había captado su atención porque soltó un aullido aterrador y las ovejas salieron en tropel de la casa, atropellándome. Me puse en pie apresuradamente y cuando estuve seguro de que iba tras de mí y se olvidaba de Emma, salí corriendo en dirección a la ciénaga.

Le percibía a mi espalda. Podría haber corrido más de prisa, pero sostenía aún las tijeras de esquilar, incapaz de soltarlas, y entonces el suelo se tornó blando bajo mis pies y supe que había llegado a la ciénaga.

En dos ocasiones el hueco estuvo lo bastante cerca para que sus lenguas me azotaran la espalda y, por dos veces, justo cuando yo estaba seguro de que iba a echarme el lazo al cuello y a apretar hasta que mi cabeza estallara, la criatura dio un traspié y se rezagó. La única razón por la que conseguí llegar al cairn con la cabeza todavía en su sitio fue que sabía con exactitud dónde poner los pies; gracias a Emma pude correr por la ciénaga en una noche sin luna y en mitad de un huracán.

Trepé al montículo del cairn, corrí hasta el umbral de piedra y entré. En el interior estaba negro como el carbón, pero no me importaba... sólo tenía que llegar hasta la cámara y estaría a salvo. Gateé a cuatro patas, porque incluso permanecer en pie me llevaría un tiempo que no tenía, y cuando estaba a mitad de camino y me sentía cautamente optimista sobre mis posibilidades de supervivencia, de improviso ya no pude reptar más. Una de las lenguas me había agarrado del tobillo.

El hueco había utilizado dos de sus lenguas para aferrarse a los salientes de piedra que rodeaban la boca del túnel, en un intento de no hundirse en el barro, y bloqueaba la entrada con el cuerpo. La tercera lengua me arrastraba hacia él; yo era un pez atrapado en un anzuelo.

Escarbé en el suelo, pero era de gravilla y mis dedos resbalaron. Giré sobre la espalda e intenté aferrarme a las piedras con la mano que tenía libre, pero resbalaba a demasiada velocidad. Traté de clavarle las tijeras de esquilar en la lengua, pero era demasiado fibrosa y dura, como una soga de músculo ondulante, y el filo de las cuchillas estaba demasiado embotado. Así que cerré los ojos con fuerza, porque no quería que sus fauces abiertas fueran la última cosa que viera en mi vida, y alcé las tijeras frente a mí con ambas manos. El tiempo pareció detenerse. Dicen que sucede eso en los choques de coches, los accidentes de trenes y las caídas libres. Y entonces, lo siguiente que sentí fue un impacto demoledor cuando me estrellé contra el hueco.

El aire desapareció de mis pulmones y oí un alarido. Salimos despedidos del túnel y rodamos montículo abajo hasta que aterrizamos en la ciénaga, y cuando volví a abrir los ojos, vi mis tijeras de esquilar enterradas hasta el mango en las cuencas de los ojos de la bestia. La criatura aullaba igual que diez cerdos a los que estuvieran castrando, rodaba y se debatía en el barro empapado de agua, derramando un río negro de sí misma, rezumando fluidos viscosos por encima del filo oxidado de las cuchillas.

Comprendí que la criatura agonizaba, que se le escapaba la

vida, porque su lengua se aflojaba alrededor de mi tobillo. También pude percibir el cambio que se estaba produciendo en mí, noté que el pánico que me agarrotaba el estómago se diluía poco a poco. Por fin, la criatura se quedó rígida y desapareció de mi vista, hundiéndose en el cieno hasta que no quedó más rastro de ella que una fina capa de sangre oscura. Noté cómo la ciénaga me succionaba hacia el fondo junto con la criatura, y cuanto más forcejeaba, más parecía desearme. Qué extraño descubrimiento supondríamos los dos dentro de un millar de años, pensé, conservados juntos en la turba.

Probé a chapotear hacia terreno firme, pero sólo conseguí hundirme todavía más. El mantillo parecía trepar sobre mí, ascendiendo por mis brazos y mi pecho, y circundando mi cuello como un dogal.

Chillé pidiendo ayuda... y milagrosamente, llegó la ayuda. En un principio pensé que era una libélula, centelleando mientras volaba hacia mí. Entonces oí a Emma que me llamaba, y respondí.

Una rama de árbol aterrizó en el agua. Me agarré a ella y Emma tiró. Cuando por fin salí de la ciénaga, temblaba demasiado para permanecer en pie. Emma se dejó caer al suelo a mi lado y me acurruqué entre sus brazos.

«Lo he matado —pensé—. Realmente lo he matado.» ¡Durante todo ese tiempo había pasado tanto miedo que jamás soñé que pudiera matar a un monstruo!

Aquello me hizo sentir poderoso. Ahora por fin podría defenderme. Sabía que nunca sería tan fuerte como mi abuelo, pero tampoco era un alfeñique sin agallas. Yo también podía acabar con ellos.

Verbalicé mis pensamientos.

—Está muerto. Yo lo he matado.

Reí. Emma me abrazó, apretando su mejilla contra la mía.

—Él se habría sentido orgulloso de ti —murmuró.

Nos besamos, y me pareció algo delicado y agradable. La lluvia goteaba por nuestras narices y rodaba cálida por las mejillas hasta el interior de nuestras bocas entreabiertas. Demasiado pronto ella se apartó y susurró:

—Lo que has dicho antes... ¿lo decías en serio?

—Sí, me quedaré —asentí—. Si Miss Peregrine me deja.

—Lo hará. Me aseguraré de ello.

—Antes de pensar en eso, será mejor que localicemos a mi psiquiatra y le quitemos el arma.

—De acuerdo —respondió, endureciendo el semblante—. No hay tiempo que perder, entonces.

Dejamos la lluvia atrás y emergimos en un paisaje de humo y ruido. El bucle todavía no se había reiniciado y la ciénaga estaba cubierta de agujeros de bombas. El zumbido de los aviones ensordecía el cielo y unas cortinas de llamas anaranjadas recortaban la línea de los árboles en la lejanía. Estaba a punto de sugerir que esperásemos hasta que hoy se convirtiera en ayer y todo aquello desapareciera antes de intentar cruzar hasta la casa, cuando un par de brazos musculosos se cerraron a mi alrededor.

—¡Estáis vivos! —gritó Bronwyn.

Enoch y Hugh estaban con ella, y cuando por fin se apartó, se acercaron para estrechar mi mano y echarme un vistazo.

—Lamento haberte llamado traidor —se disculpó Enoch—. Me alegro de que no estés muerto.

—También yo —respondí.

—¿Estás de una pieza? —preguntó Hugh, mirándome de arriba abajo.

—Dos brazos y dos piernas —dije, moviendo manos y pies para demostrar que estaban enteros—. Y ya no tenéis que preocuparos más por el hueco. Lo hemos matado.

—¡No seas modesto! —exclamó Emma con orgullo—. Tú lo has matado.

—Eso es fenomenal —repuso Hugh, pero ni él ni los otros dos fueron capaces de esbozar una sonrisa.

—¿Qué sucede? —pregunté—. Pero ¿por qué no estáis vosotros tres en la casa? ¿Dónde está Miss Peregrine?

—Se ha ido —confesó Bronwyn, y su labio inferior tembló—. Miss Avocet, también. Él se las ha llevado.

—Dios mío —exclamó Emma.

Habíamos llegado demasiado tarde.

—Entró empuñando una arma —explicó Hugh, con la mirada en el suelo—. Intentó coger a Claire como rehén, pero ella le mordió con la boca posterior, así que me agarró a mí en su lugar. Intenté pelear, pero me golpeó en la cabeza con la pistola. —Se tocó la parte posterior de la oreja y mostró los dedos manchados de sangre—. Encerró a todo el mundo en el sótano y dijo que si la directora y Miss Avocet no se transformaban en pájaros me abriría un agujero extra en la cabeza. Así que lo hicieron y él las metió a ambas en una jaula.

—¿Llevaba una jaula? —preguntó Emma.

Hugh asintió.

—Pequeña, además, así que no pudieron hacer nada, no había espacio ni para transformarse ni para salir volando. Yo estaba seguro de que iba a pegarme un tiro, pero entonces me empujó abajo al sótano con los otros y huyó con los pájaros.

—Así es como los encontramos cuando entramos —continuó Enoch, con amargura—. Estaban escondidos allí abajo como unos cobardes.

—¡No nos estábamos escondiendo! —chilló Hugh—. ¡Él nos encerró! ¡Nos habría disparado!

—Olvidad eso —intervino Emma—. ¿Adónde huyó? ¿Por qué no fuisteis tras él?

—No sabemos adónde ha ido —dijo Bronwyn—. Esperábamos que lo hubieseis visto.

—¡No, no le hemos visto! —replicó Emma, pateando una piedra del cairn contrariada.

Hugh sacó algo de su camisa. Era una fotografía pequeña.

—Metió esto en mi bolsillo antes de irse. Dijo que si intentábamos ir tras él, esto es lo que sucedería.

GRAAA GRAAA

Bronwyn le arrebató la foto a Hugh.

—¡Oh! —exclamó con un grito ahogado—. ¿Es esa Miss Raven?

—Creo que es Miss Crow —dijo Hugh, frotándose el rostro con las manos.

—Ya está, es como si ya estuvieran muertas —gimió Enoch—. ¡Sabía que este día llegaría!

—Jamás deberíamos haber abandonado la casa —intervino Emma en tono abatido—. Millard tenía razón.

En el extremo más alejado de la ciénaga cayó una bomba y a su ahogado estallido le siguió una lluvia de lodo.

—Aguardad un minuto —estallé de sopetón—. En primer lugar, no sabemos si ésta es Miss Crow o Miss Raven. O tan sólo una fotografía de un cuervo corriente. Y si Golan pensaba matar a Miss Peregrine y a Miss Avocet, ¿por qué tendría que tomarse la molestia de secuestrarlas? Si las quisiera muertas, ya estarían muertas. —Me volví hacia Emma—. Y si no nos hubiésemos ido, ahora estaríamos encerrados en el sótano con todos los demás, ¡y todavía habría un espíritu hueco vagando por ahí!

—¡No intentes animarme! —replicó ella—. ¡Es culpa tuya que haya sucedido esto!

—¡Hace diez minutos has dicho que estabas contenta!

—¡Hace diez minutos Miss Peregrine no había sido secuestrada!

—¡Queréis parar! —intervino Hugh—. ¡Todo lo que importa ahora es que el Pájaro se ha marchado y tenemos que recuperarla como sea!

—¡Estupendo! —exclamé—. En ese caso reflexionemos. Si fuerais un wight, ¿adónde llevaríais a una pareja de ymbrynes que habéis secuestrado?

—Depende de qué quiera hacer con ellas —respondió Enoch—. Y eso, no lo sabemos.

—Tendrías que sacarlas de la isla primero —indicó Emma—. Así que necesitarías una embarcación.

—Pero ¿qué isla? —preguntó Hugh—. ¿Dentro del bucle o fuera de él?

—Una tormenta está azotando el exterior del bucle —murmuré—. Nadie va a llegar muy lejos en una embarcación en ese lado.

—Pues entonces tiene que estar en nuestro lado —concluyó Emma, empezando a sonar esperanzada—. Así que ¿por qué estamos haciendo el tonto aquí? ¡Vayamos a los muelles!

—¡A lo mejor tiene razón! —exclamó Enoch—. Es decir, si no se ha ido ya. E incluso si no se ido aún y de algún modo conseguimos encontrarle en esta oscuridad, sin mencionar la metralla que nos puede agujerear las tripas durante el trayecto, todavía queda el problema de su arma. ¿Os habéis vuelto todos locos? ¿Preferís que secuestren al Pájaro... o que le peguen un tiro delante de nuestras narices?

—¡Estupendo, pues! —gritó Hugh—. Démonos por vencidos y limitémonos a regresar a casa entonces, ¿os parece? ¿Quién quiere una buena taza de té caliente antes de acostarse? ¡Qué diablos! Y puesto que el Pájaro no está por aquí, ¡echemos un poco de whisky! —Lloraba, secándose con ira los ojos—. ¿Cómo os podéis rendir tan rápido, después de todo lo que ella ha hecho por nosotros?

Antes de que Enoch pudiera responder, oímos una voz que nos llamaba desde el sendero. Hugh se adelantó, entornando los ojos, y tras un momento su rostro mostró una expresión extraña.

—Es Fiona —informó.

Antes de aquel momento yo jamás había oído que Fiona dijera

ni pío. Era imposible discernir sus palabras, con el sonido de los aviones de fondo y los lejanos impactos de las bombas, de modo que echamos a correr a través de la ciénaga.

Cuando llegamos al sendero, respirábamos con dificultad y Fiona estaba ronca de tanto gritar, tenía la mirada tan salvaje como su maraña de pelo. Al instante empezó a tirar de nosotros, a arrastrarnos y a empujarnos por el sendero en dirección al pueblo, chillando con tal frenesí en su fuerte acento irlandés que ninguno de nosotros comprendía nada. Hugh la agarró por los hombros y le rogó que se tranquilizara.

La muchacha inspiró profundamente, temblando como una hoja, luego señaló tras ella.

—¡Millard le siguió! —consiguió explicar—. ¡Estaba escondido cuando el hombre nos encerró a todos en el sótano y, cuando se largó, Millard le siguió!

—¿Adónde? —pregunté.

—El hombre tenía un bote.

—¡Lo veis! —gritó Emma—. ¡A los muelles!

—No —dijo Fiona—, era tu bote, Emma. El que crees que nadie sabe que existe, el que guardas escondido en esa playa diminuta tuya. Se subió en él con la jaula y se limitó a describir círculos, pero entonces la marea se tornó demasiado fuerte, de modo que amarró en la roca del faro, y ahí es donde sigue.

Fuimos hacia el faro a la carrera. Cuando llegamos, encontramos al resto de los niños en una zona cubierta de juncias cerca de los acantilados.

—¡Agachaos! —siseó Millard.

Nos arrodillamos y gateamos hasta ellos. Estaban desperdigados y agazapados tras la maleza, turnándose para vigilar el faro.

Parecían conmocionados —en especial los más pequeños—, como si no hubieran captado por completo la pesadilla que estaban viviendo, ajenos a los peligros que nosotros acabábamos de correr.

Me arrastré por la hierba hasta el borde del acantilado y atisbé mar adentro. Más allá de donde estaban los restos del barco naufragado pude ver la canoa de Emma atada a las rocas. A Golan y a las ymbrynes no se los veía por ninguna parte.

—¿Qué es lo que hace ahí? —pregunté.

—Cualquiera sabe —respondió Millard—. Quizá esté esperando a que alguien le recoja o a que la marea pierda fuerza para remar hacia alta mar.

—¿En mi pequeño bote? —inquirió Emma, dubitativa.

—Como dije, no tenemos ni idea.

Tres estampidos ensordecedores sonaron en rápida sucesión, y todos nos agachamos cuando el cielo brilló con luces anaranjadas.

—¿Cayeron bombas por aquí, Millard? —preguntó Emma.

—Yo investigo el comportamiento de los humanos y de los animales —respondió—. No me dedico a la bombas.

—¡Vaya, muy útil! —exclamó Enoch.

—¿Tienes más botes escondidos por aquí? —pregunté a Emma.

—Me temo que no —respondió ella—. Tendremos que nadar.

—Nadar hasta allí... ¿y qué más? —inquirió Millard—. ¿Que nos acribillen a tiros?

—Ya se nos ocurrirá algo —respondió ella.

Millard suspiró.

—¡Vaya, fantástico! Un suicidio improvisado.

—¿Y bien? —Emma miró a cada uno de nosotros—. ¿Tiene alguien una idea mejor?

—Si yo tuviera mis soldados... —empezó a decir Enoch.

—Se harían pedazos en el agua —replicó Millard.

Enoch agachó la cabeza. Los demás permanecieron callados.

—Entonces está decidido —continuó Emma—. ¿Quién se viene?

Alcé la mano. Lo mismo hizo Bronwyn.

—Necesitaréis a alguien que el wight no pueda ver —indicó Millard—. Iré con vosotros si es necesario.

—Cuatro son suficientes —dijo Emma—. Espero que todos seáis buenos nadadores.

No había tiempo para pensárselo mejor ni para despedidas largas. Los niños nos desearon suerte y a continuación nos pusimos en marcha.

Nos despojamos de los impermeables negros y corrimos a grandes zancadas por la hierba, medio agachados, igual que soldados, hasta que llegamos al sendero que conducía a la playa. Bajamos resbalando por la arena, que se amontonaba alrededor de nuestros pies y se nos colaba por los pantalones.

De improviso, sonó un ruido ensordecedor, como si cincuenta motosierras se hubieran puesto en funcionamiento sobre nuestras cabezas, y nos agachamos justo cuando un avión pasó rugiendo. El viento azotó nuestros cabellos y provocó una especie de tormenta de arena. Apreté los dientes, esperando que el estallido de la bomba nos hiciera trizas. No sucedió nada.

Seguimos avanzando. Cuando alcanzamos la playa, Emma nos reunió junto a ella.

—Hay un barco hundido enfrente del faro —informó—. Seguidme hasta él. Manteneos bien sumergidos bajo el agua. No dejéis que os vea. Cuando lleguemos al barco, buscaremos a nuestro hombre y decidiremos qué hacer a continuación.

—Recuperaremos a nuestras ymbrynes —concluyó Bronwyn.

Gateamos hasta la orilla y nos internamos en las frías aguas arrastrándonos sobre el vientre. La marcha fue fácil al principio, pero cuanto más nos alejábamos de la costa, más fuerte nos empujaba de vuelta la corriente. Otro avión zumbó en el cielo, levantando una aguijoneante tromba de agua.

Respirábamos penosamente cuando por fin llegamos al barco hundido. Aferrándonos al oxidado casco, asomando sólo la cabeza fuera del agua, contemplamos con atención el faro y la pequeña isla rocosa que lo cobijaba, pero no vimos ni rastro de mi avieso terapeuta. La luna llena se cernía en el firmamento, abriéndose paso de vez en cuando entre las columnas de humo de las bombas y brillando como si fuera el doble espectral del faro.

Avanzamos lentamente por el casco hasta llegar al otro extremo del barco; el faro se encontraba a unos cincuenta metros a mar abierto.

—Esto es lo que vamos a hacer —dijo Emma—. Ya ha visto lo fuerte que es Wyn, así que ella es el mayor peligro. Jacob y yo buscamos a Golan y atraemos su atención mientras Wyn se acerca a hurtadillas y le asesta un buen mamporro en la cabeza. Entretanto Millard intentará hacerse con la jaula. ¿Alguna objeción?

A modo de respuesta sonó un disparo. Al principio no comprendimos lo que era... no se parecía a los disparos que habíamos estado oyendo, lejanos y potentes. Éste procedía de un calibre pequeño —más un pop que un bang— y no fue hasta que volvimos a oír el sonido, acompañado de un chapoteo cercano, que entendimos que se trataba de Golan.

—¡Atrás! —gritó Emma, y salimos del agua y corrimos por el casco hasta que éste desapareció bajo nuestros pies, y entonces nos zambullimos por el otro lado.

Al cabo de un momento volvimos a la superficie, respirando con dificultad.

—¡Adiós al elemento sorpresa! —se quejó Millard.

Golan había dejado de disparar, pero podíamos verle montando guardia junto a la puerta del faro, revólver en mano.

—Puede que sea un bastardo perverso, pero no es ningún estúpido —siseó Bronwyn—. Sabía que iríamos tras él.

—¡Pues ahora tendremos que esperar! —murmuró Emma, golpeando el agua—. ¡O nos hará trizas a balazos!

Millard apoyó los pies en el casco sumergido.

—No disparará a lo que no puede ver. Yo iré.

—En el mar no eres invisible, bobo —replicó Emma, y era cierto... un agujero en forma de cuerpo braceaba en el agua justo donde él estaba parado.

—Más que vosotros —insistió—. Además, le he seguido por toda la isla y ni se ha enterado. Creo que podré recorrer un centenar de metros más sin que se dé cuenta.

Era difícil discutir con él ya que las únicas opciones que nos quedaban eran darnos por vencidos o correr al encuentro de una lluvia de balas.

—Muy bien —concluyó Emma—. Si de verdad crees que puedes lograrlo...

—Alguien debe ser el héroe —dijo, y se alejó por el casco.

—Desde luego, no necesita abuela —mascullé.

En la humeante distancia, distinguí a Golan en la puerta del faro arrodillarse y apuntar, apoyando el brazo en una barandilla.

—¡Cuidado! —grité, pero era demasiado tarde.

Sonó un disparo. Millard lanzó un chillido.

Todos corrimos como pudimos por el casco del barco hacia él.

En aquel momento, tuve la absoluta certeza de que los disparos iban a alcanzarme de lleno y por un instante pensé que las salpicaduras del agua eran balas que caían sobre nosotros. Sin embargo, entonces el tiroteo cesó, «Está recargando el arma», pensé, y esto nos proporcionó un poco de tiempo.

Millard estaba arrodillado en el agua, aturdido, y la sangre le resbalaba pecho abajo. Por primera vez pude ver la auténtica forma de su cuerpo, teñido de rojo.

Emma le cogió del brazo.

—¡Millard! ¿Estás bien? ¡Di algo!

—Lo siento —se disculpó—. Parece que lo único que he conseguido es que me peguen un tiro.

—¡Tenemos que detener la hemorragia! —gritó Emma—. ¡Tenemos que llevarte de vuelta a la orilla!

—Tonterías —replicó él—. Es nuestra única oportunidad, ese hombre jamás dejará que os volváis a acercar tanto. Si regresáis ahora perderemos a Miss Peregrine para siempre.

Sonaron más disparos. Noté como una bala pasaba silbando junto a mi oreja.

—¡Por aquí! —ordenó Emma—. ¡Sumergíos!

No supe a qué se refería al principio —estábamos a más de treinta metros del final de la nave—, pero entonces lo entendí. Corría hacia el agujero negro del casco, hacia la puerta de la bodega de carga.

Bronwyn y yo alzamos a Millard y corrimos tras ella. Los proyectiles de metal chocaban contra el casco a nuestro alrededor. Era como si alguien diera patadas a un cubo de basura.

—Contén la respiración —indiqué a Millard, y llegamos a la bodega y nos zambullimos con los pies por delante.

Descendimos por la escalera unos cuantos travesaños, sujetándonos con la mano. Intenté mantener los ojos abiertos, pero el agua salada escocía demasiado, y entonces pude distinguir el sabor de la sangre de Millard.

Emma me entregó el tubo para respirar, y nos lo fuimos pasando del uno al otro. Sin embargo, yo me había quedado sin aliento después de la carrera y las breves inspiraciones que Emma me permitía cada pocos segundos no bastaban. Me ardían los pulmones y pronto empecé a sentirme mareado.

Alguien me tiró de la camisa hacia arriba. Subí despacio por la escalera. Bronwyn, Emma y yo asomamos la cabeza lo justo para poder respirar y hablar mientras Millard permanecía a salvo unos metros por debajo, con el tubo a su entera disposición.

Hablamos en susurros y mantuvimos los ojos fijos en el faro.

—No podemos quedarnos aquí —declaró Emma—. Millard se desangrará.

—Tardaríamos más de veinte minutos en llevarle de vuelta a la orilla —recordé—. En el trayecto también podría morir.

—¿Y qué otra cosa podemos hacer?

—El faro está cerca —señaló Bronwyn—. Llevémosle allí.

—¡Sí y entonces Golan conseguirá que nos desangremos todos! —repuse irónicamente.

—No, nada de eso —respondió Bronwyn.

—¿Por qué no? ¿Estás hecha a prueba de balas?

—A lo mejor —contestó ella en tono misterioso. Y luego tomó aire y desapareció escaleras abajo.

—¿De qué está hablando? —pregunté

Emma parecía preocupada.

—No tengo ni idea. Pero sea lo que sea, será mejor que se dé prisa.

Intenté ver qué hacía Bronwyn, pero en su lugar descubrí a Millard en la escalera, debajo de nosotros, rodeado por curiosos peces linterna. Entonces sentí que el casco vibraba bajo mis pies y al cabo de un momento Bronwyn salió a la superficie, sujetando un pedazo rectangular de metal de un metro ochenta por metro veinte, con un agujero redondo remachado en la parte superior. Había arrancado la puerta de la bodega.

—¿Qué vas a hacer con eso? —inquirió Emma.

—Ir al faro —respondió, y a continuación se irguió y sostuvo la puerta frente a ella.

—¡Wyn, ese hombre te matará! —gritó Emma, y entonces sonó un disparo... que rebotó contra la puerta.

—¡Es sorprendente! —exclamé—. ¡Se ha fabricado un escudo!

Emma lanzó una carcajada.

—¡Wyn, eres un genio!

—Millard irá montado en mi espalda —continuó ella— y vosotros, detrás.

Emma sacó a Millard del agua y le colocó los brazos alrededor del cuello de Bronwyn.

—¡El fondo del mar es magnífico! —murmuró él—. Emma, ¿por qué no me hablaste nunca de los ángeles?

—¿Qué ángeles?

—Los preciosos ángeles verdes que viven justo ahí abajo. —Tiritaba y su voz parecía provenir de otro mundo—. Se han ofrecido amablemente a llevarme al cielo.

—Nadie va a ir al cielo por ahora —repuso Emma, con semblante preocupado—. Tú limítate a agarrarte fuerte a Bronwyn, ¿de acuerdo?

—Muy bien —respondió él, ausente.

La chica se colocó detrás de Millard, sujetándolo contra la espalda de Bronwyn para que no resbalara, y yo me quedé detrás de ella, cerrando la retaguardia de nuestra pequeña y extraña procesión. A continuación, empezamos a avanzar pesadamente por encima del casco en dirección al faro.

Constituíamos un blanco perfecto para Golan, que inmediatamente comenzó a vaciar su cargador sobre nosotros. El sonido de las balas rebotando contra la puerta era ensordecedor —aunque en cierto modo nos tranquilizaba—, pero tras una docena aproximada de disparos el hombre se detuvo. Sin embargo, no me sentí tan optimista como para pensar que se había quedado sin balas.

Al llegar al extremo del casco, Bronwyn nos guió con cuidado a mar abierto, sosteniendo siempre la enorme puerta frente a nosotros. Nuestra procesión se convirtió en una cadena de personas que avanzaban, chapoteando, tras ella. Emma le hacía preguntas a Millard, obligándole a responder para que no se sumiera en la inconsciencia.

—¡Millard! ¿Quién es el primer ministro?

—Winston Churchill —dijo él—. ¿Es que estás tonta?

—¿Cuál es la capital de Birmania?

—Cielos, no tengo ni idea. Rangún.

—¡Estupendo! ¿Cuándo es tu cumpleaños?

—¡No me grites más y deja que me desangre en paz!

No nos llevó mucho tiempo recorrer la corta distancia entre los restos del barco y el faro. Mientras Bronwyn sostenía el escudo y trepaba por las rocas, Golan efectuó unos cuantos disparos más. Una bala chocó contra el metal y el impacto hizo que la muchacha perdiera el equilibrio y se tambaleara hacia atrás, a punto de resbalar rocas abajo, lo que habría sido fatal para nosotros, agazapados tras ella, ya que su peso sumado al de la puerta nos habría aplastado a todos. Emma puso con firmeza las manos en los riñones de Bronwyn y empujó hacia arriba, hasta que al fin tanto ella como la puerta se balancearon al frente y recuperaron su posición. Gateamos tras ella en pelotón, tiritando bajo el frío y vigorizante aire nocturno.

El peñasco sobre el que se alzaba el faro medía en su parte más ancha unos cincuenta metros, así que técnicamente se trataba de una isla diminuta. En la base oxidada había una docena de escalones de piedra que conducían a una puerta abierta, donde ahora se encontraba apostado Golan, apuntándonos directamente con su pistola.

Me arriesgué a echar un vistazo en su dirección. Nuestro adversario sostenía una jaula pequeña en una mano y dentro había dos pájaros que aleteaban, tan apretados el uno contra el otro que apenas pude distinguir sus formas.

Un disparo pasó silbando junto a mí y me agaché.

—¡Si os acercáis más les pegaré un tiro a las dos! —vociferó Golan, zarandeando la jaula.

—Miente —aventuré—. Las necesita.

—Eso no lo sabes —siseó Emma—. Es un demente.

—Bueno, pero no podemos quedarnos de brazos cruzados.

—Vayamos a su encuentro —propuso Bronwyn—. No sabrá qué hacer. ¡Pero si queremos que funcione tenemos que hacerlo AHORA!

Y antes de que pudiéramos decir nada, Bronwyn corría hacia el faro. No tuvimos otra elección que seguirla —ella constituía nuestra protección, después de todo— y al cabo de un instante las balas chocaban contra la puerta y desportillaban las rocas alrededor de nuestros pies.

Fue como ir colgado del último vagón de un tren que va a toda velocidad. Bronwyn resultaba aterradora. Chillaba como un bárbaro, con las venas del cuello a punto de estallar y los brazos y la espalda teñidos con la sangre de Millard. En aquel momento, me alegré mucho de no estar al otro lado de la puerta.

Cuando estuvimos más cerca del faro, Bronwyn gritó:

—¡Colocaos detrás de la pared!

Emma y yo agarramos a Millard y salimos disparados hacia la izquierda, para ir a refugiarnos en el lado opuesto del faro. Mientras corríamos, vi como Bronwyn alzaba la puerta por encima de su cabeza y la arrojaba contra Golan.

Se oyó un estrépito atronador seguido de un alarido y al cabo de un momento Bronwyn se reunió con nosotros, acalorada y jadeando.

—¡Creo que le he dado! —exclamó muy excitada.

—¿Qué hay de los pájaros? —preguntó Emma—. ¿Has pensado siquiera en ellos?

—Los ha dejado caer. Están bien.

—¡Bueno, podrías habernos preguntado antes de salir corriendo como una loca y arriesgar nuestras vidas! —exclamó Emma.

—Silencio —siseé, y oímos un leve sonido de metal que crujía—. ¿Qué es eso?

—Está subiendo la escalera —dijo Emma.

—Será mejor que vayáis tras él —aconsejó Millard, con voz ronca.

Todos lo miramos, sorprendidos. Se había desplomado contra la pared.

—No antes de que nos ocupemos de ti —dije—. ¿Alguien sabe cómo hacer un torniquete?

Bronwyn bajó la mano y se desgarró la pernera del pantalón.

—Yo se lo haré —dijo—. Detendré la hemorragia; vosotros coged al wight. Le he asestado un buen golpe, pero no lo bastante fuerte. No le deis la oportunidad de recuperarse.

Me volví hacia Emma.

—¿Estás preparada?

—Si te refieres a si puedo fundirle la cara a ese wight —dijo, con pequeños arcos de llamas palpitando entre sus manos—, entonces, por supuesto que sí.

Emma y yo trepamos por encima de la puerta de metal, que yacía retorcida sobre los escalones donde había aterrizado, y entramos en el faro. El edificio no era más que una habitación estrecha y sumamente vertical —un hueco de escalera gigante—, dominada por una escueta escalera de caracol que ascendía desde el suelo hasta un rellano de piedra situado a más de treinta metros de altura. Oímos las pisadas de Golan mientras subía a toda prisa, pero estaba demasiado oscuro para saber si estaba llegando al final de la escalera.

—¿Puedes verle? —pregunté, atisbando mareado hacia arriba.

Mi respuesta llegó en forma de disparo que rebotó en una pared, seguido de otro que se clavó en el suelo, justo a mis pies. Di un salto atrás, con el corazón latiendo desbocado.

—¡Por aquí! —gritó Emma.

Me agarró del brazo y tiró de mí para llevarme al único lugar donde los disparos de Golan no podían alcanzarnos: directamente bajo la escalera.

Subimos unos cuantos peldaños, que se balanceaban como un bote en un temporal.

—¡Qué horror! —exclamó Emma, con los nudillos de los dedos blancos de tanto aferrarse a la barandilla—. ¡Incluso si conseguimos llegar arriba sin caernos, no podremos evitar que nos dispare a su antojo!

—Si no podemos subir —sugerí—, a lo mejor podemos hacerle bajar.

Empecé a balancearme a un lado y a otro, dando tirones a la barandilla y golpeando con los pies, para hacer temblar la escalera de arriba abajo. Emma me miró como si estuviera chalado durante un segundo, pero entonces captó la idea y empezó a dar golpes y a columpiarse conmigo. Muy pronto la escalera se balanceaba violentamente.

—¡¿Y si toda esta cosa se viene abajo?! —gritó Emma.

—¡Esperemos que no lo haga!

La zarandeamos con más fuerza y empezó a caer una lluvia de tornillos y pernos. La barandilla daba tales sacudidas, que apenas podía sujetarla. Oí a Golan chillar un espectacular despliegue de improperios y entonces algo repiqueteó escaleras abajo, aterrizando a poca distancia.

Lo primero que pensé fue: «Dios mío, ¿y si eso fuera la jaula?»; y bajé la escalera como una exhalación pasando por delante de Emma para comprobarlo.

—¡¿Qué haces?! —gritó ella—. ¡Te disparará!

—¡No, no lo hará! —respondí, sosteniendo en alto la pistola de Golan con gesto triunfal.

El arma estaba caliente debido a todos los disparos que él había efectuado y pesaba en mi mano. No tenía ni idea de si todavía quedaban balas en la recámara ni tampoco sabía cómo comprobarlo en aquella oscuridad casi total. Intenté en vano recordar algo de las pocas lecciones de tiro que habían permitido que el abuelo me diera, pero al final me limité a volver a subir los peldaños hasta donde estaba Emma.

—Está atrapado allí arriba —declaré—. Tendremos que tomarlo con calma, intentar razonar con él, o quién sabe lo que les hará a los pájaros.

—Yo le daré razones suficientes para que se tire de lo alto —refunfuñó ella entre dientes.

Iniciamos la ascensión. La escalera se balanceaba de un modo terrible y era tan estrecha que sólo podíamos avanzar en fila india, agachados para que la cabeza no chocara con los peldaños superiores. Recé para que ninguna de las sujeciones principales hubiera cedido con nuestros zarandeos.

Aminoramos la marcha al acercarnos al último tramo de la escalera. No me atrevía a mirar abajo; sólo podía concentrarme en mis pies subiendo los peldaños, una mano deslizándose por la trémula barandilla y la otra sosteniendo el arma. No existía nada más fuera de eso.

Me armé de valor, esperando un ataque sorpresa, pero no ocurrió nada. La escalera finalizaba en un rellano de piedra abierto al exterior por el que se colaba el frío cortante del aire nocturno y el silbido del viento. Con la pistola en la mano, delante de mí, asomé despacio la cabeza. Estaba tenso y listo para pelear, pero no vi a Golan por ninguna parte. A mi lado, la enorme luz del faro iba dando vueltas, protegida tras un grueso cristal. Tan de cerca resultaba cegadora y me obligaba a cerrar los ojos cada vez que me iluminaba. En el otro lado había una barandilla alta y fina. Y más allá estaba el vacío, diez pisos de nada hasta las rocas y el mar enfurecido.

Avancé por la estrecha pasarela y me volví para tender una

mano a Emma y ayudarla a subir. Nos quedamos inmóviles, con la espalda contra el cálido cristal del faro y de cara al exterior, enfrentándonos al viento helado.

—El Pájaro está cerca —musitó Emma—. Puedo percibirla.

Efectuó un veloz movimiento de muñeca y apareció una esfera de fuego de un rojo vivo. Algo en el color e intensidad de la llama dejaba claro que en esa ocasión no había invocado una luz, sino una arma.

—Deberíamos separarnos —sugerí—. Tú ve por este lado y yo iré por el otro. De ese modo no podrá escabullirse.

—Estoy asustada, Jacob.

—También yo. Pero está herido, y tenemos su arma.

Asintió y me tocó el brazo, luego me dio la espalda y se alejó.

Fui dando la vuelta despacio, aferrando una pistola que quizá no estuviera cargada, y poco a poco la vista fue volviéndose más nítida.

Descubrí a Golan de cuclillas, con la cabeza gacha y la espalda apoyada contra la barandilla; la jaula de los pájaros reposaba sobre sus rodillas. Una herida que tenía en la nariz sangraba profusamente y unos hilillos de color rojo surcaban su rostro igual que si fuesen lágrimas.

Sujeta a los barrotes de la jaula había un pequeña luz roja que parpadeaba cada pocos segundos.

Di otro paso al frente y él alzó la cabeza para mirarme. Su cara era una amalgama de sangre reseca, el ojo blanco estaba enrojecido y tenía saliva en las comisuras de los labios.

Se levantó vacilante, con la jaula en la mano.

—Déjela en el suelo.

Se dobló al frente como para obedecer, pero hizo un quiebro a un lado e intentó huir. Grité y le perseguí, pero en cuanto desapareció por el otro lado de la pasarela vi parpadear el resplandor del fuego de Emma sobre el hormigón. Golan regresó aullando hacia mí, con el pelo humeando y el brazo que le quedaba libre cubriéndole el rostro.

—¡Deténgase! —ordené, y entonces comprendió que estaba atrapado.

Alzó la jaula, en un intento de protegerse, y la zarandeó con violencia. Los pájaros graznaron y le picotearon la mano a través de los barrotes.

—¡¿Es esto lo que queréis?! —gritó—. ¡Adelante, quemadme! ¡Los pájaros arderán conmigo! ¡Disparadme y los arrojaré al vacío!

—¡No si le disparo antes en la cabeza!

Lanzó una carcajada.

—No serías capaz de disparar aunque quisieras. Olvidas que estoy íntimamente familiarizado con tu pobre y frágil psique. Te provocaría unas terribles pesadillas.

Intenté imaginar el disparo: el dedo en el gatillo, una ligera presión y después el retroceso y la espantosa detonación. No era difícil. ¿Por qué me temblaba la mano sólo de pensarlo? ¿A cuántos wights habría matado mi abuelo? ¿Docenas? ¿Cientos? Si él estuviera en mi lugar, Golan ya estaría muerto, abatido de cuclillas contra la barandilla mientras estaba aturdido. Era una oportunidad que yo había desperdiciado; una fracción de segundo de cobarde indecisión que podría costarles la vida a las ymbrynes.

La gigantesca luz pasó por delante de nosotros, deslumbrándonos y convirtiéndonos en refulgentes recortables blancos. Golan, que estaba de cara a ella, hizo una mueca y desvió la mirada. «Otra oportunidad desperdiciada», pensé.

—Tan sólo déjela en el suelo y venga con nosotros —insistí—. Nadie más tiene que resultar herido.

—No estoy muy segura —intervino Emma—. Si Millard muere, podría reconsiderar eso.

—Quieres matarme, ¿eh? —desafió Golan—. Estupendo, acabemos con esto de una vez. Pero no haréis más que retrasar lo inevitable. Os habéis complicado la vida y lo vais a pagar muy caro. Sabemos dónde encontraros ahora. Otros de mi especie están de camino y os garantizo que los daños colaterales harán que lo de vuestro amigo parezca una caricia.

—¿Acabar con esto? —inquirió Emma, y su llama lanzó una pequeña pulsación de chispas hacia el cielo—. ¿Quién dijo que sería rápido?

—Ya os lo he advertido, las mataré —replicó, acercándose la jaula al pecho.

Ella dio un paso hacia él.

—Tengo ochenta y ocho años —continuó—. ¿Da la impresión de que necesito niñeras? —Su expresión era dura, impenetrable—. No sabe cuánto tiempo hace que ansío escapar de las alas tutelares de esa mujer. Le juro que nos haría un favor.

Golan giró la cabeza a un lado y a otro, evaluando sus palabras con nerviosismo. ¿Hablaba ella en serio? Por un momento pareció genuinamente asustado, pero entonces replicó:

—Mientes más que hablas.

Emma frotó las manos con fuerza y las separó despacio, estirando un dogal de fuego.

—Averigüémoslo.

No estaba seguro de hasta dónde era capaz de llegar Emma, pero tenía que intervenir antes de que los pájaros se abrasaran o cayeran al abismo.

—Díganos para qué quiere a las ymbrynes y a lo mejor Emma no será muy cruel con usted —propuse.

—Sólo queremos finalizar lo que empezamos —respondió Golan—. Eso es todo lo que siempre hemos querido.

—¿Se refiere al experimento? —continuó Emma—. Lo probaron una vez y mire lo que sucedió. ¡Se convirtieron en monstruos!

—Sí —asintió—, pero qué aburrida sería la vida si siempre nos salieran las cosas a la primera. —Sonrió—. Esta vez emplearemos los talentos de las mejores manipuladoras del tiempo del mundo, el talento de las ymbrynes. No volveremos a fracasar. Hemos tenido cien años para descubrir qué salió mal. ¡Resulta que todo lo que necesitábamos era una reacción mayor!

—¿Una reacción mayor? —exclamé incrédulo—. ¡La última vez volaron la mitad de Siberia!

—Si tienes que fracasar —repuso en tono grandilocuente—, ¡que sea a lo grande!

Recordé el sueño profético de Horace sobre nubes de cenizas y tierra carbonizada y comprendí qué era lo que había estado augurando. Si los wights y los huecos volvían a fracasar, esta vez destruirían mucho más que ochocientos kilómetros de bosques. Y si tenían éxito y se convertían en los semidioses inmortales en que siempre habían soñado... me estremecí al imaginarlo. Vivir bajo su yugo sería un auténtico calvario.

La luz nos iluminó y volvió a cegar a Golan. Me puse tenso, listo para abalanzarme sobre él, pero el momento pasó con demasiada rapidez.

—No importa —espetó Emma—. Pueden secuestrar a todas las ymbrynes del mundo. Ellas jamás les ayudarán.

—Sí, sí lo harán. Lo harán o las mataremos de una en una. Y si eso no es suficiente, os mataremos a vosotros de uno en uno y haremos que ellas lo contemplen.

—¡Están locos! —exclamé.

Los pájaros se dejaron llevar por el pánico y empezaron a graznar. Golan gritó con una voz todavía más fuerte:

—¡No! ¡Lo que realmente es de locos es el modo en que vosotros, los peculiares, os ocultáis del mundo, cuando podríais gobernarlo... cómo sucumbís a la muerte, cuando podríais someterla... Dejáis que la basura genética de la raza humana os empuje a permanecer en la clandestinidad en lugar de convertirlos en vuestros esclavos, lo que deberían ser en justicia! —Reiteró cada frase con una sacudida a la jaula—. ¡Eso sí es de locos!

—¡Basta! —chilló Emma.

—¡Vaya, de modo que sí te importan!

Zarandeó la jaula con más violencia aún. De improviso, la lucecita roja sujeta a las barras empezó a brillar con mayor intensidad y Golan giró bruscamente la cabeza para escrutar la oscuridad que se cernía a su espalda. Luego volvió a mirar a Emma y preguntó:

—¿Las quieres? ¡Toma!

Y con el brazo hacia atrás cogió impulso para dirigir la jaula contra el rostro de la joven.

Ella chilló y se agachó. Igual que un lanzador de disco, Golan continuó el movimiento hasta que la jaula pasó por encima de la cabeza de Emma y entonces la soltó. Salió despedida y pasó por encima de la barandilla, dando vueltas sobre sí misma, internándose en la noche oscura.

Lancé un juramento y Emma chilló, abalanzándose contra la barandilla y arañando al aire mientras la jaula caía al mar. En aquel momento de confusión, Golan saltó sobre mí y me derribó. Me asestó un puñetazo en el estómago y otro en el mentón.

Me quedé aturdido y sin poder respirar. Intentó arrebatarme la pistola y tuve que echar mano de toda la energía que me quedaba para impedir que se saliera con la suya. En ese momento, comprendí que debía de estar cargada, o el monstruo no pondría tanto empeño en arrebatármela. Pensé en deshacerme de ella arrojándola por la barandilla, pero él estaba a punto de quitármela y no la podía soltar. Emma chillaba «Bastardo, eres un bastardo», y entonces sus manos, envueltas en llamas, aparecieron por detrás y le agarraron del cuello.

Oí como la carne de Golan se chamuscaba igual que un bistec sobre una parrilla. Aulló y rodó lejos de mí, los escasos cabellos de su cabeza empezaron a arder, aunque esto no le impidió rodear con las manos la garganta de Emma, como si no le importara abrasarse siempre y cuando pudiera estrangularla. Me incorporé de un salto, sujeté el arma con ambas manos y apunté.

Por un momento, tuve un blanco perfecto. Intenté vaciar la mente y concentrarme sólo en mi mano, creando una línea imaginaria que se extendía desde mi hombro, a través de la mira, hasta el blanco... la cabeza de un hombre. No, no era un hombre, sino una deformación de lo que una vez fue un hombre. Una cosa. Un monstruo que había organizado el asesinato de mi abuelo y había destrozado todo lo que yo había llamado humildemente vida, por ordinaria que pudiera haber sido hasta ese momento. Una fuerza que me había impelido hasta allí, hasta ese lugar y ese momento, de un modo muy parecido a como otras fuerzas menos crueles y violentas habían guiado mi vida y decidido por mí hasta que fuera lo bastante mayor para decidir por mí mismo. «Relaja las manos, toma aire, retenlo.» Pero ahora yo tenía una posibilidad de darle la vuelta a todo eso, una exigua posibilidad que podía percibir escurriéndoseme de entre los dedos.

«Ahora aprieta.»

La pistola dio una sacudida entre mis manos y la detonación sonó como si el mundo se resquebrajara, tan tremenda y repentina que cerré los ojos. Cuando volví a abrirlos, todo parecía extrañamente congelado. Golan estaba de pie detrás de Emma, inmovilizándole los brazos mientras la conducía por la fuerza hacia la barandilla, pero parecía como si ambos estuvieran fundidos en bronce. ¿Se habrían transformado en humanas las ymbrynes y habrían derramado su magia sobre nosotros? Pero entonces, de pronto, el mundo volvió a ponerse en movimiento. Emma se zafó de los brazos de Golan y éste se tambaleó hacia atrás, dando un traspié y sentándose pesadamente sobre la barandilla.

Contemplándome boquiabierto por la sorpresa, intentó hablar, pero descubrió que no podía articular ni una palabra. Colocó las manos sobre el agujero del tamaño de un penique que tenía en la garganta; la sangre discurría por entre sus dedos y le resbalaba por los brazos. Acto seguido, las fuerzas le fallaron y cayó hacia atrás, hacia el oscuro abismo.

En cuanto Golan desapareció de nuestra vista, quedó olvidado. Emma señaló el mar y gritó:

—¡Ahí, ahí!

Siguiendo la dirección del dedo, entorné los ojos y a lo lejos distinguí vagamente la pulsación de un led rojo cabeceando sobre las olas. A continuación, corrimos hacia el interior del faro y descendimos a toda velocidad por la interminable y oscilante escalera, sin muchas esperanzas de poder alcanzar la jaula antes de que se hundiera para siempre, pero decididos a intentarlo de todos modos.

Salimos como una exhalación y nos encontramos a Millard, que por suerte ya llevaba un torniquete. Bronwyn estaba junto a él. El muchacho nos gritó algo que no entendí muy bien, pero que bastó para convencerme de que estaba vivo. Agarré el hombro de Emma y le grité que corriera hacia el bote, señalando las rocas donde Golan lo había amarrado, pero estaba demasiado lejos, en el lado equivocado del faro, y no nos quedaba tiempo. Emma me arrastró hacia mar abierto y, sin pensarlo dos veces, nos arrojamos a él.

Apenas noté el frío. Todo en cuanto podía pensar era en llegar hasta la jaula antes de que desapareciera bajo las olas. Nos abrimos paso entre las aguas, escupiendo y tosiendo, medio ahogados, mientras el negro oleaje nos zarandeaba arriba y abajo. Era difícil saber a qué distancia se encontraba la baliza, un simple punto de luz en medio del oscuro océano. Subía y bajaba, desapareciendo entre el oleaje, y en dos ocasiones la perdimos de vista y tuvimos que detenernos, buscando frenéticamente antes de volver a distinguirla.

La fuerte corriente arrastraba la jaula hacia mar abierto y a nosotros con ella. Si no la alcanzábamos pronto, las fuerzas nos fallarían y nos ahogaríamos. Me guardé el morboso pensamiento para mí mismo, pero cuando la baliza desapareció de nuevo y la buscamos durante tanto tiempo que ya no estuvimos seguros ni de en qué parte del embravecido mar la habíamos visto por última vez, grité:

—¡Tenemos que regresar!

Emma no quiso escucharme y continuó nadando, adentrándose cada vez más en el mar. Intenté agarrarle los pies, pero me apartó de una patada.

—¡Han desaparecido! ¡No vamos a encontrarlas!

—¡Cállate, cállate! —chilló ella, y pude darme cuenta por su respiración entrecortada que estaba tan exhausta como yo—. ¡Cállate y sigue buscando!

La agarré de los brazos y le grité, obligándola a que me mirara a los ojos, pero ella me golpeó de nuevo. Cuando se dio cuenta de que no pensaba soltarla y que no podía obligarme a hacerlo, empezó a chillar como una posesa; profería gritos desesperados carentes de palabras.

Intenté arrastrarla de vuelta hacia el faro, pero era como una piedra que me succionaba hacia el fondo.

—¡Tienes que nadar! —ordené—. ¡Nada o nos ahogaremos!

Y entonces lo vi... un rojo parpadeo apenas perceptible. Estaba cerca, justo bajo la superficie. Al principio no dije nada, temeroso de haberlo imaginado, pero entonces la luz parpadeó una segunda vez.

Emma empezó a gritar de alegría. Daba la impresión de que la jaula había ido a parar sobre los restos de otra nave naufragada —¿de qué otro modo habría conseguido flotar a tan poca profundidad?—. Además, puesto que acababa de hundirse, me dije que era posible que los pájaros estuvieran aún vivos.

Nadamos hacia la jaula y nos preparamos para rescatarla, aunque no sabía de dónde íbamos a sacar las fuerzas, de tan agotados como estábamos. Entonces, curiosamente, la jaula pareció ascender hacia nosotros.

—¡¿Qué es esto?! —grité—. ¿Otro naufragio?

—Imposible. ¡Aquí no se hundió ningún barco!

—Entonces, ¿qué diablos es eso?

Parecía una ballena a punto de salir a la superficie, enorme y gris, o quizá alguna nave fantasma alzándose de su tumba. Acto seguido, un repentino y poderoso oleaje ascendió desde las profundidades y nos empujó lejos. Intentamos nadar a contracorriente, pero el mar nos zarandeaba como si fuésemos los restos de un naufragio a la deriva, a merced de un maremoto, y entonces aquella masa informe chocó contra nuestros pies y nos obligó también a ascender, montados en su lomo.

Fue emergiendo poco a poco bajo nuestros pies, entre crujidos y chasquidos metálicos, como si se tratara de un gigantesco monstruo mecánico, mientras un repentino remolino de olas espumeantes nos engullía y nos arrojaba violentamente sobre una superficie de rejillas metálicas. Nos agarramos como pudimos a las rejillas para evitar ser engullidos por el mar. Entorné los ojos, intentando ver algo a través de la lluvia de gotas saladas que me azotaba el rostro, y descubrí que la jaula había ido a descansar entre lo que parecían dos aletas del monstruo, una más grande y otra más pequeña. Y entonces el haz de luz del faro barrió la zona inexorable, y bajo su resplandor comprendí que no eran aletas, sino una falsa torre y un cañón gigante. Aquella cosa sobre la que estábamos montados no era un monstruo ni un barco hundido ni una ballena...

—¡Es un submarino alemán! —grité.

Que hubiera ascendido justo debajo de nuestros pies tampoco parecía ninguna coincidencia. Seguro que era esto lo que Golan había estado esperando.

Emma ya se había puesto en pie y corría por la oscilante cubierta en dirección a la jaula. Me levanté a toda prisa, pero justo cuando me puse en marcha una ola arrasó la nave y nos derribó a ambos.

Oí un grito y cuando alcé la vista distinguí a un hombre con un uniforme gris que salía de una trampilla en la falsa torre y nos apuntaba con una pistola.

Llovieron las balas, repiqueteando sobre la cubierta. La jaula estaba demasiado lejos —nos harían picadillo antes de pudiéramos llegar hasta ella—, pero pude darme cuenta de que Emma estaba decidida a intentarlo de todos modos.

Corrí para detenerla y caímos rodando por la cubierta al agua. El negro mar se cerró sobre nuestras cabezas mientras las balas penetraban en el agua, dejando rastros de burbujas tras ellas.

Cuando regresamos a la superficie, ella me agarró y chilló:

—¡¿Por qué has hecho eso?! ¡Casi las tenía!

—¿Es que quieres que te maten? —respondí, liberándome con un forcejeo; y entonces se me pasó por la cabeza que quizá ella ni siquiera había visto al hombre, de tan concentrada como estaba en la jaula, y señalé arriba, a la cubierta, donde el artillero avanzaba a grandes zancadas hacia los pájaros.

El hombre agarró la jaula y la sacudió. La puerta colgaba abierta y me pareció ver un movimiento en su interior —aún había esperanza—, y entonces el haz del faro lo barrió todo. Vi claramente el rostro del artillero bajo la luz, la boca curvada en una mueca lasciva, y los ojos insondables y en blanco. Era un wight.

Introdujo la mano en la jaula y sacó un único pájaro empapado. Desde la falsa torre, otro soldado silbó y el hombre regresó corriendo a la trampilla, junto a él.

El submarino empezó a traquetear y a crujir. El agua del mar se agitó como si hirviera.

—¡Nada o nos succionará! —chillé a Emma.

Pero ella no me oía; tenía los ojos fijos en otra parte, en una zona de agua oscura cerca de la popa de la nave.

Nadó hacia ella. Intenté detenerla, pero me rechazó violentamente. Segundos más tarde, por encima del gemido del submarino, lo oí: un chillido agudo. ¡Miss Peregrine!

La encontramos flotando entre las olas, pugnando por mantener la cabeza fuera del agua, con una ala batiendo la superficie y la otra con aspecto de estar rota. Emma la recogió con delicadeza. Chillé a voz en grito que teníamos que irnos.

Nos alejamos nadando con las pocas fuerzas que nos quedaban. A nuestra espalda, el remolino se hacía cada vez más profundo. El agua desplazada por el submarino al sumergirse regresaba a toda velocidad para hacer el vacío. El mar se consumía a sí mismo e intentaba consumirnos a nosotros también. Sin embargo, ahora contábamos con un ruidoso y alado símbolo de victoria, o de media victoria al menos, y ella nos proporcionó la energía suficiente para luchar contra la brutal corriente. De pronto, llegó hasta nuestros oídos la voz de Bronwyn, gritando nuestros nombres al tiempo que se abría paso entre las olas para remolcarnos de vuelta a la seguridad del peñasco.

Yacimos sobre las rocas bajo un cielo que empezaba a despejarse, respirando con dificultad y temblando de puro agotamiento. Millard y Bronwyn tenían un montón de preguntas, pero a nosotros no nos quedaba aliento para contestarlas. Habían visto caer a Golan, al submarino emerger para luego desaparecer y a Miss Peregrine salir del agua sin Miss Avocet; eso les bastaba para imaginar el resto de la historia. Nos abrazaron hasta que dejamos de temblar y Bronwyn arropó a la directora bajo su camisa para que entrara en calor. Una vez que nos hubimos recuperado un poco, recogimos la canoa de Emma y nos dirigimos hacia la orilla.

Cuando llegamos, todos los niños corrieron a nuestro encuentro.

—¡Hemos oído disparos!

—¿Qué era ese extraño barco?

—¿Dónde está Miss Peregrine?

Bajamos del bote y Bronwyn se levantó la camisa para mostrar al Pájaro. Los niños se amontonaron a su alrededor. Miss Peregrine alzó el pico y graznó para dejar claro que estaba cansada pero se encontraba bien. Todos gritaron de alegría.

—¡Lo habéis conseguido! —chilló Hugh.

Olive danzó una pequeña giga y cantó:

—¡El Pájaro, el Pájaro, el Pájaro! ¡Emma y Jacob han salvado al Pájaro!

Pero la celebración fue breve. La ausencia de Miss Avocet no pasó desapercibida y tampoco el alarmante estado de Millard. El torniquete era fuerte, pero había perdido mucha sangre y se debilitaba por momentos. Enoch lo cubrió con su abrigo y Fiona le puso su gorro de lana.

—Te llevaremos al médico del pueblo —sugirió Emma.

—Tonterías —respondió él—. Ese hombre no le ha puesto jamás los ojos encima a un chico invisible y no sabría qué hacer si se encontrara con uno. Seguro que le curaría lo que no toca o saldría corriendo, pegando gritos.

—No importa si sale corriendo y pegando gritos —repitió Emma—, cuando el bucle se reinicie no recordará nada.

—Mira a tu alrededor. El bucle tendría que haberse reiniciado hace una hora.

Millard tenía razón; el cielo estaba silencioso, la batalla había finalizado, pero las columnas de humo de las bombas continuaban alzándose hacia las nubes.

—Eso no augura nada bueno —se quejó Enoch, y todo el mundo calló.

—En cualquier caso —prosiguió Millard—, todo lo que necesito para curarme está en casa. Sólo dadme un traguito de láudano y limpiad la herida con alcohol. La bala no ha tocado hueso. En tres días estaré como una rosa.

—Pero todavía sangras —protestó Bronwyn, señalando las gotitas rojas que salpicaban la arena bajo sus pies.

—¡Entonces, aprieta más el maldito torniquete!

La chica siguió las órdenes de Millard y éste gimió de un modo que hizo que todo el mundo se encogiera, tras lo que se desmayó en sus brazos.

—¿Qué le pasa? —quiso saber Claire.

—Sólo se ha desmayado —explicó Enoch—. No está tan bien como pretende hacernos creer.

—¿Y qué hacemos ahora?

—¡Preguntémoselo a Miss Peregrine! —exclamó Olive.

—De acuerdo. Dejadla en el suelo para que se pueda transformar —indicó Enoch—. No puede decirnos nada mientras siga siendo un pájaro.

Así que Bronwyn la depositó sobre la arena seca y todos nos apartamos y esperamos. Miss Peregrine dio unos cuantos saltitos y batió el ala sana, luego hizo girar su emplumada cabeza y nos dedicó un parpadeo; pero eso fue todo. Siguió siendo un pájaro.

—A lo mejor necesita un poco de intimidad —sugirió Emma—. Pongámonos de espaldas.

Eso hicimos, formando un círculo alrededor de ella.

—Ya está, Miss P. —dijo Olive—. ¡Nadie mira!

Al cabo de un minuto, Hugh atisbó con el rabillo del ojo y sentenció:

—Nada, sigue siendo un pájaro.

—A lo mejor está demasiado cansada y muerta de frío —indicó Claire, y puesto que la mayoría estuvo de acuerdo con ella, decidimos regresar a la casa, curar a Millard con lo que teníamos a nuestra disposición y mantener la esperanza de que con un poco de reposo tanto la directora como su bucle regresarían a la normalidad.

ONCE

Ascendimos el empinado sendero y cruzamos la cresta igual que una compañía de veteranos agotados por la guerra, en fila india y con las cabezas gachas. Bronwyn llevaba a Millard en brazos y Miss Peregrine iba acurrucada en la especie de nido que formaban los enmarañados cabellos de Fiona. El paisaje estaba salpicado de cráteres todavía humeantes, y la tierra recién removida y esparcida por todas partes, como si un perro gigante se hubiera dedicado a hacer agujeros. Todos nos preguntábamos qué habría sucedido con la casa, pero nadie se atrevía a decir nada.

Nuestra respuesta llegó antes incluso de abandonar el bosque. Enoch dio una patada a algo y después se inclinó para mirar qué era. Se trataba de un trozo de ladrillo carbonizado.

Estalló el pánico. Los niños empezaron a correr a toda velocidad por el sendero. Cuando llegaron al jardín, los más pequeños rompieron a llorar. Había humo por todas partes. La bomba no había caído sobre el dedo de Adán, como acostumbraba a hacer, sino que había dado de lleno en la figura, en pleno centro, y después estalló. La parte posterior de la casa había quedado reducida a cenizas, una ruina humeante, y ardían pequeños incendios en la estructura carbonizada de las habitaciones. En el lugar que había ocupado Adán había un cráter lo bastante profundo como para enterrar a una persona de pie. Era fácil ahora imaginar en lo que se convertiría un día ese lugar: aquella ruina triste y profanada que yo había descubierto semanas atrás. La casa de pesadilla.

Miss Peregrine saltó de los cabellos de Fiona y empezó a dar vueltas a toda velocidad sobre la hierba chamuscada, graznando alarmada.

—Directora, ¿qué ha sucedido? —preguntó Olive—. ¿Por qué no ha tenido lugar la transformación?

Miss Peregrine sólo pudo lanzar grititos como respuesta. Parecía tan confusa y asustada como todos nosotros.

—¡Por favor, vuelva a ser usted! —suplicó Claire, arrodillándose ante ella.

Miss Peregrine batió las alas, saltó y pareció esforzarse, pero siguió sin poder cambiar de forma. Los niños se apelotonaron a alrededor de ella, preocupados.

—Algo no va bien —indicó Emma—. Si pudiera volverse humana, ya lo habría hecho.

—A lo mejor es por eso que el bucle no ha funcionado —sugirió Enoch—. ¿Recordáis esa vieja historia sobre Miss Kestrel? ¿Cuando se cayó de la bicicleta en un accidente de carretera? Se golpeó la cabeza y permaneció como un cernícalo durante toda una semana. Fue entonces cuando su bucle falló.

—¿Y qué tiene eso que ver con Miss Peregrine?

Enoch suspiró.

—Pues a lo mejor se ha hecho daño en la cabeza y todo lo que tenemos que hacer es esperar una semana a que recupere sus facultades.

—Un camión a toda velocidad es una cosa —intervino Emma—. Ser maltratada por los wights es otra muy distinta. No podremos saber lo que ese bastardo le hizo a Miss Peregrine hasta que vuelva a ser humana.

—¿Los wights? ¿En plural?

—Fueron los wights los que raptaron a Miss Avocet —expliqué.

—¿Cómo sabes eso? —quiso saber Enoch.

—Trabajaban con Golan, vi los ojos del que nos disparó. No tengo la menor duda.

—Entonces Miss Avocet puede darse por muerta —concluyó Hugh—. La matarán con toda seguridad.

—A lo mejor no —respondí—. Al menos, no en seguida.

—Si una cosa tengo clara de los wights —continuó Enoch—, es que matan peculiares. Es su naturaleza. Se dedican a eso.

—No, chicos, Jacob tiene razón —intervino Emma—. Antes de que ese wight muriera, nos contó por qué han estado secuestrando ymbrynes. Van a obligarlas a repetir la explosión que dio origen a los huecos... sólo que más potente. Mucho más potente.

Oí que alguien lanzaba una exclamación ahogada. Todos los demás callaron. Miré a mi alrededor en busca de Miss Peregrine y la vi posada con aire triste en el borde del cráter que una vez había sido Adán.

—¡Tenemos que detenerlos! —gritó Hugh—. Tenemos que averiguar adónde están llevando a las ymbrynes.

—¿Cómo? —preguntó Enoch—. ¿Siguiendo a un submarino?

A mi espalda alguien carraspeó con fuerza y al volvernos vimos a Horace sentado en el suelo con las piernas cruzadas.

—Yo sé adónde se dirigen —murmuró en voz baja.

—¿Qué quieres decir? ¿Cómo puedes saberlo?

—No importa el cómo, lo sabe —sentenció Emma—. ¿Adónde las llevan, Horace?

Él negó con la cabeza.

—No conozco el nombre —continuó—, pero he visto el lugar.

—Entonces dibújalo —sugerí.

Reflexionó durante un momento y luego se levantó con rigidez. Con su aspecto de pordiosero evangelista, vistiendo un desgarrado traje negro, arrastró los pies hasta un montón de cenizas y se inclinó para llenarse la palma de la mano de hollín. Luego, bajo la suave luz de la luna, empezó a garabatear anchos trazos sobre una pared medio derruida.

Nos reunimos a su alrededor para observar lo que hacía. Dibujó una hilera de rayas verticales coronadas por finas ondas, una especie de barrotes y alambradas. A un lado había un denso bosque. El suelo estaba cubierto de nieve, representada en negro. Eso era todo.

Cuando finalizó, retrocedió tambaleante y se dejó caer sobre la hierba, con una expresión distante en los ojos. Emma le sujetó con delicadeza el hombro y preguntó:

—Horace, ¿qué más sabes sobre ese lugar?

—Es un lugar donde hace frío.

Bronwyn se adelantó para estudiar las marcas que había hecho Horace. Sostenía a Olive en el pliegue del brazo, con la cabeza de la pequeña descansando dulcemente sobre su hombro.

—A mí me parece una cárcel —concluyó la chica.

Olive alzó la cabeza.

—Bueno —inquirió su vocecita—. ¿Cuándo nos vamos?

—¿Ir adónde? —intervino Enoch, alzando las manos al cielo—. ¡Eso no es más que un montón de garabatos!

—Eso es alguna parte —replicó Emma, volviéndose hacia él.

—No podemos ir a algún lugar nevado y buscar una prisión.

—Y tampoco podemos quedarnos aquí.

—¿Por qué no?

—Mira en qué estado ha quedado la casa. Fíjate en la directora. Hemos estado muy bien aquí, pero esto ya forma parte del pasado.

Enoch y Emma reflexionaron durante un rato, cada uno aferrándose a sus ideas, y los niños tomaron partido. Los del bando de Enoch arguyeron que habían estado demasiado tiempo apartados del mundo, que si se marchaban quedarían atrapados en la guerra o los capturarían los huecos. Según ellos, era mejor permanecer allí, donde al menos conocían el territorio. Los otros insistieron en que la guerra y los huecos ya los habían encontrado y que no tenían elección. Los huecos y los wights regresarían a por Miss Peregrine, y en un número mayor. Y eso por no hablar del estado en que se encontraba la misma Miss Peregrine.

—Iremos en busca de otras ymbrynes —sugirió Emma—. Si alguien puede saber cómo ayudar a la directora, será una de sus amigas.

—Pero ¿y si todos los otros bucles también han dejado de funcionar? —preguntó Hugh—. ¿Y si ya han secuestrado a todas las ymbrynes?

—No digas eso. No podemos pensar así.

—Emma tiene razón —intervino Millard, tendido en el suelo y con un trozo de mampostería bajo la cabeza a modo de almohada—. Si la alternativa consiste en sentarnos a esperar... mientras rezamos para que no vengan más huecos y para que la directora se ponga bien... pues yo diría que eso no es ninguna alternativa.

Avergonzados, los disidentes finalmente dieron su consentimiento. Abandonarían la casa. Embalarían sus pertenencias, requisarían unos cuantos botes del puerto y por la mañana todo el mundo se pondría en marcha.

Pregunté a Emma cómo iban a guiarse. Al fin y al cabo, ninguno de los niños había abandonado la isla en casi ochenta años y no podían contar con Miss Peregrine.

—Existe un libro... una especie de mapa —me contó, girando la cabeza despacio para mirar la humeante casa—. Si no se ha quemado, claro.

Me ofrecí para ayudarla a buscar el documento. Nos cubrimos la cara con un pañuelo mojado y nos aventuramos al interior, pasando por encima de la pared desmoronada. Las ventanas habían quedado hechas añicos y el aire estaba lleno de humo, pero bajo la brillante luz de la llama de Emma pudimos encontrar el camino hasta el estudio. Todas las estanterías habían caído igual que fichas de dominó; las apartamos a un lado y buscamos entre los libros esparcidos por el suelo, agachándonos todo lo posible. Quiso la suerte que el libro fuera fácil de encontrar: era el más grande de la biblioteca. Emma lanzó un gritito de júbilo y lo sostuvo en alto.

Antes de salir, cogimos alcohol, láudano y vendas para curar a Millard. Una vez que hubimos ayudado a limpiar y vendar la herida, nos sentamos para examinar el documento. Más que un libro, era un enorme atlas, encuadernado en piel acolchada y teñida de un burdeos intenso, y en cada página de lo que parecía pergamino había esmerados dibujos. Se trataba de un atlas muy bello y muy antiguo, y lo bastante grande para ocupar el regazo de Emma.

—Lo llaman el Mapa de los Días —explicó—. Contiene todos los bucles de los que se tiene conocimiento.

La página por la que se había abierto parecía un mapa de Turquía, aunque no había carreteras marcadas ni se indicaban las fronteras. En su lugar, el mapa estaba sembrado de espirales diminutas, que yo supuse que eran las ubicaciones de los bucles. En el centro de cada una había un símbolo especial que correspondía a una inscripción al final de la página, donde los símbolos volvían a aparecer al lado de una lista de números separados por guiones. Señalé uno que ponía 29-3-316 / ?-?-399 y dije:

—¿Qué es esto, alguna especie de código?

Emma pasó el dedo por la línea.

—Este bucle correspondía al veintinueve de marzo del 316 después de Cristo. Existió hasta algún momento del año 399, aunque el día y el mes son desconocidos.

—¿Qué sucedió en 399?

—No lo dice —respondió, encogiéndose de hombros.

Alargué la mano y pasé la página. Era un mapa de Grecia, aún más atestado de espirales y números que el anterior.

—Pero ¿de qué sirve hacer una lista de todas estas cosas?

—pregunté—. ¿Cómo podrías llegar siquiera a uno de estos antiguos bucles?

—Saltando por encima de ellos, como en el juego de la pídola —explicó Millard—. Es una empresa sumamente compleja y peligrosa, pero saltando de un bucle a otro... a un día situado cincuenta años en el pasado, por ejemplo... descubrirías que tienes acceso a toda una serie de bucles que han dejado de existir en los últimos cincuenta años. Y en el caso de que tuvieras los medios para viajar hasta ellos, encontrarías que dentro de esos bucles hay otros más, y así sucesivamente de manera exponencial.

—Eso es viajar en el tiempo —murmuré, atónito—. Un auténtico viaje en el tiempo.

—Supongo que sí.

—De modo que no sólo tendríamos que encontrar este lugar —continué, señalando el dibujo que Horace había hecho en la pared—, sino que también tendríamos que situarlo en el tiempo.

—Eso me temo. Y si a Miss Avocet de verdad la retienen los wights, que tienen fama de ser expertos en tales saltos, entonces es muy probable que el sitio al que la lleven, junto a las otras ymbrynes, sea algún lugar en el pasado. Eso complicará mucho la búsqueda y la hará aún más peligrosa. Nuestros enemigos conocen bien las ubicaciones de todos los bucles históricos y acostumbran a montar guardia cerca de los portales.

—Bien, pues entonces —añadí—, tendré que acompañaros.

Emma se volvió en redondo para mirarme.

—¡Oh, qué gran noticia! —exclamó, y me abrazó—. ¿Estás seguro?

Sí, estaba seguro. A pesar del cansancio los niños silbaron y aplaudieron emocionados. Algunos me abrazaron. Incluso Enoch me estrechó la mano. Pero cuando volví a mirar a Emma, su sonrisa había desaparecido.

—¿Qué sucede? —pregunté.

Ella se agitó, incómoda.

—Hay algo que deberías saber —musitó—, y me temo que eso te hará cambiar de opinión.

—No, eso es imposible —le aseguré.

—Cuando nos vayamos de aquí, este bucle se cerrará detrás de nosotros. Es posible que jamás puedas regresar a tu tiempo, al menos, no con facilidad.

—Ya no me queda nada allí —contesté rápidamente—. Incluso si pudiera regresar, no estoy seguro de que quisiera hacerlo.

—Eso lo dices ahora, pero tienes que estar seguro.

Asentí y luego me puse en pie.

—¿Adónde vas? —preguntó ella.

—A dar un paseo.

No fui lejos, sólo a dar la vuelta al perímetro del patio. Caminaba despacio, contemplando el despejado firmamento salpicado ahora por un billón de estrellas. También las estrellas eran viajeras del tiempo. ¿Cuántos de aquellos puntos luminosos eran los últimos ecos de soles ya desaparecidos? ¿Y cuántas nuevas estrellas habían nacido pero su luz todavía no llegaba hasta nosotros? Si todos los soles, excepto el nuestro, colisionaran esa noche, ¿cuántas generaciones tendrían que transcurrir hasta que nos diéramos cuenta de que nos habíamos quedado solos? Siempre había sabido que el cielo estaba lleno de incógnitas... pero nunca habría imaginado lo misteriosa que podía resultar la Tierra.

Llegué al lugar donde el sendero emergía del bosque. En una

dirección estaba mi hogar y todo lo que conocía, sin misterios, familiar y seguro.

Sin embargo, eso no era real. Ya no. Los monstruos habían asesinado al abuelo Portman y me habían perseguido hasta allí. Más tarde o más temprano volverían a aparecer. ¿Llegaría un día a casa para encontrarme a mi padre o a mi madre desangrándose en el suelo? En el otro extremo del camino se encontraban los niños, que ahora se congregaban en corrillos agitados, haciendo planes para el futuro, algo que seguramente ninguno de ellos había hecho nunca. Caminé de regreso junto a Emma, que seguía enfrascada en su enorme libro. Miss Peregrine estaba a su lado, dando golpecitos con el pico aquí y allí sobre el mapa. La muchacha alzó los ojos cuando me aproximé.

—Estoy seguro —afirmé.

Sonrió.

—Me alegro, Jacob.

—Sólo hay una cosa que tengo que hacer antes de irme.

Conseguí regresar al pueblo justo antes del alba. La lluvia había menguado por fin y el inicio de un día azul se adivinaba por el horizonte. El camino principal parecía un brazo lleno de venas, con grandes surcos allí donde el torrente se había llevado la grava.

Entré en el pub, crucé el bar vacío y subí a nuestras habitaciones. Los estores estaban corridos y la puerta de mi padre estaba cerrada, lo que fue un alivio, porque todavía no sabía cómo explicárselo todo. Entonces, cogí bolígrafo y papel y me senté a escribirle una carta.

Intenté ir paso por paso. Escribí sobre los niños peculiares, sobre los huecos y de cómo todas las historias del abuelo Portman habían resultado ser ciertas. Le conté lo que le había sucedido a Miss Peregrine y a Miss Avocet, e intenté hacerle comprender por qué tenía que desaparecer. Le supliqué que no se preocupara por mí.

Después, me detuve y releí lo que había escrito. No servía de nada. Jamás lo creería. Pensaría que había perdido la razón como el abuelo, que había huido, que me habían raptado o que sencillamente me había lanzado de cabeza por los acantilados. En cualquier caso, yo estaba a punto de destrozarle la vida. Hice una bola con el papel y lo arrojé a la basura.

—¿Jacob?

Me di la vuelta y vi a mi padre recostado en el quicio de la puerta, con cara de sueño, el pelo enmarañado y vestido con una camisa y unos tejanos salpicados de barro.

—Hola, papá.

—Voy a hacerte una pregunta muy simple —comenzó—, y me gustaría una respuesta también muy simple. ¿Dónde estuviste anoche? —Me di cuenta de que se esforzaba por mantener la serenidad.

Decidí que ya no iba a mentirle más.

—Tranquilo, papá. He pasado la noche con mis amigos.

Fue como si hubiera tirado del pasador de una granada.

—¡TUS AMIGOS SON IMAGINARIOS! —gritó, y vino hacia mí, enrojeciendo—. ¡Ojalá tu madre y yo no hubiésemos permitido que ese terapeuta chiflado nos convenciera para traerte aquí, porque ha sido un absoluto fracaso! ¡Es la última vez que me mientes! Ahora entra en tu habitación y empieza a hacer la maleta. ¡Nos vamos en el siguiente transbordador!

—Papá...

—¡Y cuando lleguemos a casa, no vas a salir hasta que encontremos a un psiquiatra que no sea un completo zopenco!

—¡Papá!

Me pregunté por un momento si tendría que huir de él. Me imaginé a mi padre sujetándome, pidiendo ayuda a gritos y metiéndome en el transbordador inmovilizado con una camisa de fuerza.

—No voy a ir contigo, papá —sentencié.

Entornó los ojos y ladeó la cabeza, como si no lo hubiera oído bien. Yo estaba a punto de repetirlo cuando llamaron a la puerta.

—¡Lárguese! —chilló mi padre.

La llamada se repitió, más insistente esta vez. Se dirigió hacia la puerta hecho una furia y la abrió de par en par. Y allí, en lo alto de la escalera, estaba Emma, con una diminuta bola de fuego azul danzando sobre la palma de la mano. A su lado estaba Olive.

—Hola —saludó la muchacha—. Hemos venido a ver a Jacob.

Las contempló fijamente a las dos, perplejo.

—¿Qué es...?

Pasaron por delante de él y entraron en la habitación.

—¿Qué estáis haciendo aquí? —siseé.

—Sólo queríamos presentarnos —respondió Emma, dedicándole una sonrisa radiante a mi padre—. Hemos llegado a conocer a su hijo bastante bien últimamente, así que pensamos que lo correcto sería hacerle una visita de cortesía.

—Muy bien —balbuceó mi padre, en tanto que sus ojos iban de la una a la otra a toda velocidad.

—Es un chico estupendo —continuó Olive—. ¡Tan valiente!

—¡Y tan guapo! —añadió Emma, guiñándome un ojo.

La llama empezó a girar entre sus manos como si fuera un juguete. Mi padre clavó los ojos en ella, hipnotizado.

—Sssí —tartamudeó—. Ya lo creo que sí.

—¿Le importa si me quito los zapatos? —preguntó Olive, y sin esperar una respuesta se los quitó, y de inmediato flotó hasta el techo—. Gracias. ¡Así estoy mucho más cómoda!

—Éstas son mis amigas, papá. De las que te hablaba. Ésta es Emma, y ésa es Olive, la de ahí arriba.

Mi padre dio un paso atrás, tambaleante.

—Me parece que todavía estoy dormido —dijo vagamente—. Me siento tan cansado...

Una silla se alzó del suelo y flotó hasta él, seguida por un misterioso vendaje que se desplazaba por el aire.

—Entonces, por favor, tome asiento —indicó Millard.

—Muy bien —respondió mi padre, y lo hizo.

—¿Qué haces tú aquí? —musité a Millard—. ¿No deberías estar acostado?

—Estaba en el vecindario. —Y alzó un frasco de píldoras de aspecto moderno—. ¡Debo reconocer que hacen unos analgésicos fabulosos en el futuro!

—Papá, éste es Millard —presenté—. No puedes verle porque es invisible.

—Encantado de conocerte, Millard.

—Lo mismo digo —respondió el muchacho.

Fui hasta mi padre y me arrodillé junto a su silla. Su cabeza se balanceó levemente.

—Me voy, papá. Puede que no me veas durante un tiempo.

—¿De veras? ¿Adónde vas?

—Me voy de viaje.

—De viaje —repitió—. ¿Cuándo regresarás?

—En realidad no lo sé.

Sacudió la cabeza.

—Exactamente igual que tu abuelo.

Millard llenó un vaso con agua del grifo y se lo ofreció. Mi padre alargó la mano para cogerlo, como si los vasos que flotaban por los aires fueran lo más normal del mundo. Supongo que estaba convencido de que estaba soñando.

—Vale, buenas noches —balbuceó, y a continuación se levantó, se apoyó en la silla para mantener el equilibrio y regresó trastabillando a su habitación. Al llegar a la puerta se detuvo y se volvió hacia mí.

—¿Jake?

—¿Sí, papá?

—Ten cuidado, ¿de acuerdo?

Asentí y él cerró la puerta tras de sí. Al cabo de un momento le oí desplomarse sobre la cama.

Me senté y me froté la cara. Me sentía muy extraño.

—¿Te hemos ayudado? —preguntó Olive, desde el techo.

—No estoy seguro —respondí—. No lo creo. Me parece que se despertará dentro de un rato pensando que lo ha soñado todo.

—Escríbele una carta —sugirió Millard—. Así podrás contarle tolo lo que quieras... total, nunca podrá seguirnos.

—Ya lo he intentado. Pero eso no representa ninguna prueba.

—Entiendo —respondió él—. ¡Vaya problema!

—Ojalá yo hubiera tenido ese problema —intervino Olive—. Me habría gustado que mi mamá y mi papá me hubieran querido lo suficiente como para preocuparse cuando me fui de casa.

Emma alargó el brazo y le agarró la mano. Luego dijo:

—Me parece que yo tengo una prueba.

Extrajo un pequeño billetero de la cinturilla del vestido y sacó una instantánea. Me la entregó. Era una fotografía suya y de mi abuelo, de cuando él era joven. Ella estaba absorta en él, pero él parecía estar en otra parte. Era una foto triste y hermosa, ilustraba lo poco que yo sabía sobre su relación.

—La tomaron justo antes de que Abe se marchara a la guerra —explicó Emma—. Tu padre me reconocerá, ¿verdad?

Le sonreí.

—Parece como si no hubiera pasado ni un día por ti.

—¡Estupendo! —exclamó Millard—. Ahí tienes tu prueba.

—¿La llevas siempre contigo? —pregunté, devolviéndosela.

—Sí; pero ya no la necesito. —Se dirigió a la mesa, cogió mi bolígrafo y empezó a escribir en el dorso de la foto—. ¿Cómo se llama tu padre?

—Franklin.

Cuando terminó de escribir, me la entregó. La miré con detenimiento y luego repesqué mi carta de la basura, la alisé y la dejé sobre la mesa junto con la foto.

—¿Listos para irnos? —pregunté.

Mis amigos estaban en la puerta, esperándome.

—Sólo si tú lo estás —respondió Emma.

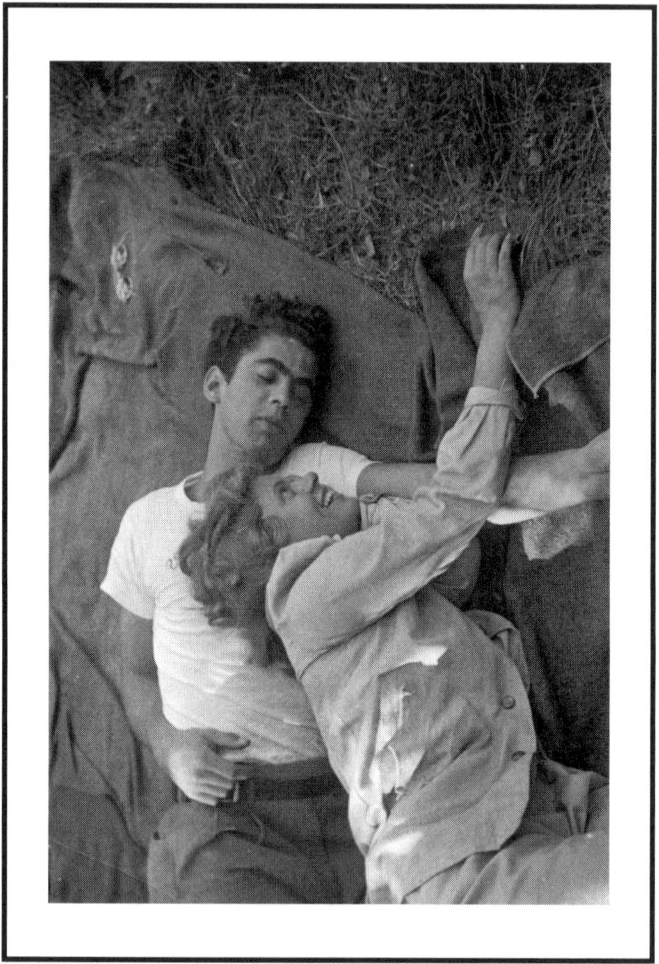

Querido Franklin:

Fue un verdadero placer conocerte. Ésta es una fotografía de tu padre y mía de cuando él vivió aquí con nosotros. Espero que sea prueba suficiente para convencerte de que aún sigo entre los vivos y que las historias de tu hijo no son ninguna fantasía.

Jacob viajará con mis amigos y conmigo durante un tiempo. Nos cuidaremos el uno al otro tanto como sea posible e intentaremos mantenernos tan a salvo como nuestra condición nos permita. Un día, cuando el peligro haya pasado, regresará a ti. Tienes mi palabra.

Te saluda muy atentamente,

Emma Bloom

P.D. Tengo entendido que descubriste una carta que envié a tu padre hace muchos años. Fue inadecuada y te aseguro que él nunca la solicitó ni respondió en los mismos términos. Era uno de los hombres más honestos que he conocido jamás.

Marchamos en dirección al cerro. En el punto situado más cerca de la cresta, allí donde siempre me detenía para ver lo lejos que había llegado, esta vez seguí andando. En ocasiones es mejor no mirar atrás.

Cuando llegamos al cairn, Olive dio unas palmaditas a las piedras, como lo habría hecho con una vieja y querida mascota.

—Adiós, viejo bucle —se despidió—. Has sido un bucle muy bueno y te echaremos muchísimo de menos.

Emma le acarició el hombro y se agacharon para entrar.

En la cámara posterior, Emma sostuvo su llama cerca de la pared y me mostró algo en lo que yo no había reparado nunca antes: una larga lista de fechas e iniciales talladas en la roca.

—Es todas las veces que se ha utilizado este bucle —explicó—. Todos los días que el bucle ha sido un bucle.

Mirando con atención, distinguí un P.M. 321853, un J.R.R. 141797 y un apenas legible X.J. 1580. Cerca del suelo había algunas marcas extrañas que no pude descifrar.

—Son inscripciones rúnicas —aclaró Emma—. Bastante antiguas.

Millard rebuscó en la grava hasta que encontró una piedra puntiaguda y, utilizando otra piedra como martillo, añadió toscamente una nueva inscripción bajo las demás: A.P. 391940.

—¿Quién es A.P.? —preguntó Olive.

—Alma Peregrine —respondió Millard, y luego suspiró—. Debería ser ella quien escribiera esto, no yo.

Olive pasó la mano sobre las toscas marcas.

—¿Creéis que otra ymbryne aparecerá algún día para abrir un nuevo bucle aquí?

—Eso espero —contesté—. De verdad que espero que así sea.

Enterramos a Victor. Bronwyn alzó la cama en la que reposaba su hermano y la transportó afuera. Todos los niños, reunidos en el césped, presenciaron cómo lo cubrió con una sábana y lo besó por última vez en la frente. A continuación, los chicos alzamos las cuatro esquinas de la cama igual que si se tratara de un féretro y lo depositamos en el interior del cráter que había abierto la bomba. Luego todos volvimos a salir, excepto Enoch, que sacó un hombrecito de arcilla del bolsillo y lo depositó con suavidad sobre el pecho del muchacho.

—Éste es mi mejor hombre —dijo—. Te hará compañía.

El hombre de arcilla se sentó y Enoch volvió a tumbarle con el pulgar. El hombre se dio la vuelta con un brazo bajo la cabeza y pareció dormirse.

Cuando acabamos de llenar el cráter de tierra, Fiona arrastró unos cuantos arbustos y enredaderas sobre la tumba y empezó a hacerlos crecer. Para cuando el resto de nosotros hubo terminado de hacer las maletas, Adán volvía a ocupar su antigua ubicación, sólo que ahora señalaba la tumba de Victor.

Una vez que los niños se hubieron despedido de la casa, algunos cogieron esquirlas de ladrillo y flores del jardín como recuerdos, y efectuamos el último viaje al otro lado de la isla. Atravesamos entre los humeantes árboles calcinados y la ciénaga, ahora llena de agujeros de bombas, cruzamos el cerro y luego bajamos, cruzando el pequeño pueblo lleno de humo de turba, donde los vecinos en los porches y terrazas parecían tan cansados y aturdidos que apenas advirtieron el pequeño desfile de niños peculiares que pasaba ante ellos.

Nosotros avanzábamos callados y nerviosos. Los niños no habían dormido, pero nadie lo habría adivinado por su aspecto. Era el cuatro de septiembre y por primera vez en muchísimo tiempo los días volvían a transcurrir. Algunos de ellos afirmaban que podían notar la diferencia; el aire era más puro y la sangre fluía con mayor velocidad por sus venas. Se sentían más llenos de vida, más reales.

Y yo también.

Había soñado con escapar de mi vulgar vida, pero mi vida no fue nunca vulgar. Simplemente no había advertido lo extraordinaria que era. Asimismo, jamás imaginé que pudiera echar de menos mi hogar. Sin embargo, mientras avanzábamos, transportando nuestros botes al romper el alba, asomados al abismo del Antes y el Después, pensé en todo lo que estaba a punto de dejar atrás —mis padres, mi ciudad, el que fuera en una ocasión mi mejor y único amigo— y comprendí que abandonarlo todo no sería como había imaginado, no sería como quitarme un peso de encima. Su recuerdo era algo tangible, algo que llevaría siempre conmigo.

Y sin embargo resultaba tan imposible regresar a mi antigua vida como a la destruida casa de los niños. Las puertas de nuestras jaulas habían volado por los aires.

Nos las apañamos para conseguir que diez niños peculiares y un pájaro cupieran en tan sólo tres botes de remos; para ello tuvimos que abandonar un montón de cosas en el muelle. Cuando terminamos, Emma sugirió que alguien dijera unas palabras a modo de despedida, una especie de discurso para inaugurar el viaje que teníamos por delante, pero nadie parecía encontrar las palabras adecuadas. Enoch alzó bien alta la jaula de Miss Peregrine y ésta soltó un fuerte graznido, a lo que respondimos con nuestro propio grito, entre un alarido victorioso y un lamento por todo lo perdido y por lo que aún quedaba por conseguir.

Hugh y yo remábamos en el primer bote, con Enoch sentado observándonos en la proa, preparado para cuando llegara su turno, en tanto que Emma, luciendo una pamela, estudiaba la isla que iba quedando atrás. El mar era como un espejo ondulado que se extendía interminable ante nosotros. El día era cálido, aunque una brisa fría se alzaba del agua, y yo habría podido remar durante horas de buena gana. Me pregunté cómo podía existir una calma así en un mundo en guerra.

En el otro bote, vi a Bronwyn que saludaba y se acercaba la cámara de fotos de Miss Peregrine a la cara. Le respondí con una sonrisa. Habíamos abandonado todos los viejos álbumes; a lo mejor ésta sería la primera fotografía de una nueva época, de unos nuevos álbumes. Resultaba extraño pensar que quizá un día yo también podría tener mi propio montón de fotos amarillentas que mostrar a unos nietos escépticos... y mis propias y fantásticas historias.

Entonces Bronwyn bajó la cámara y alzó el brazo, señalando algo a cierta distancia. A lo lejos, unas siluetas negras se recortaban contra el sol naciente, una procesión silenciosa de buques de guerra salpicaba el horizonte.

Remamos más de prisa.

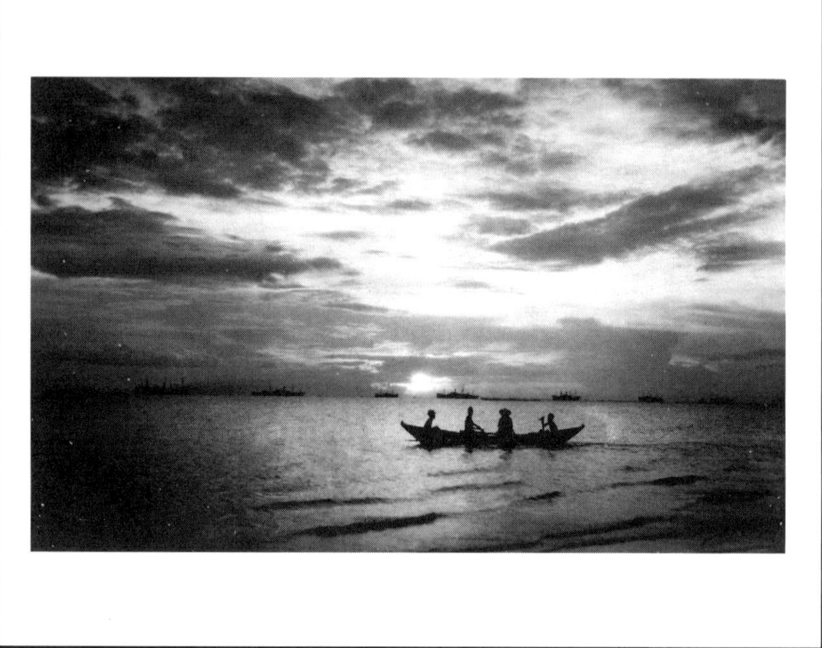

AGRADECIMIENTOS

Me gustaría dar las gracias:

A todo el mundo en Quirk, en especial a Jason Rekulak, por su paciencia aparentemente interminable y sus muchas ideas excelentes; a Stephen Segal, por sus lecturas minuciosas y aguda perspicacia; y a Doogie Horner, sin la menor duda el mejor diseñador de libros/humorista en activo hoy en día.

A mi maravillosa y tenaz agente, Kate Shafer Testerman.

A mi esposa Abbi, por soportar con buen humor largos meses de nervioso deambular y de barbas sin afeitar, y a sus padres, Barry y Phyllis, por su apoyo, y a los padres de Barry, Gladys y Abraham, cuya historia de supervivencia me inspiró.

A mi madre, a quien se lo debo todo, evidentemente.

A todos mis amigos coleccionistas de fotos: al muy generoso Peter Cohen; a Leonard Lightfoot, quien efectuó las presentaciones; a Roselyn Leibowitz; a Jack Mord del Thanatos Archive; a Steve Bannos; a John Van Noate; a David Bass; a Martin Isaac; a Muriel Moutet; a Julia Lauren; a Yefim Tovbis; y especialmente a Robert Jackson, en cuya sala de estar pasé muchas horas agradables contemplando fotografías peculiares.

A Chris Higgins, a quien considero toda una autoridad en el viaje en el tiempo, por responder siempre a mis llamadas.

A Laurie Porter, que tomó la foto de mi persona que aparece en la sobrecubierta de este libro mientras explorábamos unas misteriosas casuchas abandonadas en el desierto de Mojave.

Todas las fotografías de este libro son auténticas, fotos de época que, con la excepción de unas pocas que han sufrido un mínimo tratamiento de post revelado, no han sido alteradas. Fueron tomadas en préstamo de los archivos personales de diez coleccionistas, personas que han pasado años e innumerables horas rebuscando en enormes recipientes de instantáneas sin clasificar de mercadillos, centros comerciales, ferias de antigüedades y puestos particulares en mercados de segunda mano para localizar unas pocas que fueran trascendentes. Rescatando imágenes de relevancia histórica y gran belleza del olvido... y, con toda probabilidad, del vertedero. Su tarea es una labor realizada con amor y carente de todo glamour y creo que son héroes no reconocidos del mundo de la fotografía.

PÁGINA	TÍTULO	DE LA COLECCIÓN DE
12	El muchacho invisible	Robert Jackson
13	La niña que levita	Yefim Tovbis
14	Muchacho alzando una roca	Robert Jackson
15	La cabeza pintada	Robert Jackson
24	Abe echando una siesta	Robert Jackson
52	La niña dentro de la botella	Robert Jackson
53	El bebé flotante	Peter Cohen
54	El perro con cara de niño	Robert Jackson
55	La contorsionista	Robert Jackson
56	Las bailarinas enmascaradas	Robert Jackson
67	Silueta de Miss Peregrine	Robert Jackson
99	Niño con disfraz de conejito	Robert Jackson
131	Muchachas en la playa	The Thanatos Archive
132	El estanque espejo	Peter Cohen